岩 波 文 庫

32-532-4

ノートル=ダム・ド・パリ

（下）

ユ ゴ ー 作
辻 昶
松 下 和 則 訳

岩 波 書 店

Hugo

NOTRE-DAME DE PARIS

1831

目　次

第九編

第十編

第十一編

ノートル＝ダム・ド・パリ（下）

第七編

1　ヤギに秘密を打ち明ける危険

それから幾週間が流れた。

三月の初めのことであった。こった言い回しの遠い先祖であるデュバルタス（十六世紀の詩人）も、太陽のことを「ろうそくの大公」などとはまだ名づけなかったけれども、太陽は、それでもやはり、喜ばしげに、また晴れやかに輝いていた。広場といい、散歩道といい、パリはどこへ行っても、日曜日や祭日のように、やわらかで美しい春の一日であった。このように明るく暖かな、空気の澄んだ日にはことに、ノートル゠ダムの正面玄関につい見とれてしまうときがあるものだ。それは、ちょうど太陽が西の空にかたむき、大聖堂のほとんど正面に夕日が射すときである。その光は、しだいに水平になり、ゆるゆると広場の石畳からうしろにさがって、切り立った正面に沿ってのぼり、その影の上に幾千という丸彫《まるぼ》りをつくる。すると、中央の大きな円花窓《えんかそう》は、まるで炉の反射で真っ赤になった妖怪の目のように輝くのである。

話は、その時刻のことである。

夕日にあかあかと輝いたノートル＝ダム大聖堂の真正面に、広場と境内《けいだい》通りとの角《かど》にあるゴチックふうの大邸宅の正面玄関の上につくられた石造りのバルコニーの上で、何人かの美しい若い娘たちが、しとやかに、しかも無邪気に、笑ったり話し合ったりしていた。彼女たちのかぶっている、真珠がちりばめられたとがった帽子の先からかかとまで垂れているヴェールの長さから見ても、また当時の粋《いき》な流行にならって、もって生まれた美しい処女の胸をあらわに見せて、肩を覆っている刺繡《ししゅう》をしたシュミゼットの華奢《きゃしゃ》なようすを見ても、上着よりも下着のほうにずっと金目がかかって贅沢《ぜいたく》なこと(素晴らしくこったものだ!)から見ても、また、いたるところについている薄布や絹やビロードから見ても、ことに、いかにも何ひとつしないで遊び暮らしているとしか思われないような、その手の白さから見ても、彼女たちが、高貴で裕福な家の跡とり娘たちであることがすぐにわかるのだった。実際、彼女たちは、フルール＝ド＝リ・ド・ゴンドローリエ嬢と、その友達のディヤーヌ・ド・クリストゥイユ、アムロット・ド・モンミシェル、コロンブ・ド・ガイユフォンテーヌ、それにシャンシュヴリエ家の女の子たちであった。娘たちはみんな良家の娘で、ちょうどこのときボージュー公夫妻を待ちうけるために、ゴンドローリエの未亡人の家に集まっていたのだ。ボージュー公夫妻は、四月にはパリに来て、人びとがピカルディーで王太子妃になられるマルグリット姫をフランドルの使節の手からお迎えするときに、パリで姫のためにおつきの女を選ぶことになっていたのである。そこで百二十キロ四方もの田舎《いなか》のお偉方たちは、娘たちのためにこの名誉ある特別の仕事に選んでもらいたいものと、いろいろと頭を悩ましていたもので、彼らのうちには、すでに娘たちをパリにつれてきたり、送り出してしまっていた者も相当にあったのである。娘たちはその両親の頼みによって、アロイーズ・ド・ゴンドローリエ夫人から、慎重に、そして心から世話をされていたのである。ゴンドローリエ夫人というのは、王室弩弓隊《おうしつどきゅうたい》の元隊長の未亡人で、今ではパリで、ノートル＝ダムの前の広場の自分の家に、ひとり娘といっしょに隠居していたのであった。

　この娘たちのいたバルコニーは、金色の唐草《からくさ》模様の飾りのついた、淡黄褐色のフランドル産の革のタペストリーがどっしりと張られている部屋から外に向かって開かれていた。天井と並行にかかっている梁《はり》には、色を塗った金色の奇怪な彫刻がたくさんあって、人の目を楽しませていた。彫刻のついた戸棚の上には、素晴らしい七宝《しっぽう》が、あちこちにちりばめられて、玉虫色に光っている。豪華な食器棚の上には、陶器製のイノシシの首が飾られていて、その二段になった食器棚のようすでは、この家の女主人は、使用人をもっている騎士の妻か未亡人であることを物語っていた。広間の奥のほうには、ゴンドローリエ夫人が、上から下まで紋章や盾《たて》飾りのついている高い暖炉の脇の、赤いビロードの立派な肘《ひじ》掛《か》け椅子《いす》の上に腰かけていた。なんといっても、夫人の五十五歳という年は、その顔にも服装にも、はっきりと現われていた。夫人の脇には、かなり高慢ちきな顔をした男がひとり立っていた。ちょっとばかり虚栄心が強く、偉そうな、けれども、まじめな男や人相見が見れば肩をすくめるかもしれないが、女という女はみんな、ついふらふらとなるというタイプの美男子であった。この若いやさ男は、王室親衛隊の隊長のきらびやかな服装を身につけていた。この服装は、またユピテルのことを書いてみなさんもさぞご迷惑なことであろうが、前に、この物語の第一編で、すでに見物人から褒《ほ》められたユピテルの服装に、あまりにもよく似すぎていた。

娘たちは、部屋の中やバルコニーの上に分かれていて、金の四隅《よすみ》がついたユトレヒト製のビロードの四角いクッションの上にすわっている者もあり、花や紋の彫刻をしたカシワの木の腰かけに腰をおろしている者もあった。彼女たちはみんな、膝《ひざ》の上に刺繍をした大きなタペストリーの一部をそれぞれ置いて、同じように刺繍をしていたが、その布の端は、床《ゆか》を覆っている敷物の上に垂れていた。

彼女たちはおたがいに、若い男が一人、自分たちの真ん中にいるので、内緒話をするような声で、なにか悪い相談のためにに秘密の集まりをするときのような息を殺した含み笑いをしながら、話し合っていた。若い男というものは、ただ女たちのあいだに居合わせるというだけで、女の自尊心をくすぐってしまうものだが、その男は、そんなことにはあまり気をつかっていないようだった。彼は自分の気をひこうとしている美しい娘たちの中にいて、鹿革の手袋で、バンドの留め金をしきりに磨《みが》いているようすであった。

ときおり、老夫人が低い声で話しかけると、彼は、できるだけ愛想よく答えていた。が、どことなく窮屈そうで、ぎこちなかった。アロイーズ夫人の微笑や意味ありげなこまごました合図を見ても、またこの隊長と低い声で話をしながら、ときどき目をはなして娘のフルール＝ド＝リのほうを見ては、まばたきをしたりしているところから見ても、どうやらこれは、この青年とフルール＝ド＝リとのあいだに婚約がとり結ばれて、おそらく近いうちにあげられる婚礼か何かの話であることが、たやすくわかった。そしてまた、この士官の困ったような冷淡なようすを見ると、少なくとも彼のほうでは娘ほどは愛情をもっていないということも、すぐにわかるのだった。その顔つきをちょっとでも見れば、彼が窮屈でしかも退屈しきっていることがわかるのだが、今どきの駐屯部隊の少尉にでも言わせたら、きっとこんなふうに素晴らしく表現してみせることであろう。

「こいつはひどい重労働だ！」と。

この人のよい夫人は、自分の娘のことで夢中になっていたので、可哀《かわい》そうなことに母親というものはとかくそうなのだが、士官があまり熱意をもっていないということには気がつかなかったのだ。そして、一所懸命になって、フルール＝ド＝リが刺繍をしたり、枷《かせ》を繰ったりしている手ぎわがどんなに申しぶんのないものであるかを、低い声で男に気づかせようとして、しきりに気をもんでいた。

「ほら、ね、ごらんなさいな！」と、夫人は彼の袖《そで》を引っぱりながら耳もとにささやいて言った。「あれをごらんなさいな！　ほら、体をかがめてるでしょ」

「まったくですな」と、青年は答えたものの、またもやぼんやりしたように、冷たく黙ってしまった。

だがすぐにまた、彼は身をかがめなければならなかった。アロイーズ夫人が彼にこう言ったのだ。

「あなたの花嫁さんほど、愛くるしくって陽気な人を今までにごらんになったことがおありでしたか？　あんなに色の白い、しかも金髪の女の子がありますかしら？　手の美しいことといったら、満点じゃありませんか？　それに、襟《えり》もとは、うっとりするほどきれいで、まるで白鳥のようじゃありませんか？　まったくあなたはお羨《うらや》ましい！

男に生まれついてお幸せですわ。女泣かせねえ！　わたしのとこのフルール＝ド＝リは、ほれぼれするほど美人でしょ？　あなただって、あの子に夢中になっていらっしゃるんでしょ？」

「もちろんですよ」まるでべつなことを考えながら、彼は答えた。

「まあ、あの子のところへ行ってお話しなさいな」急にこう言って、アロイーズ夫人は肩をつっついた。「あの子に何か言ってやってくださいよ。あなた、いやに臆病におなりになったのね」

臆病なのはこの隊長の美点でも欠点でもなかったのだということを、ここでみなさんにはっきり申しあげることができる。彼はそれでも、言われたとおりにしようとしたのである。

「お嬢さん、あなたがなさっているタペストリーの仕事は、いったい何の図案なのですか？」と、フルール＝ド＝リに近づきながら、彼は言った。

「まあ、もうこれで三度も申しあげましたわ。これは海の神さまネプトゥヌスのほら穴ですのよ」と、フルール＝ド＝リはつんとして答えた。

たしかにフルール＝ド＝リのほうでは、この隊長の冷淡で上《うわ》の空《そら》のようすを、母親以上にはっきりと見ぬいていたのだ。彼は、どうしても何か話をしなければならないと感じた。

「で、その海の神さまとやらは、誰のために作っているんですか?」と、彼はきいた。

「サン゠タントワーヌ・デ・シャンの修道院にお納めするためよ」フルール゠ド゠リは、顔もあげずにこう言った。

隊長は、タペストリーの端を手に取って、

「お嬢さん、頬《ほお》をふくらませてラッパを吹いている、この太った兵士は何ですか?」

「トリトン(ギリシア神話の半人半魚の水神)よ」

フルール゠ド゠リの無愛想なことばの中には、あいかわらず少し不平らしい調子があった。青年は、彼女の耳もとに何か、どんなくだらぬことでも、お世辞の一つでも言わなければならないと悟った。そこで身をかがめてはみたものの、いくら考えても、やさしい親しげなことばが心に浮かんでこなかったが、やっとこう言った。

「なぜあなたのおかあさんは、いつでもシャルル七世(ルイ十一世の父。十五世紀の国王)時代のぼくたちのおばあさんみたいに、あんなに変わった紋章のついた上着を着てるんでしょうかね?ねえ、お嬢さん、おかあさんにこう言いなさいよ、そんな上着は今どき上品じゃありませんよ、それに、あんな肘金《ゴン》と月桂樹《ローリエ》とを紋章のように刺繍した着物だって、まるでマントルピースが歩いているように見えるって。本当に、ああいうのは、今じゃ、はやりませんからね、たしかに」

フルール＝ド＝リは、美しい目に恨《うら》みをたたえて顔をあげ、低い声で言った。「わたくしにおっしゃることは、それっきりですの？」

一方、人の好いアロイーズ夫人は、二人がこのように身をかがめてひそひそ話をしているのを見て、すっかりうれしくなり、持っていた時禱書《じとうしょ》の留め金をもてあそびながら、こう言った。

「まるで恋の絵のようね。ほろりとするわ！」

隊長はますます気づまりになり、急に話題を変えて、またタペストリーの話をはじめた。「本当にみごとにできましたね！」

それを聞いて、肌の白い金髪の美少女で、青い綾織《あやおり》の服にぴったりと襟あしをつつんだコロンブ・ド・ガイユフォンテーヌが、おずおずと、しかも心の中ではこの美男子の隊長が返事してくれないかな、と期待しながら、フルール＝ド＝リのほうにことばをかけた。「ゴンドローリエさま、お姉さまは、ラ・ロッシュ＝ギュイヨンのお館《やかた》のタペストリーをごらんになったことがありまして？」

「それは、ルーヴル宮のランジェールの庭園をとり囲んでいるあのお館じゃなくて？」と、ディヤーヌ・ド・クリストゥイユが笑いながらたずねた。この娘は歯が美しくて、そのために、何を言うときでも笑うことを忘れなかった。

「そうね、あそこにはパリの昔の城壁の大きな古い塔があるわね」と、アムロット・ド・モンミシェルは言いそえた。彼女は美しくつやつやした栗色の巻き毛をしていて、いつも他人が笑うようなときに、なぜかしら溜息《ためいき》をつくのが癖であった。

「コロンブさん、あなたのおっしゃりたいのは、シャルル六世(ルイ十一世の祖父。フランス国王)のときに、バックヴィルさまが持っていた、あのお館のことじゃなくて？　ほんとにあそこには、それはそれは素晴らしい竪機《たてばた》のタペストリーがありますわね」と、アロイーズ夫人がことばをはさんだ。

「シャルル六世だって？　シャルル六世とはね？」と、若い隊長は口ひげをひねりあげながらつぶやいた。「へええ驚いたね。ばあさんてものは古いことを覚えてるもんだな！」

ゴンドローリエ夫人はさらにつづけて、「ほんとにそれはそれは、きれいなタペストリーでしたわね。あんな立派なお仕事なんて珍しいほどですわ！」

このとき、背は小さいがすらりとした、七歳になる少女のベランジェール・ド・シャンシュヴリエが、バルコニーのクローバー形になったところから広場のほうをながめていたが、叫び声をあげた。

「まあ！　ごらんなさいよ。フルール＝ド＝リのおばさま、あの石畳の上できれいな踊り子が踊っているわよ。それにあの人、まちの人たちに囲まれてタンバリンを叩いているわ！」

ほんとにタンバリンを叩く、トントンという調子のいい音が聞こえた。

「旅をしているジプシーの女か何かよ」と、フルール＝ド＝リは何げなく広場のほうを振り向いて言った。

「見にいきましょう！」友達がみんな勢いよく叫んで、そろってバルコニーのほうに走っていったので、フルール＝ド＝リは、フィアンセの男の冷淡なことを考えて、物思いに沈んでいたが、ゆっくりとみんなのあとについていった。と、男のほうでは、このできごとのために気づまりな会話がとぎれたので、ほっとして、勤務から解放された兵隊のような満足したようすで、部屋の奥のほうに帰ってしまった。とはいうものの、美人のフルール＝ド＝リ相手のこういうつとめは、心のうきうきする楽しいものであった。少なくとも昔は、彼にとってはそう思われたのである。だが、隊長はしだいに飽きてしまっていたのだ。近いうちに結婚しなければならないのかと思うと、日増しに冷やかになっていった。そのうえ、彼は浮気者で、そういってはなんだけれども、趣味に少し下品なところがあった。名門の出であったのだが、軍隊生活を送っているあいだに、古参兵の習慣がいくつも身についてしまっていた。まちの酒場の酒の味も覚え、さてそのつぎは、おきまりの次第、下品なことばや軍人によくある色事にふけり、なびきやすい女を相手にして、すぐさまものにしていた。けれども、家庭においては相当な教育を受けたこともあったし、行儀作法も学んでいたのだった。だが、あまりにも若いうちに国じゅうを放浪したり、各地に駐屯したりして、毎日のように憲兵の肩帯《けんたい》にはげしくもまれて、貴族の箔《はく》をすっかり落としてしまったのである。それでも世間への義理の気持が残っていたためか、まだときどきは彼女のところをおとずれたのであるが、フルール＝ド＝リのところにいると二重に気づまりを感じるのだった。というのは、第一には、彼はいたるところでいろいろな女とかかわりあいを持っていたために、彼女に対しての愛情をほとんど持ち合わせていなかったからである。それに、こんなに多くの、気むずかしい、しゃちこばった、礼儀正しい女たちの中にいては、神を汚《けが》すようなことばの習慣がついている口が、ひょいと暴れださないものでもないし、酒場でのことばがとび出してくるのではないかと、たえずびくびくしていたからでもあった。もしそんなことになったら、面白い結果が生まれることであろうが！

それに彼の場合、こういう気持のうえに、さらに、上品ぶってしゃれっけもあり、愛想よくしようという気持も大いにまじっていたのである。このへんの事情は、みなさんもよろしくご想像できることだろうから、私としては、単に事実を述べるだけにとどめておこう。

さて、彼はさっきから何を考えているのか、あるいは何も考えていないのかは知らないが、だまって彫刻のついているマントルピースによりかかっていたが、そのときフルール＝ド＝リが急に振り向いて、ことばをかけた。つまり、気の毒にもこの若い娘は、心にもなく彼に対してすねただけのことであったのだ。

「ねえ、あなた、あなたは二か月ばかり前、夜警をしていたときに、十幾人かの泥棒の手から小さなジプシー女を救ってやったって、わたくしたちにお話しにならなかったかしら？」

「そうそう、そんなこともありましたっけね」と、隊長は言った。

「あら、あそこの広場で踊りを踊っているのは、きっとあのジプシー娘よ。ね、フェビュスさま、来てごらんなさい、きっとそうかもしれなくってよ」

彼は、自分のそばに来いと、ことばをかけた娘のものやわらかな誘いをうけたり、また自分の名前を呼んだというその気持を考えると、これはてっきり彼女が心の中でこっそり仲直りがしたいと思っているのだと察した。フェビュス・ド・シャトーペール隊長は（こうはっきり名前を出すわけは、この章のはじめからみなさんがおなじみのこの隊長は、ほかならぬフェビュスであるから）、ゆっくりバルコニーのほうに近よっていった。フルール＝ド＝リは、フェビュスの腕にやさしく手をかけて言った。「ほらね、ごらんなさいな、女の子があそこでまるく囲んだ人垣の中で踊っているでしょう。あれが、いつかお話しのジプシー娘なんでしょう？」

フェビュスはじっと見ていたが、こう言った。

「そうですな。あのヤギでわかりますよ」

「まあ！　ほんとに可愛《かわい》らしいヤギですこと！」アムロットは、感心して手を叩きながら言った。

「あの角《つの》は、本当に金でできているのかしら？」と、ベランジェールがたずねた。

肘掛け椅子から動かずに、アロイーズ夫人はことばをひきついだ。「去年、ジバール門を通ってやってきた、あのジプシー女の一人じゃないかね？」

「まあ、おかあさま」と、フルール＝ド＝リはやさしく言った。「今じゃあの門は、『地獄の門《ポルト・ダンフェール》』だって言われてますのよ」

ゴンドローリエ嬢には、この隊長が母の時勢おくれの話しぶりにどんなに気を悪くしているかが、よくわかっていた。事実、彼は冷笑を浮かべながら、小声でこうブツブツ言いだした。「ジバール門だって！　へえ、ジバール門だとさ！　シャルル六世がお通りあそばしたっていうやつだな！」

「ねえ、おばさま」と、ベランジェールが叫んだ。彼女はたえず目をきょろきょろさせていたのだが、急にノートル＝ダムの塔の頂上のほうを見あげながら言った。

「あの高いところにいる黒い服を着た男は、いったい何でしょうね？」

娘たちはみんな目をあげた。ほんとに一人の男が、グレーヴ広場のほうに向いている北の塔の頂上の欄干に肘をついていたのだ。聖職者だった。その服装も、両手でかかえている顔もはっきり見えた。そのうえ、彫像のように動かなかった。じっと広場に目をそそいでいたのだ。

それはちょうど、スズメの巣を発見したトビが、じっと動かずにそれを見ているようであった。

「あれは、ジョザの司教補佐さまですわ」と、フルール＝ド＝リは言った。

「ここからそんなことがわかるなんて、あなたの目って素晴らしいわね！」と、ガイユフォンテーヌが口をだした。

「まあ、あの方は踊り子を見ておいでになるのよ！」と、ディヤーヌ・ド・クリストゥイユは言った。

「あのジプシー娘には用心しましょうよ！　だって、あの方ジプシーが嫌いなんですもの」と、フルール＝ド＝リは言った。

「あの方があんな目つきで見つめているなんて残念だわ。だって、あの女の人、とても踊りがうまくて、見ていてまぶしいくらいですものね」と、アムロット・ド・モンミシェルはつけ加えた。

「ねえ、フェビュスさま、あなたはあのジプシー娘を知っていらっしゃるでしょう。だから、あの人にここにあがってくるようにって、手招きしておあげなさいな。きっと面白いわよ」と、とつぜんフルール＝ド＝リが言った。

「まあ、賛成だわ！」と、娘たちは手を叩きながら叫んだ。

「だけど、それは、愚かなことですよ」と、フェビュスは答えた。「あの娘は、たしかにぼくのことなんか忘れているし、ぼくだってあの女の名前さえも知らないんですからね。でも、お嬢さん方がどうしてもとおっしゃるんなら、呼んでみましょうかね」こう言って、彼は、バルコニーの手すりに身をかがめて、

「おおい、娘さん！」と呼んでみた。

踊り子は、そのときタンバリンを叩いていなかった。彼女は声をかけられたほうに頭を向けたが、その輝くような視線がフェビュスの上にとまったかと思うと、それきり急に、すくんだように動かなくなってしまった。

「娘さん！」と、隊長は繰り返して呼んだ。そして、その娘に来るようにと合図をした。

娘は、あいかわらず彼のほうを見ていたが、まるで炎が頰にのぼったように顔を赤らめて、持っていたタンバリンを小脇にかかえ、びっくりしている群衆をかきわけて、フエビュスが呼んだ家の戸口のほうにやってきた。おずおずとよろめきながら、ヘビに魅入られた一羽の鳥のように、不安そうな目つきをしてやってきたのだ。

しばらくすると、タペストリーのカーテンがあがって、ジプシー娘が部屋の敷居の上に姿を現わした。顔を赤らめ、うろたえたように息をはずませていたが、大きな目を伏せて、もう一歩も出られないというようなようすだった。

ベランジェールは手を叩いて喜んだ。

そのあいだ、踊り子は入口の敷居の上にじっと立っていた。彼女が現われたために、若い娘たちのあいだに異様な結果が生まれた。それまで、たしかに、この美男の隊長の心をひこうという、知らず知らずの漠然とした望みが、娘たちをいっせいに活気づけていたのであったし、また隊長の素晴らしい制服は、たしかに娘たちがみんな色目をつかう的《まと》で、彼がそこに来てからというものは、娘たちのあいだには、自分でもはっきり意識してはいないのだけれども、口には出さないが心のうちに張りあっている気持があったこともたしかで、彼女たちの態度や話しぶりなどに、何かにつけてそれが現われずにはいなかった。しかし、彼女たちはいずれ劣らぬ美しさであったので、その力は同じくらいで、誰でもわれこそは勝利を得ようと期待することができたのであった。ところが、このジプシー娘が現われてからは、たちまちその均衡は破れてしまった。ジプシー娘は、まれに見るほどの美しさをそなえていたので、部屋の入口に姿を見せた瞬間に、その体から、真に彼女にしかないような一種の光をそこにふりそそいだように思われた。この壁紙や板張りを張りめぐらした暗いしめきった部屋の中に来てみると、彼女は広場にいたときよりも、一段とたとえようもないほどに美しく、輝くばかりであった。それはちょうど、灯《とも》し火《び》を輝く日光の下から影の中に持ってきたようなものであった。さすがの高貴なお嬢さんたちも、われ知らずその美しさに打たれて、茫然《ぼうぜん》としてしまったのである。みんなは、彼女の美しさのために、何かしら傷を受けたように感じたのだ。そこで、お嬢さん方の戦線(もしもこのような表現が許されるとしたならば)は、みんながひとことも言わないうちに、たちまち一転してしまったのである。しかし、彼女たちは素晴らしいまでに気を合わせてしまった。女性の本能は、男性の知性のおよびもつかぬほどすばやく、おたがいに了解しあい、こたえあうものだ。彼女たちの前に一人の敵が出現すると、みんなはすぐさまそれを感じ、全部が同盟してしまった。一杯のコップの水を赤く染めるには、一滴のブドウ酒があればじゅうぶんであるように、美人の集まりをすっかり、ある悪感情で染めるためには、彼女たちよりも美しい一人の女が急に現われるだけでじゅうぶんなのだ。――ことに、男がたった一人しかいないときには。

だから、ジプシー娘に対する待遇は、まったく驚くほど冷たかった。彼女たちは、女を上から下までじろじろながめまわしたり、たがいに目を見かわしたりしていたが、もうそれですべては言いつくされていた。彼女たちはおたがいに了解しあってしまったのだ。一方、若い娘のほうでは、誰かが話をしかけてくれるものと待っていたが、非常に興奮していたので、まぶたをあげることもできないほどであった。

隊長がまず第一に口を開いた。「いやたしかに美人ですなあ！　どうです、お嬢さん？」と、ずばりと得意そうに言った。

こういう意見は、褒めるにしてももっと思いやりのある人ならば、少なくとも小声で言ったのであろうが、それにしても、当然のこととはいいながら、ジプシー娘の前でじろじろ見ている女性の嫉妬《しっと》の気持をやわらげるようなものではなかった。

フルール＝ド＝リは、人を軽蔑《けいべつ》したような、いやにもったいぶった態度で、隊長に答えた。「悪くはないわね」

ほかの女たちは、こそこそとささやいていた。

とうとう、アロイーズ夫人は、彼女も自分の娘の味方として嫉妬心を感じていたのだから、嫉妬していなかったというわけにはいかないが、それでも踊り子に向かって声をかけてやった。「さあ、娘さん、こっちへおいで」「こちらへいらっしゃいってば、娘さん！」ベランジェールは、女の腰のところまでしか背丈がないくせに、おかしな威厳をはってこう繰り返した。

ジプシー娘は、貴婦人のほうへ進んでいった。

「ねえ、きみ」と、フェビュスは自分のほうから女のほうに寄っていって、力を入れて言った。「ぼくのことを覚えていてくれると、とってもうれしいんだが、どうかなあ……」

彼女はにっこりほほえんで、無限のやさしさをたたえたまなざしを男のほうに向けて、彼のことばをさえぎった。「ええ！　覚えていますとも」

「記憶がいいわね」と、フルール＝ド＝リはつぶやいた。

「ところがだよ、きみはあの晩に、やけにはやく逃げちゃったね。ぼくがこわかったのかね？」

「いいえ！　そうじゃないんです」と、ジプシー娘は言った。

この「ええ！　覚えていますとも」につづいて、「いいえ！　そうじゃないんです」

と言っている調子の中には、何かしら何とも言えないものがあって、そのためフルール゠ド゠リは、すっかり機嫌を損ねてしまった。

「ねえ、きみ、きみは自分のかわりに、あの仏頂づらをした独眼で背中にこぶのある男を、ぼくにおいていったね」隊長は、まちの女に話していると舌がほぐれていったのか、つづけて言った。「たしかにあれは司教補佐の鐘番だぜ。司教補佐の私生児で、生まれ落ちてからの化け物だという話だ。名前がまたふるっているのだ。『四季の斎日《カトル゠タン》』だとか、『花開く復活祭《パーク゠フルーリ》』だとか、『告解火曜日《マルディ゠グラ》』だとか、何かそんなものだ！　ああそうだ、なんでも、鐘の鳴る祭日とかいう名前だ。まるできみが教会の使用人におあつらえむきだとでもいうように、きみをさらっていこうと思うなんて、とんでもないやつだ！　あいつはいったい、きみにどんなことをしようと思ったんだろう？　あのミミズク野郎がさ。ふん、なんとか言い給えよ！」

「存じませんわ」

「ちえっ、なんたる無礼なやつなんだ。鐘番のくせに子爵さまでもあるかのように、女の子をさらうなんて！　庶民が貴族の猟場で密猟をするようなものだ！　まったく珍しいことさ。だけど結局はひどい目にあって、高くついたわけだ。ピエラ・トルトリュさんは、下司《げす》役人のうちでもいちばん乱暴な男だが、あのならず者をいやというほどぶんなぐったんだ。こう言ってきみが気持がいいんなら、あの鐘番は革が肉に食いこむほどひどくなぐられたと言ってもいいくらいなものさ」

「まあ、可哀そうに！」このことばを聞いて、ジプシー娘はさらし台のありさまをはっきりと思い出しながら言った。

隊長は大声で笑いだして、「なんだ、くだらない！　豚《ぶた》のしっぽにつけた羽根のように、つまらない同情というものさ！　ぼくは、法王のように腹がでっぷりと太くなりたいものさね、もし……」

こう言って急に黙ってしまった。「いや、お嬢さま方、どうも失礼しました！　おかしなことを言いだすところでした」

「まあ、ひどい！」と、ガイユフォンテーヌが言った。

「この方は、あんな女に向かっているから、こんなことばをお使いになるのよ！」と、フルール＝ド＝リは小声で言いそえた。彼女はますますくやしくなって言った。彼女は、隊長がこのジプシー娘に夢中になって、いや何もかも忘れて、素朴な兵隊らしい無作法な調子で「ほんとにきみは美人だよ！」などと言いながら、女をちやほやして、かかとでぐるぐる回っているのを見ると、くやしさが減るどころの騒ぎではなかったのだ。

「ずいぶん、粗野ななりをしているわね」と、ディヤーヌ・ド・クリストゥイユは、美しい歯を出して笑いながら言った。

この考えは、娘たちに一筋の光をあたえた。このことばのおかげで、彼女たちはこのジプシー娘をどこから攻撃すればいいのかわかったのだ。美しさには歯が立たなかったので、娘の衣装のほうを攻撃しはじめた。

「だけどほんとよ、あんた、胸あても襟飾りもつけずに、こうしてまちを駆けまわっているなんて、いったいどこを通ってきたの？」と、モンミシェルがきいた。

「それに、スカートの短いことといったら、こっちがぞっとしちゃうわね」と、ガイユフォンテーヌも言いそえた。

「ねえ、あんた、そんな金のバンドなんか締めていると、町役人たちに引っぱっていかれるわよ」と、フルール＝ド＝リもつづいて相当辛辣《しんらつ》に言った。

「ねえ、あんた、あんたが上品にその腕に袖をつけていれば、そんなに日にやけなくってもすむのにね」と、クリストゥイユは意地の悪そうな笑いを浮かべながら言った。

こういう美しい娘たちが、怒りを含んだ毒舌をふるってまちの踊り子のまわりに、へビのようにうねり、すべりこみ、からみつく光景は、まことに、フェビュスだからこそ、ぼんやり見ていられたので、もっと利口な者が見ていて、それと気がついたら、とても見ていられなかったであろう。娘たちは、やさしいようでいて、とても残酷だった。踊り子の、みすぼらしいが奇妙な金銀のぴかぴかした衣装を、意地悪そうにじろじろながめまわすのだった。そしていつまでも、どっと笑いこけたり、皮肉を言ったり、ばかにしたりしたのである。高ぶった親切をしたり、意地悪そうな目つきをしたりして、あざけりのことばが、このジプシー娘の上に、雨あられと降ってきた。それはちょうど、昔ローマの貴婦人たちが、美しい女奴隷たちの胸に金の針をさしこんで、面白がっていたのを見るようなものであった。またあるいは、上品な猟犬が、鼻をうごめかし、目を真っ赤に光らせながら、主人が目つきでそれを食ってはいかんと言っている、森の哀れな雌鹿《めじか》のまわりにいるようなものだ、とでも言えるかもしれない。

要するに、大家《たいけ》のお嬢さま方の前に、たかが広場を流して歩くまちの踊り子がいたところで、何をそんなにむきになるのか？　彼女たちは、踊り子がいることなど、まるで何とも思わないようなふうをして、彼女を前にして、彼女のことを、しかもその女に向かって、大声で、まるで不潔で、卑しく、相当ひどいものであるかのように話していた。

ジプシー娘のほうでも、こんな針でさすような毒舌に平気ではいられなかった。ときどき、恥ずかしくて顔を赤らめたり、むっとして、目や頬を火のように真っ赤にすることもあった。なにか軽蔑するようなことばが口まで出かかっても、唇をかみしめてこらえているように見えた。そして、蔑《さげす》むように、みなさんもすでにご存じの、あのちょっとしたしかめっつらをしていた。しかし彼女は、ひとことも口をきかなかった。じっと身動きもせず、あきらめきったような、悲しそうでやさしいまなざしをして、フェビュスのほうをじっと見まもっていた。このまなざしの中には、また幸福とやさしさとがあった。おそらく彼女は、追い出されるのがいやさに、こうしてじっと我慢していたのだろう。

一方、フェビュスのほうはというと、笑いを浮かべながら、人を軽んじたような、また気の毒に思うような、まじり合った気持で、ジプシー娘に同情していた。

「ねえ、きみ、なんとでも言わせておくさ！」金の拍車をガチャガチャ鳴らしながら、彼はこう繰り返した。

「たしかにきみの着ているものは、少しとっぴだし、粗野だよ。だけど、きみみたいな可愛らしい女には、どうだっていいことさ」

「まあ、ひどい！　王室親衛隊の将校さんともあろう方がたでも、ジプシー娘の美しい目にはころりと参ってしまうのね」と、金髪のガイユフォンテーヌは、白鳥のような首をのばし、にが笑いをしながら叫んだ。

「おや、どうしていけませんかね？」と、フェビュスは言った。

隊長が、どこに落ちるのか見もしないで、めちゃくちゃに投げた石のように、むぞうさに投げすてたこの答えを聞いて、コロンブは大声で笑いだした。すると、ディヤーヌもアムロットもフルール＝ド＝リも笑いだしたが、フルール＝ド＝リの目には、そのとき涙が光っていた。

ジプシー娘は、コロンブやガイユフォンテーヌのことばを聞いて、目を落としてうつむいていたが、ようやくうれしそうにまた得意そうに目を輝かせて顔をあげ、また、じっとフェビュスの顔を見つめた。そのとき彼女は一段と美しかった。

老婦人はこの光景を見ていて、感情を傷つけられたような気がしたが、なんのことやらさっぱりわからなかった。

「まあ！」と、急に彼女は叫んだ。「あたしの足のところで何か動いているわ。何かしら？　まあ！　汚《けが》らわしい動物だこと！」

それは、主人を探しにやってきたあのヤギだった。ヤギは、女のほうにぐんぐん進んでいこうとしたが、その角《つの》が、貴婦人がすわっていたときに足の上に垂れていた服の裾《すそ》にからみついて、困っていたところだった。

これはまた、とんだ座興になってしまったが、ジプシー娘は何とも言わずに、ヤギをほどいてやった。

「おや、まあ！　この子ヤギは金の足をしているわ！」と、ベランジェールは踊りあがって叫んだ。

ジプシー娘は、膝をついてうずくまり、ヤギの頭にやさしく頬ずりしてやった。それはちょうど、こうしてヤギをほうっておいたことに対してお詫《わ》びを言っているように見えた。

ディヤーヌのほうでは、コロンブの耳もとに顔を寄せていたが、

「おや、まあ！　どうしてあたしもっと早く気がつかなかったのかしら？　この人、ヤギをつれているジプシー女よ。魔法使いで、そのヤギはいろいろと不思議な芸当をするっていう話だわ」

「あら、まあ、こんどはどうしたって、ヤギに芸当をさせて、その不思議な芸を見せてもらわなくっちゃ」と、コロンブが言った。

ディヤーヌとコロンブとは、勢いこんでジプシー娘にことばをかけた。「ねえ、あんたのヤギに何か芸当をやらせなさいよ」

「なんのことをおっしゃるのか、あたしにはわかりませんわ」と、踊り子は答えた。

「芸当よ、魔術よ、つまり魔法のことよ」

「なんだかさっぱりわかりませんわ」こう言って彼女は、「ジャリや！　ジャリや！」と繰り返して言いながら、可愛らしい動物をなでてやるのだった。

と、そのとき、フルール＝ド＝リは、ヤギの首にぶらさがっている、刺繡のある革の小さな袋に目をとめて、娘にたずねた。「それ、なあに？」

娘は大きな目を彼女のほうに向けて、重々しく答えた。「これは、あたしの秘密なの」

《あなたの秘密って何だか、ぜひ知りたいものだわ》と、フルール＝ド＝リは思った。

しかしそのとき、貴婦人は不機嫌そうに立ちあがって、「そんなら、おまえさん。おまえさんもヤギも踊らないいんなら、いったいここに何しに来たの？」

ジプシー娘は何とも答えずに、ゆっくり戸口のほうに進んでいきかけたが、戸口に近づくにしたがって、その足どりはまた重くなっていった。何か引きつけてはなさない磁石が、彼女を引っぱっているようであった。と、ふいに涙でぬれた目をフェビュスのほうに向けて、立ちどまった。

「おいおい！」と、隊長は叫んだ。「そんなふうにして行ってしまってはいかんよ。さあ、戻ってきて何か踊ってくれよ。ときに、きみ、きみは何という名前だい？」

「エスメラルダ」と、踊り子は彼から目をはなさずに言った。

このふう変わりな名前を聞いて、若い娘たちのあいだからどっと笑い声が起こった。

「まあ、女にしちゃ恐ろしい名前だわね！」と、ディヤーヌが言った。

「そらごらんなさい、魔女でしょ」と、アムロットが言った。

「ねえ、おまえさん、おまえさんのご両親は、洗礼の聖水盤の中から、おまえさんにそんな名前をとり出したんじゃないんでしょう」と、アロイーズ夫人がもったいぶって叫んだ。

　こうしている間に、しばらく前から、ベランジェールは誰も気づかないうちに、菓子パンを持って、ヤギを部屋の隅のほうにつれていった。ほんのちょっとの間に、彼女はヤギとはすっかり仲よしになってしまい、彼女はもの好きにもヤギの首に吊《つ》るされている小さな袋をはずして、それを開き、中にはいっているものを敷物の上にあけてしまったのだ。それは一つひとつの文字がそれぞれにツゲの木の小さな板の上に書きこまれている、一組のアルファベットだった。そのおもちゃが敷物の上に広がるか広がらないうちに、彼女が驚いたことには、ヤギはその金の足で、ある文字を引っぱって、それをそっと押しながら、ある特別な順序に正しく並べてしまったのである。これは、ヤギのやる奇跡の一つだったのだ。しばらくすると、ヤギが書こうとしているように見えた一つのことばができてしまった。それほどヤギのほうでは、それを作るのにほとんどためらったようすもなかったのだ。ベランジェールはすっかり感心して、とつぜん手を叩いて叫んだ。

「フルール＝ド＝リのおばさま。ねえ、ヤギのしたことを見てちょうだいよ！」

フルール＝ド＝リは駆けよってきたが、身震いするほど驚いてしまった。床の上に並べられた文字を見ると、つぎのようなことばになっていたのである。

フェビュス

「このヤギがこれを書いたの？」と、彼女はたずねたが、声の調子まで変わっていた。

「そうよ」と、ベランジェールは答えた。

もう疑うことはできなかった。子供がこんなことを書くことは、とうていできなかったはずである。

「これがその秘密なのね！」と、フルール＝ド＝リはつぶやいた。

そのうちに彼女の声を聞きつけて、みんなもやってきた。母親も、娘たちも、ジプシー娘も、それに士官も。

ジプシー娘は、ヤギがとんでもないことをしでかしたものだと思った。彼女は顔を赤くしたり、青くしたりして、隊長の前でまるで罪人のようにぶるぶる震えだした。しかし彼のほうは、満足そうに、しかも驚いたように、にやにやしながら娘のほうを見つめていた。

「フェビュスですって！」と、娘たちはびっくりしてささやいた。

「隊長さんの名前じゃないの！」

「あんたは、なんてまあ、もの覚えがいいんだろう！」と、フルール＝ド＝リはじっと身動きもしないでいたジプシー娘に言った。それからどっと泣きだして、「まあ！この人は魔女だわ！」と、その美しい両手に顔をうずめながら悲しげにつぶやいた。するともっとにがい声が心のうちで自分にこう言っているのが聞こえた。《これこそまさにライバルだ！》

彼女は、気を失って倒れてしまった。

「まあ、娘や！」と、母親はおろおろして叫んだ。「さっさとお行き、このジプシーのやつめ！」

エスメラルダは、またたく間にこの不運な文字をひろい集め、ジャリに合図をして戸口から出ていった。一方フルール＝ド＝リも、別なドアからつれだされた。

フェビュス隊長はひとり残されたが、二つのドアのあいだで、どちらにしようかとしばらくためらっていた。が、やがて、ジプシー娘の後につづいて出ていった。

2　聖職者と哲学者とは赤の他人

若い娘たちが北の塔の高みに見つけたあの聖職者は、広場のほうに身をのりだして、ジプシー娘の踊りを一心に見ていたが、それは事実、司教補佐のクロード・フロロであった。

みなさんは、この司教補佐が秘密の部屋を塔の中に持っていたことをお忘れではないだろう(ついでに申しあげるならば、この部屋の内部が、今日《こんにち》でもまだ、四角な小さな天窓から見えるような光景と同じものであったかどうか、私は知らない。その天窓は、平屋根の上に、東向きに、人間の高さくらいのところに開いていて、その平屋根からいくつかの塔が立っている。この内部は、まさに一つの小屋で、現在では、なんの飾りもなく、からっぽで、荒れはてたままだ。その壁は、ところどころ、石膏《せっこう》もはげているが、今でも、大聖堂の正面玄関をかたどっているいくつかのまずい黄色の彫刻で、あちらこちらに「飾られて」いるのだ。この穴には、コウモリとクモとが競って巣くっていて、そのために、ハエにとっては、絶滅する二重の戦いが行なわれているものと思われる)。

毎日、日の暮れる前に一時間ばかり、司教補佐は塔の階段をのぼって、この小部屋に閉じこもり、ここで、ときによると幾晩もすごすことがあった。この日も、彼はこの小部屋の低い扉の前にやってきて、腰に下げている財布の中にいつでも持っている、小さな複雑な鍵《かぎ》を錠の穴に入れたところであった。と、そのとき、タンバリンとカスタネットの音が耳もとに聞こえてきた。この音は、ノートル＝ダムの広場から聞こえてきたものであった。この小部屋は、前にも述べたように、窓といっては、教会の寄棟《よせむね》に向いている明かりとりがただ一つあるだけであった。クロード・フロロは大急ぎで鍵を抜いた。そして一瞬の後には塔の頂上に出ていた。そして、あのお嬢さんたちに見られたときのような憂鬱《ゆううつ》な瞑想《めいそう》にふけるような態度をしていた。

彼はそこで重々しい顔をして、身動きもせず、じっと娘のほうに目を向け、物思いに沈んでいた。足もとにはパリ全市が横たわっていた。さまざまな建築物の尖塔《せんとう》が幾千となくそびえ立ち、やわらかな丘の起伏は、まるい水平線を描いていた。河は、橋の下をヘビのようにうねり、住民はまちの中を流れている。煙は雲のように、家々の屋根は連山のように幾重《いくえ》にも輪をなして、ノートル＝ダムをとりかこんでいる。しかし、このまちの中で司教補佐は石畳の一点、つまりノートル＝ダムの広場しか目にはいらなかったのだ。また、この群衆の中では、ただ一つの顔、つまりジプシー娘しか目にはいらなかったのである。

このようにじっと見つめていることが、どんな意味をもつものであったか、その目からほとばしり出る炎は、どこからきたものであるか、申しあげようとしても、それはまことに難しいことであっただろう。彼の視線は動かず、しかも苦痛と混乱との色がたたえられていた。全身は、風にそよぐ木のように、ときどき、かすかに無意識に身震いするばかりで、じっと身動きもせずにいたが、そうしたことや、また身をささえている欄干の大理石よりも硬くなっている肘《ひじ》のようすや、顔をひきつらせている化石のような微笑を見ても、クロード・フロロの中には、まるでただ目だけが生きているばかりのようであった。

ジプシー娘はあいかわらず踊っていた。指先でタンバリンを回して、プロヴァンスふうのサラバンド踊りをおどりながら、タンバリンを空中高く投げ上げた。身も軽く、心も軽やかに、楽しげに。頭の上に真上からまっすぐにそそがれた恐ろしいまなざしの重さなどは感じていなかったのだ。

群衆は彼女のまわりに蟻《あり》のように集まっていた。ときおり、黄と赤の軍人用の長外套《なががいとう》を着た一人の男が見物席に仕切りの輪をつくってはまた帰ってきて、踊り子から五、六歩はなれたところに置かれた椅子《いす》に腰をおろして、膝《ひざ》の上にのせたヤギの頭を抱いていた。この男はジプシー娘の仲間らしかった。だが、クロード・フロロはその立っている高い地点からは、この男の顔つきから誰であるかを見分けられなかった。

司教補佐がこの見知らぬ男に気がついてからは、その注意は踊り子とこの男との両方にそそがれ、そして彼の顔はますます憂鬱になっていった。司教補佐は、とつぜん立ちあがって全身をぶるぶると震わせてつぶやいた。「あの男はいったい何者だろうか？今まではいつでも、あの女ひとりだったのだが！」

やがて彼は、らせん階段を通って、また、丸天井の下におりていった。鐘楼《しょうろう》の扉の前を通ると、戸がなかば開いていたのでふと中を見ると、何を見いだしたのかぎょっとしてしまった、それはカジモドであった。彼もまた、大きな鎧戸《よろいど》のような形をしているスレートのひさしのすきまから、司教補佐と同じように広場をながめていたのだ。彼は深い物思いに沈んでいたので、養父がそばを通りかかったことには少しも気がつかなかった。野性的な目は異様な表情をしていた。それは、このうえもない喜びをたたえたやさしい目であった。「不思議なことだ！　やつがあんなにして見ているのは、あのジプシー娘かな？」と、クロードはつぶやいた。けれども彼は、そのままずんずんおりていった。しばらくすると、司教補佐は心配そうなようすで塔の下のドアを開けて、広場に出ていった。

「あのジプシーの女はどうなりましたかね?」と、彼はタンバリンの音にひかれて来ていた見物人の群衆の中にまぎれこみながら言った。

「知りませんな、あの娘は今しがた見えなくなりましたね。あの正面の家から呼ばれて、中でスペイン踊りでもしに行ったのでしょう」と、隣にいた一人の男が答えた。

ついさっきまで、ジプシー娘が、唐草《からくさ》模様が見えなくなるほど気まぐれな模様を描きながら踊っていた、あの敷物の上には、もう彼女の姿は見えなかった。司教補佐が行ってみると、そこにはもう赤と黄の軍人用の長外套を着た男だけしかいなかった。その男は、こんどは自分もいくらか銭をもらおうと思って、腰に手をあてて頭を空に向け、顔を赤くしながら、首を突き出し、椅子を歯でくわえ、輪のまわりをぐるぐる回っていた。その椅子の上には、隣の女が貸してくれた一匹の猫がしばりつけてあったが、驚いてギャーギャー鳴いていた。

「おや!」と、司教補佐は、この大道軽業師が玉の汗をかきながら、椅子と猫とをピラミッドのような格好にして前を通りすぎようとしたとき叫んだ。「ピエール・グランゴワール君じゃないか? そこで何をしているんだね?」

司教補佐のきびしい声を聞くと、この男は可哀《かわい》そうにひどいショックを受けたものか、全体の平均を失ってしまい、椅子と猫はごちゃごちゃにいっしょくたになって、どっと起こったあざけりの声の中に、見物人の頭の上に倒れ落ちてしまった。

もしも、クロード・フロロがついてこいという合図をして、混雑にまぎれて急いで聖堂の中に逃げこまなかったら、ピエール・グランゴワール先生は（というのは、この男はまさしく彼であったからであるが）、猫を貸してくれた隣の女や、ぐるりを取り囲んでいた人びとのうち、顔に打撲傷やかすり傷を受けた者たちみんなに対して、いやな詫《わ》び料を払わなければならなかったであろう。

大聖堂はすでに薄暗く、ひっそりとして人影もなかった。本堂のあたりも一面の暗闇《くらやみ》であった。礼拝堂のランプは星のように輝きはじめたが、それだけ逆に丸天井が暗くなった。ただわずかに、正面玄関の円花窓《えんかそう》だけが入り日の光を受けて、影の中にまるでダイヤモンドの塊《かたま》りのようにきらきらと輝き、そのまばゆい光を本堂のもう一方の端に反映させていた。

彼らが五、六歩もあるいたとき、クロード師は、とある柱によりかかって、じっとグランゴワールを見つめたが、その目つきは、グランゴワールが恐れていたような目つきではなかった。彼は自分がこのような道化役者の服装をしたところを、この重々しい、しかも博学な人物にふいに見つけられて、恥じいっていたのである。だが、司教補佐の目つきには、べつに人を軽蔑《けいべつ》する気持も、皮肉なようすも何ひとつ現われていなかった。

彼は、まじめな、もの静かな、そして人の心を読みとおすような顔つきをしていたが、まずこの司教補佐のほうから言いだした。

「ここに来たまえ、ピエール君。いろいろとおたずねしたいことがあるんだがね。まずだね、きみは二か月も前から姿をくらましているなんて、いったいどういうわけなんだい？　しかも、あの四つ辻で変ななりをして、まったくだよ、コードベック産のリンゴのように赤と黄色の模様の服なんかを着こんで」

「先生」と、グランゴワールは哀れっぽく言った。

「まったく、ものすごく異様な服装でございますな。猫がひょうたんをかぶったよりも、もっとお恥ずかしいものをお目にかけてしまいました。こんな軍人用の長外套の下で、ピュタゴラス派の哲学者ともあろう者の上膊骨《じょうはくこつ》を、夜警隊の連中になぐらせるなどということは、まことにはや、わたしの失策でございますな。しかし先生、どうもいたしかたのないことなのです。実は、わたしの昔からの上着が悪いのです。この冬のはじめに、わたしはこの上着がぼろぼろになってしまったので、廃品回収業者のかごに休息させてやらなければならないと思って、売り払ってしまったのです。どうにもしかたのないことなのです。文明はまだ、昔ディオゲネス（前四世紀のギリシアの哲学者。物乞いをして、文化的生活を否定した）がしようとしたように、人間が真《ま》っ裸《ぱだか》で歩くことができるようなところまでは達していませんからね。それに、とても寒い風は吹くし、一月という月は、人類にこの新たな一歩を踏みださせようとしても、なかなかうまくはいかない月ですからね。そこに、この軍人用の長外套が現われ出ましたので、それを着ました。そして前の黒のぼろ服を捨ててしまったのです。あれは、秘密な研究をしているわたしのような錬金術師《れんきんじゅつし》をあまりぴたりと密閉してはくれませんでしたからね。そこでわたしは聖ゲネストゥス（ローマの大道芸人。ディオクレティアヌス帝のキリスト教徒の迫害に抵抗して殉教した）のように、大道芸人の衣装をつけているというわけなのです。どうにもしかたがありませんですな。ちょっと雲隠れというわけなのです。しかし、アポロンでも、アドメトス（ギリシア神話中の人物。アポロンは彼の家畜の番をした）の家で、豚《ぶた》の番をしましたからね」

「ご立派な商売をはじめたものだな！」と、司教補佐は言った。

「ですが先生、哲学を研究したり、詩を作ったり、暖炉の火をおこしたり、あるいはまた、天上から火をさずかったりするほうが、大盾の上に猫をのせているよりもよいということは、わたしも承知しているのです。ですから、先生からふいに呼びかけられたときには、わたしはまるで焼《や》き串《ぐし》回転器の前に出たロバのようにばかに見えたことでしょう。しかし先生、どうにもしかたがないのです。その日その日をまず生きていかなければなりませんし、それに、どんなに美しいアレクサンドラン（十二音節詩句）の詩だって、歯の下にあってはブリー産のチーズのような価値があるというわけにはいきませんからね。

ところで、わたしは、フランドルのマルグリット姫のために、先生もご承知のあの名高い祝婚歌を作りましたが、市当局はそれがあまり出来がよくないなどという口実をつけて、原稿料を払ってくれないのです。まるで、ソポクレスの悲劇に四エキュも払えばよいと思っているようなんですよ。ですからわたしは、腹がへって死にそうになったのです。ところが幸いなことに、わたしの顎《あご》は少しばかりじょうぶだということがわかったので、顎に向かってこう言ってきかせたのです。『何か力業《ちからわざ》か軽業をやってくれ。そして自分自身を養ってくれ。なんじ自らを養え』友達になった大勢の浮浪人どもが二十ばかりのいろいろな力業をわたしに教えてくれまして、今じゃ、歯のやつが昼間のうちに汗を流してかせいだパンを、夜になると、毎日のようにわたしは歯にやってしまうのです。要するに『余《よ》は承認す』ですな。それは、わたしの知的能力の悲しい使い方であるということは、わたしも認めているのです。それにまた、男子たるものは、タンバリンを叩いたり、椅子を歯でくわえたりなどして、一生をすごすようにできているのではないということも存じてはいるのですが、しかし先生、生きるためにはそうもしていられないので、どうしても、かせがなければならないのですよ」

クロード師は黙って聞いていた。と、とつぜん、そのくぼんだ目は、鋭い、胸をつらぬくような表情を表わしたので、グランゴワールはそのまなざしにあって、魂の奥底まで見すかされたような気がした。

「なるほどピエール君、それもいいだろう。だが、どうして、きみはいったい、今あのジプシーの踊り子といっしょにいるようになったのかね？」

「実は、あれはわたしの女房でして、わたしはあれの亭主というわけなのです」

司教補佐は、陰鬱《いんうつ》な目をぎらりと輝かせた。

「こいつめ、きさまはそんなことをしでかしたのか？」と、彼は怒って、グランゴワールの腕をつかんで叫んだ。「きさまはあの娘に手をつけるなんて、それほど神に見はなされたのか？」

「とんでもない、先生」と、体じゅうを震わせて、グランゴワールは答えた。「わたしはけっしてあの女に指一本たりともつけたことがないのです。どうもその点がご心配なようですがね」

「それにしても、きみが亭主だとか女房だとか言っているのは、どういうわけなのだ？」

グランゴワールはできるだけ手短に、みなさんがすでにご存じのこと、つまり奇跡御殿のできごとや、あの壺《つぼ》を割っての結婚のことについて、急いで彼に語った。それに、その結婚もまだ何の実りもないらしく、毎晩、あの初夜のように、ジプシー娘は、夫婦の夜のいとなみをすっぽかしているらしかった。「じつに後口《あとくち》の悪い話でしてね」と、グランゴワールは最後に言った。

「というのも、わたしが処女なんかと結婚してしまったのが運のつきなのですかな」

「いったいそれがどうしたというのだね?」と、司教補佐は話を聞いているうちに気も静まってきて、こうたずねた。

「曰《いわ》く言いがたしですな」と、詩人は答えた。「迷信なのですね。わたしたちの仲間でエジプト公と呼ばれている老盗賊がわたしに語ったところによりますと、わたしの妻は拾い子なのです。いや捨て子なのです。どっちにしても同じことですが。妻は、お守りを一つ首にかけておりますが、それは人の話によると、たしかにそれをかけていると、いつかは自分の両親にめぐりあえるのだそうで、もしもあの娘が操《みさお》を破れば、その霊験《れいげん》もなくなってしまうというのです。というような次第で、わたしどもは二人とも、ずっと純潔のままでいるというわけなのです」

「というと、ピエール君、きみは、娘がどんな男にも寄りつかなかったと思っているのだね?」と、クロードは言った。彼の顔は、しだいに晴れやかになっていった。

「クロード先生、迷信に対しては、一人の男子もどうにもなりませんよ。あの女は、迷信にこりかたまっているのですからね。まったく御《ぎょ》しやすい、ああいうジプシー娘たちの中にいて、あんなふうに頑強に、修道女のように処女をまもっているなんてことは、たしかに珍しいものだと思いますよ。しかし、あの女は自分を保護してくれるものとして、三つのものを持っているのです。第一にエジプト公で、あれがあの女を保護しているのですが、おそらく司祭さまか誰かにでも売りとばすつもりでしょうな。それに、あの女の町内の者がみんな、あれをまるで聖母のように、不思議なほど尊敬しているのです。第三には、警察では禁じられているのに、小さな短刀を一ふり、いつでも肌身はなさず、体のどこかに持っているのです。あの女の体に抱きつこうものなら、さっとそれを抜いてみせるのです。とてつもないスズメバチなんですな、まったく!」

司教補佐は、グランゴワールにしつこく質問の矢を浴びせかけた。

エスメラルダは、グランゴワールの察するところによると、罪のない可愛《かわい》い娘で、その特徴であったふくれっつらさえなければ、美人でもあった。うぶで、しかも情熱的な女で、まるで学問などしていなかったけれども、なんにでも夢中になって信ずるというたちであった。まだ男と女との区別など夢にも知らず、つまり、なんといっても、踊りとにぎやかさと大空とに夢中になっているように、まあ、こんなふうにできていたのである。まるでミツバチとでもいったように、足には目に見えない翼でもはえているのか、渦まく人の群れの中で生きている女であった。彼女のこういう性質は、彼女がずっと送ってきた放浪の生活からきたものであった。グランゴワールは、彼女がごく子供のころに、スペインやカタルーニャや、シチーリアの果てまで、さまよったことがあることを知った。彼女が自分がその一員として、ジプシーの仲間につれられてアルジェの王国までも行ったことがあるらしい。このアルジェの国は、アカイアにある国で、アカイアの国は、そこで、一方はアルバニアとギリシアとに接し、またもう一方は、コンスタンチノープルへの道であるシチーリアの海に接していた。グランゴワールの言うところによれば、ジプシーというのは、アルジェの国王の臣下で、このアルジェの国王はまた、マウル人の中にいる白人の族長という資格をそなえていたのである。たしかなところでは、エスメラルダは、まだごく小さいころに、ハンガリーをへて、フランスに流れこんできたということである。この娘は、こうした国々をすべて歩きまわってきたので、その国々の気まぐれな方言や、異国の歌や考えを覚えてきたのだ。だから娘のことばには、その衣装が半ばパリっ子のようで、半ばアフリカふうであるのと同じように、何かしらごちゃごちゃとまじったところがあった。そのうえ彼女は、なじみの町内の人びとから、快活だとか、やさしいとか、身のこなしが活発であるとか、また踊りや歌がうまいとかというので可愛がられていた。まちじゅうで彼女が憎まれていると思いこんでいるのは、たった二人だけあったが、彼女がその二人の話をするときには、よく恐ろしそうに話すのだった。その一人はロラン塔の「おこもりさん」で、この因業《いんごう》なおこもりさんは、ジプシー女に対して何かしら恨《うら》みをもっていて、この哀れな踊り子が明かりとりの前を通りかかるたびに、口ぎたなくののしるのだった。もう一人は聖職者で、この男は、彼女の顔さえ見れば、かならずものすごい目つきをしてどなりちらしたので、彼女はそれがとても恐ろしかったのだ。この後のほうの話を聞くと、司教補佐はとてもうろたえたようだったが、グランゴワールは、彼の困ったようすにはたいして注意も払わなかった。なにしろもう二か月もたっていたので、この詩人は、ものにこだわらないたちだったから、自分がジプシー娘に出会ったあの夜のできごとのこまかいことや、司教補佐がその場にいたなどということは、すっかり忘れてしまっていたのである。ともかく、踊り子のほうでは、なんにも恐れてはいなかったのだ。彼女は占いをするわけではなかったから、ジプシーの女がとかく言われがちな魔女という非難を受ける覚えはなかった。それに、グランゴワールは踊り子の夫にはなれなかったが、彼女にとって、兄としての位置はしめていた。とにかく、この哲学者は、辛抱強く、一種のプラトニックな結婚とでもいうようなものをじっとまもっていたのである。こうしていれば、いつでも住居とパンにはありつけた。毎朝彼は、たいていこのジプシー娘といっしょに宿なしどもの巣を出て、辻に立ち、小銭をもらい集める手伝いをして、夜になるといつでも、いっしょにもとの屋根の下に帰ってくるのだった。そして彼女を彼女の部屋に入れてかんぬきを閉めさせて、自分は謹厳な眠りをとるのであった。なんといっても、彼の言うところによると、非常に快適な夢想にふけるにはもってこいの生活であった。そのうえ、彼の魂や良心についていうならば、この哲学者は、ジプシー娘にそれほどぞっこん惚《ほ》れこんでいるというのでもなかった。彼は娘とほとんど同じくらいにヤギを可愛がっていた。このヤギは、まことに可愛らしく、やさしく、りこうな、また目から鼻へ抜けるような賢い動物であった。中世では、このような、人びとを感心させるりこうな動物は、べつに珍しくもなかったが、その芸を教えこんだ者は、よく火あぶりの刑に処せられたのだった。しかし、金色の足のヤギが魔法を使ったところで、それは何もたいした罪のあるいたずらではなかった。グランゴワールは、こういうようなことを司教補佐に説明したのであるが、司教補佐のほうでは、こういうこまかなことにとても興味を感じているようであった。たいていの場合、ヤギの前にいろんなふうにタンバリンを差し出してやるだけで、ヤギは人びとが望むおかしなしぐさをするのだった。このヤギは、ジプシーの娘からこんなふうにしこまれていたのだったが、娘はこういうこまかなことに、珍しいほどの才能をもっていたので、ヤギにばらばらの文字板で「フェビュス」ということばを書くことを教えるのに、二か月もあればじゅうぶんだった。

「フェビュスだって！　なぜフェビュスというのだ？」と、司教補佐はきいた。

「知らないのですよ」と、グランゴワールは答えた。

「それはおそらく、あの女が、何か魔法の秘密の力が与えられていると思っていることばなのでしょうな。あの女は、自分が一人でいると思っているときには、よく小声でこのことばを繰り返しているのですよ」

「たしかにそれは、ただのことばにすぎないのかね？　それは人の名前じゃないだろうな？」と、クロードは心を見すかすような目つきをして言った。

「誰の名前なんですか？」

「そんなこと、わたしが知っているかね？」

「先生、わたしの想像したところによりますとね、あのジプシーたちは、多少ザラスシュトラ（ゾロアスター）教徒的なところがありましてね、太陽を崇拝しているらしいですな。それで、フェビュスと言うのでしょう」

「わたしには、きみほどはっきり、そうとは思われぬな、ピエール君」

「とにかく、そんなことはどうでもいいことですよ。あの女が勝手に、フェビュスとつぶやいていればいいのです。そんなことよりもジャリのほうが、あの女とほとんど同じくらいに、もうわたしのことが好きなんですよ」

「そのジャリというのは何だね？」

「ヤギのことですよ」

司教補佐は頬《ほお》づえをついてしばらく夢想にふけっていたようであったが、とつぜん、急にグランゴワールのほうに向きなおって、

「すると、きみはたしかにあれには触れなかったのだね？」

「誰に？　ヤギにですか？」

「いや、あの女にさ」

「妻にですか！　断じて触れませんよ」

「きみはたびたび、あの女と二人きりでいることがあるかね？」

「毎晩ですよ。一時間たっぷり」

クロード師は眉《まゆ》をひそめた。

「いやいや！　男女褥《しとね》を同じゅうすれば、ともに『われらが父よ』などと、祈るとは考えられん」

「でもたしかに、言えとおっしゃるならば、『父よ』とでも、『アヴェ・マリア』とでも、『全能の父なる神を我は信ず』とでも、言えますよ。あの女は、わたしのことになんか気を向けていないんですからね。牝鶏《めんどり》が教会のことなんか考えないのとおんなじ

にね」

「なんじの母の胎《はら》にかけて誓え、あの女に指一本たりとも触れなかったと」と、司教補佐は荒々しく繰り返した。

「おやじの頭にかけてだって誓いますとも。だって、おやじの頭とおふくろの腹とには、だいぶねんごろな関係がございますからな。ところで先生、こんどはわたしのほうから一つおたずねしたいことがあるのですが」

「なんだね、言ってごらん」

「いったい、そんなことをきいて、どうなさるのですか？」

司教補佐の青ざめた顔は、若い娘の頰のように赤くなった。彼はしばらく返事をしないままでいたが、やがて、いかにも迷惑そうに、

「まあ聞いてくれ、ピエール・グランゴワール君。わたしの知っているところでは、きみはまだ堕落してはいないようだ。わたしは、きみのことはいろいろ気にもかけているし、よくしてやりたいとも思っているのだ。だがな、あの悪魔のジプシー娘にほんのちょっとでも手を触れたら、きみはサタンの家来《けらい》になってしまうぞ。きみも知っているだろうが、魂を滅ぼすものは、いつでも肉体なのだ。あの女に近づいたら不幸が襲いかかるぞ！　話というのはそれだけだ」

「わたしは、一度は、しようと思ったのですよ。それは初めての日のことでした。ところが、みごとにふられてしまいましたよ」と、グランゴワールは、耳をかきかき言った。

「そんなあつかましいことをやったのか、ピエール君」

司祭の顔は、ますますくもった。

「それからもう一度あったのですよ」と、彼はにやにやしながら言った。「寝る前に、鍵穴《かぎあな》からのぞいて見たのですが、肌着一枚でいる、えもいわれぬ女の姿を見ちゃったというわけでね。あの女の素足の下では、ベッドの革帯もギュッといいだすくらいでしたな」

「悪魔にでも食われてしまえ!」と、司祭は恐ろしい顔をして、どなった。そして、すっかりびっくりしているグランゴワールの肩を突きとばして、彼は大股《おおまた》に、大聖堂の真っ暗なアーケードの下へ消えていった。

3 鐘

さらし台の刑があった朝からこの方、ノートル＝ダムの付近に住む人たちは、カジモドの打ち鳴らす鐘の熱意がいちじるしくさめてきたのに気がついていた。今までは、なにかにつけて鐘の音が聞こえてきたものであった。朝の一時課から終課のときまで、長い朝奏楽《ちょうそうがく》を奏《かな》でつづけていることもあれば、大ミサの日といえば、鐘楼《しょうろう》からは鐘の音が響き、また結婚式や洗礼式の日には、小さな鈴を振って、ゆたかな音階を奏でて鳴りわたったものであった。そして空中には、ちょうど刺繡《ししゅう》模様のように、妙《たえ》なる音という音が縦横に入りまじるのであった。この古びた大聖堂は、そのときにはまったく打ち震え、鳴り響き、絶え間のない鐘の歓喜に包まれていた。そこにはたえず、響きや狂想曲の精霊があって、銅のあらゆる口を通ってその精霊がうたっているように感じられた。だがもう、その精霊も姿を消してしまった。大聖堂は元気のないようすで、ことさらに沈黙をまもっていた。祭礼にも葬式にも、儀式という名にせまられてただわずかに、ひからびたように、すげない鐘の音が響くにすぎず、ただそれだけになってしまった。今までは、大聖堂では、その内部からはオルガンの、外部では鐘の、この二つの響きがあったのであるが、今では、オルガンの音だけとなってしまった。もう鐘楼の中には、音楽家がいなくなったかのようであった。とはいうものの、カジモドはあいかわらずそこにいたのである。それならば、彼の心の中にはいったいどんなことが起こったのであろうか？　さらし台でなめた恥辱と絶望とが、まだ心の奥底に残っていたのであろうか？刑の執行人の鞭《むち》がまだ魂の中でたえず打ちつづけていたのであろうか？　それとも、あのようなむごい取り扱いを受けた悲しみのために、彼の心に鐘に対する情熱までも、すべてのものが消え失せてしまったのであろうか？　また、このノートル＝ダムの鐘番の心に、マリーにとってのライバルでもできたのであろうか？　そしてこの大きな鐘も、その十四個の妹鐘も、ほかのもっと愛するもの、美しいもののために、すっかり見捨てられてしまったのであろうか？

とかくするうちに、紀元一四八二年に、お告《つ》げの祝日は、三月二十五日の火曜日に行なわれることになった。その日は、空も晴れわたり、さわやかな日であった。カジモドも鐘への愛情がふたたびよみがえってきたように感じられた。彼は、北の塔へのぼっていった。下では大聖堂の小役人が、扉をすっかり開けはなっていた。その扉は、当時革を張った頑丈な木でできた、大きな鏡板で作られていて、ふちには金でめっきした釘《くぎ》が打ちつけられてあり、「いとも念入りに作りあげられた」彫刻がほどこされてあった。

鐘の吊《つ》ってある高いやぐらの上にのぼりきると、カジモドはしばらくのあいだ、まるで心の中でその鐘と自分とのあいだに、何かえたいの知れないものがはいってきて、うなり声をたてているかのように、悲しげに首を振りながら、六つの鐘をながめていたが、やがて鐘を鳴らしはじめた。鐘の房が彼の手につれて動きはじめたように感じられた。ふと見ると、というのは耳がきこえないからであるが、オクターヴはおどりあがるように、まるで枝から枝へと飛びはねる鳥のように、よく響きわたるこの階段の上をのぼったりおりたりしていた。音楽の魔神、ストレッタやトリルやアルペジオの輝くばかりの束《たば》を揺り動かしているこの魔神は、この哀れな聾唖《ろうあ》の心を奪ってしまった。そのとき、彼はふたたび以前の幸福をとり戻したのだ。すべてを忘れ、心は晴ればれとして、顔色も朗らかになった。

彼はそこらを行ったり来たりして、手を叩いては綱から綱へと走りまわった。まるで、たくみな音楽の名手を励ましているオーケストラの指揮者のように、声や身ぶりで六個の歌手を鼓舞するのだった。

「さあ行け、ガブリエル、おまえの響きをみんな広場にぶちまけてしまえ、きょうはお祭りだ。――チボー、なまけちゃいかんぞ。にぶったぞ。さあ、行け！　弱ったのか？　なまけ者め。そらよし！　速く、速く！　鐘の舌《ぜつ》が見えないくらいにな。みんなおれのように耳のきこえないやつにしてしまえ。――そうだ。チボー、偉いぞ！　ギヨーム、ギヨーム！　おまえがいちばん大きいのだ。パスキエはいちばんちっぽけだ。だがパスキエがいちばんうまいぞ。聞いているのはおればかりじゃないぞ。たしかにみんなも聞いているぞ。――よし、よし！　ガブリエル、がんばれ！　もっと強く！――おや！　そこの高いところで何をしているんだ。おまえたち二羽は？　スズメのやつだな。ちっとも音をたててはいないじゃないか。――鳴らなけりゃならないときにあくびばかりして。その銅のくちばしはいったい何だ？　さあ働け、働け！　お告げの祝日だ。お日さまは輝いているし、鐘は鳴らさなけりゃならんのだ。――おいおい、ギヨーム！　息が切れたか、このでかぶつめ！」

彼は一心不乱に鐘を励ましていたが、鐘は六つともわれ劣らじととびはねて、ちょうど御者に叱《しか》られながらあちこちをつっつかれているスペインのラバの騒がしい行列のように、ぴかぴか光る尻《しり》を左右に振っていた。

そのときとつぜん、鐘楼の垂直の壁をある高さまで覆っている広いスレートの瓦《かわら》のあいだからひょいと視線を落とすと、広場の中に、異様な身なりをした若い娘がひとり目についた。その娘は、立ちどまって地面に敷物を広げると、一匹のヤギがやってきてそこに乗った。するとそのまわりに、一群の見物人がまるく集まってきたのだ。この光景を見ると、彼の考えはすっかり変わってしまった。そしてその音楽への熱意は、どろどろになった樹脂が一陣の涼しい風にあって固まってしまうように、凍りついてしまった。彼は立ちどまって、鐘楼のほうに背を向けた。そして夢見るような、やさしくおだやかな視線を、いつか司教補佐を驚かせたことがあったその視線を、踊り子の上にじっとそそいだまま、スレートのひさしのうしろにうずくまった。そうしているうちに、忘れ去られた鐘の響きは同時に消えてしまったので、シャンジュ橋の上から鐘の音に喜んで聞き惚《ほ》れていた人びとは、すっかり失望してしまった。そして、まるで骨を見せつけられて実は石ころをもらった犬のようにがっかりして立ち去ってしまった。

4　宿　命

たまたま同じ三月のある晴れた朝のこと、たしかにそれは二十九日の土曜日で、サン＝トゥスターシュの祭りの日であったと思うが、例の若い学生の風車場のジャン・フロロは、服を着ようとしてズボンをさぐってみると、銭のチャラチャラという音が全然しないことに気がついた。「ちえっ、けちな財布だ！」こう言いながらポケットから財布を取りだした。「ちえっ！　一文《いちもん》なしときてやがる！　サイコロとビールの壺《つぼ》とウェヌス（ヴィーナス）の女神とが、おまえを残酷にもからっけつにしやがったんだな！　どうだい、おまえの空《から》っぽで、しわくちゃで、それにペショペショになったざまは！　まるでヒステリー女の喉《のど》みてえじゃねえか！　もしもし、キケロ（前一世紀ごろのローマの雄弁家、著述家）さまにセネカ（一世紀ごろのローマの哲学者）さま、あなた方のお作りになったご本が、床《ゆか》の上にすっかりひからびて散らばっていますがね、ちょっとおたずねしたいことがあるんですよ。ぼくがサイコロ博打《ばくち》ですっちまって、びた銭一枚も持っていないとしたら、王冠模様の金貨一エキュは、パリ金の二十五スー八ドニエで三十五アンザンにあたるとか、また三日月模様の金貨一エキュは、トゥール銀貨で二十六スー六ドニエで三十六アンザンにあたるなんてことを、造幣局長やシャンジュ橋のユダヤ人よりもよく知っていたって、それが何になるっていうんですかね！　ねえ！　執政官のキケロさま！　この災難は、迂言法《ペリフラーズ》をつかったり、ラテン語で『と同様に』とか『しかし実際は』なんて言ったりして、それで逃がれられるという代物《しろもの》じゃないんですよ！」

こう言って彼は悲しげに服を着た。編上げ靴の紐《ひも》を結んでいると、ふとある考えが頭をかすめた。だが、それを振りはらった。しかし、またその考えが浮かんでくるのだった。チョッキを裏返しに着てしまった。それは心の中で激しいたたかいが行なわれている証拠であった。とうとう帽子を乱暴に地べたに叩きつけて叫んだ。

「ちえっ、くそっ！　どうにでもなれだ。兄貴のところに行ってやれ。お説教もくうだろうが、一エキュぐらいにはありつけるだろう」

こう言って彼は、大急ぎで毛皮のへりのついた外套《がいとう》を肩にかけ、帽子をひったくり、やけくそになって出ていった。

彼は中の島《シテ》をさして、アルプ通りをどんどん歩いていった。ユシェット通りをすぎると、そこでたえずぐるぐる回っている焼《や》き串《ぐし》の匂いが嗅覚《きゅうかく》をくすぐった。彼は、昔コリドリエ会の司祭カラタジローネに、「まことに、焼肉屋は人の心を酔わせるものかな！」という悲壮な感慨をもらさせた、大きな焼肉屋のほうに色目を送った。しかしジャンは、朝飯をとる金もなかったのだ。彼は、がっかりして溜息《ためいき》をつきながら、中の島の入口をまもっている、大きな二重のクローバー形の塔になっているプチ＝シャトレ裁判所の門をくぐった。

誰でも、ペリネ・ルクレール（十五世紀のパリの市民。百年戦争のとき、イギリスの味方ブールゴーニュ党をパリに引き入れる手引をした）の像の前を通るときには、そのいやらしい像に石を投げつけるのが習慣になっていたのだが、彼には、今この習慣のように、石を投げつける余裕もなかった。このペリネ・ルクレールという人物は、パリをシャルル六世からイギリス人に売ったという罪で、その像が、顔には石を投げられて傷つけられたり、泥だらけにされたりしながら、三世紀のあいだ、アルプ通りとビュシー通りとの角《かど》に、まるで永遠のさらし台にさらされているように、その罪のつぐないをしていたのである。

プチ橋を通り、ヌーヴ＝サント＝ジュヌヴィエーヴ通りも一気に駆けぬけて、ジャン・ド・モランディノは、ノートル＝ダムの前へやってきた。このとき、ふと、はたしてうまくいくかな、という気がしたので、「お説教をくうことはたしかだが、金のほうは怪しいぞ！」と、苦々《にがにが》しげに繰り返しながら、しばらく「灰色殿」の彫像のまわりをぶらぶらしていた。

おりから修道院から出てきた教会の地位の低い役人をつかまえて、「ジョザの司教補佐さまはどこにおいでになりますでしょうか？」ときいた。

「たしかに、塔の小部屋においでになると思いますよ」と、役人は言った。「だけど、あなたが法王さまか国王さまのような人のお使いでおいでになったのならばともかく、そうでなければ、あの方のお邪魔はなさらないほうがよろしいと思いますね」

ジャンは手を打って、「こいつはうめえ！　あの有名な魔法の部屋というやつを見るには、素晴らしいチャンスだぞ！」

こんなことを考えて、いよいよ決心がついたので、思いきって黒い小門をくぐってはいっていった。そして、塔の上まで達しているサン＝ジルのらせん階段をのぼりはじめた。「今に見てやるぞ！」途中で彼は心に叫んだ。「しめしめってんだ！　あの兄貴の司教補佐が、まるで恥ずかしいものでもあるみたいに隠しているこの部屋というのは、きっと珍しいものに違いないんだ！　うわさによると、兄貴のやつ、そこで地獄のかまどの火を焚《た》いて、そのでっかい火で化金石を煮ているのだそうだ。なあにかまうもんか！　化金石だって、おれにとっちゃ石ころ同然さ。世界じゅうでいちばん大きな化金石なんかよりも、かまどの火にかけて豚《ぶた》の脂肪で炒《いた》めた、復活祭の卵のほうがよっぽどいいや！」

小柱の回廊まで来ると、ほっと息をついた。そして無限につづく階段に対して、幾百万とも知れぬ悪態のありったけを並べて呪《のろ》ってみたが、やがて狭い戸口をくぐって、今日《こんにち》では一般の出入りが禁じられている北側の塔にのぼっていった。鐘楼《しょうろう》を通り抜けてからしばらく行くと、横手のくぼみにつくられている小さな踊り場に出た。その丸天井の下には交差リブの低い門があって、その明かりとりの小窓は、階段のまるい壁の正面にくりぬかれてあるが、そこからは大きな錠前と鉄のじょうぶな骨組とが見えた。今日《こんにち》でも、物好きな人があってこの門を見たいと思うならば、黒い壁に白い文字で「余はコラリーを熱愛する。一八二三年。ウジェーヌ記す」と彫りこんであるこの銘を見いだしさえすれば、すぐにそれとわかるであろう。「記す」というのも、ちゃんと書いてあるのだ。

「おっと！　ここに違《ちげ》えねえ」と、彼は言った。

鍵《かぎ》は錠前に差しこんであったが、ドアはぴしりと閉ざされていたわけではなかった。そっとドアを押して、そのすきまから顔を少しつっこんだ。

みなさん方のうちに、絵画のシェイクスピアといわれるレンブラントの素晴らしい作品を、少しでも見たことがないという人はいないであろう。その多くのみごとな絵画のうち、特別に一つ、ファウスト博士を描いていると推察されているエッチングがある。これは、じっと見つめていると、かならず目がくらむというほどのものであるが、これは薄暗い小部屋を描いたものだ。その真ん中には、どくろだの、地球儀だの、蒸溜器《ランビキ》だの、コンパスだの、象形文字の書いてある羊皮紙だの、さまざまな気味の悪い品物が積みかさねられた机が一つある。博士は、厚い外套を着て、毛皮の帽子を目深《まぶか》にかぶって、この机の前にいる。彼の姿は半分しか見えない。大きな肘掛《ひじか》け椅子《いす》から半身をのりだし、拳《こぶし》を固く握りしめて、机の上にのせ、好奇心と恐怖の気持をいだいて、魔法の文字の形をした大きな光の輪をじっと見つめている。その輪は、薄暗い部屋の奥の壁の上に、太陽のスペクトルのように光っているのだ。この神秘的な太陽は、目には震えているように見えて、この不可思議な光線で、この青白い室内を照らしている。このさまは、恐ろしく、また美しいものだ。

ジャンが、半ば開いたこのドアから首をつっこんでみると、彼の目に映った光景は、ちょうどこのファウストの部屋にそっくりな光景であった。ここも、同じように陰気で、ほとんど日の射さない奥の片隅《かたすみ》であった。この小部屋にもまた、大きな肘掛け椅子や、大きな机、コンパス、蒸溜器《ランビキ》があり、天井からは動物の骸骨《がいこつ》がぶらさがり、床には地儀が一つころがっていた。馬の頭が広口びんといっしょくたにごろごろしており、その広口びんの中には金箔《きんぱく》が揺れている。さまざまな図形や文字が乱雑に書かれている子牛のなめし革の上には、どくろが置かれてあり、部厚い写本は、羊皮紙の角《かど》がいたむのもかまわずに、開いたままで、積みかさねられていた。要するに、学問のごみがすべて、いたるところに、ほこりやクモの巣をかぶって、雑然とちらかっていたのだ。だがそこには、光を発する文字の輪も、またちょうどワシが太陽を見つめているように、きらきらと火のように輝く幻影を、われを忘れてじっと見ている博士の姿も見あたらなかったのだ。

そうはいうものの、この小部屋には、誰もいないというのではなかった。そこには一人の男が肘掛け椅子に腰をおろして、机にもたれていた。その男は、ジャンのほうに背を向けていたので、ジャンの目には肩と頭のうしろだけしか見えなかった。しかし、そのはげた頭を見れば、わけなく、男が誰だかわかった。その頭は、まるでこの外形的象徴によって、嘘《うそ》いつわりなく司教補佐の聖職者としての天職を示そうとでもするように、自然が永遠に剃髪《ていはつ》させたものであった。

ジャンは、この男が兄であることを知っていたのであるが、ドアが静かに開かれたので、クロード師は弟が来たことには少しも気がつかなかった。ジャンはこれ幸いと、ものの珍しそうにしばらくの間、ゆっくり部屋の中を見まわした。すると、はじめは気がつかなかったのであるが、大きなかまどが明かりとりの下の、肘掛け椅子の左側にあった。この明かりとりからは日の光が射しこんで、まるいクモの巣をとおしてはいりこんでいた。クモは交差リブの明かりとりの中に、優雅な円花窓《えんかそう》の模様を上手に描いていて、この建築家である虫は、ちょうどレースの輪の真ん中にいるように、明かりとりの中央にじっと動かずにとまっていた。かまどの上には、ありとあらゆる種類の器や、砂岩製の瓶《かめ》や、ガラスの蒸溜器《ランビキ》や、炭のはいった首の長いフラスコが、乱雑に積みかさねてあった。ジャンは、鍋《なべ》が一つもないのを見て、溜息をつき、「台所道具は、一つもないときてやがる」とつぶやいた。

そのうえ、かまどの中には火の気もなかった。よほど前から火も焚かないらしかった。いくつかの錬金術《れんきんじゅつ》の道具のあいだで、ジャンの目にふれたのは、一つのガラスの仮面で、それはたしかに司教補佐が何か恐ろしい物質を調合するときに、顔を保護するのに使うものに違いないのだが、部屋の隅に、ほこりにまみれ、忘れられたかのように置いてあった。そのそばには、これも同じように塵《ちり》にまみれて、ふいごが一つころがっていた。そのふいごの表面には、つぎのような銘が銅の文字でちりばめられていた。「吹け、望め」

壁の上には、錬金術者の流儀に従って、ほかのいろいろの銘が書きこまれてあった。インクで書かれているものもあるし、また金具の先で彫りこまれているものもあった。そのうえ、ゴチック文字のものもあり、ヘブル文字、ギリシア文字、ローマ文字と、ごちゃごちゃに書かれてあった。それらの文字は、ところかまわず書きちらされて、さらに書かれた文字を消しては、また新しく書きこまれたものもあって、みんな、まるで茨《いばら》の枝のようだといおうか、また混戦のときの槍先《やりさき》のように、おたがいにもつれ合っていた。それはまさに、あらゆる哲学、あらゆる夢想、あらゆる人知が入り乱れている大乱闘であった。槍の穂先のあいだに、ちょうど一本の軍旗のように、他のものより群をぬいて光っているものが、そこここにあった。それらは、概して中世によく書かれていたような、ラテン語やギリシア語が書かれた短い銘句であった。たとえば「いずこより来るか？　しかしてそこからは？」――「人は人にとりて怪物なり」――「星、陣営、名称、神意」――「偉大なる書物、大いなる悪」――「進んで知れ」――「風はおのれが好むところを吹く」――などであった。ときには、「闘技者の食事のごとく強いられる食餌療法《レジーム》」というように、表面だけ見たのでは、なんらの意味をもっていないものもあった。おそらくこれには、修道院の制度《レジーム》に対する苦々《にがにが》しいあてつけが隠されているのであろう。またときには、「天なる主を、主《ドミヌム》と唱え、地なる主を弟子《ドムヌス》と唱えよ」というような正調の六脚詩句で作られた聖職者の規律の簡単な金言もあった。また「そここに」へブル語のむずかしい呪文《じゆもん》もあったが、ジャンはギリシア語でさえもほとんどわからないのだから、こんなことは、全然わからなかった。みんな、星や、人間の姿や、動物の形や、相まじわる三角形などが入り乱れて、そのため、その部屋の落書きだらけの壁は、まるで猿がインクのついたペンを振りまわしたともいえるような一枚の紙に似ていないこともなかった。

そのうえ、部屋全体のありさまは、いかにも放っておかれたままで、破損されたままになっているようなようすを表わしていた。さまざまな器具がすっかり悪くなったままになっている状態を見ると、この部屋の主人は、もうかなり以前から、何か別な問題に気を奪われて、自分の仕事をなおざりにしていたことが想像される。

さて主人は、奇怪な絵で飾られた大きな写本の上にかがみこんで、瞑想《めいそう》の中にたえずまぎれこんでくる物思いに悩まされているように見えた。少なくとも、その主人が、何か深く思い悩んで、ときどきうわごとのように叫んでは、また瞑想にふけっているようすを見て、ジャンはこう判断したわけであった。

「そうだ、マヌー（インド神話中の、人類の先祖と考えられている神）もそう言ったし、ザラスシュトラもそう考えている。太陽は火から生まれ、月は太陽から生まれたのだ。火こそ、偉大な万物の魂だ。そのもとになる原子は、たえず全世界の上にあふれ出て、無限の流れをつくって流れている。この流れが天上でおたがいに交わるところに、光が生ずる。そしてまた、地上で交わる点に、金を生ずるのだ。——光というも、金というも、つまりは同じものなのだ。火から固形の状態になる。——目に見えるものと手に触れられるもの、同じ物質であるのに、流体と固体、水蒸気と氷との差で、それ以上の何物でもないのだ。——これは断じて夢ではない。——自然界一般の法則なのだ。——しかし、この一般の法則の秘密を、科学の中から引きだすためには、どうしたらいいのだろうか？　おや、わたしの手の中にあふれているこの光、これこそ金なのだ！　なんらかの法則によって膨脹《ぼうちょう》したこの同じ原子を、なんらかの他の法則によって凝結させさえすればよいのだ！——しかし、どうすればよいのか？——ある人びとは、太陽の光を地にうめようと考えてみた。——アヴェロエス——そうだ、アヴェロエスだ。——アヴェロエスは、光の一つをコルドバの回教の大寺院で、コーランの聖殿の左から第一番目の柱の下にうめた。だが、その実験が成功したかどうかを見るためには、八千年ののちにならなければ、地下の穴を掘ることができないのだ」

「ちえっ、くだらない！　一エキュをもらうのに、なんて待たせやがるんだ！」と、ジャンは小声でつぶやいた。

「……シリウスの星の光で実験したほうがよいと考えた者もあった」と、司教補佐は夢見る人のようにつづけて言った。「しかし、ほかの星が同時にそこにまじってくるから、その存在によって、この純粋な光を得ることはすこぶる難しいな。フラメルは、地上の火で実験するほうが簡単だと信じている。――フラメル！　おお、そうだ、宿命で予定されている名前だ。『炎《フランマ》！』そうだ、火だ。それで万事解決だ。――ダイヤモンドは炭の中にある。黄金も火の中にあるのだ。――だが、どうしてそれを中から引き出すか？　マジストリは、非常にやさしくて、神秘的な魅力をもった女性の名前を実験の最中にとなえさえすればよい、そういう名前が存在するのだ、と確信して言っている。――マヌーが何と言っているか、読んでみよう。《女性が尊敬されている国では、神々の喜びがあり、軽蔑《けいべつ》されている国では、神に祈ってもむなしい。――女性の口はつねに清らかで、流れる水のようで、また、太陽の光のようである。――女性の名は、心地よく、甘美で、架空のものである。長い母音で終わり、祝禱《しゅくとう》のことばに似ている……》そうだ、賢人の説くところ、まさに道理だ。まったくマリアといい、ソフィアといい、エスメラル——これはいかん！　いつもこんなことを考えていては！」

こう言って、彼はバタンと書物を閉じた。

彼は、頭にしつこくつきまとう考えを追い払いたいというような調子で、額《ひたい》に手をあてた。それから、机の上の釘《くぎ》と小さな金槌《かなづち》とを手に取った。その金槌の柄《え》には珍しく神秘哲学の文字が描かれていた。

「このあいだから、わたしはあらゆる実験を試みたが、どれも失敗している！」と、苦笑いをしながら言った。

「これと思いこんだやつが、どうしてもわたしの心を離れんのだ。まるでクローバー形の火のように、この頭を悩ましている。あのランプが芯《しん》も油もないのに燃えるという、カシオドルス（五世紀ごろのローマの政治家で著述家）の秘密をさぐることだけができないのだ。簡単なことなのであろうが！」

《ちえっ、くそっ！》と、ジャンは腹の中で言った。

「……たった一つのつまらない考えで、もう人間は、弱く、気が狂ったようになってしまうものなのだな！　ああ！　クロード・ペルネルは、わたしのことを笑うことだろうな。ニコラ・フラメルなどは、女のために大きな仕事をつづけるのをやめるようなことは一刻もなかった！　そうだ！　わたしは、ゼキエレの魔法の槌を持っている！　恐ろしいユダヤ教の教師《ラビ》が、その小部屋の奥で、この槌をもってこの釘を打つ、その一打ちごとに、彼が刑を言いわたした敵方の教師は、たとえ四千キロもはなれたところにいても、五十センチも地面にめりこんで、地中にのみこまれてしまうのだ。フランス国王ご自身でさえも、ある晩、なんの気なしに、この魔法をつかう男の家の戸口につきあたったために、パリの石畳の中に膝《ひざ》まではいってしまったのだからな。――この話があってから、まだ三百年とはたっていないのだ。――だがな！　わたしは、槌も釘も持ってはいるが、わたしの手にあっては、もはやそれも刃物屋《はものや》の手にある木槌ほどにも恐ろしい道具ではないのだ。――そうはいうものの、ゼキエレがその釘を打ちこむときにとなえた魔法のことばを見つけることだけが問題なのだが」

《とんまな野郎だ！》と、ジャンは思った。

「そうだ、やってみよう」と、司教補佐は勢いよく言った。「もしうまくいったら、釘のあたまから青い火花がとぶだろう。――エマン＝エタン（「ここ、かしこ」の意味。魔法使いが魔宴に行くときのまじない）！　エマン＝エタン！　そうではなかったかな。――シジェアニ（精霊の名）！　シジェアニ！――どうか、この釘がフェビュスという名の男に対して墓の戸口を開けてくださりますように！……――おや、しまった！　またしても、いつでも同じことばかり考えて！」

彼は怒って槌を投げだしてしまった。そして、肘掛け椅子にどかりと身をおとし、机の上に頭をおとしてしまったので、ジャンは大きな椅子のうしろになって、彼の姿を見失ってしまった。しばらくの間は、彼が本の上でぶるぶる振っている拳《こぶし》しか目にはいらなかったが、とつぜんクロード師は起きあがり、コンパスを手に取って、ものも言わず壁の上に大文字で、つぎのようなギリシア語のことばを彫りつけた。

ʼΑΝΆΓΚΗ(宿命)

《兄きは気が狂ったな。ラテン語で「運命《ファトゥム》」と書けばもっとずっと簡単だったのにな。世界じゅうのやつがみんなギリシア語を知らなけりゃならんというわけでもあるまいに》と、ジャンは心の中で言った。

司教補佐は、またもとの椅子に腰をおろした。そして、まるで病人が頭に熱があって重いときにするように、両手で頭をかかえこんだ。

学生のジャンは、びっくりして兄のようすを見ていた。彼はとかく心が浮わついていて、自然のよい法則以外にはこの世に法則を認めず、感情の移るままに従っていたので、心の中には、大きな感激の泉がすっかり涸《か》れてしまっていた。そこで彼は、毎朝のように、心に新しい溝を広く掘っていたのだった。しかしその彼も、人間のこうした感情の潮《うしお》が、ひとたび吐け口が奪われると、どんなに激しく動揺し泡立つものであるか、知らなかったのだ。その感情の潮が、どんなに積みかさなり、ふくれ上がり、あふれ、人の心に穴を開けてしまうものであるか、また、どんなにか、心の中で泣きじゃくり、音も立てずに打ち震え、ついには土手を壊し、海底をえぐるにいたるものであるか、知らなかったのだ。クロード・フロロのきびしく氷のように冷たい外面、傲然《ごうぜん》としてたやすく人を近づけない冷やかな顔つきは、今までずっとジャンをあざむいてきたのである。この陽気な学生のジャンは、エトナ火山の表面の白雪の下には、激しくわき立っている深い熔岩《ようがん》があるということを、今まで夢にも考えたことがなかったのだ。

はたして彼がこれだけのことを、一瞬のうちに考えたかどうかはわからないが、彼がいかに軽薄な男であったとはいえ、いま自分が見てはならないものを見てしまったということ、兄がいちばん人に見せたくないようすをしているときに、その魂の奥を不意に見てしまったということ、またクロード・フロロにそれと気づかれてはならぬということは、ジャンにもわかったのである。彼は、司教補佐がはじめのときのように、身動きもしなくなったのを見すまして、そっと首を引っこめ、ちょうど誰かがやってきて、自分の来たことを知らせるように、ドアのうしろでわざわざ足音をたてた。

「はいり給え!」と、司教補佐は部屋の中から叫んだ。「待っていたよ。そのためにわざわざ鍵をドアにはさんだままにしておいたのだ。まあ、はいり給えよ、ジャック君」

ジャンは大胆にはいっていった。司教補佐のほうでは、こんな場所へ、こんなやつにはいってこられては非常に迷惑だったので、肘掛け椅子の上で身震いをして、

「なんだ！　ジャン、おまえだったのか？」

「だって、同じJがつくじゃありませんか」と、ジャンは赤い顔をして、ずうずうしく、楽しそうに言った。

クロード師の顔つきは、もとの険しい表情に返って、

「ここへ何しに来たのだ？」

「兄さん、お願いがあって来たのです……」と、ジャンは、可哀《かわい》そうなくらい、きちんと慎み深そうな顔をして、てれかくしに帽子を両手でぐるぐる回しながら答えた。

「なんだな？」

「ぜひお教えにあずかりたいことが少しあるのですが」ジャンは、これ以上はどうも大声では言えなかった。

「それにお金を少しばかり、こっちのほうがもっとずっと入り用なんですがね」このことばの終わりのほうは、よく聞きとれなかった。

「おまえには、ほとほと困りはてたよ」と、司教補佐は冷やかな調子で言った。

「おや、おや！」と、ジャンは溜息をついた。

クロード師は、椅子を四分の一ばかり回転させて、じっとジャンを見つめていたが、

「だが、おまえに会えてうれしいよ」

なんだか恐ろしい前置きだ。ジャンは、ひどく叱《しか》られるだろうと覚悟を決めた。

「ジャン、毎日のように、わたしのところにおまえの苦情がもちこまれるのだぞ。おまえは、アルベール・ド・ラモンシャン子爵のところの子供をなぐったという話だが、あれはいったいどうしたのだ？……」

「ああ、たいしたことはないんですよ！　あいつは泥の中を馬を走らせて、学生たちに泥をはねとばして面白がっている悪い若造なんで！」

「おまえは、マイエ・ファルジェルの服を引きさいたという話だが、それはどうしたというのだ？『彼らは服を破りたり』と苦情を言ってきているぞ」

「ああ、なんだ！　モンテギュ出のやつらのけちな半纏《はんてん》ですよ。ただそれだけじゃないですか！」

「訴えには服だとあったが、短外套《カペタム》とはなかったぞ。おまえはラテン語を知っているのか？」

ジャンは答えなかった。

「まったくだな！」と、司教補佐は頭を振りながらつづけた。「学問や文学の今日《こんにち》の状態は、まさにそのとおりだ。ラテン語はほとんど話されないし、シリア語などは誰も知らぬ。ギリシア語もすっかり嫌われて、立派な学者でさえも、ギリシア語を読めずにとばしてしまって、『これはギリシア語、ちんぷんかんぷん』などと言っている。それでもべつに無知というわけでもないのだ」

ジャンは思いきって顔をあげた。「兄さん、あの壁に書いてあるギリシア語を、フランス語にうまく訳してみたら、兄さんはうれしいでしょうな」

「どのことばだな？」

「’ΑΝΆΓΚΗ（アナンケ）」

ちょうど、かすかに煙をあげて、中で火山がひそかに振動していることを外部に告げているように、司教補佐の黄色っぽい頰《ほお》に少しばかり赤みがさしたが、ジャンは、それにはほとんど気づかなかった。

「ほほう、ジャン、そのことばはどういう意味だね？」と、兄はやっとのことでつぶやいた。

「宿命」

クロード師はいつもの青白い色に戻ったが、ジャンのほうではそんなことにかまわず

つづけて、

「その下にある、あの同じ筆跡で彫ってあるギリシア語の『アナグネイア』というのは、『不潔』ということですね。ぼくがギリシア語を知っているのがおわかりでしょう」

司教補佐は、じっと黙ったままだった。ジャンがギリシア語を読むのを見て、すっかり考えこんでしまった。弟のジャンは、だだっ子特有のずるさから、これはお願いするにはもってこいのときとばかり、精一杯のやさしい声を出して、言いだした。

「ねえ、兄さん。ぼくがどこのどいつだかわからない小僧っ子や若造と喧嘩《けんか》して、まあ少しは悪いかもしれませんが、はりたおしたり、なぐったりしたからって、そんなにこわい顔をしてにらまなくたっていいでしょう？――クロード兄さん、ぼくだってラテン語を知っていることがおわかりじゃありませんか」

しかし、このように心にもなく甘ったれてみたところで、厳格な兄の顔には、いつものようなききめが少しも現われなかった。ケルベロスの犬（ギリシア神話の地獄の番犬）は、蜜《みつ》の菓子を食べない。司教補佐の額のしわは、ただの一筋ものびなかった。

「じゃ、どうしろというのだ？」と、司教補佐は冷やかな調子で言った。

「ええ、実はそれなんです！　お金が欲しいんですよ」と、勇をふるって、ジャンは答えた。

このあつかましい申したてを聞くと、司教補佐はすっかり、教師のような、しかもおやじのような顔つきになった。

「ジャン、おまえも知っているだろうが、チルシャップの領地からは、地代や、二十一軒の家の家賃を合わせても、パリ金の三十九リーヴル十一スー六ドニエしかあがらないのだ。パクレさんのころからみれば、半分はふえている。それでもけっして多くはないのだ」

「ぼくはお金が必要なんです」と、ジャンはがんばった。

「これもおまえが知っていることだが、宗教裁判所判事の判決で、この二十一軒の家《か》作《さく》の権利もすっかり司教区のものになり、司教閣下《しきょうかっか》にパリ金で六リーヴルの価値ある金メッキの銀貨を二マルク払わなければ、この権利を買い戻すことができないのだ。それでだ、この二マルクさえも、わたしはまだたくわえることができなかったのだ。おまえも承知のはずだが」

「ぼくの知っているのは、お金が入り用だ、ということなんです」と、ジャンは、三度目に言った。

「それで、それを何に使いたいのだ？」

こうきかれて、ジャンの目には希望の光が輝いた。彼は、また猫のようにやさしい顔

つきをして、

「まあ、聞いてくださいな、クロード兄さん。ぼくは、べつに悪いことをたくらんで、兄さんのところに来たんじゃありません。兄さんからいただくお金で札びらをきって酒場で気取ってみようとか、錦《にしき》の馬飾りをつけ、お供をつれて、つまり、『使用人を引きつれて』パリのまちを散歩してみようとかいうような気は、さらさらないのです。まったく、兄さん、いいことをしようというんですよ」

「どんないいことだな?」クロードはちょっとびっくりしてたずねた。

「友達に二人、聖母昇天会の気の毒な未亡人の子供に、うぶ着を買ってやりたいと言っているやつがいるんですよ。慈善ですな。それは、三フロランするのです。ぼくの金も出してやりたいと思っているのですが」

「おまえの友達というのは、なんという名だね?」

「ごろつきのピエールと、鵞鳥喰《クロ=コワゾン》いのバチスト、というんです」

「ふん! そんな名前のやつがよいことをしようなどとは、まるで主祭壇に爆弾を落とすようなものだね」

ジャンが選んだ二人の友達の名は、たしかにまずいものだった。それに気がついたのだが、ちょっと遅すぎた。

「それで」と、クロードはぬけめなくつづけて、「三フロランもするといううぶ着、その聖母昇天会の女の子たちにやるというやつは、いったい、どんなものかね？　その聖母昇天会の未亡人たちは、いつ赤ん坊を産んだのかね？」

ジャンは、もう一度、窮状打開策を試みた。「ええい、言っちまいましょう！　実は今晩、ヴァル＝ダムール軒に行って、イザボー・ラ・チエリに会うための軍資金が入り用なんです」

「汚《けが》らわしいやつだ！」

「不潔《アナグネイア》なやつだ」

ジャンは、おそらく悪意をもってであろうが、部屋の壁から借用して、こう言ったのだったが、このことばは司教補佐に奇妙な効果をあたえた。彼は唇をかんで、今までの怒りも消え、顔は真っ赤になったのである。

「早く行け。わたしはひとり待っている人がいるんだ」と、司教補佐はジャンに言った。

彼は、もうひとがんばり、押してみた。

「クロード兄さん、小銭でいいから、飯を食うお金をくださいよ」

「グラティアヌス（十二世紀の教会法学者）の『教令集』は、どこまで習ったかね？」と、クロード師はたずねた。

「ノートをなくしちゃったんです」

「ラテンの古典科はどこまでやったかね？」

「ホラティウス（前一世紀のローマの詩人）の写本を盗まれたのです」

「アリストテレスは？」

「ああ、兄さん！　異端者の誤りは、いつの世でもアリストテレスの形而上学《けいじじょうがく》の草むらがその巣窟《そうくつ》になっていることだ、と言った教会教父は誰でしたっけね？　アリストテレスなんて、くそくらえですよ！　あんな形而上学のために、ぼくの信仰を破るのはいやです」

「おい若造、むかし、国王が最後にパリにおはいりになったころ、フィリップ・ド・コミーヌという貴族がいたが、この人は、馬の鞍《くら》に『働かざる者は食うべからず』という格言を刺繍《ししゅう》しておいたものだった。このことをよく考えてみるんだな」

ジャンは、指で耳を押さえて、じっと地面を見つめ、困ったような顔つきをしたまま、しばらく黙っていた。とつぜん、セキレイのようにすばやく、クロードのほうに向きなおって、

「それじゃ、兄さん。兄さんは、ぼくがパン屋で一かけのパンを買うための、一スーのお金もくださらないとおっしゃるのですね？」

「働かざる者は食うべからず」

司教補佐が頑固にこう言っている返事を聞いて、ジャンは女がすすり泣くときのように両手で顔を押さえていたが、絶望したような思い入れで叫んだ。「オトトトトイ！」

「それは何ということだ、おまえ？」と、クロードは、この悪ふざけに驚いてたずねた。

「おや、なぜですか？」こう言って彼は、あつかましい目つきで、クロードのほうを見あげたが、こういう目つきをして、涙で赤くなったように見せようと、拳《こぶし》で目をこすった。「ギリシア語ですよ！　まったくよく苦悩を表現しているアイスキュロス（前五世紀のギリシアの悲劇詩人）の短短長格《アナペスト》というやつですよ」

こう言って、道化《どうけ》た格好をして、大声で笑いだしたので、司教補佐も思わず微笑をもらした。これは、まさにクロードの失敗であった。なぜ彼は、この子をこんなにまでも甘やかしてしまったのであろうか？

「ああ！　クロード兄さん」と、ジャンは兄の微笑に勢いをえて言った。「穴の開いたぼくの編上げ靴を見てくださいよ。この編上げ靴みたいに、靴の底から舌を出しているような、悲劇俳優のはくような靴が、この世にいったいあるでしょうかね？」

司教補佐は、急にまたもとの厳格なようすに戻って、

「新しい靴を届けてやろう。だが、金はびた一文《いちもん》もやらんぞ」

「たったびた一文でいいんですよ、兄さん」と、ジャンは哀願するようにつづけた。「ぼくは、グラティアヌスを暗唱してしまいましょう。神さまも信じましょう。学問においても、道徳においても、真のピュタゴラスになりましょう。しかし、どうかびた一文でもいいですから、後生です！　あのタタール人よりも、修道士の鼻よりも、黒くって、臭くって、そして深刻な飢餓というやつが、ぼくの前に、あんぐりと口を開いて、かみつこうとしても、兄さんはそれでいいんですか？」

クロード師は、しわのよった頭を振って、言うのだった。

「働かざる者は……」

ジャンは、それをしまいまで言わせず、

「ええ、めんどうくさい、ちくしょう！　ああ、こりゃこりゃときやがる！　酒場へでもしけこんで、喧嘩でもふっかけて、酒のびんをぶっこわし、女のところにでも行くとしようか」

こう言って、帽子を壁に叩きつけて、カスタネットのように指をピチピチと鳴らした。

司教補佐は苦りきったようすで、それをじっとながめていた。

「ジャン、おまえは正気を失っているぞ」

「こういう場合には、ですな、エピクロス（前三世紀ごろのギリシアの快楽主義の哲学者）の言に従えば、ぼくには、何か名前のない、あるものでできた、何かしらが欠けているのです」

「ジャン、おまえは、それをまじめに直そうとしなければいかんぞ」

「ああ、そのことですか」と言いながら、ジャンは、兄とかまどの蒸溜器《ランビキ》とをかわるがわる見ていたが、「ここにあるものは、みんな尖《とが》っていますね。考えることだって、びんだって、みんなそうですな！」

「ジャン、おまえは、非常にすべりやすい坂道に立っているのだぞ。どうなるかわかっているのか？」

「落ちゆく先は酒場でしょうな」

「酒場からはすぐにさらし台だぞ」

「まさしく、カンテラみたいなものですな。それがあったら、多分そいつを持って、ディオゲネスだったら、これはと思う人物を探したでしょうな」

「さらし台からは絞首台だ」

「絞首台なんぞは天秤《てんびん》でさあ。一方の端に人間がいて、もう一方には地球全体がかかっていてね。人間になれりゃけっこうですな」

「絞首台から先は地獄だぞ」

「ずいぶん火が燃えてるでしょうな」

「ジャン、ジャンよ、末はろくなものにならんぞ」

「はじめは良かったんでしょうよ」

このとき、階段のところで足音が聞こえた。

「静かに！」と、司教補佐は、唇に指をあてて言った。

「ジャックさんがおいでになるのだ。よく聞けよ、ジャン」声を落として言いそえた。

「ここで、見たり聞いたりしたことを、けっして、よそでしゃべってはいかんぞ。さあ、早くかまどの下に隠れろ。息をたててはならんぞ」

ジャンは、かまどの下にうずくまった。だがそこで、何か妙案が浮かんだものか、

「それはそうと、クロード兄さん、声をたてないから、一フロランくださいよ」

「黙っていろ！　やるから」

「本当にくれなきゃ、いけませんよ」

「わかった、わかった！」司教補佐はこう言って、ぷりぷりしながら、財布を投げてやった。ジャンはかまどの下にもぐりこんだ。と、ドアが開いた。

5　黒い服をまとった二人の男

そこにはいってきた人物は、黒い服を身にまとい、陰鬱《いんうつ》な顔つきをした男だった。わが友ジャンが（彼は、案の定、面白半分に、どんなことになるだろうかと、何もかももらさずに見たり聞いたりしてやろうと、隅《すみ》のほうにうずくまっていたのだが）、一見してはっと驚いたことには、この新しくはいってきた男の衣服や顔つきが、まったく悲しみに満ちあふれていることであった。そのおもかげには、どことなくやさしさも漂ってはいたが、それも猫か裁判官のやさしさ、つまり甘ったるいやさしさであった。頭はほとんど白く、しわがより、年のころは六十にも手が届くころであろうか、まばたきをして、眉《まゆ》も白くなっている。唇は垂れさがり、両手は太かった。ジャンは、この男も結局はそんなところだ、つまり、たしかに、医者か司法官くらいだ、そして愚か者によくあるように、鼻の下がひどく長いと見きわめると、自分がこんな窮屈な姿勢で、しかもこんないやな友達と、いつ終わるともしれない時間をすごさなければならないと考えて、すっかりがっかりし、穴の隅に引っこんでしまった。

司教補佐のほうは、この人物がはいってきても、いっこうに椅子《いす》から立つようすもなく、この男に、ドアのそばの腰かけにすわるように合図して、それからしばらくの間、黙ったまま、さきほどからの瞑想《めいそう》にふけっているようなようすであったが、やがて、恩きせがましいような調子で、彼に言った。「やあ、こんにちは、ジャック先生」

「ご機嫌うるわしゅう、先生！」と、黒い服をまとった男は答えた。

この二人の一方は、「ジャック先生」と言い、もう一方は丁寧《ていねい》に、「先生」と言ったのであるけれども、その言い方には、閣下《かっか》ときみ、あるいは「主《ドミネ》」と「弟子《ドムネ》」との違いがあった。どうみても先生と弟子の出会いだった。

「どうだね、うまくいっているかね？」司教補佐はしばらくものも言わずにいたが、こうきいた。ジャック先生のほうは、沈黙を乱すのを恐れて黙っていたのだが。

「どうも、先生、ずっとふいごを吹いてはいるのですが、どうも灰ばかりで、黄金はぴかりともしないのです」と、この男は悲しげな薄笑いをもらして答えた。

クロード師は、じれったそうな身振りをして、「わたしは、そんなことを言っているのではない、ジャック・シャルモリュ君。あの魔法使いの一件なのだよ。あれは、マルク・スネーヌといったかな？　会計検査院の食堂係だったかな？　やつは魔法を白状したかね？　尋問は成功したかな？」

「まったくどうも、うまくいかないのです」あいかわらず、悲しそうに笑いをもらしながら、ジャック先生は答えた。「あの男は、まるで石ですね。有無を言わさずに、豚《ぶた》市場《いちば》で釜《かま》ゆでにしてやりましょう。しかし、なんとしても、白状させてやりたいとは思っています。やつは、もうすっかり骨の節ぶしをはずしてしまったのですが、まるで、昔の喜劇作家のプラウトゥス（前二世紀のローマの喜劇作家）が、

『杖刑《じょうけい》、焼鏝《やきごて》、十字架、二重の鉄輪、縄、鎖《くさり》、獄、木の首枷《くびかせ》、足枷、鉄の首枷』

と言っていますように（プラウトゥスの喜劇『ロバ』から引用）、あらゆる手段をつくしてみたのですが、どうにもならないのです。恐ろしいやつです。精も根も尽き果てましたよ」

「家の中からは、べつに変わったものも出なかったかね？」

「実は、あったのです。この羊皮紙なのですが」こう言って、ジャック氏は、財布の中からそれをさぐりだした。「ここには文字が書いてあるのですが、わたしどもにはわからないのです。刑事訴訟《そしょう》のほうの検事のフィリップ・ルーリエ氏は、それでも多少はヘブル語を知っているのですが。なんでも、あの人はブリュッセルのカンテルスタン通

りのユダヤ人事件のときに覚えたのだそうですよ」

こう言いながら、ジャック氏は一枚の羊皮紙を広げた。

「どれどれ」と、司教補佐は言いながら、その紙片の上に目を落として、「ジャック君、たしかに魔術だ！　エマン＝エタン！　これは、夜半の饗宴《きょうえん》に集まるときに吸血鬼どもが叫ぶ声だ。『自らによって、自らとともに、そしてまた、自らにおいて！』とは、地獄で悪魔を閉じこめる命令のことばだ。『ハックス、パックス、マックス！』これは医学のことばだ。狂犬にかまれないためのまじないだよ。ジャック君！　きみは宗教裁判所の検事だから、この羊皮紙は、まことにもって憎むべきものですな」

「あの男を、また尋問することにしましょう。まだほかに、マルク・スネーヌの家で見つけたものがあるのですよ」と、ジャック氏は、袋の中で手さぐりをしながら言った。

それはクロード師のかまどの上にあるものと同じ種類の、一つのびんであった。「ああ！　これは錬金術《れんきんじゅつ》用のるつぼですな」と、司教補佐は言った。

「実は、わたしは、これをかまどにかけてみたのです」と、ジャック氏は、臆病そうな、気まずそうな笑いをもらしながら言った。「しかし、わたしのものでやったときより、よい結果が出たとは申せませんでした」

司教補佐は、そのびんを調べてみた。「このるつぼに何と彫りこまれてあるのかな？

『オック！　オック』これは、蚤《のみ》をはらうことばだな！　そのマルク・スネーヌという男は、何も知らないな！　わたしにはよくわかるが、こんなものを使ったって、黄金はできないよ！　夏になったら、きみのアルコーヴ（ベッドを置くために壁に設けたくぼみ）の中にでも入れておいたらいいだろう。それだけのものだよ！」

「間違いといえば、わたしは、ここまでのぼってくる途中で、下の正面玄関のところを調べてきました。市立病院側の壁に彫られている絵はたしかに、自然学の書物の第一ページを表わしているものでしょうか？　また聖母マリアの像の足もとにいる七人の裸像の中で、かかとに翼がついているのは、たしかにメルクリウスでしょうか？　先生にはご確信がおありですか？」

「そうだ。あれは、アゴスティーノ・ニーフォ（十五世紀のイタリアの哲学者）が書いたものだ。この男はイタリアの医者で、一匹のひげのはえた悪魔をつれていたが、この悪魔が彼にいろいろなことを教えてやったのだ。なお、いっしょにおりて、原典について、説明してさしあげよう」

「どうもありがとうございます」シャルモリュは、地につかんばかりに身をかがめて言った。「――ときに、忘れておりましたが、いつ、あの魔法使いの小娘を逮捕させたらよろしいでしょうか？」

「魔法使いの女と言うと？」

「ご存じのあのジプシー娘のことですよ。あの女は宗教裁判所判事からの禁止令があったにもかかわらず、毎日のように広場にやってきては、踊っているのです。悪魔につかれたヤギを一匹つれていますが、そのヤギの角《つの》には、悪魔が宿っているのですよ。それで、字も読めれば、書きもするし、ピカトリックスのように数学も知っています。それだけでもう、ジプシーの女どもを一人残らず絞首刑にしてもいいくらいでしょうな。その手続きはすっかりできておりまして、やがてそうなるでしょう。見ていてくださいませ！　しかし、あの踊り子は、たしかに美人ですな！　あの、たぐいまれな黒い瞳《ひとみ》！　エジプトのザクロ石を二つ並べたようですな。いつはじめましょうか？」

司教補佐の顔は、真っ青になった。

「そのうちに申しあげよう」ほとんど聞きとれないような声で、口ごもって言った。それから力をふりしぼって、「マルク・スネーヌのほうに全力をそそぐのだぞ」

「ご安心ください」と、シャルモリュは、笑いながら言った。「帰りましたら、やつを革床《かわどこ》に縛りつけましょう。しかしあいつは、人間の皮をかぶった悪魔ですからな。ピエラ・トルトリュでさえも手こずっているのです。あの男は、わたしよりも頑丈な手を持っているのですけれどね。あのプラウトゥスも言っておりますように、

『裸体で縛られ、足をとって吊《つ》りさげられるときは、百ポンドの目方あり』ですね。（前出プラウトゥス『ロバ』からの引用）巻揚機《まきあげき》の拷問《ごうもん》にかけてやりますかな！　あれなら申しぶんありますまい。やつも参ってしまうでしょう」

クロード師は、暗い顔をして、すっかり放心してしまったようすであったが、シャルモリュのほうに向きなおって、

「ピエラ君、……いやジャック君、いいかな、マルク・スネーヌのほうを一所懸命にするのだぞ！」

「はい、はい、クロード先生。哀れなやつだ！　やつも、マンモル（六世紀のフランク族の武将。捕えた敵の王を許したが、翌年、その王に捕えられて殺された）のように苦しむことでしょうな。魔法使いどもの夜宴に行こうなどとは、いったい、なんだと思っているんでしょうな！　会計検査院の食堂係たるものなら、『吸血鬼あるいは魔女』という、シャルルマーニュの原文でもよく心得ているべきですのにね。――ところで、あの小娘のことなんですが――スメラルダとか言われている――、お指図をお待ちいたしておりましょう。――ああ、そうそう！　あの、聖堂にはいりますときに目につく、浮き彫りになった庭師の絵は、どういうことを意味しておりますのでしょうか。正面玄関を通りますときにでも、ご説明願いたいのですが。『種《たね》ま

く人』なのでしょうか？――おや！　先生、先生は何をお考えになっておられるのですか？」

クロード師は、深く考えに沈んでしまったので、もう相手の言うことなど聞いていなかった。シャルモリュが、彼が見つめているほうをたどってみると、クロード師は、茫《ぼう》然《ぜん》として、明かりとりに張られている大きなクモの巣をじっと見つめていた。そのとき一匹のハエが、軽はずみに三月の日射しを求めてきたかと思うと、そのわなに飛びこんでひっかかってしまった。と、その網が揺れて、大きなクモが、真ん中の巣から急に飛び出してきた。と思うと、ぴょんとひとはね、ハエに飛びかかって、触角でそれを二つに折り、その恐ろしい吻管《ふんかん》でハエの頭をさぐるのであった。「可哀《かわい》そうに！」と、宗教裁判所検事は言いながら、手をあげてハエを救ってやろうとした。司教補佐は、とつぜん夢からさめたように、激しく手をぶるぶると震わせながら、その腕を押さえた。

「ジャック君、運命に任せ給え！」

検事は、びっくりして振り向いた、彼は、鉄のはさみで腕をがっしりと押さえられたように思った。司教補佐の目はじっとすわって、凶暴そうにぎらぎらと輝き、ハエとクモとのこの小さな恐ろしい群れをじっと見つめたままでいた。

「ああ！　そうだ」司教補佐は、腹の底からしぼり出したとも言えるような声でつづけた。「これが万物の象徴だ。飛びまわっていて、楽しげだ。生まれてきたばかりなのだ。春の日射しを求め、自由を求めるのだ。おお！　そうなのだ。だが、致命的な円花《えんか》窓《そう》にぶつかる、クモが飛び出してくる。恐ろしいクモがな！　哀れな踊り子よ！　宿命に定められた哀れなハエだ！　ジャック君、そのままにしておき給え！　それは運命なのだ！――ああ！　クロードよ、おまえはクモなのだ。クロードよ、おまえはまたハエのようなものだ！――おまえは、学問を求め、光明を求め、太陽を求めて飛んでいった。おまえは、大気や永遠の真理の日ざかりに到達することのみを念頭においていた。だが、それとは違った別な世の中、光明の世界、知識と学問との世界に向かって開かれている天窓のほうに飛びこんでしまったのだ。ああ、目の見えないハエよ、愚かな学者よ、おまえは、光明とおまえとのあいだに張りめぐらされた、この微妙な網を見なかったのだ。そしておまえは、哀れな愚か者よ、おまえは、そこに飛びこんで身を滅ぼしてしまったのだ。今や、頭を割られ、翼をむしられて、宿命という鉄の触角のあいだで、もがいているのだ！――ジャック君！　ジャック君！　クモのするままにしておき給え」

「はい、かしこまりました」シャルモリュはこう言ったが、なんのことやらさっぱりわからずに、彼のほうを見ていた。「でも、先生、この腕をおはなしください。お願いです！　先生の手は、まるで釘抜《くぎぬ》きのようですね」

司教補佐は、そんなことには耳をかさず、窓から目をはなさずにつづけた。「おお！　愚かなものだ！　おまえはその羽虫の翼で、この恐ろしい網を突きやぶりさえすれば、そのときこそは光明に達することができたろうと思っているのだ。ああ！　その先には、この窓ガラスが、透明な邪魔ものが、青銅よりもなお硬い水晶の壁があって、すべての哲学を真理から切り離しているのだ。おまえはどうしてそれを飛びこえるのだ？　おお、学問のむなしい誇りだ！　多くの賢人たちが、はるか遠くからここに羽ばたきながらやってきて、われとわが頭を砕くのだ！　またなんと多くの学説が虫の羽音のように、この永遠の窓ガラスのところでぶつかり合っていることか！」

彼は黙ってしまった。こんなことを考えて、思わず学問のことに及んでしまったが、どうやら気が静まったように思われた。ジャック・シャルモリュはこのときとばかりに、彼を現実の世界にすっかり引き戻そうとして、つぎのようにたずねた。「それでは、先生、いつ先生はおいでになって、黄金を作ることのお手伝いが願えますでしょうか？　わたしでは、なかなかうまくいきませんものですから」

司教補佐は苦笑《にがわら》いをしながら頭を振ったが、「ジャック君、ミカエル・プセルス（十一世紀の東ローマ帝国の政治家、著述家）の『魔神の勢力およびその作用についての対話』を読み給え。われわれのやっていることは、全部が全部、よいこととは決まっていないのだ」

「先生、お声が高いですよ！　わたしも、たしかにそう思います。しかし、わたしは宗教裁判所の検事にすぎませんので、年俸三十エキュしかもらっていないのですから、少しは錬金術でもしなければなりませんのですよ。ただお声を低くお願いいたします」

そのとき、かまどの下から、何かをかみ砕くモグモグいう音が聞こえたので、シャルモリュは心配そうに耳をそばだてた。

「なんでしょうか？」と、彼はきいた。

これは、あの学生のジャンであったが、彼は穴に隠れていて、とても窮屈で、退屈してきたので、そこにあった古くなったパンの皮とカビのはえた三角チーズとを見つけ出してきて、気晴らしと昼食のかわりに、遠慮なくすっかり食べはじめていたのだった。猛烈に腹がすいていたので、つい大きな音をたててしまった。そして一口一口ガツガツと音をたてて食べていたので、それが検事の耳にはいって、気がついて警戒させることになってしまったのである。

「あれは、わたしの猫だよ。下でネズミのご馳走《ちそう》にでもありついているのでしょうな」と、司教補佐は乱暴に言った。

シャルモリュは、こう説明されて納得した。

「実際、先生」と、彼はうやうやしく、笑いを浮かべて言った。「偉大な哲学者といわれる人はみな、家で生き物を飼っていたものですね。ご存じでしょうが、セルウィウス(前六世紀のローマの王)がこう言っていますね。『いかなるところでも、精霊の存在せざるところなし』と」

しかしクロードは、ジャンがまた何かいたずらでもしまいかと気になって、この立派な弟子に、玄関にあった数枚の絵をいっしょによく研究してみようと言って、ジャンの「ああ!」という大声をあとにして、二人は部屋から出ていった。ジャンは、膝《ひざ》に顎《あご》の跡がつきはしなかったかと、本気で心配しはじめたところだった。

6　家の外で呪《のろ》いのことばを七つどなったら……

「神さま、ありがてえ、かたじけねえ!」ジャン君は、穴から出ながらこう叫んだ。「ミミズク野郎が二羽、行っちまいやがったぞ。オック! オック! ハックス! パックス! マックス! 蚤《のみ》だとさ! 愚か者だとよ! この野郎! 話はもう聞きあきたよ! 頭が鐘楼《しょうろう》のようにガンガン鳴りやがる。市場にも売っていねえような、カビのはえたチーズとはな! ちえっ! おりるとしようか。兄きの財布をいただいてと、そして有り金残らず酒にかえるとしようか！」

彼は、気持よさそうに、ほくほくして、大切な財布の中をちらりとのぞいて見た。着ているもののしわをのばし、靴のほこりを払い、灰で白くまみれた、哀れな袖《そで》の塵《ちり》を払った。そして口笛を吹いて、くるりと一回りまわって、小部屋の中に何か目ぼしいものは残っていないかと見まわしてから、イザボー・ラ・チエリに宝石のかわりにくれてやるにはもってこいだと、かまどの上のあちらこちらにころがっていたガラス玉のお守りを拾い集めて、最後に、兄が出がけに一つ良いことをしてやろうと開けっぱなしにしておいたドアを押して、こんどは彼のほうでは、出がけに一ついたずらをしてやろうとドアを開けっぱなしにしたまま、鳥のように飛びはねながらせん階段をおりていった。

ちょうどその階段の暗闇《くらやみ》の真ん中にさしかかったころ、何か肘《ひじ》に突きあたるものがあったが、それは、何かブツブツ言いながら脇によけた。カジモドかなと思ったが、それが彼にはひどく滑稽《こっけい》に見えたので、脇腹をかかえて笑いながら、残りの階段をおりていった。広場に出てからも、まだ笑いがとまらなかった。

また地面にたどりつくと、足を踏み鳴らして、「ああ！　パリの舗道《ほどう》はいいな！　ありがたいよ。ヤコブの梯子《はしご》（旧約聖書によれば、ヤコブは夢で、天使が天と地の間をのぼりおりしている梯子を見たという）をのぼる天使たちでも息をきらしてしまいそうな、いやな階段だ！　いったいどんなつもりでおれは、あんな天をもつらぬくほどの石の撞木錐《しゅもくぎり》の中にはいりこもうとしたんだろうな？　そしてやったことといえば、カビのはえたチーズを食べたことと、明かりとりからパリの鐘楼を見たことだけだとはね！」

五、六歩あるいてくると、あの二羽のミミズク野郎、つまりクロード師とジャック・シャルモリュ氏とが見かけられたが、二人は玄関の彫刻をじっとながめていた。彼は、爪先《つまさき》で立って、二人にしのびよっていった。司教補佐が小声で、シャルモリュに、こう言っているのが聞こえた。「この縁《へり》に金を塗った紺青色《こんじょういろ》の石にヨブの像を彫らせたのは、ギヨーム・ド・パリスなのだ。ヨブとは化金石の象徴なのだが、つまり完全なものになるためには、さまざまな試練にあって鍛えられなければならぬということだ。レーモン・リュル（十三世紀のスペインの神秘哲学者）も言っているように、『霊魂は、その特有な形をたもったまま保存されている』だな」

「どっちだって同じことさ、財布を持っているのは、このおれさまなんだからな」と、ジャンは言った。

このとき、うしろで、大きなよく響く声で、恐ろしい呪いの叫びをあげているのが聞こえた。「やい、おたんちん！　とんちき！　唐変木《とうへんぼく》！　べらぼうめ！　ベルゼブルのへそ野郎！　くそったれ！　鼻まがりの三角野郎め！」

「あいつはたしかに、あのフェビュス隊長に違いないぞ！」と、ジャンは叫んだ。

このフェビュスという名前は、そのとき検事に、煙と王の頭とが出ている風呂の中に尾を隠している竜について説明していた司教補佐の耳にはいった。クロード師はぶるぶると身震いして、話を切った。シャルモリュがびっくりしているうちに、彼はうしろを振り向いたが、見ると、弟のジャンがゴンドローリエの邸《やしき》のドアのところで、背の高い一人の士官に近よって、何か言いかけていた。

やはり、それは隊長のフェビュス・ド・シャトーペール氏であった。彼は、フィアンセの女の家の角《かど》に背をもたせて、異教徒のように、神をののしることばを言い散らかしていたのである。

「いよう、フェビュス隊長、ものすごい勢いでどなり散らしているじゃないか」と、ジャンは彼の手を取りながらいった。

「鼻まがりの三角野郎め！」と、隊長は答えた。

「きさまこそ、鼻まがりの三角野郎だぞ！」と、ジャンはやりかえした。「ところでね、隊長殿よ、そんなうまい文句は、どこを押せば出てくるんだい？」

「やあ、失敬、ジャン君か」と、フェビュスは彼に握手しながら叫んだ。「馬は走りだしちゃったらぴたりとは止まらないんだよ。で、全速力でどなり散らしていたところさ。

淑女とかいうお嬢さん方のところから来たところなんだ。おれはな、そこから出てくると、いつでもこうしてどなりたくってむずむずするんだよ。つばでも吐かんことには息がつまりそうだ。いや、唐変木の三角野郎め！」

「どうだい、一杯つきあわねえか？」

こう言われて、隊長はおとなしくなった。

「いいな。だけど金がねえんだ」

「金ならおれが持ってるよ！」

「嘘《うそ》をつけ！　見せろ」

ジャンは、胸をはって、いとも簡単に隊長の目の前に財布をひろげた。そのとき、司教補佐は、シャルモリュがびっくりしているのを尻目《しりめ》にかけて、彼らのそばにやってきて、二、三歩はなれたところに立ちどまり、二人のようすをじっと見つめていた。二人は夢中になって財布を調べていたので、彼の来たことには気がつかなかった。

フェビュスは叫んだ。「きさまのポケットに財布がはいっているなんて、おいジャン、バケツの水にお月さまがはいっているみてえなもんだからな。あるかと見れば、影ばかりってやつさ。まったくな！　賭《か》けてもいいぜ、その中は、小石ぐれえなものさ！」

ジャンは澄まして答えた。「おれのポケットの底に敷いてあるのは、どうせ小石だよ」

こう言って、あとは何にも言わずに、祖国を救うローマ人のようなようすで、財布の中身を、とある車よけの大石の上にあけた。

「うん、ほんとだな！」と、フェビュスはつぶやいた。

「小盾《こだて》模様の金貨だ。大銀貨もある。小銀貨に、トゥール銭が二つか。それにパリ金のドニエ貨に、ワシ印の本物の銅貨だ！　こいつあ、まぶしいくれえだ！」

ジャンは依然として、ゆうゆうと澄ましていた。幾リヤールかが泥の中にころがったので、フェビュスは夢中になってそれを拾い上げようとして体をかがめたが、ジャンはそれをおさえて、「しみったれたまねはよせってことよ、フェビュス・ド・シャトーペール隊長殿！」

フェビュスはその銭を数えていたが、きっとなってジャンのほうに向きなおり、「おい、ジャン、いいか、これでパリ金で二十三スーもあるんだぞ！　ゆうべクープ＝グール通りで、いったい誰の身ぐるみをはいだんだ？」

ジャンは金髪のちぢれ毛の頭をぐっとうしろに振って、ふん、というように目を細め、

「兄貴の司教補佐がついているんだ、うすのろだけどな」

「ちえっ、うめえな！　ご立派なお方だよな！」

「飲みに行こう」

「どこへ行こうか？　ポンム・デーヴ（エバのリンゴ）軒か？」

「ばか言え、隊長。ヴィエイユ・シャンス軒に行こう。『柄を挽く婆《ヴィエイユ・キ・シ・ユ・ナンス》』の看板が出ているんだ。語呂《ごろ》合わせさ。面白いじゃねえか」

「語呂合わせなんかくだらねえよ、ジャン！　ポンム・デーヴ軒のほうが酒はいいぜ。それに、あの家のドアの脇にはブドウがなっていて、飲むときには楽しいぜ」

「よし！　エバとそのリンゴとやらに行くとしようか」ジャンはこう言って、フェビュスの腕をとり、「ときにね隊長、きみは今、クープ＝グール（口斬り）通りと言ったね。そいつはどうも言い方が悪いや。今どき、そんな野蛮なのははやらねえよ。クープ＝ゴルジュ（首斬り）通りと言っているんだぜ」

この二人の友は、ポンム・デーヴ軒のほうへと歩きだした。二人がまず銭を拾い集めたこと、そして司教補佐が彼らのあとをつけていったことは、言うまでもない。

司教補佐は、暗く、ものすごく恐ろしい顔をして、二人のあとをつけていった。この男が、グランゴワールに会ってからずっと自分の心にわだかまっている、あのいやな名前の持ち主のフェビュスであろうか？　彼はこの男のことを知らなかったのであるが、しかし要するに、この男がフェビュスという名前の持ち主であることは、間違いなかった。この魔力を持った名前を耳にしただけで、もう司教補佐は、ぬき足さし足、注意深く、気づかわしそうに、彼らの話に聞き耳をたてて、ほんのちょっとした身ぶりもじっと観察しながら、この気ままな二人の男のあとをつけていった。そのうえ、彼らが話していることをすっかり聞いてしまうのには、絶好のチャンスだった。二人は、通りすがりの人のことなどまるで気にしないで、大声で話していて、内緒話でもつつぬけだったのだ。決闘の話、女の話、酒の話、くだらない話、つきるところがない。

とあるまちの曲がり角に来たときに、タンバリンの音が隣の四つ辻から聞こえてきた。隊長がジャンに向かって話しかけたのが、クロード師の耳にはいった。

「しまった！　急ごう」

「なぜだい？　フェビュス」

「あのジプシー娘に見つかったらたいへんなんだ」

「どのジプシー娘なんだ？」

「ヤギをつれている女さ」

「ス、メ、ラ、ル、ダかい？」

「そうなんだよ、ジャン。おれはいつでもあいつの名前を忘れるんだ。急ごう。見覚えているかもしれねえ。まちなかで、あの女に寄ってこられて話しかけられるのは、やりきれねえからな」

「あの女を知ってるのかい？　フェビュス」

このとき、クロードが見ていると、フェビュスは顔をしかめて、ジャンの耳もとに口を寄せて何か小声でささやいていた。やがて、フェビュスは大声で笑いだして、得意そうに頭を振った。

「そりゃ、ほんとか？」と、ジャンは言った。

「もちろんさ！」と、フェビュスが言う。

「今晩かい？」

「今晩だ」

「あの女は、本当に来るのか？」

「ジャン、きさま少し気が変じゃねえのか？　そんなことを疑うのか？」

「フェビュス隊長、きみは幸福なる親衛隊の兵隊さんだよ！」

司教補佐は、この会話をすっかり聞いてしまった。歯ぎしりをして、それとはっきりわかるほど、ぶるぶると全身に震えがきた。ちょっと立ちどまったが、酔っぱらいのように、車よけの大石によりかかった。やがてまた、二人の男どものあとをつけはじめた。

彼が二人に追いついたときには、いい気持になっていた二人は、別の話をしていた。彼らが声をかぎりに古い流行歌をうたっている声が聞こえた。

プチ＝カロー通りの子供らは、
末《すえ》は子牛で、縛り首。

7　修道服をまとった怪しい男

有名な居酒屋のポンム・デーヴ軒は、大学区《ユニヴェルシテ》のロンデル通りとバトニエ通りとの角《かど》にあった。それは一階にあって、かなりだだっぴろく、天井は非常に低かった。その丸天井の真ん中の迫上《せりあ》げは、黄色に染めた大きな木の柱で支えられていた。そこらじゅうにテーブルが置いてあり、壁にはぴかぴかに光った錫《すず》の水差しがかかっていた。いつでもぐでんぐでんになった酒飲みや、女どもが大勢いた。道に面したほうにはガラス戸が一枚あり、ドアのところには一本のブドウの木が植えてあった。そしてこのドアの上には、キシキシいっている鉄板が一枚あって、そこにリンゴの絵と女の絵とが一枚ずつ色ずりで描かれてあったが、雨に打たれて錆《さ》びついてしまって、鉄の心棒の上を、風に吹かれて回っていた。舗道《ほどう》に面している、この風見《かざみ》のようなものが、この店の看板であった。

すっかり夜になって、すでに四つ辻は真っ暗であった。居酒屋にはろうそくがあかあかと灯《とも》されて、その光は遠くから見ると、まるで暗闇《くらやみ》の中の鍛冶場《かじば》の炉《ろ》のように輝いていた。酒のコップや、ご馳走《ちそう》や、ののしり声や、喧嘩《けんか》の声などが、破れたガラス窓越しに、聞こえてくる。部屋の熱気がむんむんと立ちこめて、正面のガラス窓は蒸気で曇っていたが、その曇りをすかして見ると、何百人とも知れぬ人びとが入りまじって、右往左往しているのが見られ、ときどき、どうっというかん高い笑い声が、そこからもれてくるのだった。用事があってその前を通りかかった通行人は、この騒々しいガラス窓には目もくれずに行きすぎてしまった。ただときどき、ぼろぼろの服を着た小さな子供たちが、その正面の窓まで爪先《つまさき》でのび上がって、当時酔っぱらいどもを追い立てるときによく言う古くからののしりのことばを、居酒屋の中に投げかけていた。「やい、飲んべえ、飲んだくれ、飲みすけ野郎め！」

このとき、一人の男がこの騒々しい居酒屋の前を平然として行ったり来たりしていたが、たえず中をのぞきこんで、ちょうど哨舎《しょうしゃ》の槍兵《そうへい》のように、そこを離れなかった。外套《がいとう》を鼻まですっぽりかぶっていたが、この外套は、たしかに三月の夜の寒さを防ぐためと、またおそらくはその着ている服を隠すために、ポンム・デーヴ軒の付近の古着屋から買ってきたものに違いない。ときどき鉛の桟《さん》が黒ずんでしまったガラス窓の前に立ちどまっては、話し声に耳をすましたり、中をのぞいてみたり、足を踏み鳴らしたりしていた。

とうとう居酒屋のドアが開いた。これを待っていたらしいのだ。酔っぱらいが二人、そこから出てきた。入口のドアから一筋の光がもれたが、一瞬、この光にあたって、二人の楽しげな顔が赤く照らされた。外套に身を包んだ男は、通りの向こう側の家の玄関の下に行って、そこから二人をじっと窺《うかが》っていた。

「鼻まがりの三角野郎め！」と、二人の酔っぱらいのうちの一人が叫んだ。「もう七時を打つころだな。とすると、おれの逢《あ》いびきの時刻だ」

「なあおい」連れの男は、ろれつのまわらない口で、こう言った。「おれはモヴェーズ＝パロール（悪口）通りに住んでいるんじゃねえんだ。『悪口通りに住む者は見下げはてたやつ』ってんだ。おれはな、ジャン＝パン＝モレ通りにいるんだぞ。もしもおまえが、そうじゃねえって言いやがるんなら、ポカポカッとこぶだらけにしてしまうぞ。熊の背中に一度乗ったやつは、もう何にも恐ろしいものはねえって言うじゃねえか。だけどおまえの鼻は、サン＝ジャック・ド・ロピタルみてえに、うめえご馳走のほうばかり向いていやがるじゃねえか」

「おい、ジャン、きさま酔ってるぞ」と、相手が言う。

もう一人の男は、よろよろしながら、「言いたけりゃ何とでも言え、フェビュス。だけどプラトンだってその横顔は猟犬のようだってことは、証明ずみなんだぞ」

みなさんはすでに、この二人が隊長と学生とであることに、気がついておられるに違いない。というのは、暗闇の中で彼らを待ちぶせていた男も、二人が誰であるかわかったらしい。というのは、学生のほうがよろよろしているので、隊長もそれに押されて千鳥足《ちどりあし》になっているあとを、その男はゆっくりとつけていったからである。隊長は、酒に慣れているせいか、まだ全然しらふだったのだ。外套の男は、彼らの話すことに注意深く耳をかたむけながら、つぎのような興味ある会話をすっかり聞きとることができた。

「おいおい、しっかりしろ！　ちゃんとしてまっすぐに歩けよ、学生さん。おれがおまえと別れなけりゃならんことは、おまえだって知っているだろう。もう七時だ。おれは女と会うことになってるんだ」

「そんなら、おれにかまわねえで行けよ！　おれは星も花火もちゃんと見てるんだぜ。ゲラゲラ笑ってばかりいやがってよ」

「ジャン、おれのばあさんのいぼにかけて言うが、おい、おまえは、なんかやっきになって、くだをまいているぞ。――ときにな、ジャン、もう金は残ってねえのか？」

「先生、ぜんぜん間違いなく、ちょっとした肉屋だったな」

「ジャン、ジャン君！　きみも知っているだろうが、おれは、サン＝ミシェル橋のたもとで女に会うことになってるんだ。そして、橋の連れ込み宿のファルールデルの家にでもつれこむよりほかに手がないんだが、どうしても部屋代がいるんだ。それに、あの白いひげのはえてやがる娼婦《しょうふ》ばばあのやつ、貸してくれそうもねえんだよ。ジャン！　お願いだ！　おれたちはあり金をすっかり飲んじゃったのかい？　一文《いちもん》も残っていねえのかい？」

「ほかの時間をうまく使ったっていう気持は、食事に対してまさに、味わいのいい薬味だ（モンテーニュのことば）」

「このうすのろ野郎！　つまらねえことを言うのは、もうよしにしねえか！　おい、ジャンの間抜けめ！　金は残ってねえのか！　貸せよ、抜けさく！　さもないと、おまえがヨブのように難病にかかっていようと、カエサルのように疥癬《かいせん》になっていようとかまうこたあねえ！　そこらじゅう探してやるぞ！」

「おいおい、ガリヤシュ通りってのは、一方がヴェルリ通りで、もう一方がティクスランドリ通りだったな」

「うん、そうだ、そうだ。ジャン君、わが哀れなる友達よってんだ。ガリヤシュ通りだ。そうだともさ。まったくうめえや。だけどな、頼むからさ、しっかりしてくれよ。たった一スーだけあればいいんだ。七時の約束なんだよ」

「静かにして、輪舞曲《ロンド》を聞け。ほら、繰り返しのところをよく聞いてみろ。

ネズミが猫を食うならば、
王はアラースの領主さま。
広くて暖かい大海が
サン＝ジャン祭に凍るなら、
アラースの人がまちに出て、
氷の上に見えるだろう」

「やい、この地獄行き野郎、おふくろの腸でも首にまいて、いっそ死んでしまえ！」と、フェビュスは叫んで、酔っぱらっているジャンを乱暴に突きとばしたので、学生は壁に突きあたって、そのままぐんにゃりと、フィリップ＝オーギュストの敷石の上に倒れてしまった。フェビュスのほうは、酒飲みが心にいつでも持っている兄弟愛のような同情心がまだ残っていたためであろうか、神がパリの境界の隅《すみ》という隅に備えておいた、あの金持が軽蔑《けいべつ》して「ごみため」ということばで呼んでいた貧乏人の枕の上に、足でジャンをころがしてやった。隊長がななめに切れているキャベツの株の上にジャンの頭をのせてやると、そのとたんにもう学生のほうは、グーグーとものすごくいびきをかきだした。しかし隊長の心には、ジャンを恨《うら》む気持がすっかりなくなっていたわけではなかった。「荷車でも来て、通りがかりに持っていってしまっても気の毒だな！」と、彼は、すっかり眠りこんでしまった哀れな学生に向かって言ったが、そのまま立ち去ってしまった。

外套に身を包んだ男は、彼のあとを追うのをやめて、決心がつきかねたものか、寝ている学生の前でちょっと立ちどまった。しかし、それから深い溜息《ためいき》をついて、彼もまた、隊長のあとを追って、立ち去ってしまった。

われわれも、彼らと同じように、ジャンを美しい星が親切に見まもってくれるままに眠らせておいて、みなさんがよろしければ、二人のあとを追っていくことにしよう。

サン＝タンドレ＝デ＝ザルク通りに出ると、フェビュス隊長は、何者かが自分のあとをつけてくるのに気がついた。ひょいと振り返って見ると、人影らしいものがうしろの壁にぴたりと身をつけているのが見えた。彼が立ちどまると、その影もとまる、また歩きだすと、影もまた歩きだすのだ。彼は、そんなことはたいして気にもとめず、「ふん、ばかなやつだ！　おれは金を持っちゃいねえんだぞ」とつぶやいた。

オータン学院の正門前で立ちどまった。彼が自分で勉強といっていたことを、ほんの少しばかりしたのは、この学院でのことであった。彼の不良学生としての習慣として、学校の正門前を通るときにはかならず、校門の右側に立っている枢機卿《すうききょう》のピエール・ベルトラン（神学者、法律家。一三二六年、オータンの司教となる）の彫像に向かって、ホラティウスの風刺詩の中で、かのプリアポス（ギリシア神話の庭園とブドウの神）が、相当に苦しみなげいている「かつてわれはイチジクの幹であった」という侮辱《ぶじょく》のことばを投げかけるのだった。彼は、そこで、今まで幾度となく繰り返していたので、そのため「オータンの司教」という文字は、ほとんど消えかかっていたほどであった。そういうわけで、いつものようにこの像の前に立ちどまった。まちには、人っ子ひとり通っていなかった。顔をあげて、のんきそうに飾《かざ》り紐《ひも》を結びなおしていると、人影がゆっくりと彼に近づいてくるのが見えた。この人影は、非常にゆっくりと来たので、それが外套と帽子をつけていたのを見るだけの時間はたっぷりあった。彼のそばまでやってくると、人影は立ちどまった。ベルトラン枢機卿の彫像よりも、もっと身動き一つしないのだ。そしてそのあいだ、じっと両眼でフェビュスをにらみすえていたが、その目は、夜のさなかに猫の瞳《ひとみ》から出るほのかな光であふれていた。

この隊長はなかなか勇敢な男で、盗賊が剣を握って立ち向かってきても、さしてびくともしなかった。しかし、像が歩きだすといおうか、この化石のような男が進んでくるのを見ると、思わずぞっとして肝《きも》を冷やした。当時、世の中に、よくはわからないのだが、夜な夜なパリのまちまちをうろつき歩く、修道服をまとった怪しい男のうわさがたっていた。このうわさをふと思い出したのだった。彼はしばらくの間ひやりとしたが、とうとう思いきって笑いだして、沈黙をやぶった。「おい、もしきさまがおれの望むように泥棒だとすれば、おれのふところを狙《ねら》うなんて、サギがクルミの殻《から》をつっつくようなものだぞ。なあきみ、おれは没落した家の息子なんだ。狙うんならあっちのほうにするんだな。この学校の礼拝堂にゃあ、正真正銘の木の十字架が、銀の入れ物にはいっているぜ」

その人影は外套の下から手を出して、ワシの爪《つめ》のように、フェビュスの腕をむんずとおさえた。と同時に、人影は言った。「フェビュス・ド・シャトーペール隊長！」

「えっ、なんだって！　きさま、おれの名前を知っているな！」とフェビュスが言う。

「おまえの名前を知っているばかりではない」と、外套をまとった男は、墓から出てくるような薄気味の悪い声で言った。「おまえは、今夜、女と会うことになっているな」

「そうだ」と、フェビュスはあっけにとられて答えた。

「七時にな」

「あと十五分ばかりしたらだ」

「ファルールデルの家でな」

「いかにも、そうだ」

「サン＝ミシェル橋の連れ込み宿でな」

「主の祈りの文句を借りれば、天使長聖ミカエルのさ」

「汚《けが》らわしいやつだ！」と、幽霊はつぶやいた。「女とだな？」

「告白する」

「なんという……？」

「ス、ス、スメラルダ」と、フェビュスは胸をはって答えた。だんだん、彼はすっかり持ちまえののんきな気持に返ってきた。

この名前を聞くと、人影は差し出した手で激しくフェビュスの腕を振った。

「フェビュス・ド・シャトーペール隊長、嘘《うそ》をつけ！」

このとき、隊長の怒りで真っ赤になった顔つきたるや、ぴょんとひととびうしろにとびさがったが、それがあまり激しかったものだから、その勢いで釘抜《くぎぬ》きのようにがっしりと握りしめられていた腕を払いのけざま、怒りの形相《ぎょうそう》ものすごく、剣の柄《つか》に手をかけた。この怒りを前にして、外套を身にまとった男は、陰鬱《いんうつ》に、身動きもせずに立っていた。この光景を見た者があったら、さぞかし肝を冷やしたことであろう。それはさながら、ドン・ジュアンと石像との闘争（女たらしのジュアンは、彼が殺したセビリアの総督の石像に捕まり、地獄に呑みこまれる）のようだった。

「神々も照覧あれ！　このシャトーペールに向かって、聞きずてならぬ今のひとこと！　もう一度言ってみろ」

「おまえは嘘をついている！」影の男は、冷然と答えた。

隊長は歯ぎしりをした。修道服をまとった怪しい男のことも、幽霊のことも、迷信じみたうわさのことも、そのとき彼はすっかり忘れてしまっていた。彼の目にはもう、一人の人間と、無礼な雑言《ぞうごん》しかうつらなかったのだ。

「うぬ！　よくも言ったな！」と、怒りに声も震えて、口ごもった。彼は剣を抜いたが、怒りのために恐怖のときと同じように体が震えて、ものもよく言えなかった。

「こっちだ！　さあこい！　さあ！　抜け！　剣を抜け！　舗道の血祭りにしてくれるぞ！」

しかし、相手は身じろぎもしなかった。見ると敵は、警戒をゆるめず、いつでも突っこめる用意をして、「フェビュス隊長」と言ったが、そのことばの調子は、苦々《にがにが》しげに震えていた。「きみは、ランデブーを忘れておるな」

フェビュスのような人間の怒りは、ちょうど牛乳入りのスープのようなものだ。一滴の水を入れれば沸騰もしずまってしまう。このたったひとことで、隊長は手に光っていた剣を下げた。

「隊長」と、男はつづけた。「あすか、あさって、一か月さきか、十年さきか、またわたしに会うときには、首を洗って出直してこい。だが、今はまず女に会いにでも行ってこい」

「そうだな」と、フェビュスは心に納得させながら言った。「剣も女も、どちらも会いたくてたまらぬものだが、二つとも手に入れかかったのに、一方のために、なぜもう一方を犠牲にしなけりゃならんのかわからぬが」

彼は剣を鞘《さや》におさめた。

「ランデブーの場所に行け」と、見知らぬ男は言った。

「ご親切、かたじけない」と、フェビュスは少し当惑したように答えた。「まったく、父祖アダムの胴着を斬《き》ったりボタンの穴を開けたりするのは、あすにでもできることだ。十五分ばかりでも気持よく過ごさせてくれるとは、まことにありがたい。本来ならば、きさまを河の中にでも叩き込んで、それから女のところに行っても遅くはないと思っていたのだが、まあいいさ、このようなときに、女をちょっと待たせておくというのも、ますます気持がよいものだからな。だが、きさまは、見たところなかなかいいやつだ。

たしかに勝負はあすまで預けておこう。それで、まずおれは女に会いに行くとするよ。きさまも知っているように、七時の約束だからな」こう言って、フェビュスは耳をかきながら、「ああ！　しまった！　忘れたぞ！　部屋代を払う金が一文《いちもん》もなかったのだった。あのばばあのやつ、さきに金を出せって言いやがるだろうからな。おれはあいつに信用がねえからな」

「じゃ、これで払え」

フェビュスは、自分の手の中に、見知らぬ男がその冷たい手で一枚の大きな金をすべりこませたのを感じた。彼は、この金を取らないわけにはいかず、その男の手を握りしめて、

「ありがたい！　きさまはいいやつだな！」

「だが、条件があるのだ。わたしの言うことが間違いで、きみの言ったことが正しいという証拠を見せてくれ。その女が本当にきみの言う名前の女かどうか見たいと思うのだが、それができるように、どこか隅のほうにわたしを隠してくれぬか」

「ああ、お安いご用だ。サント＝マルトの部屋を借りよう。隣の犬部屋から、好きなように見るがいいや」

「よし、来い」と、影の男は言った。

「おことばに甘えよう。だけど、きさまはまさか、悪魔殿のじきじきのお出ましというのじゃないだろうな。まあ、今晩だけは仲よくしようや。あすになれば、きさまから借りた金も剣もみんなお返しするぜ」

彼らは足をはやめて歩きだした。しばらくすると、サン＝ミシェル橋近くなのであろうか、河のせせらぎが聞こえた。ここは当時、家が立ち並んでいたのだった。

「まず、ご案内いたそう」と、フェビュスは連れの男に言った。「それから女を探しにいく。あいつは、プチ＝シャトレのそばでおれを待っているはずなんだ」

連れの男は、なんとも返事をしなかった。二人がつれだって歩いてからというものは、この男は、ひとことも口をきかなかったのだ。フェビュスは低いドアの前に立ちどまって、乱暴にノックした。一筋の光がドアのすきまからもれていた。「どなた?」と、歯の抜けたような声がする。「おい、うすのろ！　唐変木《とうへんぼく》！　べらぼうめ！」と、隊長は答えた。ドアはすぐに開いて、一人の老女が手に古ぼけたランプをさげて、二人の前に出てきた。老女も古ぼけたランプも震えていた。この老女はすっかり腰が曲がり、ぼろぼろの服を着て、頭をぶらぶら振っていたが、その目はどんぐり眼《まなこ》で、手ぬぐいで頰《ほお》かむりをしていた。手も顔も首も、一面にしわだらけで、唇は歯ぐきのところまで落ちくぼんでいた。口のまわりには一面に白い毛がもじゃもじゃはえていたので、まるで猫があやされたときのような顔つきだった。あばら屋の中も、老女に負けずおとらず、ぼろぼろであった。壁は石灰で、天井の梁《はり》はどす黒くなって、ストーブも壊れたままで、隅という隅は、クモの巣だらけ、部屋の真ん中には、テーブルと脚のそろっていない椅子《いす》が、ガタガタになったまま一組置いてあり、ストーブの灰の前には、うすぎたない子供が一人しょんぼりすわっていた。奥のほうには、階段が、いや階段というよりも木の梯《はし》子《ご》といったほうがいいようなやつが一つ、天井の揚げ戸に通じている。このけだものの穴に一歩足を踏み入れると、フェビュスの連れの不思議な男は外套を目まで上げた。隊長のほうは、サラセン人がするように、何か呪文《じゅもん》をとなえながら、あの驚嘆すべきレニエが言ったように、急いで「一エキュの中に太陽を輝かせる」ことをしたのだった。

「サント＝マルトの部屋をな」と、彼は言った。

老女は、彼を殿さま扱いにして、その金を引出しにしまいこんでしまった。この金は、黒い外套の男が、さっきフェビュスに与えたものであった。老女が背中を向けているあいだに、灰の中で遊んでいた、髪をぼうぼうにして、ぼろぼろになった服を着た子供が、こっそりと引出しのところにやってきて、その金をつかみとり、そこに、柴の束《たば》からむしりとってきた枯れ葉を一枚つっこんだ。

老女は、二人をお殿さまと呼び、ついてくるように合図して、さきに立って梯子をのぼっていった。二階につくと、老女はランプを棚の上に置いた。フェビュスは、この家の勝手を知っていたので、暗い部屋に通ずるドアを開けて、「さあ、はいれよ」と、連れの男に言った。外套の男はひとことも答えずに、言うなりになった。ドアは、彼のうしろでふたたび閉まった。フェビュスがまたかんぬきを閉めて、しばらくすると、老女といっしょに階段をおりていく音が聞こえた。明かりはもう消えていた。

8　河に面した窓が役に立つ

クロード・フロロは(というわけは、みなさんのほうがフェビュスよりも利口な方がたであるから、この事件に出てきた修道服をまとった怪しい男とは、ほかならぬ司教補佐であることをご存じだろうと思うからであるが)、隊長がかんぬきを閉めていった暗くきたならしい部屋で、しばらくの間、あちらこちら手さぐりで調べていた。この部屋は、建築士が、ときどきあることなのだが、屋根と支えの壁との接触点につくっておくような片隅《かたすみ》の部屋の一つであった。この部屋の垂直な断面は、フェビュスがこの部屋を犬小屋といみじくも名づけたように、ちょうど三角形をなしているとでも言えるかもしれない。そのうえ、ここには窓も明かりとりもなかったし、天井は勾配《こうばい》がひどく急だったので、人が立っていることもできないくらいであった。そこでクロードは、足もとにくずれている、ほこりや壁のくずの中にうずくまった。頭はかっかと熱していた。手でまわりをさぐってみると、壊れた窓ガラスが床《ゆか》に落ちていたので、それを額《ひたい》にあててみた。ひやりとしたので、少しは気持が楽になった。

このとき、司教補佐の暗い魂の中には、どんな考えが浮かんだのであろうか？　彼自身と神とのほかに知る者もなかった。

エスメラルダ、フェビュス、ジャック・シャルモリュ、弟、彼からこんなに愛され、しかも見はなされて泥沼の中にいる弟、司教補佐という聖職、おそらくは彼の名声、フロルールデルの家まで引きずっていったこの名望、こうしたすべての姿やできごとは、いったいどういう宿命的な順序で、彼の頭に組みたてられていたのだろうか？　私には、それを説明することができない。しかし、こういう考えが、彼の心の中で、ある恐ろしい一つの集団をなしていたことはたしかである。

彼は、十五分ばかり待っていた。そのあいだに彼は、一世紀も年をとってしまったような気がした。と、とつぜん、木の階段の踏み板がコトコト鳴る音が聞こえた。誰かがのぼってきたのだ。揚げ戸がまた開いて、一筋の光が射してきた。このあばら屋の虫の食ったドアに、かなり大きなすきまがあったので、彼はそこに顔を押しつけてみた。こうすると、隣の部屋で起こったことをすっかり見ることができるのだった。猫のような顔つきをした老女が手にランプを持って、まず揚げ戸から出てきた。つづいて、フェビュスが口ひげをひねりあげながら、またそれにつづいて、第三の人物が。あの美しくやさしい顔をしたエスメラルダだった。彼女の姿は、司教補佐の目には、ちょうど目をくらます幻のように、地の中から出てきたのだ。クロードは、ガタガタと体を震わせた。目には雲がかかり、動脈は激しく動悸《どうき》を打って、あらゆるものが彼のまわりで音をたて、渦をまいていた。もう何にも見えず、何にも聞こえなかった。

ふと我に返ったときには、フェビュスとエスメラルダとがただ二人、ランプのそばの木の箱の上に腰をかけていた。ランプの光に照らし出されて、司教補佐の目には、若いこの二人の顔と、屋根裏部屋の奥にあるみすぼらしいベッドとが、はっきりと見えた。ベッドのそばには、窓が一つあったが、そのガラス窓は、まるで雨に打たれたクモの巣のように、ぽっかりと穴が開いていたので、その破れた編み目から、空の片隅と、はるか彼方《かなた》に、やわらかな雲の羽根ぶとんの上に寝ている月とが見えた。

娘は顔を赤らめ、すっかりどぎまぎして、胸をどきどきさせていた。長いまつげを伏せていたので、赤い頬《ほお》は暗くかげっていた。娘はどうしても目をあげて、隊長のほうを見ることができなかったが、士官の顔は晴れやかに輝いていた。彼女は機械的に、しかも、どことなくおどおどしていたが、魅力のあるしぐさで、腰かけのぐしゃぐしゃになった縁《へり》を指先でつまぐりながら、その指先をじっと見つめていた。娘の足は見えないが、小さいヤギがその上にうずくまっていた。

隊長の身なりはひどく粋《いき》なもので、襟《えり》と袖口《そでぐち》には金の房がついていた。当時の流行の先端をいく粋な服装なのだ。

クロード師はこめかみに血がわきたって、がんがんしたので、二人が話していることを、ほとんど聞きとれなかった。

（恋人同士の語りあいなどというものは、しごくありふれたものだ。いつでも、「ぼくはあなたが好きなんです」ということを繰り返しているだけだ。それを聞いている無関係な人びとにとっては、そのことばがいくらかの「装飾音」でもあればともかく、それでもなかった日には、ただまるで飾りのない、気の抜けた音楽的なことばにすぎないのだ。しかし、クロードは、冷淡な第三者として聞いていたのではなかった。）

「ねえ！　あたしのことを、はしたない女だと思わないでね、フェビュスさま。あたしのしたこと、ほんとによくないことだと思ってますわ」と、若い娘は、顔もあげずに言った。

「きみをはしたないと思うなんて！　可愛《かわい》いやつだな」と、士官は実にじょうずに洗練されたお世辞たらたらで答えた。「きみを軽蔑《けいべつ》するなんて、そんなことがあるもんか！　でも、なぜだい？」

「だって、あなたのあとを追いかけてきたんですもの」

「そんなことを言ってるようじゃ、ね、きみ、ぼくたちはおたがいに理解しあってないっていうものだぜ。ぼくは、きみを軽蔑するどころか、憎らしいと思っているんだぜ」

娘はびっくりして、男のほうをまじまじと見て、「あたしのことを憎んでいらっしゃるんですって！　あたしいったい、どんなことをしたのかしら？」

「そりゃ、きみがこんなに気をもませるからさ」

「まあ！……でも、そうすると、あたし、誓いを破らなければならないんですもの。……おとうさんやおかあさんに、もうめぐり会えなくなるのよ。……お守りも、ききめがなくなってしまうの。——だけど、いいわ。もう今じゃ、おとうさんもおかあさんも、いらないいんですもの」

こう言いながら、彼女は喜びとやさしさでうるんだ大きな黒い瞳《ひとみ》をあげて、隊長をじっと見つめていた。

「何がなんだか、ぼくにはさっぱりきみの言うことがわからん！」と、フェビュスは叫んだ。

エスメラルダは、しばらくの間、むっつりと黙っていた。そのうち目からぽろりと涙を流し、唇から溜息《ためいき》をもらして、「ねえ！　あなた。あたし、あなたが好きなのよ」と言った。

娘のまわりには、純潔な香りと貞節の魅力が漂っていたので、フェビュスは彼女のそばにいると、まったく気楽な気持になるというわけにはいかなかった。けれども、このことばを聞くと、すっかり大胆になって、

「ぼくを愛してくれるんだって！」と、有頂天《うちょうてん》になって言った。そして、このジプシー娘の体を抱いた。この機会だけを待っていたのだ。

司教補佐はこのありさまを見て、胸に隠し持っていた短剣の切っ先を指でまさぐった。

「フェビュスさま」ジプシー女は、隊長がしっかりと抱きしめていた手を、やさしくバンドからはずして、ことばをつづけた。「あなた、いい方ね、おやさしくって、お美しいわ。あたし、命を救っていただいたのね、つまらないジプシーの捨て子なのに。でもあたし、ずっと前から、士官さまから命を助けていただくなんてことを、夢のように考えていましたのよ。まだお目にかからない前から、夢のように考えていたのは、あな

たのことなの、ねえ、フェビュスさま。あたしが夢の中で考えていたのは、あなたのようにきれいな服を着て、立派なごようすをして、剣を持って。あなたは、フェビュスさまっておっしゃるんでしょう。お美しいお名前ですのね。あなたのお名前、大好き。あなたの剣も。ねえ、剣を抜いてごらんなさいよ、フェビュスさま、それを見せてちょうだいな」

「子供だなあ！」と、隊長は言って、笑いながら、その長剣の鞘《さや》をはらった。女は、その柄《つか》を見たり、刃をながめたり、何か尊いものを見るようなもの珍しげなようすで、鍔《つば》についた飾り文字の名前に目をとめていたが、やがて、剣にキスしながら、剣に向かってこう言った。「おまえは勇ましいお方の剣。あたしはこの隊長さんが好きなのよ」

フェビュスはこの機会を利用して、娘が首を曲げたときに、その美しい首筋にキスをした。すると娘は、サクランボのように頰を赤くそめて、首をあげた。司教補佐はこのようすを見て、暗闇《くらやみ》の中で歯ぎしりをしていた。

「フェビュスさま」と、ジプシーの女は言った。「あなたにことばをかけさせてね。少し歩いてみてちょうだいな。あなたのさっそうとしたお姿が拝見したいの。それにあなたの拍車の鳴る音が聞きたいわ。あなたって、まあ、お美しい方ねえ！」

隊長は、娘の気にいるように立ちあがって、少しブツブツ言ってはみたものの、満足そうにほほえんでいた。

「きみはまったく子供だねえ！——それはそうと、ねえ、きみは儀式のときのぼくの軍服姿を見たことがあるかい！」

「いいえ！　ございませんわ」

「素晴らしいものだぜ！」

フェビュスはまた娘のそばに来て、腰をおろした。だが、こんどは前よりもずっとそばに寄ってきたのだ。

「まあ、聞いてくれよ、ねえ、きみ……」

ジプシー娘は夢中になって、やさしく、いかにも楽しげに、あどけないしぐさで、男の唇を、その美しい手で何回も軽く叩くのだった。「いや、いやよ。あなたのおっしゃることなんか聞きませんわよ。愛してくださる？　あたしを愛してくださるって、ひとこと言っていただきたいの」

「愛しているとも。ぼくの生涯の天使よ！」と、隊長は半ばひざまずいて叫んだ。「ぼくの体も、血も、魂も、みんなきみのものさ。みんなきみのためにあるんだよ。愛しているとも。きみよりほかに、誰も愛したことなんかなかったんだぜ」

隊長は、今までに何度もこんな場合に、このことばを繰り返してきたのだ。だから今でも、このことばは一息にすらすらと暗唱するように、口をついて出たのだが、ひとこととも記憶違いがなかった。この熱のこもったことばを聞くと、娘は青空のかわりのきたない天井に、天使のような幸福でいっぱいになった目をあげ、「ああ！　あたし、今もう死んでしまったってかまわないわ！」とつぶやいた。フェビュスは、この「今」こそ、彼女からもう一度キスを盗んでやるのに絶好な機会だと見てとった。が、あの哀れな司教補佐は、このありさまを見て、部屋の隅で、拷問《ごうもん》にかけられたように苦しんでいたのだ。

「死んでしまうんだって！」と、この女好きの隊長は叫んだ。「ねえ、きみ、いったい何を言っているんだい？　今こそ生きてるかいがあるというものだぜ。そうでないとすれば、ユピテルだってくだらぬ男でしかなくなるじゃないか！　こんなうれしいことがはじまるっていうときに死ぬなんて！　とんでもない！　冗談じゃないよ！――それはいかんよ。――まあ聞いてくれよ、ねえ、シミラール、……いや、エスメナルダ、どうも失敬。だけどね、きみの名前は、なんだかとてもサラセンふうなんで、どうもうまく口から出てこないのさ。藪《やぶ》の中にはいったみたいで、途中でつっかえちゃうんだよ」

「まあ、あたし、この名前がとても珍しいんで、きれいな名前だと思っていましたわ！　だけど、あなたがおいやなら、あたしのことをゴトンって呼んでもけっこうよ」

「おや！　そんなつまらないことで泣くんじゃないよ、ね！　そんな名前、慣れてしまえば、それでいいんだよ。一度覚えてしまえば、もうだいじょうぶだよ。——おい、聞いてくれよ。ねえ、シミラール。ぼくはきみに首ったけなんだぜ。本当に愛して、われながら不思議なほどなんだ。あの女が知ったら、かあっとなって……」

娘は妬《や》けてきたのか、ことばをさえぎって、「それ、どなた？」

「なに、なんでもないのさ。ぼくを愛してくれるんだろう？」

「そりゃあそうよ！……」

「よし！　それでいいのさ。ぼくのほうだって、どんなにきみを愛しているか、わかるだろう？　もしぼくが、きみを世界じゅうでいちばん幸福な人にしてやらなかったら、あのネプトゥヌスの神が、ぼくを刺し殺したっていいと思っているんだ。どこかにきれいな小さな家を持とうね。きみの部屋の下に、部下の射撃隊の兵士をつれてきて、分列式をさせてやるよ。みんな馬に乗っていて、ミニョン隊長の部下たちの鼻をあかしてやるんだ。槍《やり》を持った兵隊もいれば、大弓を持った兵隊も、手持ち長砲手もいるんだぜ。リュリの納屋に行って、パリの人たちの大きな閲兵式《えっぺいしき》を見せてやるよ。それは、素晴らしいものだぜ。八万人もの人びとが武装して、三万もの白い甲冑《かっちゅう》や、胴着や、鎖帷子《くさりかたびら》もあるんだ。いろいろな職業の旗が六十七本もあって、高等法院や、会計検査院や、軍会計局や御用金税務局の旗もある。要するにものすごい大行列なんだぜ！　王の館《やかた》にあるライオンを見につれていってやろう。まるっきり野獣なんだよ。女の人はみんな、これが好きなんだぜ」

しばらく前から、娘は楽しい物思いにふけっていたので、彼の声の音《ね》に聞きほれて、しゃべっていることばの意味などは、なんにも聞いていなかった。

「きみは幸福になるよ！」隊長はこう言いつづけながら、同時に、そっとジプシー娘のバンドを解いた。

「まあ、何をなさるの？」と、女は激しく言った。こんな「力ずくの振舞い」をされたので、娘は夢からさめてしまったのだ。

「なんでもないんだよ。ただ、きみがぼくといっしょになったら、こんなけちな、まちの隅で着るような服なんぞは、捨ててしまわなけりゃいけないってことを言っただけなのさ」

「あたしが、あなたといっしょになったらですって。まあ、フェビュスさま！」と、娘はやさしく言った。

彼女はまた、物思いにふけりはじめて、黙ってしまった。

隊長は、彼女がやさしくなったので、大胆になって、娘の体を抱きかかえたが、彼女はべつに抵抗もしなかった。それで、この哀れな娘の胴着の紐《ひも》をそっと解きはじめたが、彼女の襟飾りが、すっかりはずれてしまったので、かたずをのんで見ていた司教補佐は、このジプシー女の美しいあらわな肩が、むっちりとした栗色の肩が、ちょうど霧の中で水平線の彼方にあがる月のように、薄布から出てきたのを見たのだ。

娘は、フェビュスにされるままになっていた。彼女はそれに気がつかないらしい。このずうずうしい隊長の目はぎらぎらと光っていた。

とつぜん、彼女は男のほうを向いて、「フェビュスさま」と、無限の愛情をたたえて言った。「あなたのご宗旨で、あたしにいろいろなことを教えてくださいな」

「ぼくの宗旨だって？」隊長は大声で笑いながら言った。「ぼくの宗旨できみを教えるって！　冗談じゃないよ！　ぼくの宗旨できみはいったい、何をしようって言うんだい？」

「あたしたちが結婚するためですわ」

隊長の顔には驚いたような軽蔑したような、また気にもとめないような、みだらな情念などが入りまじった表情が浮かんだ。「おい、おい！　結婚するんだって？」

ジプシー娘は真っ青になって、悲しそうに顔をうなだれてしまった。

「ねえ、きみ」と、フェビュスはやさしく言った。「そんなおかしなことって、いったたい何だい？　結婚って、たいへんなことなんだよ！　たとえ司祭の店先でラテン語を吐き出さなくったって、愛していないなんてことはないじゃないか」

このうえもない猫なで声でこう言いながら、彼は娘のそばにぴったりと寄りそっていった。また、なでまわすように、その両手を、女のほっそりした、しなやかな体に巻きつけていた。彼の目はしだいに光を増していったが、こうしたようすを見ていると、今フェビュスも、『イリアス』に述べられているあのとき——ユピテルがあまりおかしなことをしたもので、さすが善良なホメロスも雲の助けを呼びに行かなければならなかったあのきわどいとき——に近づいていることは明らかだった。

こうしているあいだに、クロード師は、このありさまをすっかり見届けてしまった。ドアは、すっかり腐りきった樽《たる》の桶板《おけいた》でできていたので、その割れ目のすきまから、まるで猛禽類《もうきんるい》のような目を、ぎらぎらさせて見つめていた。彼は、浅黒い肌をして、肩幅の広い男であったが、このときまで、修道院のおごそかな空気の中で清らかな生活をいとなんできたので、愛欲と夜の快楽と肉欲とのこのような光景を前にして、身はおののき、血はたぎりたってしまった。この若く美しい娘が、燃えさかる火のような青年に、肌もあらわに身を任せているのを見て、彼の血管の中は、溶けた鉛が流れるようであった。彼の心の中には、異常な動揺が起こった。彼の目は、みだらな妬《ねた》みの念に燃えて、彼女の服のピンが、すっかりほどけてしまったその下を、じっと見つめていた。そのとき、虫のくった格子《こうし》にぴったりと身をつけていた、この気の毒な男の顔つきを見た者は、まるでカモシカをむさぼり食う山犬を、檻《おり》の奥から見つめている虎《とら》の顔を見る思いがしたことであろう。彼の瞳は、ドアのすきまから、まるでろうそくのように、ぎらぎらと輝いていた。

とつぜん、フェビュスは、すばやくこのジプシー娘の襟飾りをむしりとった。この哀れな娘は、あいかわらず真っ青な顔をして、物思いに沈んでいたが、はっと夢からさめたように起きあがって、どうしても娘をものにしようとしている士官から、つと跳び離れた。そして、すっかりあらわになった首や肩に目をやると、顔を真っ赤に染めて当惑し、恥ずかしさで、むっつりと黙りこんでしまって、美しい両手を胸の上に組んで、胸を隠した。燃える思いに赤く染まっている頬が見えさえしなければ、このように黙って、身動きもしないでいる女の姿は、ちょうど羞恥《しゅうち》の像みたいに見えるのだった。彼女は目を伏せたままであった。

そのとき、隊長が娘に触れたので、彼女が首にかけていた不思議なお守りが、すっかり見えてしまった。

「それは何だい？」彼は、いま逃がしてしまったこの美しい娘に、また近よっていく口実をつかんで言った。

「さわっちゃいや!」と、彼女は激しく答えた。「これは、あたしのお守りなの。あたしが身を清く守っていれば、これがおとうさんやおかあさんに、めぐり会わせてくれるのよ。ねえ! はなしてちょうだい、隊長さま! ああ、おかあさん! おかあさん! おかあさん! どこにいるの? 助けに来てください! おねがい、フェビュスさま! あたしの襟飾りを返してください!」

フェビュスはうしろにさがって、冷やかな調子で言った。

「ああ! お嬢さん! それじゃ、ぼくを愛してはいないんだね! わかったよ」

「あたしが、愛していないですって!」この哀れにも不幸な娘は叫んで、同時に、隊長にぶらさがるようにして、自分のそばにすわらせた。「あなたを愛していないんですって、まあ、フェビュスさま! なんてことをおっしゃるの、ひどい方ね。あたしの心、はりさけそうだわ! ああ! もういいわ! あたしのことをしっかりつかんでちょうだい、しっかりとね! そしてお好きなようにしてください、あたし、あなたのものよ。お守りなんか、もうどうでもいいわ! おかあさんだって、どうでもいいのよ! あなたがあたしのおかあさまよ。だって、あたし、あなたのことを愛しているんですもの! フェビュスさん、ねえフェビュスさま、大好きよ、あたしのほうを見てる? あたしよ、あたしのことをじっと見てちょうだいよ。このあたしのことをお捨てになるって言うんじゃないでしょう？　あたし来ますわよ、あたしのほうからあなたを探しに行きますわ。あたしの心も、体も、何もかも、みんなあなたのものよ、ねえ隊長さん。ええ、いいわ！　結婚などしないことにしましょう、おいやなんですものね。そして、あたし、何なのかしら？　流れ流れていくみじめな女よ。だけど、あなたは、フェビュスさま、あなたはちゃんとした貴族さまですものねえ、ほんとにたいへんなことだわ！　踊り子なんかが、士官さまと夫婦になるなんて！　あたし変だったわねえ。いいえフェビュスさま、いけないことなんだわ。あたし、あなたの愛人になるわ、お遊びの相手でも、慰さみものでもいいわ。よろしかったら、何もかもあなたに差しあげてしまった女でもいいのよ。そういうようにしか、生まれてこなかったのだもの。汚《けが》されて、卑しめられて、恥ずかしめられて。でもいいのよ！　愛されてるんですもの。あたし、女のうちでいちばん誇りをもった、美しい女になるわ。あたしが年とって、きたなくなっても、フェビュスさま、あなたを愛する資格がなくなっても、ねえあなた、それでも、おそばに置いてくださいね。なんでもいたしますわ。もっと素敵な方が、あなたの肩章《けんしょう》を刺繡《ししゅう》してあげるのでしょうね。でもあたしは、使用人になってお世話させていただきますわ。拍車を磨《みが》いたり、軍服に刷毛《はけ》をかけたり、乗馬靴の塵《ちり》を払ったりするようなことだって、喜んでいたしますわ。ねえ、フェビュスさま、可哀《かわい》そうに思ってくださるでしょう？ それまでは、あたしをしっかり抱いてちょうだい！ ねえ、フェビュスさま、みんなあたのものですわ。ただしあたしのことを愛してちょうだいね！ あたしたちジプシーの女には、それだけが大切なの、大空と恋とが」

こう言いながら彼女は、隊長の首に両腕を投げかけて、訴えるように、目には涙をいっぱいためて、美しく、笑いながら、男のほうをしげしげと見つめた。ほっそりした首筋は、ラシャの胴着と、ごわごわする刺繍とにやさしくさわっていた。そして、半ば裸になった美しい体を、膝《ひざ》の上でくねらせるのだった。隊長は酔ったように、その燃える唇をこの美しい娘の肩にぴたりとつけた。娘はぼんやりと、目を天井に向けて、あおむけにひっくり返り、この口づけの下で身を細かく震わせていた。

とつぜん、フェビュスの頭上にもう一つの顔が見えた。青ざめた、きびしい顔だ。ぶるぶる震えている。呪《のろ》われた者のまなざしだ。顔のすぐそばに手があった。短剣を握りしめていた。それはまさに司教補佐の顔と手であった。彼はドアを破って、そこに来ていたのだ。フェビュスはそれを見ることができなかったのである。娘は、この恐ろしい人間が現われたので、身動きもせずに、凍りついたように、声もたてられなかった。ちょうど、オジロワシが目を大きく開いて、巣の中をじっとねらっているときに、頭をあげている一羽の鳩《はと》のようであった。

彼女は叫び声をあげることもできなかった。剣が、フェビュスの上に打ちおろされて、血煙をあげて引き抜かれるのが目にはいった。「ううん、野郎！」隊長はこう言いながら、どうと倒れた。

娘は気を失ってしまった。

彼女が目を閉じたとき、いや、なんにも感覚がなくなったとき、その唇の上に、火のようなものが触れたのを感じた。それは、死刑執行人の真っ赤に焼けた鉄よりも、もっと燃えさかる口づけであった。

彼女がようやく気がついたときには、自分のまわりを夜警の兵士がとり囲んでいた。鮮血にまみれた隊長はどこかに運びさられて、司教補佐の影ももう見えなくなっていた。河に面した部屋の奥の窓は、すっかり開けひろげられていた。一枚の外套《がいとう》が拾いあげられたが、士官の持ち物であろうと推察された。彼女には、自分のまわりで、つぎのように言っているのが聞こえた。「隊長を刺したのは、魔女に違いない」

第八編

1 金貨が枯れ葉に変わる

グランゴワールをはじめ、奇跡御殿の人たちはみんなひどく心配していた。もうたっぷりひと月も前から、エスメラルダがどうなったか、その消息が誰にもわからないのだった。このことで、エジプト公やその仲間の物乞《ものご》いたちも、非常に心を痛めていた。また彼女のヤギもどうなったか、まるでわからないのだ。そのことで、グランゴワールの悩みはいっそう深くなっていた。ある晩あの娘がいなくなってから、もうそれっきり、生きているという便りもないのだった。あらゆる手だてをつくして探してみても、なんのかいもなかった。意地の悪いやつらが、何回か、からかうように、グランゴワールに向かって、あの晩、サン＝ミシェル橋のそばで、あの女が一人の士官とつれだって歩いていたのに出会ったぜ、と言ったりした。しかし、このジプシー流の亭主は、神などは信じない哲学者であったし、それに、彼の女房がどれほど純情であるか、誰よりよく知っていたのだ。あのお守りとジプシーの女であるということの、この二つの組み合わさった力のために、彼女がどんなにかたく貞操を守っているか、察することができた。第二の力に対するこの貞操の抵抗力を、数学的に計算していたのだ。それで、この点では心配はいらなかった。

そのためにかえって、彼女がなぜ失踪《しっそう》したか、その説明がつかないのだった。それが深い悲しみだったのだ。彼は、事実これ以上痩《や》せる余地はなかったのであるが、それができるのなら、げっそりと痩せてしまったことであろう。だから彼は、何事もすっかり忘れてしまって、文学の趣味までも、また、金の目安がつきしだい、印刷させるつもりであった『修辞学上の正規の形態と変則の形態とについて』という大著述のことも、すっかり忘れてしまっていた（というのは、ユーグ・ド・サン＝ヴィクトール（十二世紀のフランドルの哲学者で神学者）の『ディダスカロン』が有名なヴァンドラン・ド・スピール（有名な印刷師）の活字で印刷されているのを見てからというものは、彼はいつでもうわごとのように、印刷のことを口にしていたからである）。

ある日のこと、彼がトゥールネル裁判所の前を悲しげに通りすぎようとしたとき、裁判所の、とある門の前に人だかりがしているのに気がついた。

「なんですか？」と、彼はそこから出てきた一人の青年にたずねた。

「おれもよく知らねえんだが、なんでも憲兵の士官を殺した女のお裁きがあるんだそうだ。その裏には何か魔法がからんでいるらしいんで、司教も判事もその訴訟《そしょう》に関係しているんだよ。おれの兄貴もジョザの司教補佐なもんで、ここに引っぱり出されていやがるんだ。それで、おれは兄貴に会って話したいと思っていたんだが、なにしろあの人ごみで、兄貴のところまで行かれなかったんだ。弱ったよ、だって金がいるんでね」

「それはお気の毒ですな。お貸しすることがぼくにできればね。ぼくのズボンに穴が開いているったって、それは金のせいじゃないんですよ」

彼はこの青年に、自分が青年の兄の司教補佐とはよく知りあっていると打ち明ける気にはならなかった。あの日、大聖堂で出会ってから、司教補佐のところに行ったことがなかったのだ。足が遠のいていると、ちょっと、ばつが悪かったのである。

青年はさっさと行ってしまい、グランゴワールは群衆のあとについて、大広間に通じる階段をのぼっていった。彼は、どうせ裁判官などというものは、とかくばかばかしいほど愚劣なものだから、憂鬱《ゆううつ》を吹きとばすには、刑事訴訟の公判でも見るよりほかに手がないと考えていたのだ。彼がまぎれこんでいた群衆は、無言のまま肘《ひじ》で押しあいながら歩いていた。古い大きな建物のまるで腸のようにうねうねした掘割のように、建物の中をえんえんとうねっている薄暗い長い廊下を、ゆっくりと、つまらなそうに、ガタガタと音をたてて歩いていくと、ようやく、広間に出られる扉のそばに着いた。広間にはいると、背が高かったので、群衆のゆらゆら揺れている頭の上から、あたりを見まわすことができた。

広間は広くて薄暗かった。そのためにまた、なおいっそう広く思われた。もう日が暮れかかっていた。交差リブの長い窓からは、青白い光が一筋さしこんでくるだけで、その光も、彫刻のある骨組で大きな格子《こうし》になっている丸天井まで届かないうちに消えてしまった。天井にある何千という多くの彫像は、影の中にごちゃごちゃとうごめいているように見えた。あちらこちらの机の上には、もういくつかのろうそくが灯《とも》されて、書類の中にうずまった書記の頭を照らしていた。広間の前方には、群衆がいっぱい詰めかけている。右側と左側とには、法服を着た人びとが机の前にすわっており、奥のほうには、一段高くなった席に、大勢の裁判官が並んでいたが、そのいちばん後列は暗闇《くらやみ》の中にはいりこんでいる。みんなの顔はじっと動かず、暗い気持を表わしていた。壁には数知れぬユリの花がまきちらされている。裁判官の上のほうに、大きなキリストの像がかすかに見分けられ、いたるところに槍《やり》や鉾槍《ほこやり》がかかっており、その切っ先がろうそくの光にあたって、ぴかりと輝いていた。

「ちょっとおたずねしますがね。あそこに並んでいる、宗教会議に集まった司教のような人たちは、みんないったい何ですか？」と、グランゴワールは、隣にいた一人にたずねた。

「ああ、右側にいるのは、高等法院大審部の判事で、左側にいるのが陪審員たちです。ほら、黒い法服を着た人と、赤い法服を着た人とが、それなんですよ」

「あそこの、その人たちの上に、しきりに汗を流している太った赤ら顔は誰なんです？」

「裁判長ですよ」

「そのうしろにいる羊づらの人たちは？」と、グランゴワールは追いかけるようにたずねた。彼は、すでに申しあげたように、裁判所の役人が嫌いだった。それはおそらく、自分の劇のことで失敗してからずっと、裁判所に対してもっていた恨《うら》みにもとづくものであったらしい。

「あれは、王室参事院常任請願員の方がたですよ」

「それからその前の、あのイノシシのようなやつは？」

「高等法院の書記官ですよ」

「それから、右のあのワニづらは？」

「特別検事のフィリップ・ルーリエ先生ですよ」

「左の大きな黒猫は？」

「宗教裁判所検事のジャック・シャルモリュ先生で、宗教裁判所のお役人方といっしょに来ているんですよ」

「ああ、そう。じゃ、きみ、こういうお偉方たちは、何をするんですか？」

「裁判をするんですよ」

「誰をです？　被告が見えませんがね」

「それが、あなた、女なんですよ。あなたには見えないでしょう。背中を向けていますからね。みんなのかげになって見えないんです。ほら、あの鉾槍のたくさんあるところにいるんですよ」

「その女って、誰なんですか？　名前をご存じですか？」

「いいえ、知りませんな。わたしはいま来たばかりなんでね。どうも、何か魔法がからんでいるらしいですな。だって、宗教裁判所の人が訴訟に立ち会っていますからね」

「ううむ、なるほど、これからおれたちは、あの法服いかめしい方がたが、人間の肉を食うのを拝見するというわけだな。変わりばえのしない見せ物さ」と、わが哲学者は言った。

「ねえ、ほら、ジャック・シャルモリュ先生は、とても親切そうなようすをしているじゃありませんか?」と、隣にいた男が言った。

「ふん! ぼくはね、鼻の穴のおつにすました、唇のうすいやつの親切なんて、鼻もひっかけませんよ」

このとき、そばにいた人びとが、このおしゃべりをしている二人を叱《しか》って黙らせた。重要な陳述が聞こえていたのだ。

「はい、はい、旦那さま方」と、広間の中央で、一人の老女がしゃべっていた。その老女の顔は服の下にうずまって、ぼろの塊《かたま》りが歩いているとでもいえそうなようすであった。「旦那さま方、これはまったく、わたしがファルールデルであるのと同じように、正真正銘のことでございまして、四十年ほど前から、サン＝ミシェル橋のたもとに住んでおりまして、お年貢《ねんぐ》もみんなきちんとお納めしております。わたしの家は、ちょうど染物屋のタッサン＝カイヤールの家の真向かいになっておりまして、その染物屋と申しますのは、川上のほうにあたっているわけでございます。――今じゃこんなしわくちゃばばあではございますが、昔はこれでも、ウグイスを鳴かせたこともありますんで、へえ、旦那さま方!――二、三日前から、みなさまがこんなことを申しておりましたんで。『おい、ファルールデル、夜にはあんまり紡《つむ》ぎ車《ぐるま》を回すなよ。悪魔ってやつは、ばあさんの紡ぎ竿に角《つの》で櫛《くし》を入れるのが好きだからな。去年はタンプル教会のほうにいたあの修道服を着た怪しい男が、今じゃたしかに中の島《シテ》の中を歩きまわっているぜ。おい、ファルールデル、あいつがおまえのところの戸口を叩くかもしれないから、用心しろよ』なんて申しておりますんで。——ところが、ある晩のことでございますよ。わたしが紡ぎ車を回しておりますと、ノックをする人があるじゃありませんか。どなた、と申しますと、ガンガンどなりたてるんです。ドアを開けますと、二人の旦那がはいってまいりました。一人は黒ずくめの方で、立派な士官さまを一人つれていらっしゃいました。黒ずくめのほうの人は目だけしか見えませんでしたが、それがさあ、おこり火とでも申しましょうか。あとはすっかり、帽子と外套《がいとう》をすっぽりかぶっていました。その人たちが、わたしにこうおっしゃるんです。『サント＝マルトの部屋に案内しろ』——それはわたしの家の上の部屋でして、はい、旦那さま方、家で一番きれいなところなんでございますよ。その人たちは、わたしに一エキュくださいました。わたしは、そのお金を引出しの中にしまいました。そして、こう言ったんです。『これであす、グロリエットの食肉処理場で臓物を買うことができる』とね。——わたしどもは階段をのぼりまして、二階の部屋に行きました。そしてわたしがうしろを向いているあいだに、黒い服を着たほうの人が見えなくなってしまったのです。ちょっとびっくりしましたね。士官さまはそれはとても男っぷりのよい方で、まるでお殿さまのようでございましたよ。その方がわたしといっしょに階段をおりまして、どこかにお出かけになったのです。すると四分の一かせも紡いだころ、その方がきれいな娘さんをつれて帰ってきました。まるでお人形のような娘さんで、髪でもちゃんと結っていたら、お日さまのように後光《ごこう》がさしていたことでございましょうよ。その娘さんは、ヤギを一匹つれていました。大きなヤギでして、黒だったか、白だったか、よく覚えておりませんです。それを見て、わたし、これは変だなと思いましたよ。娘さんは、これはべつにどうってこともないんですが、だけど、ヤギときましてはね！……わたしはあの生き物が嫌いでして。ひげがはえていて、角もあるし、人間みたいな顔をして、それにあれを見るとどうも、土曜日の夜にあるという魔法使いの夜宴を思い出すのですよ。だけど、わたしは何にも申しませんでした。お金をいただいているんですからね。そうじゃございませんか？　ね、お役人さま。わたしは、娘さんと士官さまとを二階にお上げいたしました。お二人だけにいたしましたわけで、つまり、ヤギもいっしょでございましたけれど。で、わたしは下におりまして、また糸を紡ぎはじめましたのでございます。——申しあげておかなければならないことなのですが、わたしの家は、一階に一部屋と二階に一部屋がありまして、うしろ側は河に面していて、橋のたもとの家はみなそうなのですが、一階の窓も二階の窓も河に向かって開いているのでございます。──で、わたしは、ずっと糸を紡いでおりました。でも、なぜかヤギのことから、あの修道士のお化けのことが気になりまして、それにあの娘は、おそろしくめかしこんでおりましたっけ。──と、急にかん高い叫び声がしたかと思うと、何か床《ゆか》の上に倒れたような音が聞こえました。そして窓が開いた音がしました。わたしはその真下になっている居間に走っていきまして、ひょいと見ますと、目の前を黒い塊りがすっと通りすぎたかと思うと、ドブンと水に落ちてしまいました。それは、修道服を着た幽霊でございましたよ。お月さまの光であたりは明るかったもので、それがはっきりとよく見えたのでございます。その人は中の島のほうに泳いでいきました。そのとき、わたしはすっかりこわくなって、ぶるぶる震えながら夜警の人を呼びました。十二人ばかりの人たちがはいってこられましたが、はじめのうちはどうしたのか、さっぱりおわかりにならないので、それにみなさま方はお楽しみの最中だったとみえて、わたしを打ったり叩いたりなさいました。その方がたにいろいろとご説明申しあげまして、二階にのぼっていったのです。すると、まあ、どうでしょう? あの部屋は一面の血の海で、士官さまは首を短刀でえぐられたまま、うつぶせになって倒れているじゃありませんか。娘さんは死んだふりをして、ヤギはすっかりおびえたようになっておりました。『おやおや、床をきれいにするには、たっぷり二週間以上はかかるな。けずらなけりゃだめだ。こりゃ恐ろしいことになるぞ』と、こうわたしは言いました。士官さまはつれていかれました。お気の毒に。娘さんはすっかり胸もはだけてしまって。――いえ、お待ちくださいませ、いちばん悪いことには、そのあくる日のことなんですよ、わたしが臓物を買いに行こうとして、お金を出そうとしたら、そこには枯れ葉が一枚あるじゃありませんか」

老女は黙った。恐怖のつぶやきが聴衆の中にまきおこった。「その幽霊といい、ヤギといい、どうもみな魔法くさいね」と、グランゴワールの隣の男が言う。「それに、あの枯れ葉もね！」と、ほかの者も言いそえた。「たしかにそうだよ、士官さんたちをやっつけるために、修道服を着た怪しい男とぐるになった魔女だぜ」と、三番目の男もつづいて言った。グランゴワール自身も、こうした話を聞いているうちに、ややもすると、恐ろしい、しかもありそうなことだと思われてくるのだった。

「女ファルールデル、もはやそれ以上、裁判において申したてることはないか？」と、裁判長は威厳たっぷりに言った。

「はい、べつにございません、お役人さま。わたしの家を、ゆがんだ、くさいあばら屋だと申しますのは、まあ、いたしかたもございませんけれども、それはあんまりなおことばでございます。橋のたもとの家は、みなろくなものではございません。と申しますのは、なにぶん大勢の者が住んでおりますからね。それでも、肉屋さんだって住んでいないこともないんでして、その人たちは、みなさんお金持で、とっても立派で、きれいなおかみさんを持っていらっしゃいますよ」

グランゴワールの目にワニのように見えた司法官が立ちあがった。「静かに、諸君！　被告の脇に短剣があったということを見落としてはならぬと考えます。――女ファルールデルよ、そのほうは、悪魔が与えた金貨が変わったという、その木の葉を持参いたしたか？」

「はい、お役人さま、持ってまいりました。わたしが見つけましたもので、これがそれでございます」

取次役がその枯れ葉をワニづらの男に手わたした。彼は、いやなものを見たというようなそぶりで、それを裁判長に渡すと、裁判長は、それを宗教裁判所検事に渡した。このようにして、その枯れ葉は、広間の中を手から手へ渡っていった。「これは樺《かば》の葉ですな。魔術の新しい証拠になりますな」と、ジャック・シャルモリュが言った。

判事の一人がことばをつづけて、「これ、証人、二人の男がその家にあがったと申すな。黒衣の男が、まずおまえの見ているところで姿を消した。そのつぎに司祭の服を着てセーヌ河を泳いだ。そして士官のほうだが、二人のうち、どちらがおまえに金を与えたのだな？」

老女はしばらく考えていたが、やがて、「それは士官さまでございます」ぼそぼそ言う声が、群衆のあいだから起こった。

《おや？　すると、おれの確信もちょっとぐらついてくるぞ》と、グランゴワールは考えた。

このとき、特別検事のフィリップ・ルーリエ先生が新しく口をはさんで、「わたしは諸君に、つぎのことを思い出していただきたいのであります。すなわち、士官の臨床供述によりますと、その殺害されようとした士官は、記憶はおぼろげであるとは申しておりますが、黒衣の男、つまりそれは、おそらく修道服をまとった怪しい男であろうと思われますが、その男が士官のほうに近づいてきたときに、しきりに被告の女に近づきになりたがってまいった、とこう申しております。そして、この士官の意見によると、自分は金の持ち合わせがなかったので、その怪しい男は金をくれた。そして士官は、それでファルールデルの支払いをすましたものであります。したがって、その金貨はまさしく地獄の金であるわけであります」

この決定的な意見は、グランゴワールをはじめ、傍聴している疑い深い人びとの疑惑を吹き払ったようにみえた。

「諸君は、証拠書類をお持ちになっておられるのですから、フェビュス・ド・シャトーペールの陳述を参考にされたいと思います」と、検事は席につきながら言いそえた。

この名前を聞くと、被告の女は立ちあがった。その頭が群衆の上に現われた。グランゴワールはエスメラルダであることに気がついて、すっかり度肝《どぎも》を抜かれてしまった。

彼女は顔も青ざめ、髪は、前には愛らしく結んで金貨の飾りがついていたものだったが、今では、すっかり乱れていた。唇の色は真っ青で、目はくぼみ、見るも恐ろしげであった。ああ、なんということだ!

「フェビュスさま!」と、彼女はとりみだして言っている。「どこにいらっしゃいますの? ああ、お役人さま方! あたしを殺す前に、お慈悲でございます、あの方がまだ生きているかどうか、おっしゃってくださいませ!」

「黙れ、女、さようなことは、ここで申すべきことではないぞ」と、裁判長は答えた。

「まあ! お慈悲でございます、あの方が生きているかどうか、おっしゃってくださいませ!」彼女は、痩せ細った両手を合わせて、こう言いそえた。服についている鎖《くさり》が、ガチャガチャと鳴る音が聞こえた。

「よし! その男は死にかかっている。――どうだ、満足か?」と、検事は冷やかに言った。

娘は可哀《かわい》そうにも、尋問台の上にがくりと倒れた。声もたてず、涙も出ず、ろう細工の顔のように、顔の色もなかった。

裁判長は、足もとにいた男のほうに腰をかがめた。その男は金色の帽子をかぶり、黒い服を着て、首には鎖をかけ、手には鞭《むち》を持っていた。

「取次役、第二の被告をここにつれてくるように」

みんなは、小さなドアのほうに目を向けた。ドアがあくと、角《つの》のはえた、金色の足の美しいヤギが一匹はいってきた。これにはグランゴワールもすっかり胸がどきどきしてしまった。このやさしい動物は、岩の突端に立って、広々とした水平線を眼下に見おろしているように、首を前にのばして、しばらく敷居の上に立ちどまっていた。とつぜん、ヤギはエスメラルダを見つけて、机と書記の頭をとびこえて、二とびで娘の膝《ひざ》の上に来た。それから女主人の足もとに愛らしくころがっていたが、ひとことものを言ってもらいたいような、また、ちょっとなでてもらいたいようなようすであったが、女被告はじっとしたまま身動きもせずにいて、ジャリは可哀そうにも、目もくれられなかった。

「ああ、たしかに、……これは、あのいやな動物です。娘もヤギも両方ともはっきり見覚えがあります！」と、老女のファルールデルは言った。

ジャック・シャルモリュは、このとき口をさしはさんで言った。「よろしければ、ヤギの尋問にとりかかろうと思います」

それはまさに第二の被告と言えるものであった。当時は、魔法の裁判において、動物に対して訴訟を起こすことは、しごくあたりまえのことであった。中でも、一四六六年の奉行所《ぶぎょうしょ》の報告の中に、「コルベイユにおいて、彼らの罪に対して死刑を執行された」ジレ・スーラールとその雌豚《めすぶた》との訴訟費用についての、じつに興味ある細かい報告がのっている。ここには、その雌豚を投げこむ穴の費用、モルサンの港で買い入れた薪《まき》を五百束《たば》、ブドウ酒が三パイントとパン、つまり死刑執行人と仲よく分けた受刑者の最後の食事から、一日八ドニエで十一日間、豚の世話をし、食物を与えた費用など、すべてにわたって書き残されているのである。ときによっては、動物を裁判する以上のこともあったのだ。シャルルマーニュとルイ・ル・デボネール（シャルルマーニュの第三子）との法令集には、ずうずうしくも大気の中に現われた、炎に包まれた幽霊に科した重い刑罰の記録さえあるのだ。

さて一方、宗教裁判所検事は叫んでいた。「このヤギにとりついて、あらゆる悪魔ばらいに反抗する悪魔が、いつまでも魔法をやめなければ、また、この法廷をみだすつもりであるならば、われわれはこの悪魔に対して、絞首台か火刑場へ引いていかざるをえないことを、ここに申し述べるものであります」

グランゴワールは、冷たい汗が出てきた。シャルモリュは机の上からジプシー娘のタンバリンをとって、ある身ぶりをしながらヤギに見せて、こうたずねた。「今は何時かな？」

ヤギは利口そうなまなざしでそれをじっと見つめていたが、金の足をあげて七つ叩いた。そのとおり七時であったのだ。恐怖に襲われた動揺が群衆の中を走った。

グランゴワールはもう黙って見ていることができなかった。

「殺されてしまうぞ！」と、彼は大声で叫んだ。「ごらんのとおり、こいつは、自分がいま何をしているか知らないのだ」

「こら、隅《すみ》のほうにいる無作法者、静かにせんか！」と、取次役はとがめて言った。

ジャック・シャルモリュはタンバリンを同じように何度も動かしながら、ヤギに日付をたずねたり、何月かときいたり、その他いろいろなことをたずねたりしながら、さまざまのことをやらせた。これについてはみなさんもすでにごらんになったことがあるとおりである。法廷の弁論に特有な目の錯覚のために、今まで何度もまちの四つ辻でジャリの無邪気な芸当に、おそらく喝采《かっさい》した、あの同じ見物人は、それが法廷の丸天井の下で行なわれると、恐怖に襲われてしまったのである。ヤギは決定的に悪魔になってしまったのだ。

そのうえさらに悪いことには、検事がジャリの首にかけていた文字板のいっぱいはいった革の袋を床の上にあけたときに、人びとはヤギが足を使って、散らばった文字の中からあの致命的な名前、「フェビュス」を引き出したのを見てしまったのだ。隊長が犠牲になって倒れた魔法が、もう抵抗できないほどはっきりと示されたのだ。そしてすべての人びとの目には、このジプシーの娘、今までは何回となくそのやさしい姿で道行く人の目を引いていたこの美しい踊り子が、もう恐ろしい吸血鬼としてしかうつらなかった。

そのうえ、娘はまるで死んでいるようだった。ジャリが可愛《かわい》らしく動いていても、検事席からいろいろと恐ろしいことを言われても、耳がおかしくなるくらいわいわい言う傍聴人たちの呪《のろ》いの声も、もう何にも娘の頭の中には届かなかったのだ。

彼女を正気づかせるためには、執行係が容赦なく娘を揺り動かすか、裁判長がおごそかに声をはりあげなければならなかった。

「こら、娘、おまえは、魔法の呪文《じゅもん》をたえずとなえているジプシー族の者であるな。おまえは、去る三月二十九日の夜、この訴訟に連座している、悪魔のりうつったヤギと共謀し、闇夜《やみよ》に乗じて、色じかけにより手練手管《てれんてくだ》を用いて、王室親衛隊長フェビュス・ド・シャトーペールを短剣で傷つけ、殺害せんとした。それでも、おまえは知らぬと申すか？」

「まあ、恐ろしい！　フェビュスさま！　ああ！　まったく地獄だわ！」と、娘は両手で顔を隠して叫んだ。「知らぬと申すか？」と、裁判長は冷やかにたずねた。「本当に知りません！」彼女は恐ろしい口調で言って立ちあがった。その目はぎらぎらと血ばしっていた。

裁判長はすぐさまつづけて、おごそかに、「それならば、おまえが告発されているさまざまな事実に対して、どのように申し開きをするのか？」

彼女はとぎれとぎれの声で答えた。

「さきほどから申しあげましたとおりでございます。なんにも知りません。それは聖職者でございます。わたしの知らない人でございます。わたしをつけ狙《ねら》っている恐ろしい人でございます！」

「それだな。修道服をまとった怪しい男だ」と、裁判官は言った。

「ああ、お役人さま方！　お慈悲でございます！　わたしはただのつまらない娘なんです……」

「ジプシーのな」と、裁判官が言った。

ジャック・シャルモリュ先生は、ことばをやわらげて言った。「被告の女は強情に口をつぐんでおりますから、拷問《ごうもん》にかけることを要求いたします」

「よろしい」と、裁判長は言った。

娘は可哀そうにも、体じゅうをがたがた震わせていた。それでも鉾を持った武装役人の命令に従って立ちあがり、シャルモリュや宗教裁判所の司祭のあとについて、二列になって鉾槍のあいだを通り、足どりもかなりしっかりと中門のほうに向かって歩いていった。門はさっと開いて、彼女が通るとまた閉ざされた。このありさまを見ていたグランゴワールは、その門がまるで恐ろしい口を開いて彼女をのみこんでしまったように思って、すっかり悲しくなってしまった。

彼女の姿が消えると、一匹の動物が悲しげに鳴いている声が聞こえた。あの小さなヤギであった。

傍聴はこれで停止となった。判事の一人が、みなさんは疲労しており、拷問の終わりまでには非常に長いこと待つことになるだろうと、注意を促したが、裁判長は、裁判官たるものは自分の職務に対して、犠牲になることができなければならないと答えた。

「実にいまいましい、胸のむかむかするような女ですな。あの女、夕食どきだというのに、わざわざ尋問をさせるとは！」と、老裁判官が言った。

2　金貨が枯れ葉に変わる（つづき）

不吉な護衛の役人にたえず取り囲まれて、エスメラルダは、昼間でもランプのついている薄暗い廊下を何段ものぼったりおりたりしていったが、裁判所の警吏《けいり》にドンと突きとばされて、とある気味の悪い部屋に入れられた。この部屋はまるい形をしていて、古いパリを覆いつくした新しいパリの建物の層の上に、今でも頭をつきだしているあのいくつかの大きな塔の一つの一階になっていた。この穴ぐらのような部屋には窓は一つもなく、鉄製の大きな扉の、低くて頑丈な入口が一つついているだけであった。だが中はけっこう明るかった。かまどが一つ厚い壁の中につくられていて、そこでは火があかあかと燃えて、この小さな部屋は、その反射で赤く照らされていた。この一面の光にあたると、部屋の隅《すみ》に置いてある一本のみじめなろうそくなどは、なんの役にも立たなかった。鉄の落とし格子《ごうし》がかまどのふたの役をしていたが、ちょうどそのときにはあがっていたので、真っ暗な壁の上の、燃えるように輝いている換気窓の穴から見ても、格子の内側の端だけしか見えなかった。が、そのようすはちょうど、とがった、ところどころに抜けたところのある黒い歯が、一列に並んでいるように見えるのだった。そのために、このかまどはちょうど、伝説にある、火を吐く竜の口に似ていた。このかまどから出る光に照らされて見ると、この囚人の女の目には、部屋のまわり一面にいろいろな恐ろしい道具が見えた。彼女はそれが何に使われるのかわからなかった。部屋の真ん中には、ほとんど地面に置き捨てられたように革のマットレスが一枚ころがっていたが、その上には、輪のついた革帯が一つ吊《つ》るされていた。この革帯は一つの銅の輪に結びつけられていたが、丸天井の上に彫りつけてある獅子鼻《ししばな》の怪物がこの輪をかんでいた。鉄の首枷《くびかせ》、かなばさみ、大きな鉄の鋤《すき》などが、かまどの中にぎっしりと詰めこまれており、おこり火の上で、ごちゃごちゃに赤くなっていた。血のようなかまどの明かりは、部屋全体の中で、ただ山と積まれたこうした恐ろしい道具だけを照らしているのだった。

この地獄部屋は、ただ単に「尋問室」と呼ばれていた。

ベッドの上には、拷問官《ごうもんかん》のピエラ・トルトリュが、むぞうさに腰をかけていた。四角な顔をした小人のような手下が二人、革の前掛けをしめ、布の吊索《つりなわ》を持って鉄の道具を炭火の中で動かしていた。

この哀れな娘は、勇気をふるい起こそうとしたが、どうしてもだめだった。この部屋に入れられてからは、ただもう恐ろしいばかりであった。

部屋の一方の側には、裁判所大法官の役人どもが、ずらりと居並び、もう一方には、宗教裁判所の司祭たちが並んでいた。部屋の隅のほうには、書記が一人いて、文具箱と机とが一つずつ置かれていた。ジャック・シャルモリュは、やさしそうな微笑をたたえながら、ジプシー娘のほうに近づいた。「ねえ、おまえ、どうあっても、知らぬ存ぜぬと言いはるのかね？」

「はい」と、彼女は消えいりそうな声で答えた。

「それでは、まことにふびんなことでもあるし、われわれの好まぬところでもあるが、いっそうきびしく尋問することになるぞ。――さあ、このベッドの上にすわるがいい。――ピエラ君、この娘のために席をつくって、そこの扉を閉めるのだ」

ピエラは、ブツブツ言いながら、立ち去った。

「扉を閉めると、この火が消えてしまいますよ」と、彼はつぶやいた。

「そうか、じゃ、開けたままにしておけ」と、シャルモリュが言った。

そのあいだ、エスメラルダは立ったままでいた。この革のベッド、そこでは多くの哀れな人たちが、体をのたうちまわらせたのだ。そう思うと、彼女はぞっとするのだった。恐怖のために、骨の髄までおぞけをふるった。ただ、おののいたり、ぼうっとなったりして、そこに立ちすくんでいた。シャルモリュが合図をすると、二人の手下は娘をつかんで、ベッドの上にすわらせた。べつに手荒なことをしたわけではなかったが、この二人に触れられ、ベッドの革が体に触れたときには、体じゅうの血が心臓のほうに逆流するような気がした。彼女はおろおろして、部屋をぐるりと見わたした。こうした無気味な拷問の道具が動きだし、四方八方から自分のほうにつき進んできて、体に這《は》いのぼり、肉をかみ、つねりあげるような感じがした。こうした道具は、彼女がそれまでに見てきた道具のあいだにあっては、まるで、いろいろな昆虫や鳥のあいだにあるコウモリやムカデやクモみたいなものだった。

「医者はどこにいるか？」と、シャルモリュがきいた。

「ここにおります」と、娘がそのときまで気がつかなかった、黒い服を着た男が答えた。

彼女はぶるぶる震えた。

「娘さん」と、宗教裁判所検事がやさしい声で言った。「三度目の正直、おまえが訴えられている事実に対して、まだ知らぬと言いはるのか？」

こんどは、彼女は頭を横に振っただけであった。声が出なかった。

「まだ言いはるのか？」と、ジャック・シャルモリュは言った。「それならばいたしかたがない。わたしは、つとめを果たさなければならない」

「検事殿、何からはじめますかね？」と、とつぜん、ピエラが言った。

シャルモリュは、ちょうど、韻《いん》でも考えている詩人のような、ぼんやりとした渋い顔をしてしばらくためらっていたが、とうとう、

「まず足枷《あしかせ》にしよう」と言った。

この不幸な娘は、神からも人からも、すっかり見はなされてしまったと観念したのか、力をもたない、動かない物体のように、頭を胸に垂らしてしまった。

拷問官と医者とが、同時に娘に近づいていった。と同時に、二人の手下の者は、不気味な道具の置き場をあさりはじめた。

恐ろしい鉄の道具がガチャガチャいう音を聞くと、不幸な娘は、死んだカエルが電気をかけられたときのように、ぶるぶるっと震えた。「ああ！　フェビュスさま！」と、彼女はつぶやいたが、その声はとても小さかったので、誰も聞きとれなかった。それから娘は、また身動きもしなくなり、大理石のように、黙りこんでしまった。こうしたありさまを見たら、裁判官以外の者なら誰でも胸のはりさけるような気がしただろう。この哀れな魂は、まるで地獄の赤いくぐり戸の下でサタンに尋問されてでもいるようだった。雑然と積まれたこの恐ろしいのこぎりや車裂きの刑具や拷問用木馬などの刑を受けようとしているみじめな肉体、刑の執行人や鉄の首枷の無慈悲な手で触れられようとし

ているこの人間、それはなんと、このやさしい、白い、弱々しい娘だったのだ。人間の手になる裁判というものが、拷問という恐ろしい挽臼《ひきうす》にかけて粉にしようとしているのは、哀れな一粒の粟《あわ》なのだ！

こうしているあいだに、ピエラ・トルトリュの手下は、たこだらけの手で、娘の美しい脛《はぎ》の一本をむき出しにしてしまった。可愛《かわい》らしい足は、やさしさと美しさとで、今までいくたびとなく、パリの四つ辻で、道行く人の目をみはらせたものであったのだ。

「惜しいものだ！」と、拷問官は、このやさしい、ほっそりとした脚をながめながらつぶやいた。もしも、司教補佐がここにいたら、きっと今、あのクモとハエとの象徴を思い出したに違いない。やがて、この可哀《かわい》そうな娘は、目の上にかかった雲の彼方《かなた》に、「足枷」がだんだん自分の足に近づいてくるのがわかったが、ほどなく、その足は鉄板の間にはさまれて、恐ろしい道具の下に隠れてしまった。そのとき、あまりの恐ろしさのためにかえって力が出てきた。「これをはずしてください！」と、夢中になって叫んだ。そして髪をふり乱して立ちあがり、「許してください！」

彼女はベッドからとびおりて、検事の足もとに身を投げようとした。だが脛が、カシワ材と鉄との重い塊《かたま》りにはさまれていたので、翼の上に鉛をつけられた一羽のミツバチよりもぐったりとして、足枷の上に倒れてしまった。

シャルモリュが合図すると、またベッドの上に寝かされ、二本の太い手で、丸天井から垂れている革帯に、彼女の細い帯がくくりつけられた。

「さあ、これが最後だ。ありのまま白状いたすか?」と、シャルモリュは、いつもの落ちつきはらった、やさしい口調でたずねた。

「わたしは無実でございます」

「それでは、おまえが犯したとされている罪状を、どう申し開きをするつもりか?」

「ああ、お役人さま! わたしは何も知らないのです」

「それでは、知らぬと言うのだな?」

「はい、ぜんぜん知らないのです!」

「よろしい、さあ、やれ」と、シャルモリュはピエラに言った。

ピエラは、起重機の柄《え》を回した。しだいに足枷はしまり、娘は、人間のことばでは、どうしても綴《つづ》れないような、恐ろしい叫び声をあげた。

「やめろ」と、シャルモリュはピエラに言った。「白状いたすか?」と、ジプシー娘に向かってきいた。

「いたします。何もかもすっかり申しあげます! 白状いたします! 申しあげます! 助けてください!」と、みじめな娘は叫んだ。

彼女は尋問をみくびって、自分の力を計算することをしなかったのだ。このときまでは、楽しく、気持のよい、おだやかな生活を楽しんでいた哀れな娘は、こうして生まれてはじめての苦しみにあって、すっかりまいってしまったのだ。

「わしも、人間だから言っておかねばならぬが、白状したからには、死刑は免れぬぞ」と、検事は言った。

「望むところでございます」彼女はこう言って、息もたえだえに、胸に結びつけられた革帯にぶらさがったまま、革のベッドの上に、身を二つに折って倒れてしまった。

「さあ、そこの女、少ししっかりしないか。それじゃあ、ブールゴーニュ公の首にかけられた金の羊みたいな格好じゃないか」と、ピエラは彼女を抱きあげながら言った。

ジャック・シャルモリュは、声をはりあげて、

「書記、筆記の用意。――これ、ジプシーの女、おまえは、さまざまな怨霊《おんりょう》や、魔女や、吸血鬼どもとともに、地獄の愛餐《アガペ》や、饗宴《きょうえん》や、妖術に出席いたしたことを白状するな？　さあ答えるのだ」

「はい」と、娘は言ったが、あまり小声だったので、そのことばは、娘の吐く息の中に消えていった。

「おまえは、ベルゼブルが魔法使いどもを夜宴に集めるために雲の中に現わすという

白羊宮を、あの魔法使いの目にだけ見えるという白羊宮を見たと白状いたすな？」

「はい」

「おまえは、聖堂騎士団の、あの憎むべき偶像であるボフォメの頭を礼拝したと申すのだな？」

「はい」

「おまえといっしょに訴えられた、あの手飼いのヤギの姿をしている悪魔と、日ごろから交《まじ》わったと申すのだな？」

「はい」

「では最後に、おまえは、悪魔の助けか、俗に修道服のお化けと呼ばれる幽霊の助けをかりて、さる三月二十九日の夜半、フェビュス・ド・シャトーペールという隊長を傷つけ、殺害しようとしたことを白状いたすな？」

彼女はつぶらな目をあげて、司法官をじっと見つめていたが、身を震わせも、揺らせもせずに、ただ機械的に、「はい」と答えた。明らかに、すっかり疲れ果ててしまったのだ。

「書記、書くのだぞ」シャルモリュはこう言って、拷問係のほうを向き、「その囚人をはなして、法廷につれていくように」と言った。

囚人が「靴を脱がされた」ときに、宗教裁判所検事は、苦痛のために、まだしびれている足を調べたが、「さあ、行こう！　たいしたことはない。おまえはよいときに白状したな。まだ踊れるわい、なあ、女！」と言った。

それから彼は、宗教裁判の侍祭のほうに向きなおって、「さあ、これで、調べもようやくついたわけだ！　みなさん、ほっとしましたな！　あの娘は、われわれができるだけお手柔らかに扱ってやったと証言してくれるだろうよ」

3　金貨が枯れ葉に変わる（結末）

娘が青ざめた顔をして、足をひきずりながら法廷に戻ってくると、いっせいにどっと喜びのつぶやきが彼女をむかえた。傍聴席のほうでは、ちょうど劇場で、最後の幕間《まくあい》の時間が終わって幕があがり、大詰めの舞台がまさにはじまろうとするときに経験する、あの待ちに待った気持がやっと満たされた感じであったし、裁判官のほうでは、もうすぐ夕食が食べられるという望みが生まれたのであった。あの可愛《かわい》いヤギもまた喜びの声をあげて、女主人のほうへ走っていこうとしたけれども、椅子《いす》に縛りつけられていたのだった。

すっかり夜になっていた。ろうそくはべつにその数もふえていなかったので、その光はかすかに輝いているだけで、部屋の壁も見えないほどであった。あらゆるものは闇《やみ》に包まれて、ちょうど霧の中にあるようであった。裁判官の無感動な顔がいくつかやっと見分けられるくらいであった。彼らと向かい合いになって、長い法廷の隅《すみ》のほうの、深い闇の奥に、なにやらかすかに白い点が見えた。それは被告である娘だった。

彼女はもとの場所に引っぱっていかれた。シャルモリュは威厳たっぷりに自分の席につくと、腰をおろして、それからまた立ちあがって、自分がうまくやったことを自慢したい気持を顔に表わすまいとしてこう言った。「被告は一部始終を白状いたしました」

「これ、ジプシーの娘」と、裁判長は言った。「おまえは自分の行なった魔法も、売春も、フェビュス・ド・シャトーペールを殺害した件も、すっかり白状したのだな？」

娘は胸がはりさけそうだった。暗闇の中ですすり泣く声が聞こえた。「みなさん方のお好きなようになさってください！　だけど、わたしを早く殺してください」と、娘はかすかに答えた。

「宗教裁判所検事殿、この法廷は、貴官が尋問なさる用意がととのっています」と、裁判長が言った。

シャルモリュ氏は恐ろしい書類を提出して、身ぶりよろしく、弁論口調で大げさに、ラテン語で書かれた演説を一席ぶった。そこに書かれている訴訟《そしょう》記録ときたら、すべてキケロばりの迂言法《ペリフラーズ》を用い、それにプラウトゥスを引用して、プラウトゥス好みの滑稽《こっけい》味《み》を出してでっちあげられたものであった。私は、みなさんに、この名文章をお目にかけることができないのが残念である。演説家は、手ぶり身ぶり素晴らしく、それを読みはじめた。まだ前置きも読まぬうちに、額《ひたい》からは汗が、顔からは目玉がとび出してしまったほどである。とつぜん、文章の中ほどの美文までくると、ことばを切った。ふだんはどちらかと言えば、やさしく、また間《ま》の抜けたとも言えるような彼の目つきは、このとき恐ろしいように激してきた。――「諸君」と彼は叫んだ(このときはフランス語で言った。というのは、これは書類には書いていなかったからである)。「悪魔がわれわれの弁論に出現いたし、その堂々たるありさまを模倣いたしておりますところを見ますと、悪魔は、このようにこの事件にかかわりがあるのであります。まあ、ごらんいただきたい!」

こう言って、彼は可愛いヤギを指さした。見るとそのヤギは、シャルモリュの身ぶりを見て、実際、この男と同じことをすればよいのだと思いこんでしまったものか、後脚《あとあし》で立ちあがり、一所懸命になって、前脚とひげだらけの頭とを使って、宗教裁判所検事の無言劇を夢中でやりだしたのである。これは、思い出せば、ヤギのいつもの可愛らしい芸当の一つであったのだ。しかし、このできごとは、最後の「証拠」になったわけであるが、重大な結果を生んでしまったのである。ヤギは脚をしばりつけられ、検事はまたその弁論をつづけた。

これはまことに長ながしかったが、結論は素晴らしいものであった。その最後のことばはつぎのようなものであった。シャルモリュ氏はしゃがれた声を張りあげ、あえぐような身ぶりで、ラテン語でこうつけ加えたのだ。

「こういう次第でありますから、裁判官のみなさん、今や罪は明らかとなり、犯意もありますから、その正体をあらわにいたしましたこの吸血鬼に対し、汚《けが》れないこの中《シ》の島《テ》において、高等ならびに、普通のあらゆる裁判の統轄権《とうかつけん》をもつ聖なるパリのノートル＝ダム大聖堂の御名により、この席に並びおられる方がたの総意により、本官はつぎのことを要求することを申しわたすものであります。第一、適当な賠償金を払うこと。第二、ノートル＝ダム司教座大聖堂の大玄関の前にて、罪を認めおおやけに罪の許しを乞《こ》うこと。第三に、これなる吸血鬼ならびにヤギが、通称グレーヴ広場、すなわち王室庭園の突端部に近いセーヌ河中の小島の出口にて処刑されるよう判決がくだされること！」

彼は帽子をかぶりなおして、席に戻った。

「ちえっ、この野郎！」と、グランゴワールは、すっかりがっかりして溜息《ためいき》をついた。

「ひでえラテン語だ！」

黒い法服を着た男が一人、被告のそばで立ちあがった。娘の弁護士である。裁判官たちはまだ食事をしていなかったので、ブツブツ言いはじめた。

「弁護士君、簡単に願います」と、裁判長は言った。

「裁判長殿、被告が罪を白状いたしました以上、わたしはみなさんに、もはやひとことしか申しあげることはありません。だがここにサリ法典（六世紀のはじめのサリ・フランク族の法典）の明文がございます。すなわち、『もしも吸血鬼が人間を食べ、そのために有罪と決定した場合には、金貨二百スーにあたる八千ドニエの罰金を支払うべきこと』とあります。裁判官のみなさまに対し、被告人が罰金刑に処せられますよう、お願いいたすしだいであります」

「その法律は、廃止になっているはずだが」と、特別検事が言った。

「いや、そのようなことはありません」と、弁護士は反駁《はんばく》した。

「投票で決めることにしよう！　罪状は明白であります。それに時刻も遅いようですからな」と、判事の一人が言った。

人びとはその場で投票することになった。裁判官たちは、「同意の者は帽子をとった」のである。彼らは急いでいたのだ。裁判長が彼らに低い声でする憂鬱《ゆううつ》な質問に応じて、一人ひとり、影の中で帽子を脱いでいるのが見られた。可哀《かわい》そうにも被告である娘は、彼らをじっと見ているようすではあったが、その目はにごってしまって、もう何にも見えなかった。

それがすむと、書記が筆記しはじめ、それから裁判長に長い羊皮紙を差し出した。

このとき、人びとが動く足音や、槍《やり》がぶつかりあう音や、氷のように冷やかな声でつぎのように言っているのが、彼女の耳に聞こえた。

「ジプシー娘よ、おまえは国王陛下がお定めになる日、正午に、下着一枚に素足の姿で、首に縄をつけ、囚人護送車に乗せられて、ノートル＝ダムの大玄関の前に引き出され、手に重さ二ポンドのろうそくを持って、おおやけに罪の許しを乞い、それから、グレーヴ広場につれていかれ、まちの絞首台で絞首の刑に処せられるのじゃ。おまえのそのヤギも、同じように処刑される。また、おまえが犯し、白状した罪、つまり魔術、淫乱《いんらん》およびフェビュス・ド・シャトーペール氏殺害の罪に対し、つぐないとして、宗教裁判所に金貨三リヨンを支払うのじゃ。神がおまえの魂を受けられますように！」

「ああ！　夢だわ！」と、彼女はつぶやいた。そして、荒々しい手が自分をつかんで、どこかに運んでいくのを感じた。

4　「すべての望みをすてよ」

中世においては、建築物が完全にできあがった、というときには、地上にある部分とほとんど同じだけのものが地下にあったのである。たとえばノートル＝ダムのように基杭《もとぐい》の上に建てられているものをのぞけば、宮殿でも、城砦《じょうさい》でも、教会でも、みなかならず二重の底をもっていた。大聖堂についていえば、光があふれ、昼となく夜となくオルガンと鐘の音が響きわたる地上の本堂の下に、低く、暗い、神秘的な、目もなければ声も出さない、いわばもう一つの大聖堂があったのである。ときには、これが墓であることもあった。宮殿や、城砦の場合には牢獄《ろうごく》であった。が、ときによってはまた、これが墓であることもあり、また二つを兼ねていることもあった。こうした堂々たる建築物は、その構造や、「生育」の様式については、他の場所でご説明申しあげておいたが、これらは単に基礎工事があるというのではなくて、いわば根をもっているようなもので、その根は地の中にはびこっていて、ちょうど地上の建築物と同じように、部屋ともなり、回廊ともなり、階段ともなっているのである。このように、教会、宮殿、城砦は、いずれも半身を地下にうずめているのだ。一つの建築物の地下室は、もう一つの建築物をなしているのであって、そこでは、人びとは上にのぼるかわりに、下におりていくのである。そして、まるで岸辺にある森や山が、鏡のような湖の水面に逆さまにその影を落としているように、地上の建築物の山なす階層の下には、地下にも同じような階層がつくられているのだ。

サン＝タントワーヌ城砦でも、パリ裁判所でも、またルーヴル宮でも、こうした地下の建築物は牢獄になっていた。こうした牢獄の階段は、地下にくだっていくにしたがっていよいよ狭く、いよいよ暗くなっているのだった。それはまさに、恐ろしさの色合いがしだいに増していく色彩の帯のようなものであった。ダンテがその地獄を描いたときでも、これほど適当なものは見いだしえなかったのだ。こうした漏斗《ろうと》のようになった地下牢は、通常は大桶《おおおけ》の底のようになっている地下の暗牢の、そのまた底にある牢屋に達していて、そこにダンテが悪魔を入れたように、当時の社会は、そこに死刑囚をぶちこんだものである。ひとたびここに入れられたみじめな存在は、もう日の目も見られなければ、大気にもふれられず、人生にも別れを告げなければならない。つまり「すべての望み」をすてなければならないのだ。絞首台に行くか、火刑場につれていかれるかしなければ、ここから出ることはないのだ。ときには、そのままここで腐ってしまうこともあった。そして人間の裁判は、これを「忘却」と呼んでいるのだ。囚人は、人間と自分とのあいだに、石と牢番とが一つの塊《かたま》りとなって頭の上に押しかぶさっているのを感ずる。牢獄全体が、この重苦しい城砦が、もはや一個の巨大で複雑な錠前となって、生きた外界に囚人を閉じこめてしまうのである。

絞首刑を言いわたされたエスメラルダが、おそらく逃げ出すといけないからというので閉じこめられたのは、まさに、この、頭上に巨大な裁判所の建物がそびえたっている、こうした大桶の底、つまり聖ルイ王の命令によって、トゥールネル裁判所の「牢獄」の中に掘られた地下牢の中であった。哀れな虫にもひとしいこの娘の力では、この牢の石壁のどんなに小さな石ころでさえも動かすことができないのだ！

なんといっても、神も人も同じように不公平であった。こんなにも多くの不幸や拷問《ごうもん》が、こんなにもか弱い一人の娘を責めさいなむ必要があっただろうか？

彼女はそこに、暗闇《くらやみ》の中にただ一人、うずめられ、人の目から隠され、閉じこめられていた。この娘が太陽の光を浴びて、にこやかに笑い踊っているのを見た後で、こんな状態でいるのを見て、身震いしない者があろうか？　夜のように冷たく、死のように冷やかに、髪の毛をなぶる一陣の風もなく、耳には人の声もなく、目には日の光もはいらず、体は二つに折り曲げられ、鉄鎖《てつぐさり》で踏みつぶされ、わずかばかりの藁《わら》の上、この地下牢から滲《し》み出ている水たまりの中に、身動きもできず、ほとんど呼吸もせずに、一個の水の壺《つぼ》と一切れのパンのそばにうずくまり、もう彼女は苦しいということさえ感じなくなっていた。フェビュス、太陽、真昼、大気、パリの通り、喝采《かっさい》を浴びている踊り、士官との恋の語らい、それから、司祭、やり手ばあさん、短剣、血潮、拷問、絞首台、こうしたものがみんな、まだ娘の心の中を流れていた。あるときは歌をうたうような黄金の幻となり、またあるときは醜怪な悪夢となって。しかし、それはもう暗闇の中に消えていく恐ろしい、茫漠《ぼうばく》とした一場の葛藤《かっとう》に、または地上はるか高いところで奏《かな》でられるのだが、この不幸な娘が落ちこんだ深みからはもう聞きとれない、はるか彼方《かなた》の音楽にすぎなかった。

ここに閉じこめられてからというものは、彼女は目をさましているのでもなく、また眠っているのでもなかった。こうした不運にあって、こんな牢獄の中にいると、昼と夜との区別はもちろん、起きているのか、寝ているのか、その区別さえもつかなかった。こうしたこと全部が娘の心の中にまじりあい、壊され、漂い、ひろがっていたのだ。彼女はもう、感覚もなく、意識もなく、考える力もなかった。せいぜい夢見ることだけだったのだ。生きた人間でいまだかつて、こんなにも深く虚無の境に閉ざされた者はなかったであろう。

このように感覚もなくなり、体はこごえ、化石のように身動きもできず、自分の上のほうのどこかで開かれた揚げ戸の響きが二、三度聞こえてきたのが、やっと耳にはいったばかりであった。だが光は少しも射しこんでこないのだった。戸口から一本の手がのびて、黒パンの皮が一つ投げあたえられた。けれども、これが人間と彼女とのあいだに残されたただ一つのたより、つまり牢番が時をおいてやってくるということであった。ただ一つ、まだ機械的に彼女の耳にはいるものがあった。頭上の湿気が丸天井のカビのはえた石に浸《し》みこんでいて、規則正しく時をおいて、水のしたたりが、ポトンポトンと落ちてきたのである。彼女はぼんやりと、このしたたりが自分のそばの水たまりに落ちて、音をたてているのを聞いていた。

この水たまりに落ちる水のしたたり、これがその牢獄の中で彼女のまわりにまだ動いているただ一つの動きであり、時を告げるただ一つの時計であり、地上に響くすべての音のうちで、耳にまで届くただ一つの音であった。

ひとことで言えば、彼女もまたときどき、この混沌《こんとん》とした泥沼と闇の中で、何かしら冷たいものが、足や腕の上をあちらこちら這《は》いまわっているのを感じて、ぶるぶると身を震わせるのだった。

ここに投げこまれてからどのくらい時間がたったものだろうか？　彼女にはわからなかった。彼女は、どこかで誰かに対して死刑の判決が述べられたことを思い出した。それから自分はここにつれてこられ、気がついてみると、夜、この静けさの中に、氷のように冷えきっているのだった。両手をついて這ってみた。するとと鉄の輪がくるぶしを押さえて、鎖がガチャガチャと音をたてた。自分のまわりじゅう壁で取り囲まれ、足もとには水びたしになった敷石と一束《ひとたば》の藁があることに気がついた。しかしランプも風抜きもないのだった。そこで、藁の上にすわった。ときどき姿勢をかえようとして、牢獄の中の石段のいちばん下の階段に腰をおろした。ほんのわずかのあいだ、娘は、水のしたたりが彼女のために数えてくれる真っ暗闇の中の時間を数えようとしてみた。だがやがて、この病みついた頭の悲しい労働は、しぜんに頭から消えてしまい、娘はまたもや放心状態に陥ってしまった。

ついにある日、いやある夜のこと（というのは、この墓場の中では、真昼も真夜中も同じ色彩だからであるが）、頭の上のほうで、いつも看守が彼女のところにパンと水差しとを持ってきてくれるときに鳴らすのとは違った、もっと強い音が聞こえた。彼女は頭をあげた。見ると、一筋の赤みがかった光が、この「牢獄」の丸天井につくられた扉かまたは揚げ戸のすきまのようなところから射しこんできた。と同時に、重々しい鉄具の鳴る音がして、揚げ戸はその錆《さ》びついた肘金《ひじがね》の上できしって、回転した。見ると、角灯が一つ、手が一本と、二人の男の腰から下の部分が見えた。扉があまり低かったので、頭のほうは見えなかったのだ。そして光が激しく目をさしたので、彼女は目を閉じてしまった。

また目を開いてみると、扉はまたもとのように閉まって、大型の角灯が階段の段のところに置いてあり、男がただ一人、目の前に立っていた。聖職者の着るフードのついた袖《そで》なしの黒い外套《がいとう》が、その男の足まで垂れて、同じ色の覆面で顔を隠していた。顔も手も見えず、誰だか少しもわからない。長い黒い屍衣《しい》が立っているようで、その衣の下には何物かが動いているようであった。彼女はしばらくのあいだ、じっとこの幽霊のようなものを見つめていた。そのあいだ、娘もこの男もひとこともものを言わなかった。ちょうど、二つの彫像が向き合っているようなものだったとも言えよう。ただ二つのものだけが、この地下の墓穴の中で生きているように思われた。すなわち、あたりの湿気のせいで、パチッ、パチパチとはねる角灯の灯芯《とうしん》と丸天井から落ちる水のしたたりだ。規則的な水のしたたりは、不規則な灯芯のはねる音をかき消してしまうほどである。また、そのしたたりは油っぽい水たまりの上に、同心の波紋をいくつも描きながら、角灯の光をゆらゆら動かしていた。

とうとう、とらわれの娘のほうから、この沈黙を破った。「あなたはどなた？」

「聖職者だ」

そのことば、その調子、その声音《こわね》を聞くと、娘はぶるぶると身を震わせた。

相手は声を落としてゆっくりと、こうつづけた。「支度《したく》はよいか？」

「なんの支度ですか？」

「死ぬ支度だ」

「まあ！　それはもうじきですか？」

「あすだ」

娘はうれしそうに頭をあげたが、またがっくりとうなだれて、「まだずいぶん間《ま》がありますのねえ！　なぜ、きょうじゃいけないんでしょう」とつぶやいた。

「するとおまえは、非常に不幸なのだな？」と、男はしばらくしてたずねる。

「あたし、とても寒いんです」と、彼女は答えた。

彼女は、両足を両方の手でしっかり押さえた。これは寒さにこごえた、可哀《かわい》そうな人がよくやる格好で、私たちは、ロラン塔のおこもりさんが同じような格好をしていたのを、前に見たことがある。娘は、歯をガタガタと鳴らした。

その男は、フードの下から目を向けて、牢獄の中を、あちらこちらと見まわしているようすだった。

「明かりもなし！　火もなし！　おまけに水びたし！　恐ろしいところだ！」

「そうですわ。みなさま方には昼間というものがあるんです。なぜあたしには、夜しかいただけないんでしょう？」娘は、不幸のために万事に驚きやすくなっていたのだが、驚いたようすで答えた。

男は、またもやしばらく黙っていたが、やがて「おまえは、自分がなぜここにいるのか知っているか？」ときいた。

「知っているつもりですが」こう言って娘は、何か思い出そうとしているのか、痩《や》せ細った指を眉《まゆ》の上にあてていたが、「でも、もう何だかわからないんです」

とつぜん、彼女は子供のように泣きだしてしまった。

「あたし、ここから出たいんです。寒くて、こわくてしかたがないんです。けだものが大勢いて、それがあたしの体に這いあがってきますの」

「よろしい。わたしのあとについておいで」

こう言って、その聖職者は、彼女の腕をつかんだ。娘の体は、可哀そうに腹の底まで冷えきっていた。だが、相手の手に触れると、何か冷たいものにさわられたような気がした。

「まあ！　この手は死人の手のように凍っているわ。——いったいどなたなの？」

男はフードを脱いだ。彼女がじっと見つめていると、それはまさに、ずっと久しい前から自分を追いまわしていた、あの不気味な顔であった。これこそ、ファルールデルの家で、あのフェビュスの懐かしい顔の上に現われた悪魔の頭であり、短剣の脇で光ったのを最後に見てからはじめて見る、あの目であった。

この聖職者が顔を出すのは、娘にとっては、いつでも非常に致命的なものであり、それは、このように彼女を不幸から不幸へと押しやって、ついに、この責め苦の境涯にまで追いつめたものであったが、彼女はこのとき、その姿を見て、ふと感覚がなくなっていた状態からよみがえった。記憶の上に厚くかぶさっていたヴェールのようなものが破れるような気がしたのだ。ファルールデルの家の夜の光景から、トゥールネル裁判所での有罪の宣告まで、あの憂鬱《ゆううつ》なできごとが、こまかい点にいたるまで一つ残らず、同時にまざまざと心のうちに浮かびあがってきた。それは、今までのように、漠然とごちゃごちゃしたものではなく、はっきりと、生々《なまなま》しく、明瞭に、ぴくぴく動いて、恐ろしいものとなって、よみがえってきたのだ。こうした、半ば消え失せて、あまりの苦しさのためにほとんどけずり取られてしまった思い出は、今、自分の前にいる薄暗い人影のために、まざまざとよみがえってきたのだった。ちょうどそれは、白紙の上に見えないインクで書かれた目に見えない文字が、その紙を火に近づけると、紙の上にあざやかに浮かびあがってくるようなものであった。彼女の心に受けたあらゆる傷が同時に口を開いて、血が滲《にじ》み出たように思われたのだった。

「まあ！　あの神父さんだわ！」と彼女は、手で目を覆い、身を震わせて叫んだ。それから、ぐったりとなって、両腕を落とし、がくりと腰をおろしてしまった。うなだれて、目はじっと釘《くぎ》づけされたように足もとを見つめ、ものも言わず、たえず体を震わせていた。

男は、ちょうど麦畑にうずくまっている哀れなヒバリのまわりを、空高く円を描きながら長いあいだ飛び舞っていた一羽のトビが、その飛びまわる恐ろしい輪を、黙ったまま長いことかかってしだいにちぢめたかと思うと、とつぜん、稲妻のように獲物の上に襲いかかり、その爪《つめ》をかけて、あえいでいる獲物をひっつかむときのような目つきで、じっと娘を見つめていた。

彼女は低い声でつぶやいた。「ひと思いに、どうか、殺してください！　殺してください！」彼女はちょうど牛殺しの打ちおろす棍棒《こんぼう》を待っている雌羊《めひつじ》のように、恐ろしげに頭を肩にうずめた。

「そんなにわたしが恐ろしいか？」最後に彼はこう言った。

娘は答えない。

「このわたしがこわいのか?」

娘の唇はほほえむみたいに、ぴくりとひきつった。

「はい。死刑をなさる人は、罪人をおなぶりになるものなんだわ。これでもう幾月かというものは、この人はあたしを追いまわして、おどかしたり、こわい目にあわせてばかりいるんだわ! この人さえいなければ、ああ神さま、あたし幸福だったんです! あたしをこんな恐ろしい目にあわせたのは、この人なんです! ああ、神さま! ああ、この人が殺したんです、……殺したのはこの人なんです! あたしのフェビュスさまを!」

こう言って娘は、ワッと泣きだし、顔をあげて男のほうを見ながら、「ああ、この人でなし! あなたはどなたなんです? あたしがあなたにいったい何をしたというの? あなたは、あたしのことを憎んでいらっしゃるのね? ああ! あなたは、あたしをなぜこんな目にあわせるの?」

「おまえをいとしいと思っているのだ!」と、男は叫んだ。

娘の涙はふっと止まった。そして、気がふれたようにうつろな目で男を見つめた。男のほうはひざまずいて、炎のようなまなざしで、彼女をじろじろとながめまわした。

「わかったかな?　おまえをいとしいと思っているのだ!」と、もう一度叫んだ。

「なんという恋でしょう!」娘は可哀そうにも震えながら言った。

彼はまたもや言った。「呪《のろ》われた男の恋なのだ」

二人とも、そのまましばらくの間、感情の重みに圧倒され、男は気が狂ったように、女はぼうっとして、無言のままでいた。

「まあ、聞け」と、とうとう男は言った。男は異様な落ちつきをとり戻したのだ。「おまえに何もかも話してやろう。あのとき、神もわれわれのことをもう見ておられないように思われるまでの真っ暗な闇に閉ざされた、夜もしんしんとふけた時刻に、わたしは、ひそかにわが良心にきいてみた。わたしは、今までどうしても自分自身にも言いにくかったことを、今こそおまえに話して聞かせてやろう。まあ、聞いてくれ。娘よ、おまえに会うまでは、わたしは、わたしは幸せであったのだ……」

「あたしもです!」彼女は弱々しい溜息《ためいき》をもらした。

「まあ、黙って聞いてくれ。──そうだ、わたしは幸福だった。少なくも、自分ではそう信じていた。わたしは純潔であったし、わたしの魂には澄みきった明智があふれていた。わたしほど誇らかに、輝きわたった頭をあげている者はなかったのだ。司祭たちは、このわたしに、純潔とは何であるかをたずねに来たし、博士たちは、学説を聞きに来たものだった。そうだ、学問はすべて、このわたしのためにあるようなものであった。それは一人の妹のようなもので、妹ひとりで、わたしはじゅうぶんであった。年齢をかさねても、別な考えがはいりこんでくるというようなことはなかった。たびたび、わたしの肉体は、女性の姿が通るのを見て、心を動かしたこともあった。この男性としての性の力も血の力も、愚かしい青春として、わたしは、生涯それを抑えることができるものと信じていた。だが、この力が、このわたしを、哀れなことだ、祭壇の冷たい石にしっかりと結びつけている誓いの鉄鎖を取り去ろうとしたことがたびたびあった。だが、断食と、祈禱《きとう》と、勉学と、修道院の難行苦行とが、肉体の奴隷となったこの魂を叩き直してくれたのだ。それからというものは、わたしは女をさけてきた。それにまた、書物を開きさえすれば、頭の中の不浄な炎はみんな、学問の光輝の前に消え失せてしまうのだった。しばらくすれば、地上を覆っている重苦しいものが、はるか彼方に逃れ去っているのを感じた。ふたたび静かな境地をとり戻し、永遠の真理の安らかな光を前にして、それに幻惑《げんわく》されて心は晴ればれとしていた。悪魔がわたしを責めさいなもうとして、教会の中や、通りの中や、野原の中で、わたしの目の下をちらちらと行きかい、また夢の中にかすかに浮かびあがってくる女の茫漠たる影を、わたしのところに送り届けようとも、わたしはたやすく、それを撃退した。ああ！　みごとに勝ちおおせなかったとしても、そのあやまちは、人間と悪魔とを同じ力につくりたまわなかった神にあるのだ。——まあ、聞け。ある日のことだった……」

こう言って、司祭はふっと口をつぐんだ。とらわれの娘の耳に、この男の胸から、あえぐような、かきむしるような響きをたてる溜息がもれるのが聞こえた。

彼はなおもつづけた。

「……ある日のことだ。わたしは、自分の独房の窓によりかかっていた。……どんな書物を読んでおったかな？　ああ！　頭の中は何もかもが混沌としている。——とにかく、わたしは読書していた。その窓は広場のほうに向いていた。タンバリンと音楽の音が聞こえてきた。夢想にふけりながら、このように頭が乱され、いらいらして、広場のほうに目をやった。すると、わたしの目にはいった光景を、わたしのほかにもまだ、その光景を見ている者が幾人かあった。それはまさに、この世の人の見るためにつくられた光景ではなかった。そこの舗道《ほどう》の真ん中に、——真昼のことだったが、——日はさんさんと輝いていた、——一人の女が踊っていたのだ。実に美しい娘だった。神も、聖母マリアよりもこの娘のほうを好まれたであろう。そしてその娘を、自分の母にしたいと思われたであろうし、もしも神が生まれたときにこの娘がいたならば、その女から生まれたいと思われたことであろう！　そのまなざしは黒く、輝くばかりのみごとさであった。黒い髪の真ん中あたりの幾本かは、日の光が射しこんで、金の糸のように輝いていた。足は、ぐるぐるとすばやく回る車の輻骨《やぼね》のように動きがはやくて、よく見えないほどであった。みどりの黒髪を束ねた頭のまわりには金の飾りがついていたが、それは日の光を受けてきらきらと輝き、まるで星の冠を額《ひたい》にいただいたようであった。その衣装にはぴかぴか光る小石がちりばめられて、それが青くきらめき、真夏の夜のように、幾千という閃光《せんこう》がとびちっていた。しなやかなトビ色の腕は、二本のスカーフのように、胴まわりに組んだりほぐれたりしていた。体の線は実に美しく、みごとなものであった。ああ！　輝くばかりのその顔は、太陽の光の中でさえも輝くもののように、くっきりと浮かびあがっていたのだ！……——ああ！　娘よ、それはおまえだったのだ。——わたしは、驚き、酔ったように心がとろかされてしまった。わたしはじっとおまえを見つめていた。とつぜん、何かにおびえて、ぶるぶると震えてくるほどまでに、おまえを見つめていた。宿命がわたしをとらえたように感じたのだ」

司祭は感きわまって、しばらくことばを切った。それからまたつづけた。

「もうわたしは、半ば魂を奪われたようになり、何ものかにかじりついて、ずり落ちようとするのを支えようとした。わたしは、悪魔が前もってわたしにかけた落とし穴を思い出した。わたしの目の下にいた人間は、天国からか、地獄からか、そのほかのところからは来ることができないような、この世のものならぬ美しさをそなえていたのだ。それは、この地上のわずかばかりの土でつくられ、女の魂の揺らめく光でかすかに内部を照らされた、単なる女ではなかった。まさに天使であったのだ！　だがそれは、地獄の天使であり、炎の天使であって、断じて光明の天使ではなかった。わたしがこのような思いを心の中に描いていたとき、おまえのそばに一匹のヤギがいるのが見えた。これは、魔法使いの夜宴につれていく動物だ。それがわたしを笑いながら見つめていた。真昼の太陽は、その角《つの》にあたって火のように輝いていた。そのときわたしは、これが悪魔の落とし穴だなと見てとった。そして、おまえは地獄から来た者だ、このわたしをほろぼすために来たのではないかと、ふとそう思った。そう信じてしまったのだ」

こう言って、男はとらわれの娘の顔をまじまじとながめ、それからまた冷たく言った。

「わたしはいまだにそう信じているのだ。――そうしているうちに、人の心をさそうその力は、しだいに働きだした。おまえの踊りは、わたしの頭の中でぐるぐると回転した。神秘的な呪文《じゅもん》が心の中でできあがっていくのを感じた。魂の中で目ざめていなければならなかったものがすべて、眠りこんでいたのだ。そして、雪の中でこごえ死ぬ者のように、この眠けの襲うがままに身を任しているほうが心地よかった。とつぜん、おまえは歌をうたいはじめた。こうなると、みじめなものだ。どうにもならないのだった。

おまえの歌は、踊りよりもさらに魅力があった。わたしは、逃れたいと思った。だが、それもできなかったのだ。その場に釘づけにされたようになり、地に根をはってしまったのだ。わたしには、敷石の大理石が膝《ひざ》のあたりまであがってきたように思われた。どうしても最後まで、そこにいなければならなかったのだ。足は氷のように冷えてきたが、頭は熱湯のようにわきかえった。とうとう、おまえはわたしを哀れと思ってか、歌をやめて、どこかへ行ってしまった。目もくらむばかりの幻の反映と、魂を奪うような音楽の反響とは、わたしの目からも耳からも、しだいに消えていった。そのときわたしは、壁からはがされた彫像よりもぶざまに、力なく窓の片隅《かたすみ》に倒れてしまった。晩課《ばんか》を告げる鐘の音がわたしを目ざめさせた。わたしは起きあがって逃げ出した。だが、ああ！　わたしの中には、何かしらくずれてしまってもう立ちあがれないものができたのだ。何かしらが、ふいに襲ってきて、それから逃れることができなかったのだ」

彼はまたしばらく休んで、話をつづけた。

「そうだ。その日からというもの、わたしの心には、見知らぬ一人の人間が住んでしまったのだ。わたしは、ありとあらゆる薬を用いようと思った。修道院にこもり、祭壇にぬかずき、手に汗して働いたこともあったし、読書に没頭したこともあった。愚かしいことであった。打ちのめされたようになって、情熱であふれた頭に逆らって学問に没頭しようとしても、学問はいたずらにうつろな響きをたてるだけだった！　娘よ、おまえは知っているか？　それ以来わたしが、書物とわたしとの間にいつでも何を見たかを、おまえは知っているか？　おまえなのだ。おまえの影なのだ。いつか、わたしの前を通りすぎた輝くばかりの幻の影であった。だがその幻影はもう、前と同じ色をしていなかった。それは、軽はずみな男が太陽をじっと見つめて、その後で長いこと目の底に残る黒い輪のような、暗い、悲しい、不吉なものであった。

おまえの歌が、いつまでもわたしの頭の中でうたいさざめくのが耳にはいり、おまえの足がいつでもわたしの聖務日課書の上を踊りまわっているのが目についた。また夜になるといつでも、夢におまえの姿が、わたしの肉体の上を這いまわるのを感じて、どうしても払いのけることができないのだった。そこでわたしは、もう一度おまえに会い、おまえの体に触れて、おまえが何であるかを知り、わたしの心に焼きついているおまえの理想的な影像に、おまえが本当によく似ているかどうかを確かめて、おそらくはその現実の姿でもって、わたしの夢を打ち砕いてくれることを望んでいたのだ。ともかく、新しくおまえを見た印象が、はじめのものを払いのけてくれることを期待していたのだ。だがはじめての幻影は、わたしにとって、ますます耐えがたいものになってしまったのだ。わたしはおまえを求めた。そしてまた会うことができた。ああ、それが不幸だったのだ！　ふたたびおまえの姿を見てからは、千度もおまえの姿を見たくなってしまったのだ。そのとき、――地獄の坂の上にさしかかって、どうして車を止めることができようか？――そのときには、もはやわたしは、自分で自分をどうすることもできなかった。悪魔がわたしの翼に結びつけた糸のもう一方の端を、悪魔は、自分の足に結びつけてしまっていたのだ。わたしは茫然となり、おまえのように、さすらいの旅をつづけるようになってしまった。わたしは玄関のところでおまえを待った。まちの隅でおまえを待ちぶせた。わたしの塔の上からおまえを見はっていたこともあった。毎夜のように、ますます魅惑され、絶望し、ますます呪縛《じゅばく》にかかり、ますます回復の望みもなくなって、自分にかえるのだった！

わたしは、おまえがどんな女であるかを知っていた。エジプトや、ボヘミアや、スペインや、イタリアなどをさまようジプシー娘なのだ。どうしてその魔術に縛られることがないと考えられようか？　まあ聞け。だからわたしは、裁判所に訴え出れば、自分にかかっている魅力の呪縛から逃れられると思った。ブルーノ・ダスティ（十二世紀ごろのイタリアの神学者）も、魔女の魅力におぼれたことがあったが、彼はその女を火あぶりにして、自分は立ちなおることができたのだ。この話を知って、救いの道を求めようと思った。それでまず、おまえにノートル＝ダムの広場に来ることを禁じようとした。もしもおまえがもうそこに来なければ、忘れることができようと思ったのだ。おまえはそれを意にとめなかった。またやってきたのだ。そこでわたしは、おまえをさらっていこうと思った。ある夜のこと、それを企てたのだ。わたしとおまえと二人きりになったときだ、もうしっかりと手にはいったと思ったそのときだ、あのいまいましい士官のやつが、とつぜんやってきおったのだ。やつはおまえを逃がしてしまった。こうして、おまえと、わたしと、あの士官との不幸がはじまったのだ。とうとうわたしはどうしてよいのやら、どうなるものやら、もうさっぱりわからなくなって、おまえを宗教裁判所に訴え出たというわけだ。わたしもブルーノ・ダスティのように救われるであろうと思った。また、訴え出れば、おまえはわたしの自由になるだろうと、漠然と考えていた。牢獄の中では、おまえの手をとり、おまえを抱きしめることができるだろうと思ったのだ。おまえはわたしのところから逃れることができないだろう、今までずいぶん長いこと、おまえがわたしの心をつかんでいたように、こんどはわたしがおまえをつかんではなすまいと思っていた。毒を食らわば皿までだ。極悪非道な行為をしているのに、中途でやめるなどとは狂気の沙汰《さた》だ！　罪悪の極致には、このうえもない喜びがあるものだ。聖職者と魔女とは、地下牢の敷藁《しきわら》の上で歓楽の極致に酔ってもよいはずだ！

そこでわたしは、おまえを訴え出たのだ。そのときだ、おまえがわたしに会って恐れおののいていたのは。おまえに対して企てた陰謀や、おまえの頭の上に吹きよせた嵐は、脅迫となり、稲妻となって、わたしからとびだしていった。しかしそれでもまだ、わたしは躊躇《ちゅうちょ》していた。わたしの企てには、わたしを尻《しり》ごみさせるような恐ろしい面があったのだな。

ことによったら、わたしは告発をあきらめたのかもしれなかったし、おそらくは、この恐ろしい考えは実らずに、わたしの頭の中で枯れ果ててしまったかもしれなかった。この訴訟《そしょう》を継続するのもまた撤回するのも、いつでもわたしの胸ひとつにあると信じていた。だが、あらゆるよこしまな思いは、人の力ではどうにもならないものなのだ。一つの事実になることを望むものなのだ。わたしは、自分の全能なことを信じていた。だが宿命は、わたしよりもはるかに強力であった。ああ、なんということだ！　おまえをとらえ、このわたしがひそかにつくっておいた機械の恐ろしい歯車におまえをかけたのは、まさに宿命なのだ！——まあ、聞いてくれ。もうしばらくだ。

ある日のことだった。——ある晴れた日のことだった。——一人の男がおまえの名前を口にして、笑いながらわたしの前を通りかかるのが目にはいった。その男の目にはみだらなものがあった。いまいましい！　わたしはその男のあとをつけていった。それから先は、おまえも知ってのとおりだ」

彼は口をつぐんだ。娘はただひとことしか心に浮かんでこなかった。

「ああ、フェビュスさま！」

「その名を言ってはならぬ！」と、男は激しく娘の腕をつかんで言った。「その名を口にしてはならぬのだ！ ああ！ われわれはまことに哀れなものだな。われわれを破滅におとしいれたのは、この名前なのだ！ いやむしろ、われわれは二人とも、宿命の解きがたいいたずらにもてあそばれて、破滅してしまったのだ！――おまえは苦しんでいる、そうではないか？ 寒いであろうな。夜の闇がおまえを見えなくしている。牢獄はおまえを包んでいるのだ。いや、たぶん、おまえの心の奥底には、まだいくらかの光があるだろう。おまえの心をもてあそんだ、このうつろな男に対する、おまえの子供らしい恋心があるはずではないか！ このわたしは、自分の心の中に牢獄を抱いているのだ。わたしの心の中にあるものは、冬だ、氷だ、絶望だ。魂の中にあるのは、夜だ。わたしがどのように苦しんでいるか、みんなおまえにわかるかな？ わたしはおまえの裁判の場にも立ちあっていた。判事の席にいたのだ。そうだ、あのうちの一つの聖職者のフードの下に隠れて、一人の呪われた男がしかめっつらをしていたのだ。おまえがつれてこられたとき、わたしはそこにいた。おまえが尋問を受けているときも、そこにいたのだ。――オオカミの巣窟《そうくつ》だったな！――それはわたしの罪だ。わたしのつくった絞首台が、おまえの額《ひたい》の上にゆるゆるとのぼっていくのを、わたしは見た。どの証人が立ったときにも、どんな証拠があげられたときも、またどんな弁論が行なわれているときにも、わたしはそこにいたのだ。おまえが一歩一歩、苦しい道を歩いていく、その歩みを一つひとつ数えることができた。わたしはまだそこにいた、そのときあのけしからぬけだものめが、……——ああ！　わたしはおまえの拷問のことは予期していなかったのだ！——まあ聞け。わたしは、おまえについて、拷問の部屋まで行ったのだ。おまえが服を脱いで半裸体となり、あの拷問係のいまわしい手で触れられるのを、わたしは見たのだ。おまえの足を見た。一国を犠牲にしても、せめてただ一度口づけをして死んでいきたいと思っていたその足を、その下で歓喜に酔いしれて、わたしの頭が打ち砕かれるのを感じたいとさえ思ったその足を。その足が、生きた人間の足を血みどろにしてしまう恐ろしい足枷《あしかせ》の中にはさまれるのを見たのだ。ああ！　なんというみじめなことだ！　それを見ている間に、自分の屍衣《しい》の下に隠し持っていた短剣で、われとわが胸をえぐったのだ。おまえがもらした叫びを聞いて、わたしは自分の肉に短剣を突き刺したのだ。二度目におまえが叫んだときには、短剣は心臓にはいった！　見てくれ、まだ血が滲《にじ》んでいると思うが」

彼は聖職者の服を開いた。胸は実際、虎《とら》の爪《つめ》でかきむしられたようにさけていた。そして、横腹のところには、かなり大きな傷口がまだよくふさがらないでいた。

とらわれの娘は恐れおののいて、後ずさりした。

「おお！　娘よ、わたしを哀れんでくれ！　おまえは自分のことを不幸だと思っているだろうが、ああ！　だがおまえは、不幸とはどんなことかがわかってはいないのだ。ああ！　女に恋をする！　しかも聖職者の身でだ！　嫌われていながら！　しかも魂がのたうちまわるように恋しているのだ。女のわずかなほほえみを求めるために、血も、はらわたも、名声も、魂の救いも、不滅も、永遠も、この世の命も、あの世の命も、すべてを投げうとうと思っているのだ。女の両足にもっと大きな枷をはめるために、なぜわたしは、国王や天才、皇帝、天使長、また神として生まれてこなかったのであろうか、実に残念なことだ。夜となく昼となく、彼女のことを夢に見、思い、女を抱きしめているのだ。だがその女が軍服に恋い焦がれている姿が目にはいるのだ！　その女に与えるものとしては、一着のよごれた聖職者の服しか持っていないこの身の上だ！　しかも女はその服に恐れを抱いて、とても嫌っているのだ。女が一人の愚かな虚勢をはる男に対して、愛と美との宝物を惜しげもなく与えているのを、嫉妬《しっと》と怒りを感じながらそばで見ているのだ！　その姿を見ただけでも、わたしの心を燃えたたせるあの肉体、やさしさにあふれた胸、ほかの男と口づけをしてその下で胸をときめかせて赤らんでいるあの肌、それを見せつけられているのだ！　ああ、なんたることだ！　このわたしは、その足、その胸、その肩に思い焦がれ、わたしの部屋の敷石の上で、毎夜のようにのたうちまわるまでに、あの青い血管や栗色の肌を夢にまで見て、人びとが彼女に全身から愛されようとしているのを見ては、身も世もあらぬほどにさいなまれるまでになり果ててしまったのだ！　やっと成功したのは、女を革のベッドに寝かせることだけだった！ああ！　だが、そのためにわたしの心は、地獄の火で真っ赤に焼けた責め道具で苦しめられてきたのだ！　二枚の板のあいだにはさまれてのこぎり引《び》きにされ、四頭の馬で四《よ》つ裂《ざ》きの刑にされた者のほうが、どれほど幸せだったことか！――おまえは、おまえたちが受ける刑罰がどんなものであるか知っているか？　幾晩も幾晩も、おまえたちの動脈は泡だち、心臓はえぐられ、頭は砕かれ、おまえたちの歯は、われとわが手をかみ切るのだ。拷問役人は熱狂して、休むことなく、真っ赤に焼けた肉あぶりの網にのせるように、愛と、嫉妬と、絶望との上にのせて、おまえたちを回転させるのだ！　娘よ、お願いだ！　しばらくの間、わたしを苦しめることをやめてくれ！　このおこり火に灰を少しかけてくれ！　頼む、どうかわたしの額から滝のように流れるこの汗をぬぐってくれ！　娘よ！　片方の手でわたしを苦しめるならば、もう一方の手でわたしを愛撫《あいぶ》してやってくれ！　哀れと思ってくれ、娘よ！　このわたしを哀れんでくれ！」

司祭は、敷石の上を流れる水の中でのたうちまわり、石の階段の角《かど》に頭蓋骨《ずがいこつ》を打ちつけた。娘は、彼の言うことを聞きながら、男のほうをじっと見つめていた。彼が疲れ果てて息をはずませて黙ってしまうと、低い声で繰り返した。「ああ、フェビュスさま！」

彼は膝をついたまま、娘のほうに近よった。

「お願いだ、おまえも愛情をもっているならば、このわたしをしりぞけないでくれ！ ああ！ わたしはおまえを愛しているのだ！ わたしも哀れな男だ。おまえがその名を口にすると、哀れな娘よ、まるでわたしの心のあらゆる筋がおまえの歯でかみ砕かれるような思いがするのだ！ お願いだ！ おまえが地獄から来たならば、わたしはおまえとそこにいっしょに行こう。わたしも地獄に堕《お》ちるようなことを何もかもしてしまった。おまえの行く地獄は、わたしにとっては天国だ。おまえの姿は神の姿よりもはるかにわたしの心を奪うものだ！ ああ！ 言ってくれ！ おまえはわたしが嫌いかな？ 女がこのような恋をしりぞけるとすれば、わたしには山々も動きだす思いがするだろう。ああ！ もしもおまえがよければ！……われわれは幸福になれるのだ！ 二人して逃げるのだ。――わたしはおまえを逃がしてやろう。――わたしたち二人は、いちばん太陽が輝き、いちばん木が多く、いちばん青空が澄みわたる土地を求めて行くことにしよう。愛し合い、二つの魂をおたがいにそそぎ合って、それでもどうにもとまらない喉《のど》の渇きを覚えたら、いっしょになって、たえず汲《く》めどもつきぬ愛の杯《さかずき》で、この渇きをいやそうではないか！」

娘は恐ろしいばかりに大声で笑いながら、彼のことばをさえぎった。「まあ、ごらんなさい、神父さま！　爪のうしろに血がついていますよ！」

司祭はしばらくのあいだ手をじっと見つめて、化石のように身動きもしなかった。

「よろしい、そうだ！」と、ついに不思議なほどやさしく言った。「わたしを侮辱《ぶじょく》してもくれ、あざ笑ってもくれ、わたしを押しつぶすほど、うんと責めてもよい！　だが、わたしといっしょに来てくれ。さあ、急ごう。な、もうあすに迫っている。グレーヴ広場の絞首台をおまえは知っているかな？　あれはもう、いつでも準備ができているのだ、恐ろしいことだ！　おまえが囚人護送車に乗せられてつれていかれるのを見るなどとは！　ああ！　頼む！――どんなにわたしがおまえを恋しているか、今ほど強く感じたことはなかった。――ああ！　わたしについてこい。わたしがおまえを救ってやった後で、おまえはわたしをゆっくりと愛してくれ。また好きなだけ長くわたしを憎んでもよい。だがともかく、わたしといっしょに来るのだ。あすだぞ！　よいか、あすだぞ！　絞首台の日は！　おまえの刑は！　さあ、逃げるのだ！　それまでは、わたしのすることを大目に見てくれ！」

彼は娘の腕をとり、夢中で、娘を引っぱっていこうとした。

娘は眉ひとつ動かさず、男のほうを見て、

「フェビュスさまはどうなったんでしょう？」

「ああ！　おまえはつれない女だ！」彼は娘の腕をはなして、こう言った。

「フェビュスさまはどうなったんでしょう？」と、彼女は冷やかに繰り返した。

「死んだのだ！」

「えっ、死んだのですか？」と、娘はあいかわらず氷のように冷やかに、しかも身動き一つしないで言った。

「そうなったのに、あたしに生きていろとおっしゃるの？」

彼のほうではそのことばが耳にはいらなかった。「そうだ」と、彼は自分自身に言い聞かせるように言った。

「あの男はまさしく死んだに相違ないのだ。刃《やいば》は深くはいったのだからな。刃の先は心臓に触れたはずだ。ああ！　わたしの魂は、あの短剣の先にまでこもっていたからな！」

娘は怒り狂う雌《めす》の虎のように、男にとびかかり、恐ろしい力で彼を階段に突きとばした。「あっちへ行け、くそっ！　行ってしまえ、人殺し！　あたしを殺して！　あたしたち二人の血で、おまえの額《ひたい》にいつまでもしみをつけてやるんだ！　おまえのものになるなんて、神父に身を任せるなんて！　とんでもない、まっぴらだわ！　どんなことがあっても、いっしょになんかなりませんよ、地獄に堕ちたっていやだわ！　あっちへ行け。汚《けが》らわしい。絶対いやだわ！」

司祭は階段のところでよろめいた。黙ったまま両足にからまった服のひだをといて、角灯をとり、戸口のほうに向かっている階段を、のろのろとのぼっていった。そして、そのドアを開けて出ていった。するととつぜん、顔がまた戸口に現われたが、その顔には恐ろしい表情が浮かんでいた。彼は怒りと絶望との入りまじった、あえぐような声で、女に向かって叫んだ。「いいか、あいつは死んだのだぞ！」

娘はうつぶせに倒れた。もう牢獄の中には、暗闇の水たまりにポトリポトリと落ちている水のしたたるもの悲しい音のほかには、何も聞こえてこなかった。

5　母　親

母親が自分の子供の小さな靴を見たときに、心にめざめるいろいろな思いほどほほえましいものはこの世にない、と私には思われるのである。ことにその靴が、お祭りの日や、日曜日や、洗礼のときにはくものであったならば、また、裏まで刺繡《ししゅう》のついた靴や、その靴をはいても、子供がまだ一歩も歩けないような、そういう靴を見たときには、なおいっそうほほえましいものであろう。このような靴は、いかにもやさしく、可愛《かわい》らしく、また子供がそれをはいても歩けないので、母親にとっては、まるで自分の子供を見るのと同じ気持になるものだ。母親はその靴にほほえみかけ、その靴に口づけをし、またその靴に向かって話しかけるのである。そして、あの子の足が、こんなに小さいなんてことがあるだろうかと疑ってみたくなる。子供がたとえそこにいなくとも、その靴さえ目の前に置いてあれば、もうそれで、可愛い、弱々しい子供がそこにいるような気持になれるものだ。母親は自分の子供を見ているような気になる。いや実際に見ているのだ、子供の姿全体を。――生き生きと楽しげな姿、可愛らしい手、まるい頭、純潔な唇、白目《しろめ》のところがまだ青いその目。冬ならば、子供はそこの敷き物の上を這《は》ったり、一所懸命になって腰かけにのぼろうとしたりしているし、母親は、火のそばに近よっていきはしないかと、はらはらしている。また夏ならば、中庭や花園を這いまわり、敷石のあいだにはえた草をむしったり、大きな犬や大きな馬を無邪気そうに、こわがるようすもなくながめたり、貝殻や花で遊んだり、また花壇を砂だらけにしたり、公園の小道に泥を入れたりして、それを見つけられて庭園管理人に叱《しか》られる。まわりのものはみな、吹く風も、髪の乱れた巻き毛の中にあらそって射しこむ太陽の光までも、ありとあらゆるものが、子供のようにほほえみ、輝き、戯《たわむ》れている。子供の靴を見ると、こういうことがみな母親の目に浮かび、ちょうど火がろうを溶かすように、母親の心をやわらげるのである。

ところが、子供が迷子にでもなったようなときには、刺繡をしたその可愛らしい靴のまわりに押しよせている、こういう何千という喜びの姿、魅力の、また愛情のイメージは、それと同じ数の恐ろしいものになってしまうのだ。刺繡のある美しい靴は、もう永遠に母親の心をかむ拷問《ごうもん》の器械にすぎなくなってしまうのだ。母親の心というものはいつでも同じで、いちばん深くて、いちばん敏感に震える心の糸だ。だが、こんどは天使が、この糸を愛撫《あいぶ》するのではなく、悪魔がそれをつねるのである。

ある朝のことであった。五月の太陽はガローファロ（十六世紀のイタリアの画家）が好んでキリスト降《こう》架《か》の図を描くときに用いている、あの深青色をしている空に昇っていた。グレーヴ広場で車のきしむ響きと、馬のいななきと、鉄具の音とが、ロラン塔の中にこもっている女の耳に聞こえてきた。彼女はそのためぱっと目をさましたわけではなかったが、音が聞こえないように髪の毛で耳をふさぎ、ひざまずいて、自分がこうして十五年このかた愛しつづけてきたこの生命のないものを、またもやじっとながめはじめた。この小さな靴は、前にもお話ししたように、彼女にとっては宇宙であった。彼女の考えはそこにこめられ、死ぬときよりほかには、もうそこから出るはずもなかった。彼女が天に向かって、バラ色の繻子《しゅす》で作ったこの可愛らしいおもちゃのことを考えては、耐えがたいほど悲しい呪《のろ》いや、心を痛ませるような恨《うら》みや、祈りや、すすり泣きを投げつけているということは、ロラン塔の薄暗い穴ぐらが知っているだけだった。こんなにやさしくて愛らしい物に対して、こんなに多くの絶望の声がそそがれたことは、今まで一度もなかったのだ。

その朝は、この女の悲痛な声が、いつもより激しく響いてくるように思われた。聞く人の心を痛ませるような、声高《こわだか》で単調な声で泣く音が、穴の外まで聞こえてきた。

「ああ、娘よ！ わたしの娘！ 可哀《かわい》そうな、あの可愛い子！ もうおまえには会えないのだね、もうだめなのね！ ああ、わたしはいつでも、あれがきのうのことのような気がするのだよ！ ああ、神さま、神さま、こんなに早く、わたしからあの子をお取りあげになってしまうくらいなら、いっそ子供をお授けにならないほうがよかったのです。神さま、あなたさまは、わたしたちの子供というものが、母親のおなかにつながっているものだということや、子供を亡くした母親が、もう神さまを信じないということをご存じないのですか？——ああ！ わたしはなんて不運な女なんだろう。あの日、外に出るなんて！――神さま！　神さま！　あんなようにしてわたしからあの子を取りあげてしまうなんて、神さまは、わたしがあの子といっしょにいるのをご覧になったことがなかったのでしょうか？　あのとき、わたしは本当に楽しく、自分の熱で子供を暖めてやったのでしたし、あの子は、わたしのお乳を吸いながら、わたしに笑いかけてくれましたし、また、わたしは胸にあの子の足を抱きしめて、その足をあげてキスしてやったものでした。ああ！　神さま、もしもあなたさまがそれをご覧になっていたならば、わたしの喜びを、哀れとお思いになったことでしょうに。わたしの心に残ったたった一つの愛を、わたしからお取りあげになるようなこともなかったでしょうに！　それではわたしは、神さまに見はなされる前に、ひと目見ていただけることもできないほど、哀れな人間なのでしょうか？――ああ！　ああ！　ほら、そこに靴がございましょう。でも足は、あの子の足はどこにあるのでしょう？　もう一つの靴は今どこにあるのでしょう？　あの子は今どこに？　娘や、わたしの娘や！　おまえはみんなからどうされたのだね？　神さま、あの子をお返しくださいませ！　神さま、十五年も神さまにお祈りして、わたしの膝《ひざ》はこんなにすりむけてしまいました。それでもまだ足りないのでございますか？　あの子をどうかお返しください、一日だけでも、いや一時間、一分間でもよろしゅうございます！　ほんの一分間でも、神さま、それからならば、わたしを永遠に悪魔の手にお渡しくださいませ！　もしもわたしが、あなたのお召物のひだの一つでも垂れているところがわかっていれば、両手でそこにしがみつきますよ。どんなことがあっても、あの子をわたしにお返しくださいませ！　あの子の美しく可愛らしい靴を、神さま、あなたさまは哀れとお思いにならないのでしょうか？　一人の哀れな母親に十五年ものあいだ、こんな刑罰をお与えになるなんて、そんなことがあなたには、いったいおできになるのでございますか？　ああ、聖母マリアさま！　天にましますマリアさま！　わたしにとっての、あのイエスさまとも言えるような子供を、わたしは取られてしまったのです。奪われてしまったのです。どこかの荒れ地で、あの子を食べ、血をすすり、骨までかんでしまった者があるのでございます！　マリアさま！　どうかお慈悲でございます。ああ、娘！　どうしてもわたしは、娘なしではいられないのです！　あの子が楽園にいたところで、わたしにとって、それが何になりましょうか？　あなたさまの天使など少しも欲しいとは思いません。わたしはあの子が欲しいのでございます！　わたしは雌《めす》のライオンでございます。ですから、わたしの子供のライオンが欲しいのです。――ああ！　わたしは、床《ゆか》の上で身もだえして、石に頭をぶつけてしまいます。そしてもし、娘をいつまでも返していただけませんでしたら、神さま、あなたを呪います、お恨み申します！　ご覧のとおり、この腕に、歯の跡だらけでございます。ああ神さま！　神さまはお慈悲がないのでございましょうか？――わたしに娘を返していただいて、娘が太陽のようにわたしの体を暖めてくれさえすれば、わたしは、塩と黒パンだけで結構でございます。ああ、情けない！　神さま、わたしは卑しい罪の女にすぎません。だけどあの子は、わたしを信心深い女にしてくれました。あの子を愛していたために、わたしは信仰心にあふれていました。あの子のほほえむ顔を通して、ちょうど天の窓からのぞくように、あなたのお姿を見ておりました。――ああ！　たった一度、もう一度、たった一度でよいから、この靴を、あの子の可愛いバラ色の小さな足にはかせてみたいのです。そしたら、マリアさま、あなたを祝福しながらわたしは死んでもいいのです！――ああ！　もうあれから十五年になる！　あの子も今ではもう大きくなっているだろうね！――気の毒な子供だったね！　それでは、どうしても本当にあの子にもう会えないのかしら。天国でもね！　だってわたしは天国なんかには行けないからね。ああ、情けない！　ここにあの子の靴があるというのに、靴だけが！」

この不幸な母親は、この靴、こんなに長い年月の間、彼女の慰めと絶望のもとであったこの靴の上に身を投げた。あの最初の日のように、はらわたも裂けるほどすすり泣いた。なんといっても、子供を亡くした母親にとっては、いつまでたっても、その子供を亡くした最初の日と同じであるからだ。この悲しみは薄らぐことがないのだ。喪服がすり切れて、色あせても、なんのかいもない。心はいつまでも黒く沈んでいるものなのだ。

このとき幾人かの子供が、生き生きとした楽しそうな声をたてて、この独房の前を通りすぎた。子供たちの姿や声が目や耳にはいると、いつでもこの哀れな母親は、その墓穴のような部屋のいちばん暗い隅《すみ》に飛んでいくのだった。そして、子供たちの声を聞くまいとして、石に頭をつっこもうとしているのではないかとさえ思われるほどであった。ところが、こんどの場合にかぎって、いつもと違って、飛びあがるように立ちあがって、むさぼるように聞き耳をたてた。小さな子供がこう言った。「きょうは、ジプシーの女が、首吊《くびつ》りになるんだよ」

よく見うけられることだが、巣が揺れたのを感じてハエにとびかかるクモのように、彼女はとつぜんぱっと飛び出して、知ってのとおり、グレーヴ広場に向いている明かりとりのほうに駆けよった。はたして、いつでも立っている絞首台のそばに、梯子《はしご》が立ててあり、作業員が雨で錆《さ》びついた鎖《くさり》の手入れに余念がなかった。そのまわりには何人かの人が群がっていた。

笑いさざめく子供の群れは、もう遠くへ行ってしまった。このおこもり女は、通りがかりの人をつかまえて何かきこうとして、目を皿のようにさせていた。すると、彼女のいる部屋のすぐそばで公衆用の聖務日課書を読んでいるように見せかけている、一人の聖職者が目についた。だがこの男は、「金網で囲った書物」よりも、絞首台のほうに気をとられていて、ときどき、暗い、凶暴な目つきを絞首台のほうに投げかけていた。彼女は、この男が聖者といわれているジョザの司教補佐さまであることに気がついた。

「司教補佐さま、誰があそこで絞首台にのぼるのでございますか？」と彼女はきいた。

司教補佐は女のほうをじろりと見たが、返事もしない。彼女はもう一度きいてみた。

すると、彼は言った。

「わたしは知らぬ」

「さっきあそこで、子供たちが、ジプシーの女だと言っておりましたが」

「そうかもしれぬ」

すると、パケット・ラ・シャントフルーリは、残忍そうに大声で笑いだした。

「おこもり女よ。おまえはジプシー女が大嫌いだな？」

と、司教補佐は言った。

「嫌いですとも、あいつらは吸血鬼です。子供泥棒です。あいつらは、わたしの可愛い娘を食べてしまったのです。あの子を、わたしのたった一人の子供を！　わたしの胸はもう、うつろでございます。わたしの心は食べられてしまったんですもの」

女は見るも恐ろしい姿だったが、司教補佐はそれを冷やかに見守っていた。

「あいつらの中に、一人、わたしが憎んでいる女がいるのです。呪っている女がいるのです。それは若い娘で、そいつの母親がわたしの娘を食べていなければ、ちょうどあの子と同じくらいの年格好なのです。あのマムシ娘のやつがこの独房の前を通りかかると、いつでもわたしの血は煮えくりかえるようになるのです！」

「ああ、そうか！　おこもり女よ、喜ぶがよいぞ。これからおまえの見ているところで殺されるのはその女なのだ」と、司教補佐は、墓の彫像のように冷やかに言った。

女はがくりと胸に頭をうずめた。男はゆるゆるとその場を去っていった。

おこもりさんは腕をくねらせて喜んでいた。「わたしがあいつに前から言っていたとおりだ、おまえは絞首台にかけられるだろうって！　ありがとうございます、司教補佐さま！」と、彼女は叫んだ。

そして彼女は、髪を振り乱し、燃えるような目をして、肩を壁にぶつけながら、長いこと飢えていた檻《おり》の中のオオカミが、えさの時刻が近づいたのを感じたときのようなようすで、明かりとりの格子《こうし》の前を、大股《おおまた》で行ったり来たりしはじめた。

6　三人三様の心

ともかく、フェビュスは死んでいなかったのだ。こうした人間は、叩いたってなかなか死なないものだ。特別検事のフィリップ・ルーリエ氏が、あの哀れなエスメラルダに、「男は死にかけている」と言ったことばは、間違いか、あるいは冗談だったのである。司教補佐がとらわれの女に向かって、「あいつは死んだのだ」と繰り返して言ったときには、事実は、何も知らなかったのだ。だが彼はそう信じていたし、そのつもりでいた。疑いもしなかったし、そうあってほしいと大いに望んでもいたのである。彼にとっては、愛する女にライバルの吉報を知らせるのは、あまりにもつらすぎたのかもしれない。誰でも、彼の立場におかれれば同じことをしたであろう。

とはいうものの、フェビュスの傷は重くなかったというのではない。ただ、司教補佐が望んでいたほど重くはなかったのだ。夜警の兵士たちが最初に運びこんだやぶ医者先生は、一週間の命も気づかわれると診断をくだし、彼にラテン語でそう言いさえもしたのだった。しかし、なんといっても、若さというものは争えなかった。そしてよくあることであるが、予測と診断とを裏切って、自然の力は医者の鼻先で病人を助けて喜んでいたのだ。彼がまだやぶ医者のベッドの上に寝ていた間に、フィリップ・ルーリエや宗教裁判所判事の調査係たちがやってきて、彼は最初の尋問を受けたのだった。これには彼も困ってしまって、ある朝気分がよくなったので、薬屋の支払いに金の拍車をおいて、こっそりと逃げ出してしまった。それに、こんなことは、事件の審査には少しも支障をきたさなかったのである。この当時の裁判では、犯人に対して訴訟《そしょう》が正しく行なわれているかどうかは、ほとんど問題にならなかったのである。被告が絞首刑になりさえすれば、それでじゅうぶんだったのだ。さて、裁判官たちは、エスメラルダに対するかなり多くの証拠を握ってしまった。彼らはフェビュスが死んだものと信じていた。それで万事かたがついていたのである。

フェビュスのほうでは、遠くまで逃げてしまったわけではなかった。パリから五つ六つばかりの宿場を離れた、イル＝ド＝フランスのクー＝アン＝ブリに駐屯していた彼の部隊に、また戻っていっただけなのだった。

要するに、この訴訟に自分自身で出頭するなどということは、いやでたまらなかったのである。自分がそんな場所に出たならば、さぞかし間のぬけた顔つきをするだろうと、彼はただなんとなく感じていた。本質的にいって、この事件についてどう考えていいのか、たいしてわかっていなかったのだ。軍人かたぎ一点ばりの軍人がみなそうであるように、彼も無信仰で迷信家だったので、あの事件についていろいろと思い返してみて、ヤギのことや、エスメラルダとの奇妙な出会いや、彼女が恋を打ち明けたときの不可思議なやり方や、彼女がジプシー娘だったことや、最後にあの修道士の服をまとった怪しい男のことなどを考えると、なんとなく落ちつかない気持になるのだった。この物語の中には、恋よりももっとずっと魔法が、おそらく魔女が、おそらくは悪魔かもしれない、そんなものがいるような気がした。要するに、一場の喜劇だ、いや、当時のことばで言えば、自分がそこで非常に間の悪い一つの役、攻撃の的《まと》になったりもの笑いの種《たね》になったりする役を演じている、非常に気味の悪い聖史劇だったのかもしれない。彼はこう考えて、すっかりがっかりしてしまい、あのラ・フォンテーヌがつぎのようにみごとに表現した恥ずかしさを感じたのである。

牝鶏《めんどり》にでもつかまった狐《きつね》のように恥じいって。

それに彼は、この事件がひろまらないように、実際、自分がいないのに自分の名前がなるべく言いふらされないように、要するに、名前がトゥールネル裁判所の裁判の外部にはもれないようにと望んでいたのだ。その点では間違いなくうまくいった。当時は

〈法廷新聞〉などというものは全然なかったし、一週間のうちにはパリの無数の裁判所のどこかで、にせ金つくりが釜《かま》ゆでになったとか、魔女が縛り首になったとか、異教徒が火あぶりにされたとかいう事件がないことはなかった。人びとは、まちの辻という辻に、両腕もあらわに袖《そで》をまくりあげて、熊手や梯子《はしご》やさらし台をつかって仕事をしている、封建時代の古くからあった法の女神テミスをよく見なれていたので、ほとんどそんなことは気にもとめていなかったのである。その当時の上流社会の人びとは、刑を受ける人が通りの隅《すみ》を通っても、その人の名前などほとんど知らなかったし、一般の人びとも、せいぜいこのありふれたご馳走《ちそう》を楽しんでいただけであった。処刑はちょうどパン屋の鍋《なべ》とか食肉処理場職員の食肉処理場でやられるような、まちの通りの中でよく行なわれる一事件にすぎなかったのである。死刑執行人も食肉処理場の男に少し毛のはえたようなものにすぎなかったのだ。

フェビュスは、魔女エスメラルダ、いや彼が言っているようにシミラールであったかもしれないが、この女のことや、ジプシーの女かあるいは怪しい修道士(彼にとってはどちらだってそんなに変わることはない)から短剣で突かれたことや、また訴訟の結果などを、まもなく気にもとめなくなってしまった。だが、彼の心のこちらのほうから抜けて留守になってしまうと、すぐさま、フルール＝ド＝リのおもかげが胸に浮かんできた。フェビュス大尉の心は、当時の物理学のように、真空を恐れていたのである。

そのうえ、クー＝アン＝ブリに滞在するということは、まことに面白くないことであった。この村は蹄鉄職人《ていてつ》とひびだらけの手をした牛の飼育女しかいない村で、あばら屋と藁《わら》ぶきの家が、大通りの両側に二キロものあいだずうっと並んでいて、要するに「しっぽ《クー》」であったのだ。

フルール＝ド＝リは、彼にとってはエスメラルダのつぎに恋する女であった。彼女は可愛《かわい》い女であり、おまけに魅力のある持参金を持っていた。それで、ある朝のこと、すっかり傷も治ってしまったし、あれから二か月もたっていたので、あのジプシー娘の事件もおさまり、忘れられたろうと思って、この恋の騎士は肩で風を切って、ゴンドローリエ邸の戸口にやってきた。

ノートル＝ダムの正面玄関の前の広場には多くの人びとが雑踏していたが、彼は気にもとめなかった。今は五月なのを思い出した。なにか行列か、聖霊降臨の大祝日か、それとも祭りででもあるのだろうと想像して、馬を車寄せの輪につないで、楽しげにフィアンセの女の家へのぼっていった。

彼女は母親と二人だけでいた。

フルール＝ド＝リは、あれ以来ずっと、魔女のこと、その女のヤギのこと、呪《のろ》わしいアルファベットのこと、それからフェビュスが長いこと来ないことなどを、いつも気にかけていた。しかし愛する隊長がはいってくると、男があいそよく新しい軍服を着こんで、肩帯《けんたい》を光らせて情熱をたたえたようすでいるのを見て、すっかりうれしくなって顔を赤らめた。この貴族の娘は、いつもよりずっと愛らしかった。素晴らしい金髪を目もさめるばかりに結いあげ、その洋服は色白の女によく似合った空のような色で、コロンブから教えられたようにめかしこんでいた。そして、恋の悩みにうるんだまなざしは、いっそう美しく見えた。

フェビュスは、今まで見かける女としては、せいぜいクー＝アン＝ブリのあかぬけない娘ぐらいなもので、美人を見かけなかったせいか、フルール＝ド＝リの姿を見て夢中になってしまった。というわけで、この隊長は、彼女のご機嫌をとり、また親切にちやほやしたので、すぐに二人は仲よくなってしまった。ゴンドローリエ夫人も、いつも母親らしく大きな長椅子《ながいす》に腰をおろしたままで、男に不平を言う力もなかった。フルール＝ド＝リが心にもっていた恨《うら》みの数々も、やさしい睦言《むつごと》になって消えてしまった。

娘は窓辺に腰をおろして、あいかわらずネプトゥヌスのほら穴を刺繍《ししゅう》していたし、男は彼女の椅子の背中にもたれていたが、娘は男に小声でやさしく恨みごとを言っていた。

「二か月もの間どうしていらっしゃったの？　ひどい方ねえ」

「いや、たしかにあなたは美しくなりましたな。大司教さんでも、あなたを見ればふらっとなりそうなくらいだ」フェビュスは、娘からたずねられて少しまごつきながら、こう、答えた。

彼女は思わずほほえんだ。

「いいわよ、もういいことよ。あたしがきれいだなんてどうでもいいのよ。ねえ、答えてちょうだい、ねえ、ねえってば、ほんとに」

「いやなに、ね、駐屯地に呼ばれていたんですよ」

「それ、どこなの？　教えてよ。でもなぜ、あたしにさよならって言いにこなかったの？」

「クー＝アン＝ブリなんですよ」

フェビュスは、最初の質問のために第二の質問の矢をさけることができたので、すっかりうれしくなった。

「だけど、すぐ近くなのね、あなた。どうしてたった一度でもいらしてくださらなかったの？」

こう言われて、フェビュスはすっかり困ってしまった。「いや、それはですな、……軍務で、……それに、ね、病気だったんですよ」

「ご病気ですって、まあ！」と、彼女はびっくりして言った。

「ええ、……けがをしちゃってね」

「まあ、おけがをなすったの！」

この娘は可哀《かわい》そうに、すっかり気も転倒してしまった。

「いや！　でもそんなにびっくりなさることはないんですよ」と、こともなげにフェビュスは言った。「なんでもないんですよ。喧嘩《けんか》でね、剣で突かれただけなんですよ。ご心配いりませんよ」

「あたしに心配するな、ですって？」フルール＝ド＝リは涙をいっぱいためて、美しい目をあげた。「そんなことをおっしゃって、まあ、心にもないことをおっしゃるのね。剣で突かれたって、どうなすったの？　すっかり聞かせてちょうだいな」

「いや、そのね！　じつはマエ・フェディと喧嘩したんですよ。ご存じでしょう？　サン＝ジェルマン＝アン＝レの中尉ですよ。二人とも何センチか皮を破ったぐらいのもので、それだけの話ですよ」

嘘《うそ》つきのこの隊長は、決闘の話をすればいつでも、女の目には男が引きたって見えるものだということをじゅうぶんに承知していた。実際、フルール＝ド＝リは、恐れと喜びと感嘆の目で、本当に感心してしまって、彼のほうをまじまじと見つめた。でも、娘はすっかり腑《ふ》におちたというわけではなかった。

「あなたがすっかりお治りになりさえすれば、フェビュスさま、それでいいんです！　あたしはそのマエ・フェディという人はよく知りませんが、悪い方なのね。どうして喧嘩などなさったの？」

こう言われてフェビュスは、もともと想像力もたいしてあるほうではなかったので、この手柄話をどうやってうまく切り抜けてよいのやら、わからなくなってしまった。

「いや、つまり、なんていうか、……なんでもないことなんですよ。馬のことでね、ちょっと悪口を言ったんですよ。――それはそうと」と、話題を変えようとして、「広場のあの騒ぎは、いったい何ですかね？」と、彼は叫んだ。

彼は窓のほうに近づいていった。「おや、おや！　お嬢さん、広場は大勢の人ですよ！」

「なんですか、存じませんわ。魔女が一人、けさ大聖堂の前で罪のつぐないをして、その後で縛り首になるらしいの」

隊長は、エスメラルダのことはすっかりすんでしまったものと思っていたので、フルール＝ド＝リのことばを聞いても、さして驚きはしなかった。でも、一つ二つたずねてみた。

「その魔女というのは、いったい何ていう名前なんですか?」

「存じませんわ」

「その女が何をしたというんですか?」

彼女は、もう一度その白い肩をそびやかした。

「存じませんわ」

「ああ! やれやれ!」と、母親は言った。「この節は、あんまりたくさんの魔法使いが火あぶりになるんで、ほんとに、名前などはわかりませんねえ。天の雲一つひとつの名前を知りたいと思うのと同じようなものですものね。どっちにしたって、わたしたちは安心ですよ。ありがたいことに、神さまがちゃんとお帳面につけていらっしゃいますからね」こう言ってその貴婦人は立ちあがって、窓のそばに来た。「まあ、ほんとに、フェビュスさん、あなたのおっしゃるとおりですわ。たいへんな人だかりね。まあ、驚いた! 屋根の上までもねえ。——フェビュスさん、ご存じかしら? あれを見ると、昔のことを思い出して懐かしいですわ。シャルル七世さまがご入城あそばしたときも、こんなに人が出ましたのよ。——いつだったか、もう覚えていませんけど。——わたしがこんなことを言うと、ね、何か古いことのようにお思いでしょうけど、わたしにとっては何かこう若々しいことのようですわ。——ああ! あの時代の人たちは今の人たちよりずっと立派でしたわ。サン゠タントワーヌ門の狭間の上まで人が大勢集まっていましたのよ。王さまは、王妃殿下を馬のお尻《しり》にお乗せになって、お二人のあとからは、貴婦人たちがみな、お殿さま方の馬のお尻に乗ってついていきました。見ている者はみなどっと笑いだしてしまったのを、わたしは今でも思い出しますよ。なぜって、とても背の低いアマニヨン・ド・ガルランドの脇に、マトフロンさまがおいでになったんですよ。ほら、あの見あげるほど大きな騎士で、イギリス人を束《たば》にして殺したお方ですよ。ずいぶんご立派でしたわ。フランスじゅうの貴族の人がみんな、真っ赤にきらめいた旗を立てて、行列をつくってお行きになったのですものね。三角の旗を持った人たちもあれば、長い旗をさしていた人びともありましたわ。よくは知らないんですが、カランさまは三角の旗で、ジャン・ド・シャトーモランさまは長い旗で、クーシさまも長い旗でしたよ。それはブールボン公をのぞけば、ほかにくらべるものがないくらい立派なものでしたね。……──ああ！　あんなことはみんな昔語りになってしまって、今じゃもう見られませんわ。それを考えると悲しいですわ！」

二人の恋人は、この婦人の言うことなど聞いていなかった。フェビュスは、フィアンセのすわっている椅子のうしろに来て肘《ひじ》をついた。ここは実に楽しい場所で、ここにいると、フルール＝ド＝リがのぞかせている襟《えり》あしを、じろじろと舌なめずりしながら見られるのだった。娘の襟飾りはうまいぐあいに開いていて、絶好のながめを満喫できたし、それからそのほか色々なことが考えられてきて、フェビュスはサテンのようなつやのある肌をながめ、うっとりとして、心の中でこう思っていた。《こんな色白の女がいるのに、ほかの女がどうして愛せるかってんだ》二人とも、ひとことも言わなかった。娘のほうは、ときどきうっとりするようなやさしいまなざしを男のほうにあげ、二人の髪は、春の日ざしを受けて、その中でもつれ合った。

「フェビュスさま」と、フルール＝ド＝リは、急に声をひそめて言った。「あたしたち、もう三月《みつき》たったら結婚しなければなりませんのよ。あたしじゃないほかの女の人を愛したこと、ほんとにないでしょうね」

「もちろんですよ、お嬢さん！」と、フェビュスは答えた。情熱にあふれた彼の目といい、その声のまじめな調子といい、二つともフルール＝ド＝リにそう思いこませずにはいなかった。おそらく彼自身も、そのときはそう信じていたのであろう。

こうしているうちに一方、母親のほうは、フィアンセたちがすっかりうちとけているのを見てうれしく思い、部屋を出てこまごました家の用事をしに行った。フェビュスはそれに気がついて、人けのないのをこれ幸いと、色恋沙汰《いろこいざた》には千軍万馬のこの隊長は、大胆になって何かとても妙な考えが頭に浮かんできた。フルール＝ド＝リは自分を思っているし、自分はそのフィアンセなのだ。この女とおれは二人っきりだ、と考えると、彼女に対する昔からの可愛さがめざめてきた。以前のようにまったく新鮮味があるというのではないが、激しい情熱にかられてきた。要するに、麦も青いうちなら少しぐらい摘《つ》んでもたいした罪にもなるまい。こういう考えが彼の心の中に去来したかどうか、私は知らない。だが、フルール＝ド＝リが彼の目つきを見て急に驚いたことは確かである。彼女はまわりを見まわしたが、母親の姿はもう見えなかった。

「あら、まあ！　暑いわねえ！」と、顔を赤らめて不安そうに言った。

「ええ、まったく、もうじきお昼ですね。日が射していやですね。カーテンをおろしましょう」

「いいのよ、いいのよ。風がはいったほうがいいわよ」と、娘はどぎまぎして叫んだ。そして、猟犬の群れの息づかいを感じている雌鹿《めじか》のように、立ちあがって窓のほうに走っていき、窓を開けて、バルコニーに飛び出していった。

フェビュスはむっとしながら、彼女のあとについていった。

ご承知のとおり、このバルコニーはノートル＝ダムのほうを向いていたが、境内《けいだい》の広場では、そのとき、無気味な、奇妙な光景が展開されていた。それを見ると、気の弱いフルール＝ド＝リは、急にいつもの調子をなくして、震えあがってしまった。

巨大な群衆の波は、近くのまちからまちへと流れこんできて、このいわゆる広場にあふれていた。境内を取り囲んでいる肘の高さくらいの小さな壁は、もし二百二十人組の夜警隊や火縄銃手《ひなわじゅうしゅ》などが手に長砲を持ち、あつい人垣をつくって幾重《いくえ》にも取りまいていなかったならば、押しよせる群衆を抑えきれなかったであろう。さいわいにも、槍《やり》や銃でつくった林のおかげで境内には人っ子ひとりいなかった。その入口には、司教の紋章のついた鉾《ほこ》を持った一群の兵士が護衛していた。大聖堂の大きな窓は閉じられていたが、広場に面した数多くの窓はそれと対照的に、切妻《きりづま》のところまですっかり開け放たれていた。そこからは、まるで砲兵工廠《ほうへいこうしょう》に積まれた弾丸の山のように、何千という人たちの頭が積みかさなって見えた。

この群衆は、ひと目見たところ、灰色をしていて、汚《けが》らわしく、泥だらけの感じであった。群衆が期待していた光景は、たしかに、民衆の中にある最も卑しいものを引っぱり出して、呼び出すという特質をもつものだった。このように、ワイワイ、黄色い帽子やきたならしい髪が雑踏している中からわき起こる騒ぎほど不愉快なものはない。この群衆の中には、叫び声よりもゲラゲラ笑う声のほうが多く、男よりも女のほうが多かった。

群衆のざわめきの中からときどき、耳ざわりな、よくとおる声が、突き刺すように響いてきた。

……………………………………………

「おおい！　マイエ・バリッフル！　あの女が縛り首になるんだってな？」

「冗談じゃない！　ここは肌着一枚になって罪のつぐないをするところだぞ。神さまがあの女の顔にラテン語で咳《せき》の息をふっかけるんだぞ！　それはいつでも、ここで昼にあるんだ。絞首台を見たかったら、グレーヴ広場に行けよ」

「後で行くぞ」

……………………………………………

「ちょっと、ラ・ブーカンドリさん、あの女ったら、聴罪の神父さんをことわったんだって、それほんと？」

「そうらしいわよ、ラ・ブシェーニュさん」

「まあいやだ、キリストさまを信じていないのね！」

……………………………………………

「きみ、そういう習慣なんだよ。裁判所の大法官さまは、悪人をよくお調べになって、聖職者でないときにゃ、パリのお奉行《ぶぎょう》さまに、また聖職者なら司教区の判事さんに、おしおきを任せるのが仕事なんだよ」

「いや、どうもありがとう」

……………………………………

「まあ！　可哀そうな人ね！」と、フルール＝ド＝リは言った。

こう考えて、彼女が庶民たちを見ているまなざしには、悲しみの色があふれていた。隊長のほうでは、まちの野次馬《やじうま》よりもこの娘のほうに気をとられていて、娘のうしろにいて愛情をこめて彼女のバンドをいじっていた。娘は振り返って頼むようにほほえみながら、「ねえ、お願いだからはなしてちょうだいな、フェビュスさん！　おかあさまが帰ってきたら見られちゃうわよ！」

ちょうどそのとき、ノートル＝ダム大聖堂の大時計がゆるゆると正午を打った。満足そうなざわめきが群衆の中からわき起こった。十二番目の音の最後の振動が消えるか消えないかのうちに、頭という頭はみんな、一陣の風にあたった波のようにたちさわぎ、大きなどよめきが、敷石からも、窓からも、また屋根からもわき起こった。「そら、来たぞ！」

フルール＝ド＝リは見まいとして、両手を目にあてた。

「ねえ、部屋にはいらないか？」と、フェビュスが言った。「いやよ」と彼女は答えた。彼女はあまりこわかったので目をふさいだばかりだったのに、もの珍しさからまた目を開いた。

一台の囚人護送車が、頑丈なノルマンディー産の輓馬《ばんば》に引かれ、白十字の紋のついた紫色の制服を着た騎馬隊の兵士にぐるりと取り囲まれて、サン＝ピエール＝オ＝ブー通りをすぎ、広場にさしかかった。見張りの役人は、棍棒《こんぼう》を打ち振り打ち振り、群衆の中に道をつけていた。車のまわりには、裁判所と警察の役人が数名、馬に乗って進んでいた。彼らは、その黒い服と馬の乗り方のいかにもぶざまなようすとで、それと見わけがついた。ジャック・シャルモリュ氏は先頭に立って、堂々と乗りこんできた。

この死に向かう車の中には、娘が一人、両腕を背中で縛られたまま、脇には聖職者もおらずに、腰をおろしていた。肌着一枚で、長い黒髪（当時、髪は、絞首台の下に行ってから切ったものである）は乱れて、半ばあらわな胸や肩に垂れさがっていた。

カラスの羽根よりもつやつやしているこの波うつ黒髪の下に、灰色のざらざらした太い縄がからみつき、結ばれてあった。この縄は娘のなよやかな鎖骨《さこつ》の皮をはぎ、花の上のミミズのように、この哀れな娘の魅力ある襟のまわりを這《は》いまわっていた。縄の下には、緑色のガラス玉が飾りについている小さなお守りが光っていた。これはおそらく、死んでいく人に対しては、もうあまりむごいことも言わずに残しておいてやったものであろう。窓からながめている見物人たちの目にも、車の奥に女の素足が見えたが、彼女は、女の最後の本能からであろうか、それをしきりに隠そうとしていた。足もとには小さなヤギが一匹、縛られていた。娘は、肌着が体からずり落ちそうになるので、歯で押さえていた。彼女は、こんなみじめな境地にあってもなお、みんなの目にほとんど裸同然になった肌をこのようにさらしているのを苦にしているらしかった。ああ！　羞恥《はじらい》の心というものは、このように震えおののくためにつくられたものではないはずである。

「まあ！」と、フルール＝ド＝リは、隊長に向かって力をこめて言った。「あなた、ごらんなさいませ！　あの憎ったらしいジプシー娘がヤギをつれていますよ！」

こう言いながら、娘はフェビュスのほうを振り向いた。男はじっと車のほうを見つめていたが、その顔は真っ青であった。

「ヤギをつれたジプシー娘だって？」と、彼はつぶやくように言った。

「まあ！　お思い出しにならないの？……」

フェビュスは娘のことばをさえぎって言った。「あなたのおっしゃることは、ぼくにはさっぱりわかりませんな」

彼は家の中に戻ろうとして一歩踏み出したが、フルール＝ド＝リのほうでは、その嫉《しっ》妬《と》の心は前にもこの同じジプシー娘のために相当はげしく動かされたのであったが、このときにもまためざめたのだ。彼女は、心の奥底まで見ぬくような、疑い深そうな目を男のほうに向けた。この魔女の訴訟には一人の隊長がまじっていたといううわさを聞いたことを、そのとき彼女はおぼろげながら思い出した。

「どうなさったの？　あの女が、あなたのお気を悪くしたみたいよ」と、彼女はフェビュスに言った。

フェビュスは、一笑にふしてしまおうと努めながら、

「ぼくがだって！　とんでもない！　冗談じゃありませんよ！」

「そんなら、ここにいらっしゃいな。終わりまで見物しましょうよ」と、彼女は命令するように言った。

隊長はやむをえず、どうしてもそこにとどまっていなければならないことになった。それでも、罪人の娘が囚人護送車の床《ゆか》のほうばかりじっと見つめていたので、彼は多少安心していた。それはどう見ても、まさしくエスメラルダであった。この恥辱《ちじょく》と不幸のどん底にあっても、彼女はあいかわらず美しかった。大きな黒い目は、頬《ほお》が痩《や》せたせいか、いっそう大きく見えた。その青白い横顔は澄みきっていて崇高であった。マサッチョ（十五世紀のイタリアの画家。その聖母はラファエッロのものより痩せていて、豊満な感じがしない）の聖母像が弱々しい感じがしても、なおラファエッロの聖母像に似ているように、彼女は昔の姿をとどめていた。しかもさらに弱々しく、ほっそりと痩せていた。

そのうえ、彼女の手も足もガタガタ揺れて、羞恥の心をのぞいては、もうどうにでもなれといった気持であった。それほどまでに、茫然《ぼうぜん》として絶望にとらわれて、ぐったりとなっていたのだ。体は車が揺れるたびに、まるで死んだものか砕けたもののようにはねかえり、目はどんよりとして、狂ったもののようであった。瞳《ひとみ》には涙がたまっているのがまだ見られたが、その涙は動かず、いわば凍りついたようであった。

その間に、陰惨なこの騎馬行列は、歓呼《かんこ》の声と物見高い人びとの間をぬって、群衆を押しわけながら進んでいた。とはいうものの、われわれは、忠実に事実を語ろうとするならば、こんなに美しい娘が、こんなにも悲嘆に耐えかねているありさまを見て、多くの者は、冷血な者でさえも憐憫《れんびん》の心を動かしたということを申しあげておかなければならない。車は境内にはいってきた。

中央玄関の前で、車は止まった。警備兵は戦闘隊形をとって両側に並んだ。群衆のガヤガヤいう声もやんだ。この荘厳と不安との静けさのうちに、大門の二つの扉は、自然に開いたかのように回転して、肘金《ひじがね》は小笛の鳴るような響きをたててきしんだ。すると、この奥深い大聖堂のずっと奥までが見えた。大聖堂は暗くて葬式の垂れ幕がかかっていたが、ずっと奥の主祭壇の上に光っている何本かのろうそくで、ぼんやり照らされている。大聖堂は、光まばゆい広場の真ん中に、ちょうどほら穴の入口みたいにぽっかりと口を開けていた。奥のほうの後陣のかげの中に、銀の大きな十字架が天井から敷石にまで垂れさがっている黒い布をバックにしてかけられているのが見えた。本堂には人の影さえなかった。だがそのとき、聖歌隊からはなれた聖職者の席には、何人かの頭がごちゃごちゃと動いているのが見えた。と、大門がさっと開いて、聖堂から重々しい単調な歌が鳴り響いてきた。それは、とらわれの女の頭上にときどき思い出したように、悲しい賛美歌の幾編かをきれぎれに投げかけていた。

「……わたしを囲んで立ち構えるよろずの民をもわたしは恐れない。主よ、お立ちください。わが神よ、わたしをお救いください！」

「……神よ、わたしをお救いください。大水が流れきて、わたしの首にまで達しました」

「……わたしは足がかりもない深い泥の中に沈みました」（以上いずれも聖書「詩篇」のことば）

これと同時に、他の声が聖歌隊からはなれて、主祭壇の階段の上で、哀調をおびた奉献曲をうたっていた。

「わたしのことばを聞いてわたしをつかわされた方を信じる者は、永遠の命を受け、またさばかれることなく、死から命に移っているのである」（聖書「ヨハネ伝」のことば）

暗闇《くらやみ》の中に隠れて見えないが、何人かの老人たちが、遠くからこの美しい娘、若さと生命とに満ちあふれ、春のやわらかい大気に愛撫《あいぶ》され日の光を浴びていた娘にうたって聞かせたこの歌、それは死のミサであったのだ。

人びとは静まりかえって、一心に耳をかたむけていた。

娘は、哀れにも恐怖におびえたようすで、聖堂の内部の暗さに、その視力も意識もなくなっていくような気がしていた。唇も色あせて、お祈りをとなえるようにぱくぱくと動いていた。そして、死刑執行人の部下の者が娘が車から降りるのを助けようとして近づいてきたとき、彼女が、あの「フェビュス」ということばを、低い声で繰り返しているのが、この男の耳に聞きとれた。

娘は、腕の縄目をとかれ、同じように縄をとかれたヤギといっしょに車から降ろされた。ヤギは、体が自由になったのを感じてうれしそうに鳴いた。娘は素足のまま大玄関の階段の下まで硬い敷石の上を歩かせられた。首に結びつけられていた縄をうしろに引きずっていて、ちょうど一匹のヘビが彼女のあとからついていくように見えた。

と、聖歌の歌声はやんだ。大きな金の十字架と一列のろうそくが、暗闇の中を動きはじめた。いろいろな色の服に身をかためた大聖堂の番兵の槍が鳴った。しばらくすると、上祭服をまとった司祭と法衣をまとった助祭とが長い行列をつくっておごそかに賛美歌をとなえながら、とらわれの女のほうに進んできて、娘の目の前の、群衆の見えるところに広がった。しかし、娘の視線は、十字架捧持者のすぐうしろの、先頭を歩いてきた人の上にとまった。「まあ！　またあの人、あの司祭だわ！」娘は低い声でこうつぶやいて、身を震わせた。

それはまさしく司教補佐であった。左手には聖歌隊の隊長助手を、右手には指揮杖《しきじょう》を持った歌手を従えていた。彼は頭をうしろにそらせ、目をかっと見開いて前方を見つめ、力強い声で賛美歌をうたいながら進んできた。

「わたしが陰府《よみ》の腹の中から叫ぶと、あなたはわたしの声を聞かれた。あなたはわたしを淵《ふち》の中、海の真ん中に投げいれられ、大水がわたしを取りまいた」（聖書「ヨナ書」のことば）

彼が、黒い十字架のついた銀色のゆったりとした祭服をまとって、真昼の太陽の下を、交差リブ形の高い正面玄関に現われたときには、その顔色はあまりにも青かったので、群衆の中には、聖歌隊の墓石の上にひざまずいている大理石の司教の像が立ちあがって、墓の入口のところで、まさに死のうとする者を迎えに来たのだ、と思った者が何人かいたほどであった。

娘のほうでも、彼におとらず顔色が真っ青で、彫像のように動かなかった。彼女は、火のついた黄色の重いろうそくを手に持たせられたことにも、ほとんど気づかなかった。

また罪のつぐないをする儀式の死にいたる趣旨を読んで聞かせる書記の金切り声も耳にはいらなかった。ただ「アーメン」と答えよと言われたとき、彼女は「アーメン」ととなえただけだった。司教補佐が、警備の者たちに立ち去るように合図して、ただ一人で彼女のほうに進んできたのを見たときに、はじめて人心地がついて、力が出てきたほどであった。

そのとき娘は、頭の中で血潮がわきかえってくるのを感じ、すでに麻痺《まひ》して冷たくなった心の中に残っていた怒りの炎がかきたてられたのだった。

司教補佐はおもむろに彼女のほうに近づいた。このいまわのきわにおいてさえ、彼が淫乱《いんらん》と欲情の目をぎらぎらさせながら彼女の裸体をじろじろとながめまわすのを、彼女は見た。それから彼は、彼女に向かって声高《こわだか》に言った。「娘よ、おまえは自分の罪と過失とに対して、神にお許しを願ったかな?」そして、娘の耳もとに寄って、こうつけくわえた(見物人たちは、この男が娘の最後の告解を聞いているのだと思っていたのだ)。「おまえはわたしに何かしてもらいたくないか? わたしはまだ、おまえを救ってやることができるのだぞ!」

彼女は彼のほうをじっと見つめていたが、「あっちへ行け、悪魔め! さもないとおまえのことを、おそれながらと訴え出るよ」

彼は恐ろしい微笑をもらした。「誰もそんなことを本気にするものか。――罪の上塗りをするようなことになるばかりだ。――早く答えろ！　どうだ、わたしに何かしてもらいたくないか？」

「あたしのフェビュスさまをどうしたの？」

「やつは死んでしまったのだ」

そのとき司教補佐はみじめな気持になって、機械的に頭をあげてみると、広場の向こう側のゴンドローリエ邸のバルコニーの上に、あの隊長がフルール＝ド＝リと並んで立っているのが見えた。司教補佐は思わずよろめき、目の上を手で押さえて、なおもう一度よく見た。そして呪いのことばをつぶやいて、彼は顔一面を激しくこわばらせた。

「そうだ！　おまえは死ぬのだ！」と、彼は口の中で言った。「誰の手にもおまえをやらぬぞ」

そう言ってジプシー娘のほうに手を差しのべて、悲しげな声で叫んだ。「今や行け、迷える魂よ。神の恩寵《おんちょう》、なんじの上にあらんことを！」

それは、この陰鬱《いんうつ》な儀式を閉じるときによく用いる恐ろしい慣用語であり、また聖職者が死刑執行人に対して言うようにとり決められた合図のことばでもあった。

人びとはひざまずいた。

「主よ、哀れみ給え！」玄関の交差リブの下に残っていた司祭たちが、こう言った。「主よ、哀れみ給え！」と、群衆もつぶやくように繰り返した。そのつぶやきは荒れ狂う海のざわめきのように、人びとの頭の上を通って流れていった。

「アーメン」と、司教補佐は言った。

彼は囚人に背を向けた。その頭は胸にがくりと垂れ、両手を組んで、司祭の行列の中にまじった。まもなく彼の姿は、十字架とろうそくと祭服といっしょに、大聖堂の霧のたちこめた弓形小門の下に消えていった。彼のよくとおる声もしだいにかすかになって、つぎのような絶望の唱句をうたいながら、合唱の声の中に消えていった。

「あなたの波と大波は皆、わたしの上を越えていった！」(聖書「ヨナ書」のことば)

それと同時に、大聖堂の番兵が槍の石突《いしづき》を断続的にカツカツと打ち鳴らす響きは、少しずつ本堂の柱間《はしらま》の下に消えていき、ちょうど囚人の最後の時をつげる大時計の槌《つち》のような感じだった。

そのあいだ、ノートル＝ダムの扉はまだ開かれたままになっていて、大聖堂は人影もなく、ろうそくもなければ人声もせず、喪につつまれたようにがらんとした聖堂が見えていた。

とらわれの女は、その場所に身動きもせずにじっとして、処分されるのを待っていた。

鞭《むち》を持った役人の一人が、シャルモリュ氏に注意を促さなければならないほどであった。シャルモリュ氏は、こんな光景が展開されていた間ずっと、大玄関の浅浮き彫りをつくづくながめていたのだったが、この浮き彫りは、ある人びとのことばによれば、アブラハムの犠牲《いけにえ》を表わしているものだともいい、またほかの人びとのことばによれば、天使を太陽になぞらえ、薪《まき》を火になぞらえ、アブラハムを工匠《こうしょう》になぞらえて、化金石を作る実験を表現しているのだともいうことであった。

彼に、いつまでもこうしてじっとながめているのをやめさせるのに、かなりの苦労をしたが、とうとう彼は振り返った。彼が合図をすると、それに応じて死刑執行人の部下の黄色い服を着た男が二人、ジプシー娘に近づいて、両手を縛りあげた。

不幸な娘は、死への道をたどる囚人護送車に乗せられて、最後の場所に進んでいくその瞬間に、おそらく生命に対する身を裂くような哀惜の情にとらわれたのであろうか、真っ赤に泣きはらして涙も乾いてしまった目を、空に、太陽に、また青空を台形や三角形に切ってあちらこちらに漂っている銀色のちぎれ雲のほうに向けた。それから目を落として、地上や群衆や家々など、自分のまわりを見まわした。……と、とつぜん、黄色い服をまとった男の手で体に縄を縛りつけられたとき、彼女はキャッと叫びをあげた、喜びの叫びだった。あのバルコニーに、向こうの、広場の隅に、彼の姿を見つけたのだ。

あの男を、自分の愛する男であり主であるフェビュスの姿を、自分の命の表われであるあの男をみとめたのだった！　裁判官は嘘をついたのだ！　司教補佐も嘘をついたのだ！　たしかにあの人だ。もう疑うことができなかった。あの人はあそこにいるのだ。立派に生きて、目もさめるばかりの軍服を着て、頭には羽根をつけ、腰には剣をさげて、あそこにいるのだ！

「フェビュスさま、あたしのフェビュスさま！」と、彼女は叫んだ。

こう言って彼女は、彼のほうに恋しさと喜びに打ち震える手を差し出そうとしたが、その手は縛られていたのだった。

そのとき、あの隊長が眉《まゆ》をしかめ、隊長にもたれていた美しい娘が軽蔑《けいべつ》したような唇をして、怒りをこめたまなざしで隊長のほうを見ているのが娘の目にはいった。それからフェビュスが何か二言三言《ふたことみこと》いったが、その声は彼女のところまでは聞こえてこなかった。そして二人は、バルコニーのガラス窓のうしろに急いで隠れてしまって、そのガラス窓も閉ざされてしまった。

「フェビュスさま！　あなたまであたしに罪があると思っていらっしゃるの？」と、彼女は気が狂ったように叫んだ。

ふと恐ろしい考えが彼女の頭にひらめいた。自分がフェビニス・ド・シャトーペールを殺害したかどで罪になったのだということを思い出したのだ。

彼女はそのときまで、あらゆることをじっと耐えしのんできた。だが、この最後の打撃は、あまりにもきびしかった。彼女はばったりと敷石の上に倒れてしまった。

「さあ、この女を護送車に乗せろ。そして終わりにしよう!」と、シャルモリュは言った。

玄関の交差リブの真上に彫刻された国王の彫像のある回廊に、不思議な見物人が一人いたことに、誰もまだ気がつかなかった。その男は、そのときまで平然として首を差しのべ、人間ばなれした顔つきをして、広場でのできごとを細大もらさず見ていたので、その男が半ば赤で半ば紫という異様な身なりをしていなかったならば、人びとは彼を、六百年も前からずっとその口に大聖堂の長い樋《とい》が通っている、石造の怪物と見あやまってしまったことであろう。この見物人は、ノートル゠ダムの玄関の前で昼から起こっていたことを、何ひとつ見逃してはいなかったのである。そして彼のことを見ようなどとは誰も夢にも思っていなかったが、はじめからその男は、結び目のついた太い縄を一本、回廊の一本の小柱にぎっしりと縛りつけており、その縄の端は下の玄関前の階段の上まで垂れていた。それができあがると、彼はまた静かにながめはじめた。そして、ときおり、ツグミが彼の前を通りすぎると、口笛を鳴らした。とつぜん、執行役人の部下の者がシャルモリュの冷やかな命令をまさに実行しようとしたその瞬間、その男は回廊の手すりを飛び越えて、足と膝《ひざ》と腕で縄をつかんだ。すると、人びとの見ている前で、まるでガラス窓にそってすべり落ちるひとしずくの雨だれのように、男は正面にすべりおりてきて、屋根から落ちる猫のようにすばやく、二人の死刑執行人のほうに走りよって巨大な鉄拳《てっけん》で彼らをはり倒し、まるで子供が人形をかかえるように、片手でジプシー娘を抱きあげ、頭の上に差し上げて、ひらりとひととび、また大聖堂の中に跳びあがり、恐ろしい声をはりあげて叫んだ。「避難所だぞ!」

これはまことに、驚くべき速さで行なわれたので、もし夜のことであったならば、稲妻が一閃《いっせん》ぴかりと輝くうちに、あらゆることが行なわれてしまったとでも言えるだろう。

「避難所だ! 避難所だ!」と、群衆も繰り返して叫んだ。一万人からの人びとが手を叩いて喝采《かっさい》したので、カジモドの不自由な目も、うれしさと得意さとで、きらりと輝いた。

このショックのために、とらわれの娘も我にかえった。まぶたをあげてカジモドを見たが、やがて自分を救ってくれた者の姿におびえたように、急に目を閉じた。

シャルモリュはあっけにとられてしまい、死刑執行人も警備の兵士も、みな茫然としていた。事実、ノートル＝ダムの境内の中からは、この女囚人を奪うことは禁止されていたのである。大聖堂は安全地帯であったのだ。人間のあらゆる裁きの手は、この敷居の上では、すべて消え去ってしまうのであった。

カジモドは大玄関の下で立ちどまった。彼の大きな足は、ちょうどローマの重々しい石柱のように、この聖堂の敷石をしっかりとふまえているように見えた。また、髪の毛のぼうぼうとした大頭は、まるでたてがみはあっても首のないライオンのように肩の中にめりこんでいた。彼はぶるぶる震えている娘を、まるで白い幕でもつかむように、たこのできた手でさげていた。しかし、彼は、砕けたりしおれたりしないように、びくびくしているように見えるほど細心の注意を払って、さげていたのだ。ちょうど、繊細で、上品で、貴重な、自分のような者が手を触れるべきでないような品物を持っているとでも感じているみたいだった。ときどき彼は、どうしてもその娘に触れることができないような、息さえも吹きかけることができないようなようすをした。それからとつぜん、自分の幸福を抱きしめるかのように、宝物ででもあるかのように、母親がその子供に対してするように、その腕で、ごつごつした胸の中にしっかりと娘を抱きしめた。彼が目を伏せて娘のほうを見る、地霊のようなその目は、愛情と苦悩と憐憫とにあふれていたが、そのうち彼は、ふと、きらりと光ったまなざしをあげた。すると女たちの中には、笑いだす者もあれば泣きだす者もあった。また群衆は、熱狂して足を踏み鳴らした。というのは、そのときのカジモドの姿は実に美しかったからである。まさに美しかったのだ。孤児であり、捨て子であり、必要とされないような人間であるこの男が、堂々として強者の風《ふう》があることを自らも感じたのだ。彼は、自分を見てもくれないこうした群衆を、今や真正面からながめたのだ。堂々と群れの中に乗りこんでいって、人間どもに干渉し、人間の裁判からその餌食《えじき》を奪ったのだ。役にもたたないことをするように強制されたあの虎《とら》ども、警吏《けいり》、裁判官、死刑執行人、そしてあらゆる国王の権力を、この最下層の人間が神の加護によって、叩きつけてしまったのだ。

そのうえ、恐ろしいほど器量の悪い人物が不幸のどん底にある人間を守ってやったということ、死刑を宣告された一人の娘がカジモドに救われたということは、まさに感動的なことであった。この二人は、まさに自然と社会との二つの極端に不幸な存在であった。その二人が触れ合い、助け合っているのだ。

そうしているうちに、カジモドはしばらくは勝ちほこっていたが、急に娘を抱えて、大聖堂の奥にはいってしまった。民衆は、この手柄にうれしくなり、目を暗い本堂の下のほうに向けて、彼の姿を求めたが見あたらず、彼があまりにもすばやく歓呼の声から逃れてしまったのを惜しんだ。と、とつぜん、カジモドは、フランス王の彫像のある回廊の一方のはずれに姿を現わした。そして、まるで狂ったようにその回廊を駆けぬけ、腕をのばして獲得したものをさしあげ、「避難所だぞ！」と叫んだ。群衆はまたもや喝采した。回廊を走りまわって、彼はまた建物の中にもぐりこんでしまった。しばらくすると、また階上の平屋根の上に姿を現わしたが、その腕にはあいかわらずジプシー娘を抱きかかえており、あいかわらず狂ったように走りまわりながら、「避難所だぞ！」と叫びつづけていた。するとまた、群衆は喝采するのだった。最後にまた、吊《つ》り鐘《がね》の塔の頂上に姿を現わした。そこからまち全体に向かって、自分が救い出した娘を得意そうに示しているようにも見えた。そして、われ鐘のような声、人びともめったに聞いたこともないし、自分にも全然聞こえないような声をはりあげて、三度、気も狂わんばかりに、雲にも届けよとばかりに叫んだ。「避難所だ！　避難所だ！　避難所だ！」

「ウワー！　でかしたぞう！」と、群衆のほうでも叫んでいた。そしてこの巨大な歓呼のどよめきは対岸にまで鳴りわたって、グレーヴ広場の群衆や、いつも絞首台をじっと見すえながら待ちかまえていたあのおこもりさんを驚かせたのだった。

第九編

1　狂乱

不幸な司教補佐がジプシー娘をおとしいれ、自分もまた落ちこんでしまったあの運命のわなを、養子のカジモドがこんなにすばやくたち切っていたとき、クロード・フロロはもうノートル＝ダムにはいなかった。彼は聖具室に戻り、聖職者の白衣もガウンもストラ（カトリックの聖職者が肩から垂らす帯状の祭服）もかなぐりすて、あっけにとられた見習い聖職者の手に投げすてて、修道院の忍び戸から逃げ出した。セーヌの左岸へやるようにテランの船頭に言いつけてから、どこへ行くのかもわからずに、大学区《ユニヴェルシテ》の起伏の多い通りへはいりこんでいった。男女の群れが魔女が吊《つ》るされるのを見るのに「まだ間にあうだろう」と思って、サン＝ミシェル橋のほうへ楽しげに急いでいる。彼はその人びとにひと足ごとにぶつかり、青ざめ、とり乱し、まるで昼日なか、子供たちに放されて追いたてられる夜の鳥よりもとまどい、目も見えず、たけり狂った姿で歩いていった。どこにいるのかも、何を考えているのかも、夢なのか現実なのかもわからなかった。どこということもなく、まちからまちへとあてもなく歩きまわったり、走りまわったりした。ただ、たえずうしろにあることを漠然と感じているあのグレーヴ広場、あの恐ろしいグレーヴ広場から追われて、前へ前へと押し出されていたのだ。

こうして、サント＝ジュヌヴィエーヴの丘に沿って進み、とうとうサン＝ヴィクトル門を通ってまちを出た。うしろを振り返って、大学区のいくつもの塔を取りまく壁や、市外のまばらな家々が見えるあいだは逃げつづけた。とうとう、あのいやなパリのまちが土地のひだに隠れた。そこは人けのない畑の中で、まるで四百キロも離れたところのように思われた。彼は足をとめ、ようやくほっとした気持になれたような気がした。

そのとき、さまざまな恐ろしい考えが、心の中にわき上がってきた。心の中がはっきりと見えてきて、思わずぶるぶると震えた。自分を自滅させ、また、自分が滅亡の淵《ふち》におとしいれた、あの不幸な娘のことを考えた。彼は、宿命が二人をたどらせた、うねうねした二本の道をぎらぎらしたまなざしでながめた。そしてその交差点で、宿命は無情にも運命をぶちあてて砕いてしまったのだが。永遠の誓いなどというものの愚かしさ、純潔や、学問や、宗教や、徳などというもののむなしさ、神の無意味なことについて、いろいろあれやこれや思いをめぐらした。心ゆくまで、さまざまな思いの中にはいりこんでいくのだったが、その思いの中に深くはいればはいるほど、心の中の悪魔が笑いだすのを感じた。

このように自分の魂を掘りさげて、自然というものが、自分の魂に、どんなに大きな場所を情欲のために用意してあったかに気がつくと、彼は、なおいっそう、苦々《にがにが》しげに冷笑せずにはいられなかった。心の奥底で、すべての憎しみや、すべての悪意を持ちだして考えてみた。そして医者が病人を診察するときのように冷やかにじろりと見て、この憎しみやこの悪意というものが、くさった愛の気持からだけ生まれたものであることを知った。また恋とは、人間にあってはすべての徳の源泉であるものだが、聖職者の心の中では、恐ろしいものになってしまうものだ、そして、自分のような素質の人間は、聖職者になりながら悪魔にもなってしまうものだということを知ったのである。そう考えてきて、彼はものすごい形相《ぎょうそう》で、にたりと笑った。と、とつぜん、自分の宿命的な情欲、このくさりきった、有毒の、憎悪の念のこもった、また執念深い、一人を絞首台に上げ、他の一人を地獄へ堕《お》とさねばやまぬこの恋を考えて、また顔色が真っ青になった。そのために女は刑場に引かれ、男は地獄に堕ちてしまったのだ。

それからまた、フェビュスが生きていたことを考えると、また笑いがこみあげてきた。

やはり、あの士官は生きていたのだ。快活に満足したようすで、前よりも美しい軍服を着て、新しい恋人を引っぱってきて、昔の恋人が縛り首になるのを見せにきていたのだ。死んだほうがよいと思っていた多くの人びとのうちで、どうしても憎めないただ一人の人間であるあのジプシーの娘が、自分にとってはなくてはならぬただ一人の女であることを考えてくると、前にも増して自嘲《じちょう》の笑いがこみあげてくるのだった。

するとまた、彼の思いは、あの士官のことから民衆のほうへと移っていった。今まで一度も知らなかった一種の嫉妬《しっと》を心に感じた。民衆の姿を心に思い浮かべたのだ。民衆もまた、誰もかれもが、その目の前に、彼が愛している女の肌着一枚で、ほとんど裸に近い姿を目の前に見ていたのではないか。彼がただ一人で、暗闇《くらやみ》の中でその姿をちらりと見たとすれば、それは、彼にとっては、このうえもない喜びであっただろうが、その女が、真っ昼間、太陽が頭上に輝いているときに、肉欲の夜のためであるかのような服をつけて、みんなの目にさらされたかと思うと、彼は、腕をよじって、身もだえした。汚《けが》され、泥を塗られ、裸にされ、永久に色あせてしまった恋のあらゆる秘戯を思うと、怒りの涙がこみあげてきた。どんなにか多くの汚らわしい目が、しどけない肌着一枚の姿を見てはうれしくなっていたことであろうか。そしてまた、あの美しい娘、この処女なるユリの花、唇を近づけようとすると、どうしても震えてしまうような羞恥《しゅうち》と喜びとの杯《さかずき》は、今や一般のどんぶりになってしまったのだ。そしてそのどんぶりからは、パリの最も卑しい者、泥棒や物乞《ものご》いや使用人などがやってきて、あつかましい、不潔な、堕落した歓楽をいっしょに飲んだのだ。そんなことを思うと、怒りの涙があふれ出るのであった。

もしもあの娘がジプシーの女でなかったら、自分が聖職者でなく、フェビュスが存在せず、また彼女が自分を愛してくれたならば、この地上に見いだすことができたかもしれない幸福について、考えてみようとした。また、静かで愛情に満ちた生活が自分にもできるのではないか、この今という今、地上のあちらこちらに、幸福な恋人たちが、オレンジの木の下や小川のほとりに、沈みいく夕日に照らされながら、また星のきらめく夜に、長いあいだ夢中で語りあっているのだ、またもし神が自分に望むならば、自分もあの女といっしょに、幸福な一組の恋人になることができたのに。と、こんなことを想像してくると、彼の心は、愛情と絶望とが入りまじってくるのだった。

ああ！　これだ！　そのことなのだ！　たえずふりかかってきて彼を苦しめ、その脳《の》漿《しょう》をかみ、はらわたをずたずたにしたのは、この執念なのだ。彼には、後悔もなく、悔悟もなかった。今までにしたことを全部、もう一度やってみようとさえ思った。あの娘が隊長の手にあるのを見るよりも、むしろ、死刑執行人の手にあるのを見たいと思ったのだ。だが、彼は苦しかった。彼は悩んだ。ときどき、髪の毛をかきむしっては、それが白くなってはいないだろうかと見たほどであった。

ときには、朝に見たあのいまわしい鎖《くさり》が、あのように、か弱くやさしい娘の首に、今その結び目を巻きつけているときではないかと思うような瞬間があった。そう思うと、体じゅうの毛穴から汗が滲《し》み出てくるのだった。

またときには、自分の姿をかえりみて、悪魔のような笑いをもらしながら、はじめてあの女を見たときのように、生き生きとし、無邪気で、楽しげに、美しく着飾り、踊りまわって、羽のはえたような、調和のよくとれていた、あのエスメラルダと、最後に見た、肌着一枚で、首に縄をつけて、素足を引きずりながらゆっくりと、絞首台のごつごつした階段をのぼっていくエスメラルダの姿とを、同時に想像したこともあった。この二重写しになった画《え》を、このように心に描いて、恐ろしい叫び声をあげたほどであった。

この絶望の嵐が、魂の中で、狂奔《きょうほん》し、すべてを粉砕し、かきむしり、押しまげ、根こそぎにしていたそのときに、彼は、まわりの自然の景色に目をやった。足もとには、何羽かの牝鶏《めんどり》がくちばしでくさむらをつつきながら餌《え》をあさっていた。また七宝色《しっぽういろ》をしたコガネムシが太陽に向かって飛んでいた。頭の上では、灰色のまだら雲がいくきれか、青空の中を走っていた。地平線の上には、サン＝ヴィクトルの大修道院の尖塔《せんとう》から小山の曲線の上にかけて、スレートの方尖塔《オベリスク》がそびえたっていた。コポーの丘の粉ひきが、口笛を吹きながら、たえず回っている風車の翼をながめていた。このような活動的な、きちんとした静かな生活が、彼のまわりにいろいろな姿で現われてきて、彼はすっかり気分が悪くなってしまい、またもや逃げだした。

こうして日暮れまで畑のあいだを駆けつづけた。自然や、人生や、自分自身や、人間や、神など、あらゆるものから一日じゅう逃げつづけたのだ。ときには、大地に身を投げて、芽をふいたばかりの麦を爪《つめ》でひきむしった。またあるときは、とある村の人けのない通りで立ちどまった。自分の考えがやりきれなくなって、両手で頭をかかえ、肩から引きぬいて敷石にぶっつけて砕いてしまおうともした。

日のかたむくころ、もう一度自分の姿を振り返ってみると、まるで精神に異常をきたしてしまったような気がした。ジプシー娘を救おうという希望も意志もなくしてしまったときから、心の中に嵐が吹き荒れていた。その嵐は、心の中からまともな考え、しっかりした考えをすっかり吹き払ってしまっていた。理性はほとんどうち砕かれて倒れていた。心の中にはもう二つの物の姿がはっきりと浮かんでいるだけだった。エスメラルダと絞首台。あとは暗闇に包まれていた。二つの姿は結びあわさって、一つの恐ろしい姿になった。心の中にまだ残っている注意や考えを集めて、この二つの姿を見つめれば見つめるほど、それは思いもよらないほどの速さで大きくなっていった。一方はその優雅、魅力、美、光明の度合いを、他方はその恐怖の度合いをたかめながら。こうしてとうとう、エスメラルダは星のように、絞首台は肉の落ちた巨大な腕のように見えてきた。

この苦しみの間じゅう、死のという真剣な考えが一度もおきなかったことは、注目すべきことだった。この哀れな男はいつもこんなふうだったのだ。彼は生に執着していた。多分、地獄が自分のうしろにまざまざと見えていたのだろう。

その間にも、日は沈んでいった。体の中のまだ生きていた部分が、大聖堂に帰ることをぼんやりと考えた。パリから遠く離れていると思ったのに、方角からみると、大学区のまわりを回っていただけだったのがわかった。サン＝シュルピスの尖塔や、サン＝ジェルマン＝デ＝プレの三つの高い塔が、右手の地平にそびえていた。彼はそちらのほうへ向かっていった。サン＝ジェルマンの銃眼のついた塹壕《ざんごう》のあたりで、修院長警護兵の誰何《すいか》の声を聞くと道をかえ、修道院の風車とまちのハンセン病病院のあいだの小道へはいっていった。しばらく行くとプレ＝オ＝クレールのはずれへ出た。この牧場は、夜昼かまわず引きおこされる騒動で有名だった。サン＝ジェルマンの気の毒な修道士にとって、それは「ヒュドラ（ギリシア神話の九つの頭をもつ水蛇）」のようなものだった。サン＝ジェルマン＝デ＝プレの修道士たちにとっては、まさにヒュドラであった。なぜなら、神学生たちがいつも新しい口論をふっかけてきたからだ。司教補佐は、そこで誰かに会いはしないかと心配だった。人間という人間の顔だちがこわかったのだ。それまで大学区もサン＝ジェルマン通りもさけてきたのだ。まちの通りにはなるべく遅くなってからはいりたかった。そこでプレ＝オ＝クレールの牧場にそって進み、ディユ＝ヌフと牧場の境にある人けのない小道にはいって、とうとう河岸に着いた。クロード師はそこで一人の船頭を見つけ、いくらかの金を握らせてセーヌ河をさかのぼり、中の島《シテ》のはずれにつけさせた。そこはみなさんももうご存じの、グランゴワールが夢想していた、あの荒れた岬状の土地だった。その土地は、王室庭園の向こうまで、パスール＝オ＝ヴァシュの島に並行してのびていた。

　単調な船の揺れと水音は、不幸なクロードの気持をいくらか落ちつかせた。船頭が去っていった後、彼はぼんやりと河岸に立って前方を見つめた。彼には、物の姿がみなゆらゆらと揺らめいて見え、その揺れはますます激しくなって、ちょうど走馬灯の風景のようになっていった。ひどい苦しみのために心が疲れたときには、精神はよくこんなぐあいになるものだ。

　夕日はもう、高いネール塔のうしろに沈んでいた。たそがれのひとときだった。空は白く、河の水も白かった。この二つの白いものの間に彼がじっとながめていたセーヌの左岸が黒々と横たわっていた。それは遠くに行くにしたがって細くなり、黒い尖塔のように地平の霧の中に消えていた。この岸の上には家々がびっしりとたち並び、その薄暗いシルエットは、暗闇の中に明るい空と水を背景にして、はっきりと浮きあがっていた。あちらこちらの家々の窓はおこり火をいれた穴のように、明るくまたたきはじめた。空と河の二つの白い面とは別にのびているこの黒い大きな方尖塔《オベリスク》のような河岸は、このあたりでとても広くなっていて、クロード師に異様な感じをあたえた。ちょうどストラスブール大聖堂の鐘楼《しょうろう》の足もとに寝そべって、夕暮れの薄暗がりの頭上に消えていく巨大な尖塔を見あげるような感じだった。ただここでは、立っているのがクロードで、寝ているのが方尖塔のほうであった。しかし、河が空を映して彼の足もとに深淵《しんえん》のように横たわっていたので、巨大な岬に似た左岸は、大聖堂の尖塔そのまま、空間に大胆にのびあがっているように見えた。左岸も大聖堂も同じような感じだった。だが左岸の感じは、異様で、そしていっそう深いものだった。ストラスブールの鐘楼そのままの感じだったのだが、このセーヌ左岸の鐘楼のほうは八十メートルもの高さをもち、何かしら前代未聞で、巨大で、広大無辺なもの、人の目が今までけっして見たことのないような建物だった。バベルの塔だったのである。家々の煙突、城壁の凹凸《おうとつ》、屋根の破風《はふ》、アウグスチノ会修道院の尖塔、ネール塔、巨大な方尖塔の側面をぎざぎざにしているこうしたすべての突起は、視覚を気まぐれに刺激して、入りくんで目も奪うような彫刻の凹凸を幻想につけ加えていた。幻覚にとらえられていたクロードは、地獄の鐘楼を目《ま》のあたりに見るような気がした。この恐ろしい塔の上から下まで一面にちらばる無数の明かりは、巨大なかまどの火口《ほくち》のように思われるのだった。そこからたちのぼってくるさまざまな声やざわめきは、絶叫や死のあえぎとも聞こえるのだった。彼は恐れにとらわれ、何も聞くまいとして耳をふさぎ、何も見まいとして背を向け、この恐ろしい光景から大急ぎで遠ざかっていった。

だが、その光景は彼の心から離れなかった。

通りに戻ると、店頭の明かりに照らされて押しあっている通行人の姿は、彼のまわりを永遠に行き来している亡霊たちのように見えた。耳の中では異様な音がとどろいていた。とっぴな想像が精神を狂わせていた。彼の目には家々も、敷石も、荷車も、男も女も見えなかった。ただ、はっきりしない物の姿がいくつも、端のほうではたがいに溶けあいながら混沌《こんとん》としていた。バリユリ通りの片隅《かたすみ》に、一軒の食料品屋があった。その店の庇《ひさし》のまわりには、昔からの習慣に従ってブリキの輪がいくつもついていて、そこから、木のろうそくが輪になってぶらさがっていた。それが風にカスタネットのようにカラカラと音をたててぶつかりあっていた。彼にはそのそれぞれが、モンフォーコンの墓場の骸骨《がいこつ》が束《たば》になって、闇の中でぶつかりあっているように思えた。

「おお！　夜の風は、骸骨と骸骨とをぶつけあわせているのだ。そして骸骨をつないだ鎖の音は、骨の響きと入りまじっている！　あの女もたぶんあそこにいるのだ、あの骸骨たちのあいだに！」と、彼はつぶやいた。

もう気も狂いそうになって、どこをどう歩いているのかもわからなかった。五、六歩あるいたかと思うと、そこはサン＝ミシェル橋の上だった。とある建物の一階に明かりが一つ灯《とも》っていた。近よってみると、ひびのはいったガラス戸ごしにきたならしい部屋がのぞかれた。その中のようすは、彼の心に、あるかすかな思い出をよみがえらせた。小さなランプがぼんやりと照らし出した室内には、生き生きと、楽しげな顔をした金髪の若者が大口を開けてゲラゲラ笑いながら、けばけばしい厚化粧をした娘を抱いていた。ランプのそばには、一人の老女が震え声で歌をうたいながら糸をつむいでいた。若者が笑いやんだときには、老女の歌がきれぎれに司教補佐のところまで聞こえてきた。それは、わけのわからないながらも、何か恐ろしい歌だった。


吠《ほ》えろ、グレーヴ。グレーヴ、うなれ！

つむげ、わたしの紡錘竿《つむざお》よ。

牢屋《ろうや》の庭で風を切る
死刑役人の縄をなえ。
吠えろ、グレーヴ。グレーヴ、うなれ。

大麻《たいま》の縄は、きれいだよ！
イシからヴァンヴルまで麻をまけ、
麦をまいてはいけないよ。
麻のきれいな縄ならば、
泥棒だって盗まなかった。

うなれ、グレーヴ。グレーヴ、吠えろ！
目やにの出るような首吊《くびつ》り台に
娼婦《しょうふ》がぶらりと下がるのを見ようと
窓が目になる、開くよ窓が。
うなれ、グレーヴ。グレーヴ、吠えろ！

うたい終わると若者は、笑いながら娘をなでまわしていた。老女はファルールデルであった。娘はまちの娼婦であり、若い男は弟のジャンだった。

彼はじっと見つめていた。この光景ばかりでなく、その頭に浮かぶもう一つの光景もいっしょに。

見ると、ジャンは部屋の奥のほうに行って窓を開け、河岸のほうに目を向けた。河岸の遠くのほうに見える無数の窓には明かりがついていた。ジャンが窓を閉めながらこう言っているのが聞こえた。「ちくしょうめ！　もう夜になりやがったぜ。まちのやつらがろうそくを灯しゃ、神さまが星に明かりをつけるとくらあ」

こう言って、ジャンは娼婦のほうに戻ってきて、テーブルの上に置いてあったびんを砕いてわめいた。

「べらぼうめ！　もう、からじゃねえか！　おまけに一文《いちもん》なしだ！　おいイザボー、おまえさんの真っ白いおっぱいが黒い酒びん二本になってよ、ボーヌの酒を夜昼吸えるようにならなくちゃ、おれはユピテルの神もありがてえとは思わねえぜ」

このくだらない冗談で娼婦は笑いだし、ジャンは外へ出た。

クロード師は、ここで弟に会い、まともに顔を合わせて知られてはならないと、やっとのことで地面に身を伏せた。さいわいなことに、通りは薄暗く、ジャンは酔っていた。

それでも彼は、司教補佐が泥まみれで敷石の上に寝ているのに気がついた。

「ほい！　ほい！　こいつも、きょう一日のんきにすごしやがったな」

こう言いながら、クロード師を足でゆすった。「ほらよ、こりゃ満タンだ。まるで酒樽《さかだる》からひっぺがした蛭《ひる》ってとこだ。おや、はげてやがる、こいつ。おまけにじじいだ！　『幸せなじいさんだよ！』」（ウェルギリウス『牧歌』からの引用）と、身をかがめて言いそえた。

やがて、クロード師の耳には、弟がつぎのように言いながら遠ざかっていくのが聞こえた。「どうでもいいってことよ。分別ってなあ、立派なこった。兄貴の司教補佐のやつあ、幸せなことに、品行方正で、金も持ってやがる」

それを聞いて、司教補佐は立ちあがり、ノートル＝ダムのほうへ向かって、一目散に走りだした。見ると、大聖堂の巨大な塔は、闇の中で、家々の上に浮かびあがっている。

息をはずませながらノートル＝ダムの広場に着いた瞬間、思わずたじろいだ彼は、その不吉な建物に目をあげることができなかった。「ああ！　あんなことが、きょう、ここで、けさ起こったなんて、いったい本当だろうか！」と、彼は小声でつぶやいた。

しかし、思いきって大聖堂をながめた。正面は黒々としていた。うしろの空には星がきらきらとまたたいていた。三日月が地平線から昇ってきたところで、月はちょうどそのとき、右の塔の頂上にとまっていた。それはまるで、きらきら光る鳥が、黒々とクローバー形に切りぬかれた欄干の端にとまっているとでもいったようだった。

修道院の扉は閉まっていた。だが司教補佐は、自分の仕事部屋のある塔の鍵《かぎ》をいつでも身につけていたので、その鍵で大聖堂の中にはいっていった。

大聖堂の中はほら穴のように暗くて静かだった。広い垂れ幕のように、四方から大きな影が垂れているのは、朝の儀式のときにかけた掛け布が、まだ取りはらわれずにいるのだった。銀の大きな十字架が、この墓場の夜を照らす銀河のように、きらきら光る星をちりばめ、暗闇の奥で輝いていた。内陣の高窓の交差リブの上端は、黒い幕の上までのびていた。そのステンドグラスは、月の光をとおして、夜のぼんやりとした色、紫とも白とも青ともいえない、死人の顔にしか浮かばない色をしていた。司教補佐は内陣のまわりに、この青ざめた交差リブの上端を見た。呪《のろ》われた司教たちの司教冠を見るような気がした。彼は目を閉じた。また目を開けてみると、青ざめた顔の一団が輪になって、彼を見つめているように見えるのだった。

彼は逃げるようにして大聖堂を走りぬけた。そのとき彼には、大聖堂もまた揺れて動きだし、生命を吹きこまれて生きているように思われた。大きな柱の一本一本が巨大な脚になって、大きな石の足裏で地面を踏みつけているようでもあった。巨大な大聖堂全体が信じられないような象になって、柱は脚に、二つの塔は鼻に、広大な黒い幕はガウンとなって、息を吐きながら歩いていたのだ。

このように、狂乱といおうか、狂気といおうか、こうまで激しくなってしまったので、この不幸な男にとっては、もはや外界は、一種の黙示のようなものになってしまった。しかもそれは、目にはっきり見え、手でも触れられる恐ろしい黙示なのであった。

ちょっとの間ほっとした。側廊の下におりていくと、一群の柱のうしろに赤みをおびた一筋の明かりが見えた。その光をまるで星みたいに思って駆けよってみると、それはノートル＝ダムの参列者用聖務日課書を照らす小さなランプが、鉄格子《てつごうし》の中で日夜燃えているのだった。何か慰めか、力づけになることばでもありはしないかと、その神聖な書物に吸いつくようにとびついてみると、書物は「ヨブ記」のところが開けてあった。目がそれをじっと読んでいった。「時に霊があって、わたしの顔の前を過ぎ、わたしの耳はそのささやきを聞いたので、わたしの身の毛はよだった」（旧約聖書「ヨブ記」四の十二と十五からの自由な引用）

この陰惨な句を読むと、目の不自由な人が自分で拾いあげた棒で突きさされたときのような痛みを感じた。膝《ひざ》は力がぬけ、昼間に死んだ女のことを思いながら、敷石の上にがっくりとくずおれてしまった。頭の中を奇怪な煙が何本も何本も這《は》いまわっては、そこから吐き出されていくような気がした。まるで、頭が地獄の煙突になったようだった。

こんな状態で、何も考えず、悪霊の手にかかって押しつぶされ、抵抗もできずに長い時がたったようだった。やがて、いくらか力が戻ってくると、塔へ行って、あの忠実なカジモドのそばに身を休めようと思った。立ちあがると、こわかったので、道を照らすために聖務日課書のランプを手に取った。それは神を汚《けが》す行為であった。だが、そんなつまらないことに、もう気をつかってはいられなかったのだ。

彼はゆっくりと塔の階段をのぼっていった。こんなに遅い時間に不思議なランプの光が鐘楼の上を銃眼から銃眼へとのぼっていくのが、ノートル＝ダム広場を通るわずかな通行人に見えるかもしれないという、ひそかな恐れを心にいだいていた。

とつぜん、顔の上に何かひやりとしたものを感じた。見ると、自分は今、最も高い回廊の扉の下にいるのだった。空気は冷たく、空には雲が流れていた。雲の白い波はその隅ずみを砕きながら、幾重《いくえ》にもかさなり合ってうねり、冬の川の氷がとけたときのような姿をしていた。新月は雲のあいだに乗りあげ、まるで空気の氷塊《ひょうかい》につかまった空の船のようだった。

彼は目を伏せてしばらくあたりをながめた。二つの塔をつなぐ回廊の格子のあいだから、霧と煙のヴェールをとおして、夏の夜の静かな海の波のように、いくつもとがって小さく押し合っている、パリの家々のもの言わぬ屋根の群れが遠くに見えた。

月は、天と地に灰のような色どりを与える、かすかな光を投げていた。そのとき、大時計が、細い、ひびのはいったような音をたてた。夜の十二時を告げたのだった。司教補佐は昼の十二時に起こったことを考えた。十二時が帰ってきたのだ。「そうだ！　あの女も今ではもう冷たくなっているだろうな！」と、小声でひとりごとを言った。

とつぜん、風がさっと吹いてきてランプが消えた。ほとんど同時に、塔の反対側に、白い一つの物影が現われるのが見えた。女だった。彼はぶるぶるっと身を震わせた。女のそばには小さなヤギがいた。その鳴き声が、大時計の最後の響きにまじって聞こえた。

彼は、力を奮いたたせて見つめた。あの女だった。

顔色は青ざめ、陰気な表情だった。髪は、朝と同じように肩に垂れていたが、首にはもう縄はなく、手ももう縛られてはいなかった。自由の身だった。あの女は死んでいるのだ、とクロードは思った。

体には白い衣をまとい、白いヴェールで頭を包んでいた。

女は空をながめながら、ゆっくりと彼のほうへ歩いてきた。不思議なヤギはあとについてきた。彼は、体が石になったように感じ、それが重くて逃げることもできなかった。女は一歩一歩近づき、彼は一歩一歩あとずさりする。ただ、それだけだった。そうやって彼は、階段の下の暗い丸天井の下に押し戻された。女もまたおそらく、そこにはいってくるかもしれないと考えると、全身の血が凍るような気がした。もし女がはいってきていたら、彼は恐怖のために死んでしまったかもしれない。

女は実際、階段の扉の前までやってきて、しばらく立ちどまり、暗い内部をじっと見つめていたが、司教補佐の姿を見たようすもなく、通りすぎていった。女の姿は、生きていたときよりも、ずっと大きく見えた。その白い服を通して月が見えた。女の息づかいも聞こえた。

女が行ってしまうと、彼は階段をおりはじめた。ちょうどあの亡霊と同じように、ゆっくりと、自分自身も幽霊になったような気で、食いつきそうな顔で、髪を逆だて、手にあいかわらず消えたランプを持ちながら、らせん階段をおりていく彼の耳に、笑いながら繰り返す声がはっきりと聞こえた。

「……時に霊があって、わたしの顔の前を過ぎ、わたしの耳はそのささやきを聞いたので、わたしの身の毛はよだった」

2　不自由な身体

中世のころは、どんなまちでも、また、フランスではルイ十二世のころまで、いたるところに避難所があった。こうした避難所は、都市にはんらんしていた刑法や、野蛮な裁判権の洪水の中で、人間の行なう裁判の水面の上に一段高く浮き出ている島のようなものだった。罪人は、ここにたどりつきさえすれば、みな救われたのである。また郊外には絞首台を設けた場所があったが、一方ではそれとほとんど同数の避難所が設けられていたのである。それは刑罰の乱用と並んだ「咎《とが》められずにすむ」ということの乱用でもあったが、この二つの悪弊は、協力して欠点をおぎない合っていたわけである。国王の宮殿、諸侯の邸宅、とくに教会などが、この庇護権《ひごけん》をもっていた。人口を増加させなければならないようなときには、一つのまち全体を一時的に避難所にすることもあった。ルイ十一世は、一四六七年にパリを避難所にした。

ひとたび避難所に足を踏みいれると、その罪人は法律の手を逃れることができるが、そこからは外に出ないように気をつけていなければならなかった。聖域から一歩でも外へ出れば、波にのまれてしまうのだった。避難所のまわりは、車裂きの刑、絞首刑、吊《つ》り落としの刑などで厳重に取りまかれていた。ちょうど鱶《ふか》が船のまわりを取り囲むように、たえず餌食《えじき》を待ちぶせていたのである。有罪の宣告を受けた者が、修道院の中や、王宮の階段や、修道院の耕作地や、教会の玄関の下などで白髪になるまで生涯をおくっているのがよく見られたものである。こんなわけで、避難所もまた、一種の牢獄《ろうごく》だった。ときには、高等法院の最終判決が避難の特権を侵害して、被告を死刑執行人の手に引きわたすこともあったが、めったにそんなことは起こらなかった。高等法院は司教たちを恐れていたのだ。法服と聖職者の服との二つの衣服がたがいに摩擦することがある場合には、法官の長衣は、聖職者の衣に対して分《ぶ》が悪かったのである。しかしまたときには、パリの死刑執行人プチ＝ジャン殺しの犯人の事件や、またジャン・ヴァルレを殺したエムリー・ルソーの事件のように、司法権が教会の上に立って、教会の判決文を無視してしまうこともあったのである。しかし、高等法院の逮捕令状がない場合には、ただ武力によって避難所に不法侵入する者は、不幸な目にあってしまうのだ！　ロベール・ド・クレルモン元帥《げんすい》（サン・ルイ王の第七子）や、シャンパーニュのジャン・ド・シャロン元帥（ユゴーの思い違いで、事実はジャン・ド・コンフラン元帥）が死刑になった事件がどんなものであったか、人びとも知るとおりである。そして、しかもその犯人たるや、両替屋の見習いペラン・マルクという男にすぎなかったのだ。しかし、両元帥とも、サン＝メリの門を打ち破ってしまったので、それが重大なことだったのである。

これらの避難所の周囲は、このように敬意がはらわれていたので、伝説の語るところによれば、その敬意はけだものにまでおよんでいたほどだったということである。エモワン（中世の聖職者で歴史家）の話によると、一頭の鹿がダゴベール（七世紀のフランク王。サン＝ドニの大聖堂を建てた）に追われて、サン＝ドニの墓地の付近に避難したことがあったが、猟犬どもの群れも、そこで、はたと立ちどまって、吠《ほ》えていたということである。

教会にはふつう、駆けこみ人を収容する小屋があった。一四〇七年に、ニコラ・フラメルはそういう人たちのために、サン＝ジャック＝ド＝ラ＝ブーシュリ教会の丸天井の上に一部屋をつくらせたが、その費用は、パリ金の四リーヴル六スー十六ドニエもかかったのだった。

ノートル＝ダム大聖堂では、修道院に面した側廊の屋根の上のひかえ壁の上に、そういう小部屋がつくられていた。正確にいえば、現在、塔の門番の女房が庭園をこしらえているところがそれである。レタスがシュロの木にくらべられ、門番の女房がセミラミス（アッシリアとバビロニアの伝説の王。バビロンの都と空中庭園を建てた）にくらべられるとすれば、その庭も、さしずめバビロンの空中庭園にくらべられるであろう。

カジモドがめちゃくちゃに意気揚々と塔や回廊を走りまわったあげくに、エスメラルダを置いたのはこの部屋だった。彼がこうやって走りまわっているあいだは、娘は意識をとり戻すことができず、眠っているのか起きているのかわからない感じだった。ただ空中をのぼっていき、空中に漂い、空中を飛びまわっている。何かが自分を地上から高く持ちあげている、そんな感じがするだけだった。ときどき、カジモドの高笑いや、さわがしい声が耳もとに聞こえてきて、彼女は半ば目を開いた。すると、赤や青のモザイクのような、スレートや瓦《かわら》の無数の屋根の嵌木細工《はめきざいく》になったパリのまちが雑然として目の下に見えた。頭の上には、カジモドの恐ろしくはあるがうれしそうに輝いた顔があった。それを見ると、彼女はまた瞼《まぶた》を閉じた。すべてが終わってしまったと思った。自分が気を失っているあいだに、死刑が執行されてしまって、自分の運命をつかさどっていた醜怪な霊魂が自分をとらえて、どこかにつれてこられてしまったのだとも思われた。どうしても彼のほうを見ることができず、なすがままに任せきっていた。

だが、この鐘番が、髪を振り乱し、息を切らして、娘を避難所の小屋に置き、その大きな手が、彼女の腕に傷つけるほどくいこんでいた縄をそっとほどいているのに気がついたとき、彼女は、ちょうど、暗い真夜中に船が座礁《ざしょう》して乗客たちがとび起きるときのようなショックを感じた。頭も働きはじめ、記憶が一つずつ戻ってきた。自分は今ノートル＝ダムにいるのだということがわかり、死刑執行人の手から奪いさられてきたのだということも思い出した。フェビュスは生きているが、自分を愛してはいないのだということも思い出した。助かったってしかたないわ、だって、あたし、フェビュスに愛されていないのですもの。そう思うと、この哀れな娘は耐えがたかった。彼女は自分の前に立ったままでいるカジモドのほうに向きなおってみたが、彼の姿は恐ろしかった。彼女はカジモドにきいた。「なぜあたしを助けてくれたの？」

彼は、娘のことばを理解しようとでもするように、不安なようすで娘をじっと見つめた。彼女はもう一度きいてみた。すると、彼は、深い悲しみのこもった目を彼女のほうに投げかけて、逃げていった。

彼女はあっけにとられた。

しばらくすると彼は、包みを持ってまた戻ってきて、彼女の足もとに投げ出した。慈悲深い女たちが彼女のためにと、大聖堂の戸口に置いていった服だった。それを見ると、彼女は目を伏せて、自分の姿をながめた。ほとんど裸同然なのを見て、顔を赤らめた。生きる力が戻ってきたのだ。

カジモドは彼女の恥ずかしがるようすを見て、なにかしら感じたようすだった。大きな手で目を覆ってもう一度立ち去っていったが、その足どりはにぶかった。

彼女は急いで服を着た。それは白いヴェールのついた白い服で、市立病院の修道看護婦の制服だった。

やっと着終わったかと思うと、カジモドが戻ってきた。彼は一方の腕にかごを、もう一方の腕にふとんをかかえていた。かごの中には、一本のブドウ酒と、パンと、そのほかの食べ物がはいっていた。彼はかごを床《ゆか》に置いて、食べな、と言った。床石の上にふとんを敷いて、眠りな、と言った。鐘番が探しに行ったのは、彼自身の食料であり、彼自身の寝床《ねどこ》だったのだ。

ジプシー娘は、お礼を言おうとして、彼のほうへ目をあげた。だが、ひとことも言うことができなかった。この気の毒な男は、本当に恐ろしい姿をしていた。彼女は恐ろしさのあまり、身を震わせて目を伏せた。

男は娘に向かって言った。「おれがこわいんだね。おれはまったく醜《みにく》い男だな。そうだろう？　おれのほうを見ちゃいけないよ。声だけを聞いてくれ。——いいかね、昼間はここにいるんだよ。夜になったら、大聖堂の中ならどこでも歩きまわってもいいよ。だが、昼だろうと夜だろうと、大聖堂の外へ出ちゃいけない。そんなことをしたらおしまいだ。あんたは殺されるだろうし、おれも死んでしまう」

娘は感動し、彼に答えようとして頭をあげた。だが、彼はもうそこにはいなかった。

彼女はただ一人になって、この怪物といってもいいような人間の不思議なことばについて、静かに考えてみた。あんなにしわがれてはいたが、あれほどまでにやさしいその声の調子に、彼女は心をうたれたのだった。

それからこの小部屋を調べてみた。縦、横、二メートルたらずの部屋で、平らな石の屋根の少しばかり傾斜した面の上に、小さな明かりとりと扉とが一つずつ付いていた。動物の形をした水はけ口がたくさん、明かりとりから彼女を見ようと首をのばしてのぞきこんでいるように思われた。屋根の縁には無数の煙突の先が見えたが、そこからは、パリのまちで焚《た》かれるあらゆる煙が、彼女の目の下に立ちのぼっていた。捨て子であり、死刑の宣告をうけた身であり、祖国もなく、家庭もなく、故郷もない、この哀れなジプシー娘にとって、それは、悲しい光景だった。

自分は一人ぼっちなのだという考えが、それまでに感じたこともないほど激しく、彼女の胸を苦しめていた。と、そのとき、彼女は、毛むくじゃらでひげだらけの頭が、膝《ひざ》の上に置いた手の中にすべりこんでくるのを感じた。彼女は身を震わせて(今では何もかもが恐ろしかったのだ)、じっと見つめた。それはあの可哀《かわい》そうなヤギ、すばしこいジャリだった。ジャリは、カジモドがシャルモリュの部下どもを追い払ったときに、彼女のあとを追って逃げだしてきて、ほとんど一時間も前から彼女の足もとでさかんに身をすりつけていたのだが、娘から見向きもしてもらえなかったのだ。ジプシー娘はヤギに雨あられとキスをしてやった。「まあ！　ジャリや、おまえのことをすっかり忘れていたわ！　おまえのほうじゃ、あたしのことをずっと思っていてくれたのにね！　本当に、おまえだけは恩知らずじゃなかったんだね！」と同時に、何か目に見えない手が、彼女の心の中でずっと涙を押さえていた重いものを持ちあげてくれたとでもいうように、涙がほとばしり出てきた。涙が流れ出るにしたがって、彼女の苦しみの中にあった、最もつらい、最も苦《にが》いものが、涙といっしょに流れさってしまうような気がした。

夜がきた。娘には、夜がとても美しく、月がとてもやさしく見えたので、大聖堂を取り囲んでいる回廊をひとまわり歩いてみた。そうやって心がいくらか軽くなった。この高みから見ていると、地上が静かになったように思われたほどだった。

3　不自由な耳

あくる日の朝、目をさましてみると、娘はいつの間にかよく眠っていたことに気がついた。不思議なことだ。これにはすっかり驚いてしまった。もう長いこと、彼女は熟睡という習慣をなくしてしまっていたのだ。朝の楽しげな太陽の光が明かりとりから射しこんで、顔の上に光を投げかけていた。太陽と同時に、その明かりとりからは恐ろしいものがのぞいていた。カジモドの気の毒な顔だった。思わず目を閉じたが、それでもだめだった。あいかわらずバラ色のまぶたを通して、この独眼で前歯のかけた地霊の顔が見えているような気がした。そのとき、彼女はじっと目を閉じたままでいたが、とてもやさしい調子で、つぎのように言っているがさがさした声が聞こえた。「こわがらなくともいいんだよ。おれはあんたの友達なんだぜ。あんたが寝ているのを見にきたんだ。眠っているのを見にきたってかまやしないだろう？　あんたが目をつぶっているときに、おれがここにいると困るかい？　いいよ、もう行くよ。ほら、壁のうしろに隠れたよ。もう目を開けてもいいんだぜ」

　こうしたことばのうちには、ことば以上に哀れをそそるものがあった。それは、ことばが話される調子だった。ジプシー娘は思わず心を動かされて、目を開いた。言ったとおり、明かりとりのところには、もう彼はいなかった。彼女は明かりとりのところまで行ってみた。見ると、哀れなカジモドは、悲しげな、あきらめきったようなようすで、壁の隅《すみ》にうずくまっていた。彼女はこの男からうけた嫌悪の気持に、なんとかして打ち勝ちたいと思って、「いらっしゃい」と、やさしく言った。ジプシー娘の唇が動くのを見たカジモドは、自分を追い払おうとしているのだと思って、立ちあがり、不自由な足を引きひき、ゆっくりとうなだれて引き返していった。絶望に満ちた目を、どうしても娘のほうにあげることはできなかったのだ。「いらっしゃいよ、ね」と、彼女は叫んだ。だが、彼はますます逃げていくばかりだった。そこで彼女は、部屋の外に飛び出して、彼のところに走っていき、その腕をつかんだ。女にさわられたのを感じて、カジモドは全身が震えた。訴えるような目をあげて、ふと見ると、女が自分をそばに引きよせようとしているので、彼の顔は喜びと愛に輝いた。彼女は彼を部屋にはいらせようとしたが、彼は敷居ぎわで立ちどまったまま、どうしてもはいろうとせずに、「いや、いや、フクロウはヒバリの巣にはいるものじゃないよ」と言った。

するとと娘は、足もとに眠っていたヤギといっしょにやさしく、その寝床《ねどこ》の上にうずくまった。男は女の素晴らしい美しさを、女は男のひどい醜《みにく》さを黙って見つめながら、二人ともしばらくじっと動かなかった。見れば見るほど、カジモドの姿がますます不格好に見えてくるのだった。彼女は、男のX形になった膝《ひざ》から曲がった背中へ、その曲がった背中から目へと視線を動かしていった。こんな人間が生きているなどとは、彼女にはどうしても考えられなかった。だが、じっと見ていると、その中に悲しみとやさしさがあふれているのがわかって、だんだんと慣れてくるのだった。

男のほうがまず沈黙を破った。「それじゃ、あんたは、おれに戻ってこいと言ったんだね？」

彼女は、「そうよ」と言いながらうなずいてみせた。

彼にはその身振りがわかった。「ああ！　それはつまり、……おれは耳がきこえないんだよ」と、言いきってしまうのをためらうように言った。

「まあ！　お気の毒ね！」と、ジプシー娘は、親切で同情にあふれたようすを見せながら叫んだ。

彼は苦しげに笑いだした。「あんたは、おれが耳がだめなだけだと思ってるんだろうね？　そうだ、おれは耳がだめなんだ。こんなふうに生まれついてるんだ。恐ろしいことだ。そうだろう？　あんたはきれいだな、まったく！」

この男の調子には、そうしたみじめさの深刻な感情がこもっていたので、彼女はひとことも言えなかった。それに、言ったところで、聞いてもらえるはずもなかった。男はつづけた。

「今ほど、おれは、自分が醜いと思ったことはないよ。あんたとくらべてみると、われながら可哀《かわい》そうに思うよ。まったくおれは、なんて不幸なんだろう！　あんたがこのおれを見ると、けだものみたいな気がするだろうな。そうだろう。――あんたはまったく、お日さまの光だ、露《つゆ》のしずくだ、鳥の歌だ！――おれときたら、何か恐ろしい、人間でもなければ動物でもない、石ころよりももっと硬くて、もっとたびたび足でふんづけられる、もっと不格好なものなんだ！」

こう言って彼は笑いだしたが、その笑いは、世にも痛ましい感じだった。彼はさらにつづけた。

「そうだ、おれは耳がきこえないんだ。だけど身ぶりでおれに話してくれればいいんだよ、手まねでね。おれには主人がいるんだが、その人はそういうふうにしておれと話をしているんだ。それに、あんたの唇や目の動きを見れば、おれにはあんたの言いたいことがすぐわかると思うよ」

「それじゃあ！　ねえ、なぜあたしを助けてくれたの。教えてちょうだいな」と、彼女はほほえみながら言った。

彼は娘が話しているあいだ、注意深く女のほうを見つめていた。

「ああ、わかったよ。おれがなぜあんたを助けたかってきいているんだね。あんたは、ある晩、あんたをさらおうとした悪いやつのことを覚えていないかね。あくる日、あんたは、あの汚《けが》らわしいさらし台にあげられたその男を助けてやったじゃないか。一杯の水とお慈悲をちょっとばかり恵んでやったじゃないか。おれは命を投げだしたって、その恩を返しきれないと思っているんだよ。あんたはそいつのことを忘れちまったかもしれないが、そいつのほうじゃ、けっしてあんたを忘れたことはないんだよ」

彼女は、深く感動したようすで、彼のことばを聞いていた。涙が一滴、鐘番の目に浮かんだが、流れ落ちはしなかった。彼は自分の名誉にかけて、その涙をのみこもうとしているように見えた。

「まあ、聞いてくだせえ」と、彼はもう涙の落ちる気づかいがなくなったときに言った。「ほら、あそこにとても高い塔があるだろう。あそこから落ちようものなら、地面に着く前に死んじまうんだ。あんたが、このおれが落ちたらいいなと思ったら、一口だって口に出して言わなくてもいいんだ。ちょっと目くばせすれば、それでじゅうぶんだよ」

こう言って、彼は立ちあがった。このジプシーの女のほうでも非常に不幸な目にあってきたとはいうものの、この奇妙な男を見て、彼女の胸にまた、可哀そうだという気持がわきあがってきた。彼女は、男に、ここにいてくれと合図をした。

「いやいや、おれは、あまり長く、ここにいてはいけないんだ。気づまりだからな。おれは、あんたが目をそむけていないのは、おれを可哀そうだと思うからなんだからな。おれは、あんたのほうからは見られないで、おれのほうからはあんたのことが見られるような場所に行くよ。そのほうがいいんだよ」

彼は、ポケットから小さな金属製の笛を取りだした。

「これを取っておいておくれ。おれに用のあるときや、来てもらいたいと思うときや、おれを見てもそんなにこわくはないと思うときには、これを吹いてくれ。この音だけは聞こえるんだよ」

そして、その笛を床《ゆか》に置いて、逃げるように行ってしまった。

4　素焼きと水晶

日は一日一日と流れていった。

エスメラルダの心はしだいに静けさを取り戻していった。激しすぎる苦痛は、大きすぎる喜びと同じで、強烈なものであるだけに、長くはつづかないものである。人間の心は、一方の極に長くとどまっていることはできないものだ。ジプシー娘はあまりにも苦しみをなめてきたので、その心は、もうぼんやりとしてしまって、ときどき、はっと驚くという気持しか残っていなかった。

身の安全が確かめられると、希望もよみがえってきた。彼女は今、社会からも人生からも隔離されていたのだが、もう一度そこへ戻っていけないものでもあるまいと、ぼんやり感じていた。彼女はちょうど、自分の墓の鍵《かぎ》をしっかりと握っている死人のようなものだった。

長いあいだ自分につきまとって離れなかった恐ろしい影が、しだいに自分から離れていくのを感じた。見るもいやらしい幻影、ピエラ・トルトリュもジャック・シャルモリュもみんな心の中から消え去っていった。あの司教補佐の姿さえもが。

そして、フェビュスは生きていたのだ。それはたしかだった。自分であの人を見たのだから。フェビュスの命、それがすべてだったのだ。致命的な打撃をつぎつぎにうけて、心の中にもっていたものはみんなくずれ落ちてしまったが、それでもなお、魂の中には、まだ一つのものが、一つの感情だけが、あの隊長に対する恋心だけが、つぶされないで残っていた。恋とは一本の木のようなものだ。それがひとりでに芽ばえ、われわれの全身の中に深くその根を張り、廃墟《はいきょ》となった心の上にさえ、青々とおい茂るのだ。

そして説明のできないことだが、この情熱は、理性がなければならないほど、強い根をはるものなのだ。愚かであればあるほど、しっかりしているものなのである。

たしかにエスメラルダは、隊長のことを思うと、いつでも苦しい気持になるのだった。

またたしかに、彼のほうでは女から裏切られたと思っているのかもしれない。こんなことは耐えられないし、彼のためなら何度でも命を投げだしそうな女から短剣で刺されたなどと考えているかもしれない。そうだったら、それは実につらいことであった。だが、とにかく、彼を責めてはならないのだ。自分は「罪」を白状してしまったではないか。弱い女で、拷問《ごうもん》に負けてしまったではないか。悪いのはみんな自分のほうだったのだ。あんなことをしゃべってしまうくらいなら、爪《つめ》をむしりとられたほうがまだよかったのだ。要するに、たった一度でいい。たった一分でいい、もう一度フェビュスに会いたかった。ひとことで、ひと目で、彼は誤解をといて自分のもとに戻ってくれるだろう。彼女はそう信じて疑わなかった。また、多くの不思議なできごと、贖罪《しょくざい》の苦行の日にフェビュスが偶然にもその場に居合わせたこと、また、彼といっしょにいた若い娘のことなどについては、できるだけ忘れようと努めた。あれはたしかに、あの人の妹だったのだ。理屈にはあわない解釈ではあったが、それで満足した。というのも、彼女は、フェビュスがいつでも自分を愛してくれているし、自分よりほかの者を愛していないと信じていたかったからである。あの人は、自分にそう誓ったではないか？　彼女のような素朴で信じやすい女にとっては、そのうえ何が必要だろうか？　それにこの事件では、男より彼女のほうが、外見はまったく不利ではなかったか？　それで、彼女は待った。望みをいだいていたのだ。

それにまた、この大聖堂のことも言いそえておこう。この広大な聖堂は、四方から娘を包み、娘を保護し、彼女を救ってやったのであるが、また、建物それ自身が鎮痛の特効薬でもあったのだ。この建物の荘厳な直線、娘を取りまくあらゆる物の宗教的なふんいき、言ってみれば、この石造りの建築物のあらゆる穴から発散する敬虔《けいけん》で落ちついた考えが、知らず知らずのうちに、彼女に影響を与えたのである。この建物もまた神の祝福と荘厳さとの響きをもっていたので、娘の病める魂もいやされていった。聖職者のうたう単調な歌、参会者が聖職者に答える、ときには不明瞭《ふめいりよう》で、またときにはどよめくようなことば、ステンドグラスの諧調《かいちょう》ある振動、幾百というラッパを吹き鳴らすように響きわたるパイプオルガン、大きなミツバチの巣のようにうなる三つの鐘楼《しょうろう》、会衆から鐘楼までのあいだを絶え間なく上《のぼ》り下《お》りする、巨大な音階が踊っているこうした管弦楽は、彼女の記憶や想像力や苦痛を鎮めてくれたのだった。ことに鐘は、心を慰めてくれた。それは、これらの巨大な機械が彼女の上に大きな波のようにひろげる強力な磁気のようであった。

こうして毎朝、朝日の昇るごとに、彼女は、ますます心が静まり、呼吸も安らかになり、青白かった顔にも血の気《け》がさしてきた。内心の傷がふさがっていくにつれて、顔にはあのやさしさと美しさがまた花のように輝いた。だが、前よりも考え深くて平静な美しさだった。昔の性格もまたよみがえってきた。その陽気なところも、可愛《かわい》らしいふくれっつらも、ヤギへの愛情も、歌をうたいたい気持も、恥じらいの気持も、すべてよみがえってきたのだ。彼女は、近くの屋根裏部屋に誰かがいて、その人が明かりとりから自分のことをのぞいて見やしないかと心配して、朝には部屋の隅《すみ》で服を着ることにまで心をくばるようになった。

フェビュスのことを思うあいまには、ときどきカジモドのことも考えてみた。それは、彼女と人間との、つまり生きている者に残っているただ一つのきずなであり、ただ一つのかかわりであり、ただ一つのたよりでもあった。不幸な娘だ！　彼女は、カジモドよりもなお世の中から隔たっていたのだ！　ふとしたきっかけで与えられたこの友については、どう考えてよいかわからなかった。この男を見ると目を閉じてしまうなどとは、感謝の気持をもっていないのではないかと思って、自分を責めることもよくあった。だがどうしても、この哀れな鐘番に慣れることはできなかった。彼はあんまり醜《みにく》すぎたのだ。

彼女はカジモドからもらった笛を床《ゆか》の上に置きっぱなしにしておいた。それでもなおカジモドは、はじめのうちはときどき姿を現わした。彼が食べ物のかごや水の瓶《かめ》を持ってきてくれるときに、いやな顔をして顔をそむけないようにできるだけ努めてみた。だが、そういうような態度をちょっとでもすると、彼はいつでもすぐに気がついて、悲しげにその場を立ち去ってしまうのだった。

一度、彼女がジャリの頭をなでているときに、彼がふとやってきたことがあった。そしてしばらくの間、娘とヤギが仲むつまじくしているようすをじっと考え深げにながめていたが、とうとう、重く不細工な顔を振りながら言った。「おれの不幸は、このおれがまだ人間に似すぎているということだ。あのヤギのように、獣《けもの》になりきってしまいたいものだな」

彼女は、男のほうにびっくりしたような目をあげた。

彼は娘の目に対して、こう答えた。「ああ！　あんたの気持は、おれにはよくわかっているよ」そして彼は去っていった。

またあるとき、彼は部屋のところに姿を現わした（彼はこの部屋には一度もはいったことがなかったのだ）。ちょうどそのとき、エスメラルダは、古いスペインの民謡をうたっていた。その歌詞の意味はわからなかったけれども、彼女がまだほんの子供だったころ、ジプシーの女たちが子守歌にそれをうたっていたので、耳もとに残っていたものだった。この歌をうたっている最中に、急にあのいやな顔が現われたので、娘は、思わず驚いたようすで、だまってしまった。不幸な鐘番は、ドアの敷居の上にひざまずき、懇願《こんがん》するような様子で、不細工な大きな手を合わせて、悲しげに言うのだった。「ああ！　お願いだから、つづけてくれ。おれを追っぱらわないでくれよ」彼女は男に悲しい思いをさせたくはなかった。そこで、全身を震わせながらも、またその歌をうたいだした。だが、恐れもしだいに薄らいで、彼女は、自分のうたう哀調をおびた、尾を引く調子に、全身が引きこまれていった。彼のほうでは、両手を合わせて、石のように、じっと耳をかたむけて、息もかすかに、ジプシーの娘の燃えるような瞳《ひとみ》を、じっと見つめながらひざまずいていた。彼女の歌を目の中に聞きこんでいたとでも言えるほどであった。

またあるときは、ものおじしたようなようすで、おずおずとやってきて、やっとのことでこう言った。「ねえ、聞いてくれるかい。ちょっと話したいことがあるんだ」娘は手まねで、聞こうという合図をした。すると、彼はほっと溜息《ためいき》をついて、唇を開きかけ、ちょっと話しだそうとするように見えたが、また女のほうをじっと見て、いや、だめだ、というふうに頭を横に振った。そして、あっけにとられているジプシー娘を残したまま、額《ひたい》に手をあてて、のろのろと行ってしまった。

壁に彫ってある奇怪な人物の彫像の中に、彼がとりわけ好んでいたのがあった。彼は、それと向かいあって親しげなまなざしを交わしているように見えることがよくあった。あるとき、ジプシー娘は、彼がその彫像に向かってこう言っているのを聞いた。「ああ！　おれもおまえのように石でできていたらよかったのになあ！」

ついにある朝のこと、エスメラルダは、屋根の端まで出てみた。そこから、サン＝ジャン＝ル＝ロン教会のとがった屋根ごしに広場をながめていた。カジモドは娘のうしろにいた。娘が自分の顔を見て、いやな気持をできるだけ起こさないように、わざとうしろにいたのだった。するととつぜん、ジプシー娘は、身を震わせた。涙と、喜びのきらめきが、同時にその目に光った。彼女は、屋根の縁に膝《ひざ》をついて、悩ましげに広場のほうに腕をのばしてこう叫んだ。「フェビュスさま！　いらっしゃいよ！　いらしてくださいよ！　ひとこと、ほんのひとことでいいの、お願い！　フェビュスさま！　フェビュスさまったら！」その声も、顔色も、身ぶりも、体ぜんたいが、ちょうど水平線のはるか彼方《かなた》、日の光のもとを幸福な人びとをのせていく遊覧船に向かって遭難の合図をしている、難破船に乗りこんだ一人の男のような、悲痛な表情をもっていた。

カジモドが広場のほうに身をのりだすと、燃える思いに狂った女が呼んでいる相手が見えた。それは若い士官だった。鎧兜《よろいかぶと》に身を飾り、隊長の制服を着た美男の騎士で、広場の向こう側で馬を駆けさせながら、バルコニーでほほえんでいる美しい婦人に、羽根飾りを振って挨拶《あいさつ》をしていた。なおまた、彼を呼んでいる哀れなジプシー娘の声は、この騎士には届かなかった。遠すぎるところにいたのだ。

しかし、この哀れな耳の悪い男には、その声がよく聞こえたのだ。深い溜息で胸を波打たせて、彼は身をひるがえした。心臓は、飲みこんだすべての涙でふくれていた。両方の拳《こぶし》をけいれんしたように震わせて、髪をかきむしった。拳をおろしたとき、両手には一つかみの赤ちゃけた髪の毛をつかんでいた。

娘のほうでは、彼に少しも注意を向けてくれなかった。彼は歯ぎしりをしながら、小声でつぶやいた。「ちくしょう！　ああでなけりゃならねえんだな！　見かけだけ美しければ、それでいいんだ！」

そのあいだにも、エスメラルダは、あいかわらずひざまずいたまま、ものすごく興奮して叫んでいた。「まあ！　あの方、馬からお降りになった！――あの家にはいろうとしていらっしゃる！――フェビュスさま！――あたしの声が聞こえないのだわ！――フェビュスさま！――あの女の人ったら、あたしがこうしてお呼びしているのに、あの方とお話なんかなさって、なんてひどい人なんだろう！――フェビュスさま！　フェビュスさまったら！」

カジモドは、娘のほうをじっと見つめていた。この無言劇の意味が彼にもわかったのだ。哀れな鐘番の目には涙があふれたが、一滴も流しはしなかった。とつぜん、彼は、やさしく彼女の袖《そで》の端を引っぱった。娘は振り返った。彼はもう落ちついたようすになっていたが、彼女に言った。「あの人を探しに行ってきてやろうか？」

彼女は喜びの声をあげた。「まあ！　行ってちょうだい、ね！　走って！　早くね？　隊長さんを！　あの隊長さんを！　あの方をつれてきてね！　ありがたいわ！」娘は彼の膝にすがりついた。彼は、苦しそうであったが、頭をたてに振らないわけにはいかなかった。「つれてきてやろう」と弱々しい声で言った。そして向きをかえると、すすり泣きながら、階段を大股《おおまた》で走りおりていった。

広場に着いてみると、ゴンドローリエ邸の玄関に立派な馬が一頭つながれているだけで、ほかにはもう何も見えなかった。隊長が家にはいった後だったのだ。

大聖堂の屋根のほうを見あげてみると、エスメラルダは、あいかわらず同じ場所に、同じ姿勢のままでいた。彼は彼女のほうに頭を振って悲しそうな合図をした。それから、隊長が出てくるまで待ってやろうと腹を決めて、ゴンドローリエ邸の車寄せの一本の柱にもたれかかった。

その日、ゴンドローリエ邸では、結婚式前の宴会があるのだった。カジモドが見ていると、大勢の人がはいっていったが、誰も出てはこなかった。ときどき彼は屋根のほうを見たが、娘も彼と同じようにじっとしたままだった。馬手が出てきて馬をとき、屋敷の馬小屋に入れた。

その日はこうして暮れた。カジモドは柱によりかかり、エスメラルダは屋根の上に立ちつくし、フェビュスはおそらくフルール＝ド＝リの足もとにすわったままで。

とうとう夜になった。月のない闇夜《やみよ》だった。カジモドはエスメラルダの姿にじっと目をそそいでいたが、それもむだだった。まもなく彼女は、薄明かりの中のぼんやりとした白い影になり、やがてそれも消えてしまった。なにもかも消え、あたりは闇に包まれてしまった。

カジモドが見ていると、ゴンドローリエ邸の正面の窓々には、上から下まですっかり明かりがついた。また、広場に面しているほかの家々の窓にも、一つまた一つと明かりが灯《とも》っていった。カジモドは、そうした明かりが最後の一つまで消えていくのもまた見ていたのだ。つまり宵《よい》の間じゅうそこにじっとして立ちつくしていたのだった。だが隊長は出てこなかった。道行く人もそれぞれの家に帰ってしまい、ほかの家々の窓の明かりもすっかり消えてしまっても、カジモドはやっぱり、たった一人で真っ暗闇の中にたたずんでいた。そのころは、ノートル＝ダムの広場には灯がつかなかったのである。

だが、ゴンドローリエ邸の窓には、真夜中をすぎてもずっと明かりがこうこうとついていた。カジモドは身動きもせずに注意深く、色さまざまなステンドグラスの上に、大勢の人影が元気よく踊りまわっているのが映るのを見ていた。もし耳がきこえたら、眠りにはいったパリのざわめきがしだいに静まるにつれて、ゴンドローリエ邸の中の宴会の物音や笑い声や音楽が、ますますはっきりと聞こえてきたに違いない。

夜もふけた一時ごろになると、招かれていた人びとも帰りはじめた。カジモドは暗闇に包まれて、みんなが灯火に照らされた車寄せの下を通っていくのをながめていた。だが、隊長は出てこなかった。

彼は悲しい思いで胸がいっぱいだった。ときどき、退屈したように、空を見あげた。黒くて、どんよりしてちぎれ裂けた大きな雲がいくつか、星空の下に薄物のハンモックのようにかかっていた。まるでクモの巣が空の丸天井にかかっているようであった。

そのうちにカジモドは、彼の頭の上に石の手すりがくっきりと浮き出しているバルコニーの扉がひそかに開くのを見た。ガラス張りの華奢《きゃしゃ》な扉が開いて二人の姿が現われたかと思うと、扉は音もなく閉められた。男と女だった。カジモドは、男のほうはあの美男の隊長で、女のほうは、朝、この同じバルコニーの上から、この隊長に歓迎のことばをかけていたのを見たあの娘であることをやっと見きわめた。広場は真っ暗で、扉が閉まったときに、そのうしろにおりた深紅《しんく》色《いろ》の二重のカーテンにさえぎられて、部屋の光はバルコニーの上にはほとんどもれてこなかった。

不自由な耳には、二人のことばは何ひとつきこえなかったが、どうやら、若い男と女は夢中になって、愛を語りあっているようすだった。娘はだまって隊長の腕を腰のあたりにまわさせていたが、キスのほうはやさしくこばんでいた。

カジモドは下からこの光景を見ていたのだが、その光景は、人に見せようとして演じられたものではなかったので、それだけますます風情《ふぜい》があった。彼は、この幸福で美しいありさまを、胸をさいなまれる思いでながめていた。なんといっても、この哀れな男にも自然の情はあったのだ。そしてその脊椎骨《せきついこつ》はねじれてはいたが、震えたのだ。彼は、神が自分に与えてくれたみじめな役割のことを思った。女も、恋も、肉欲も、永遠に目の前を通り過ぎていくだけで、自分は、他人の幸福を見ているよりほかには、何もできないものだと考えた。彼はこのありさまを見て、ひどく心を乱された。あのジプシー娘がこのありさまを見たら、どんなに苦しみ悩むだろうと思うと、くやしさに腹だたしさが加わってくるのだった。たしかに、その夜は非常に暗かったし、たとえエスメラルダがずっとあの場所にいたとしても(彼はそれを疑わなかったが)、その場所は非常に遠かった。彼自身がバルコニーの恋人たちの姿を見分けられたのが精一杯のところだったのだ。これがせめてもの慰めだった。

そのうちにも、恋人たちのささやきはますます熱をおびてきた。娘は隊長に向かって、もうこれ以上のことは何もしないでほしい、としきりに頼んでいるようすだった。カジモドは、何もよく見えなかったが、ただ、女が美しい手を合わせて涙をたたえながらほほえみ、星空を見あげているようすや、隊長の目が熱をおびて女を見おろしているようすだけが見えた。

さいわい、というのは、娘はもうほとんど男に逆らわなくなったからだが、バルコニーの扉がふいにまた開いて、一人の老婦人の姿が現われた。娘は困ったようすだったが、隊長はいまいましそうなそぶりを見せた。そして、三人とも部屋の中に戻っていった。

まもなく、馬が車寄せの下でしきりにあがきはじめ、美男の隊長が夜の外套《がいとう》に身を包んで、カジモドの前を足ばやに通りすぎた。

鐘番は相手がまちかどを曲がるまでじっとしていたが、やがて、猿のようにすばやくあとを追って走りだして叫んだ。「おおい！　隊長さん！」

隊長は立ちどまった。

「なんの用だ、ふらち者め？」彼は自分のほうに向かって体を揺すり揺すり走ってくる、腰のくだけたような男の姿を暗い中に認めて、こう言った。

そう言っているうちに、カジモドは彼のところにやってきて、大胆に馬のくつわを取り、「隊長さん、おれについてきてくれ。おまえさんと話をしたがっている人がいるんだよ」

「おや！　きさまはどこかで見たことがあるような、いつも髪をぼうぼうとさせているいやなやつだな」と、フェビュスはつぶやいた。「おい、こら！　くつわをはなさんか」

「隊長さん、誰なんだ、とはきいてくれないのかね？」と、カジモドは答えた。

「馬をはなせと言うのだ」と、フェビュスはいらいらしながら言った。「馬の鼻にぶらさがりおって、愚か者め、なんの用だ？　馬と首吊《くびつ》り台とを間違えたのか？」

カジモドはくつわをはなすどころか、馬を引き返させようとしていた。隊長の抵抗するわけがわからなかったので、急いでこう言った。

「来てくれ、隊長さん。おまえさんを待っているのは女なんだ」彼は一所懸命になってこう言いそえた。「おまえさんに惚《ほ》れている女なんだ」

「愚か者め！　おれに惚れている女のところへ、いちいち行っていられると思うか！口先だけでそう言っているのかもしれんのに！――それに、その女がきさまのようなミミズクづらをしていたら、どうなるんだ？――おまえをよこした女に、おれはこれから結婚するんだ、女なんかくそくらえだ、とそう言え！」

「まあ、聞いてくれよ」カジモドは、こう言えば男がしりごみすることもなかろうと思って叫んだ。「来てくれよ、旦那！ おまえさんも知っている、あのジプシー娘なんだ！」

こう言われて、実際、フェビュスはどきりとした。だがそれは、カジモドが期待していたような心の動きではなかった。みなさんも思い出されるだろうが、この粋《いき》な隊長は、カジモドがシャルモリュの手から囚人の女を救いだす少し前に、フルール＝ド＝リといっしょに家に戻っていたのだった。それ以来、ゴンドローリエ邸を訪問するときには、いつもこの女のことを口に出さないように気をつけていたのだ。この女のことを思い出すと、なんといっても心が痛んだのである。それにフルール＝ド＝リのほうでも、あのジプシー娘が生きていることを男の耳に入れるのはまずいと思っていた。それでフェビュスはあの哀れな「シミラール」は死んだものと思っていたし、しかも、それが一、二か月も前のことだと信じていたのである。それにまた、ちょっと前から隊長は、夜の深い闇や、この世のものとは思われない器量の悪い男や、この不思議な使者の、墓から出てくるような声のことを考えていた。もう真夜中もすぎて、通りはちょうど修道服をまとった怪しい男にことばをかけられたあの夜のように、まったく人通りもなく、馬もカジモドを見ながらあえいでいた。

「ジプシー娘だと！」と、彼はおどおどしながら叫んだ。「そうか、さてはきさま、あの世から来たのだな？」

こう言って、剣の柄《つか》に手をかけた。

「さあ、早く、早く、こっちのほうだ！」と、カジモドは馬を引いていこうとしながら言った。

フェビュスは長靴で、カジモドの胸をしたたか蹴《け》とばした。

カジモドの目はキラリと光った。彼は隊長にとびかかろうとしたが、すぐ体を硬くして言った。「ああ！　おまえさんには愛してくれるひとがいて、本当に幸せだな！」

彼は、この「ひと」ということばに力をいれて言った。そして馬のくつわをはなしながら、「さあ、どこへでも行っちまうがいいや！」と言った。

フェビュスは何か悪態をつきながら、馬に拍車をいれた。カジモドは、彼が通りの霧の中に消えていくのを見ていた。

「ああ！　あれをことわるなんて！」と、哀れな男は小声でつぶやいた。

彼はノートル＝ダムに戻り、ランプをつけて、また塔へのぼっていった。思ったとおり、娘はあいかわらず同じところにいた。遠くから彼の姿を見つけると、そばに走りよってきて、「まあ、一人なの！」と、悲しそうに、美しい手を合わせながら叫んだ。

「会えなかったよ」と、カジモドは冷やかに言った。

「ひと晩じゅう、待っていなくちゃいけなかったのに！」と、彼女はぷりぷりして言った。

彼は、その怒った身ぶりを見て、とがめられているのがわかった。「こんどはうまくあいつを待ち伏せしてみせるよ」と、彼はうなだれて言った。

「あっちへ行ってちょうだい！」と、彼女は言った。

彼は去っていった。彼女は彼のしたことに不満だった。彼は、娘に悲しい思いをさせるくらいなら、娘からひどい目にあわされるほうがましだと思っていた。悲しみはみな自分の胸におさめておこうと思っていたのだ。

この日からというもの、娘はもう彼の姿を見かけなくなった。彼は娘の部屋に行くことをやめてしまったのだ。せいぜい、もの悲しげに彼女のほうをじっと見つめている鐘番の姿が、塔の頂上に見えるくらいなものであった。だが、彼女に気づかれると、彼は姿を消してしまうのだった。

哀れなカジモドが自分のほうから勝手にここに来なくなったのを、娘があまり悲しく思っていなかったということは、言いそえておかなければなるまい。心の底では、むしろ来ないことを彼に感謝しているくらいであったのだ。そのうえ、カジモドのほうでも、この点について、思い違いをしていたわけではなかったのである。

彼は姿こそ現わさなかったけれども、彼女のまわりに守護神として出現していることは、彼女にも感じられた。彼女の食べ物は、眠っているうちに、目に見えぬ手で新しくなっていた。ある日の朝などは、見ると、窓の上に鳥かごが置いてあった。また、娘の部屋の上には彫像があって、彼女はそれが恐ろしかった。何回となくカジモドの前で恐ろしさを示してみせたのだが、ある朝(というのも、こういうことはみんな夜のうちに行なわれたからだが)、見ると、それがなくなっていた。誰かがそれを砕いてしまったのだ。この彫像のあるところまでよじ登っていった者は、生命の危険をおかしたに違いなかった。

ときには、夜になると、鐘楼の風よけのかげから、彼女にまるで子守歌をうたってでもやるように、奇妙な悲しげな歌をうたう声が聞こえてきた。それは聾者《ろうしゃ》でもうたえるような、韻《いん》もない歌であった。

姿を見ちゃいけないよ、
お嬢さん、心を見てくださいな。

きれいな若い男の胸は、たいてい汚ないものなんだ。
恋の心は秋の空、うつろいやすい心もあるよ。

お嬢さん、モミはきれいな木じゃないが、
ポプラのようにきれいじゃないが、
冬になっても葉は落ちない。

ああ！　言ったところでかいもない。
きれいじゃないやつぁ死ぬがいい。
器量自慢は器量が好きで、
四月は一月に背を向ける

きれいでさえありゃ玉のよう、
きれいであれば、なんでもできる。
きれいであるのは、割れてはいないたった一つのものなんだ。

カラスは昼だけ空を飛び、
フクロウは夜だけ空を飛ぶ。
白鳥、夜も昼も飛びまわる。

ある日の朝、目をさましてみると、窓の上に、花をいっぱいに盛った花びんが二つ置いてあった。一つは、美しい、ぴかぴか光った水晶の花びんであった。だがそれには、ひびがはいっていた。そこにいっぱいはいっていた水は流れてしまっていて、生けてあった花はしぼんでいた。もう一つのほうは、粗末な、ごくありふれた素焼きの壺《つぼ》であったが、その中には、水が少しも流れずにたたえられていて、その花はあいかわらず生き生きと真っ赤に咲きほこっていた。

故意にしたものかどうか、私は知らない。だが、エスメラルダはしおれたほうの花束《はなたば》を取って、その日一日それを胸に抱いていた。

その日は、塔からの歌声は、彼女には聞こえてこなかった。

彼女はべつにそれに気もとめず、何日ものあいだ、ジャリの頭をなでてやったり、ゴンドローリエ邸の扉のほうをじっと見守ったり、フェビュスのことを小声でなんとなく言ってみたり、また、パンを屑《くず》にしてはそれをツバメにやってみたりして、日を送っていた。

おまけに、彼女は、まったくカジモドの姿を見ないようになり、その声も聞かないようになってしまった。あの哀れな鐘番は、この大聖堂から姿を消してしまったのではないかと思われた。だが、ある晩のこと、彼女が眠られぬままにあの美男の隊長のことを思っていると、部屋の近くで寝息が聞こえた。どきりとして立ちあがってみると、月の光に照らされて、何か不格好な塊《かたま》りが、部屋の戸口のところで横に寝ているのが見えた。カジモドが石の上に眠っていたのだ。

5　赤門の鍵《かぎ》

そのうちに、司教補佐は、どのような奇跡的な手段でジプシー娘が救われたかを、世間のうわさから知るようになった。それを知ったときの気持は、彼自身にもわからなかった。エスメラルダが死ぬものとして、すっかり手はずを決めておいたのだ。そうやってすっかり安心していた。彼は人間として感じられるかぎりの苦痛の底の底まで触れてしまったのである。人間の心というものは（クロード師はこういう問題について深く考えてきていたのだったが）、絶望もある量までしかいだけるものではない。水をいっぱいに吸いこんでしまった海綿は、大海の水がその上に流れてきても、もう一滴でもよけいに取り入れることはできないのだ。

さて、エスメラルダは死んでしまい、海綿は水を吸いこんでしまった。クロード師にとっては、この世において、万事が終わってしまったのだ。でも女は生きている。フェビュスもそうだ。そう感ずると、また苦しみがはじまった。動揺と、迷いと、要するに人生がまたはじまったのだ。クロードはあらゆることに疲れ果ててしまった。

彼はこの知らせを聞くと、修道院の独房に閉じこもってしまった。参事会の会議にもおつとめにも姿を現わさなかった。誰が来てもドアを開けず、司教に対しても閉めたきりだった。こうして何週間ものあいだ、閉じこもっていた。病気なのだろうと言われた。そのとおり病気だったのだ。

こうして閉じこもって、いったい何をしていたのだろう？　この不幸な男はどんなことを考えて、もがいていたのだろうか？　自分の恐ろしい情熱と最後の戦いをしていたのだろうか？　娘を殺し、自分から永遠の罰に飛びこむような最後の計画をめぐらしていたのだろうか？

あのジャン、愛する弟、あの甘ったれ坊主のジャンが、一度訪ねてきたことがあった。

ジャンがいくらドアを叩き、悪態をつき、頼み、何度自分の名を名のっても、クロードはドアを開けなかった。

彼は窓ガラスに一日じゅう顔をつけたまま、幾日もすごした。修道院の中にあるこの部屋の窓から、エスメラルダの小部屋を見ていたのだ。彼女はよくヤギといっしょにいたが、カジモドといるときもあった。彼はあのカジモドが、あれこれと細かいことに気をつかったり、娘の言いなりになったりして、注意深く、素直にジプシー娘に仕えていることに気がついた。彼はあることを思い出した。というのも、彼はとても記憶力がよかったからだが。そして、記憶というものは、嫉妬《しっと》深《ぶか》い者にとっては拷問《ごうもん》のもとだった。彼は、鐘番があのいつかの夕方、娘が踊るのを見ていたときのおかしな目つきを思い出したのだ。カジモドがどういうわけで娘を救う気になったのか、いろいろと考えてみた。彼が遠くから見るジプシー娘とカジモドとのさまざまな無言劇は、燃える心で解釈してみると、なかなか愛情こまやかなものに見えるのだった。彼は気まぐれな女心を信用していなかった。それで、彼の心の中に、思ってもみなかった嫉妬がわきあがってくるのがぼんやりと感じられた。自分でも、恥ずかしさと怒りで顔が赤くなるような嫉妬だった。《あの隊長に対してならまだしも、あいつに対してとは！》こう考えると、彼の心は動転した。

夜になると、恐ろしい思いにとらわれた。ジプシー娘が生きていると知ってからというもの、昼の間じゅうつきまとっている幽霊と墓の冷たい影は消え去り、また肉欲が戻ってきて、体をかきむしるのだった。褐色の髪の娘がすぐそばにいると感じるだけで、彼はベッドの上でのたうちまわるのだった。

毎晩のように、錯乱した妄想のために、かつて血をひどく沸きたたせたあのエスメラルダのさまざまな姿が、彼の頭に浮かんでくるのであった。彼には、女が目を閉じて、その美しい喉《のど》がフェビュスの血にまみれ、短剣の刺さった隊長の上に倒れている姿が見えた。快楽にとりつかれていたあのとき、司教補佐は、彼女の青白い唇の上に、自分の唇を押しつけたのだった。そしてこの不幸な女は、なかば死んでいるようなものであったとはいえ、そのキスの焼けるような熱さを感じたのだった。彼はまた、彼女が拷問役人の野蛮な手で服を脱がされ、その小さい足も、可愛《かわい》い丸々とした脛《はぎ》も、しなやかな白い膝《ひざ》も、鉄のねじ釘《くぎ》のついた足枷《あしかせ》に裸のままはめこまれている姿をも見た。また、その象牙《ぞうげ》のような膝が、トルトリュの恐ろしい機械の外に片方だけ残っているのも目にうつった。ちょうどあの最後の日に見たように、娘が肌着一枚にされて、首を縄でしばられ、また、肩も足も裸にされ、また、ほとんど裸体になっている姿も見た。これら肉欲の姿を見ると、彼の拳《こぶし》はぶるぶると震え、背すじに身震いが走るのだった。

本の豆知識

●欧文書体の８系統●

Iwanami Shinsho 012345
ゴシック系

Iwanami Shinsho 012345
オールドフェース系

Iwanami Shinsho 012345
中間的書体（トランジショナル）

Iwanami Shinsho 012345
モダンフェース系

Iwanami Shinsho 012345
イタリック系

Iwanami Shinsho 012345
エジプシャン系

Iwanami Shinsho 012345
サンセリフ系

Iwanami Shinsho 012345
スクリプト系

ある晩、その幻はとくに激しく、彼の血管の中の童貞と聖職者の血をむごたらしいまでに沸きたたせた。彼は枕をかんでベッドから跳び起き、シャツの上に短白衣をひっかけ、手にランプを持ち、半裸体のまま狂ったように部屋を飛び出した。目を炎のように光らせて。

彼は、修道院と大聖堂のあいだにある赤門の鍵のありかを知っていた。それに塔の階段の鍵は、みなさんもうご存じのように、彼がいつでも身につけて持っていたのだ。

6　赤門の鍵（つづき）

その晩、エスメラルダはいっさいを忘れ、希望と楽しい思いで胸をいっぱいにして小部屋の中で眠っていた。いつものようにフェビュスの夢をみながら眠りこんで、しばらくたったころだった。なにか、あたりで物音がするような気がした。彼女は鳥のように眠りがあさく、びくびくしているほうで、ちょっとしたことで目をさますたちだった。目を開けると、あたりは真っ暗だった。それでも明かりとりの窓から一つの顔が自分の姿をのぞいているのが見えた。一つのランプが、この幽霊を照らしていたのだ。幽霊は、エスメラルダに見られているのに気がつくと、ランプを吹き消した。それでも、娘はそのあいだに相手の姿をちらっと見てしまった。恐ろしさのあまり、まぶたを閉じた。「あ！　あの神父だ！」と、消えいるような声で娘は言った。

過ぎ去ったすべての不幸が、稲妻のようにさっと思い出された。彼女は凍りついたようになって、ベッドの上にくずおれてしまった。

しばらくすると、なにかが全身に触れるのがわかった。彼女はがたがたと震えて、床《とこ》の上にすわった。もうはっきりと目もさめ、怒りに燃えていた。

司教補佐が彼女のそばに忍びこんできて、両腕で彼女を抱きかかえていたのだ。

娘は叫び声をあげようとしたが、声にならなかった。

「出ていけ、化け物め！　行ってしまえ、人殺し！」と、彼女は、激しい怒りと恐怖に震える小声で叫んだ。「頼む！　お願いだ！」司教補佐はこうつぶやきながら、娘の肩に唇を押しつけた。

彼女は両手で男の残った髪の毛を持って、はげ頭をひっつかみ、まるでかみつかれたみたいに、必死になって、その唇をどけようとした。

「お願いだ！」可哀《かわい》そうにも男は繰り返した。「わたしがどんなにおまえを愛しているかわかってくれ！　わたしの愛は火のようなものだ。とけた鉛のようなものだ。わたしの心には幾千ともしれぬ刃《やいば》が突きささっている！」

彼は人間わざとも思われない力で、娘の両腕をむんずとつかんだ。娘は死にもの狂いになって叫んだ。「はなして！　はなさないと、顔につばをかけてやるから！」

彼は手をはなした。「わたしを卑しんでくれ、叩いてくれ、意地悪をしてくれ！　なんでも好きなようにしてくれ！　だが、お願いだ！　わたしを愛してくれ！」

これを聞くと、彼女は子供が怒ったときのように、彼を叩いた。男の顔をめちゃめちゃにしてしまおうと、その美しい腕に力をこめるのだった。「あっちへ行け、悪魔！」「愛してくれ！　このわたしを愛してくれ！　可哀そうだと思ってくれ！」司教補佐はみじめにもこう言いながら、娘の体の上でのたうちまわり、打たれながら、愛撫《あいぶ》でそれに答えていた。

とつぜん、彼女は、男の力が自分よりも強くなったのを感じた。「さあ片をつけてしまおう！」と、彼は歯ぎしりをしながら言った。

彼女は男の腕に押さえこまれ、息をはずませていた。押さえつけられて力つき、もう彼の思いのままだった。彼女は、淫《みだ》らな手が自分をまさぐっているのを感じ、最後の力をふりしぼって叫んだ。「助けて！　誰か来て！　人殺し！　人殺し！」

何も起こらなかった。ジャリだけがさっきから目をさましていて、不安そうに鳴いていた。

「黙れ!」と、息をはずませて、司教補佐は言った。

もがきながら床の上を動いていると、とつぜん、何か冷たい金属製のものが手にさわった。カジモドの笛だった。それだけがのぞみの綱と、必死になってそれを握りしめ、唇にもっていって、残っていた力をふりしぼって吹き鳴らした。笛は、澄んで、鋭く、耳をつんざくような音をたてた。

「なんだ、それは?」と、司教補佐は言った。

ほとんど同時に、彼は、たくましい腕で抱きあげられたのを感じた。部屋は暗く、誰が自分をこんなふうにつかみあげたのか、はっきりと見わけがつかなかった。怒りでガタガタ鳴る歯の音だけが聞こえた。そして、暗闇《くらやみ》の中にもれてくる光があったので、それでどうにか、頭上に短刀の幅広《はばひろ》の刃がぎらりと光ったのが見えた。

司教補佐はカジモドの姿を見たような気がした。あの男以外の者であるはずがないと考えた。そういえば、はいるときに、ドアをふさぐようにころがっていた包みのようなものにつまずいたことを思い出した。でも、今やってきた男がひとことも口をきかなかったので、どう考えていいかわからなかった。彼は「カジモド!」と叫びながら、短刀を振りかざした腕にとびかかった。このせっぱつまったときに、カジモドの耳がきこえないことを忘れていたのだ。

あっという間に司教補佐は床に投げ倒され、鉛のような膝《ひざ》が胸の上にのしかかるのを感じた。ごつごつした膝で押しつけられてみて、いよいよそれがカジモドであることに気がついた。でもどうしたらいいのだろう？　どうしたら、この男に自分だとわかってもらえるだろう？　夜の闇で、男の目は働かなかったのだ。

もうだめだった。娘はたけり狂った虎《とら》のように無慈悲で、助けようなどとはしなかった。短刀がもう少しで頭に触れようとした。危機一髪のとき、とつぜん敵はためらうようすであった。「女の上に血を流しちゃいけない！」と、男は鈍い声で言った。

まさしくそれは、カジモドの声だった。

そのとき司教補佐は大きな手で足を引っぱられ、部屋の外へ引きずっていかれるのを感じた。外で殺されるに違いない。しかし彼にとって幸いなことには、しばらく前から月が出ていた。

二人が部屋の戸口をまたいだとき、青白い月光が司教補佐の顔を照らした。カジモドは相手の顔をまともに見てぶるぶるっと身震いをし、相手をはなして後ずさりした。

娘は敷居のところまで出てきたが、急に二人の立場が変わったのを見てびっくりした。今や司教補佐のほうが居丈高《いたけだか》になり、カジモドのほうがひたすら哀願していた。

司教補佐は身ぶりで、怒りと非難をカジモドにぶちまけ、引きさがっているようにと、乱暴に合図をした。

カジモドはうなだれていたが、やがて、娘の部屋のドアの前にやってきてひざまずいた。「旦那さま」と、重々しい、あきらめきったような声で言った。「しかたがありませんや、どうぞお好きなようになすってください。だが、まず、わたしを殺してください」

こう言って、彼は司教補佐に短刀を差し出した。司教補佐はわれを忘れ、その短刀にとびついた。でもそれより早く、娘はカジモドの手から短刀を奪い取って、狂ったように笑いだしながら「さあ、おいで!」と、司教補佐に向かって叫んだ。

彼女は刃を高くふりかざした。司教補佐はどうしたらいいかわからなかった。本当に切りつけてくるかもしれなかったのだ。「近よれないいじゃないか、卑怯者《ひきょうもの》!」そう叫ぶと、無慈悲な言い方で、それが司教補佐の心に真っ赤に焼けた鉄をいくつも突き刺すことになるのを承知のうえで、こう言いそえた。「ああ! あたしはフェビュスさまが死んでいないのを知っているんだよ!」

司教補佐はカジモドを蹴《け》とばして、床の上にころがした。そして、怒りに身を震わせながら、階段の丸天井の下に消えていった。

彼が行ってしまうと、カジモドは娘を救った笛を拾いあげて、「錆《さ》びついてしまったな」と言いながら、それを彼女に返した。そして、娘をひとり置きざりにして行ってしまった。

娘はこうした激しい騒ぎにすっかりびっくりしてしまい、ぐったりとなって、ベッドの上に倒れ、しゃくりあげながら泣いた。前途はまた、真っ暗になってしまったのだ。

一方、司教補佐は手さぐりをしながら自分の部屋に戻っていった。

もうおしまいだった。クロード師はカジモドに嫉妬した！

彼は考えこんでいるようすで、あの不吉なことばを繰り返した。「誰にもあの女を渡すものか！」

第十編

1　グランゴワール、ベルナルダン通りで いろいろな謀《はか》りごとをめぐらす

ピエール・グランゴワールは、こんどの事件がすべてどうなっていったかを、またこの劇の主人公たちが、縄にかかったか、縛り首になったか、それともほかに、不幸な目にあったに違いないことを見てとってからというものは、もうこの事件の巻きぞえをくいたくなかった。グランゴワールは、いろいろ考えたすえ、宿なしどもをパリのこのうえもない仲間だと思って彼らの中に暮らしていたのだが、宿なしたちはジプシー娘の身の上をあいかわらず心配していた。それが彼らにとってごくあたりまえのことだということが、彼にはよくわかっていた。なんといっても、彼らは、あの女と同じように、シャルモリュやトルトリュの手に渡るよりほかには考えられないような者どもで、彼のよ

うにペガソス（ギリシア神話中の翼のある馬。詩的霊感を表わす）の二つの翼に乗って空想の世界を駆けまわるすべを知らなかったのだ。彼は、この連中のうわさ話から、壺《つぼ》を割って結婚式をあげた自分の女房が、ノートル＝ダムに避難したのを知って大いに安心していた。しかし、そこに行って彼女に会ってみたいという気さえおこらなかった。ときどき、あの可愛《かわい》いヤギのことを思うこともあったが、ただそれだけだった。そのうえ、昼間は生きるために軽わざをしていたし、夜は遅くまで起きて頭をしぼり、パリの司教をやっつける訴訟《そしょう》書類を書いていたのだ。というのも、彼は、司教の水車小屋の車に水をたっぷりかけられたことを思い出して、それを恨《うら》みに思っていたからである。そのほかにまた、ノワイヨンとトゥールネの司教ボードリ・ルージュの美しい作品『石の切り方について』に注釈を加えるという仕事もしていた。この書物は、建築に対する激しい興味を彼に与えたものであって、彼はしだいに、心のうちで錬金術《れんきんじゅつ》に関する興味を失って、そちらのほうへと心がかたむいていった。だがそれは、彼にとっては必然の結果にすぎないのであった。というのは、錬金術と煉瓦《れんが》工事とのあいだには一つの密接な関係があるからである。グランゴワールは、観念を愛する気持から、この観念の形式を愛する気持へと移っていったわけである。

ある日のこと、彼は、サン・ジェルマン＝ローセロワの付近の「フォール＝レヴェーク」と呼ばれていた邸《やしき》の角《かど》に立ちどまっていた。この邸は、「フォール＝ル＝ロワ」と呼ばれている邸の正面にあったものである。そのフォール＝レヴェークには、十四世紀にできた美しい礼拝堂があって、その後陣はまちのほうに向いていた。グランゴワールは、その外側にある彫刻を、うやうやしい態度でしらべていた。彼は今、芸術家がこの世にあるもののうちで芸術だけを見て、芸術のうちに世界を見ている、あの利己的な、一徹な、崇高な喜びにひたっていたのだった。と、とつぜん、肩の上に重々しく手が置かれるのを感じて、ふと振り向くと、それは彼の旧友であり、旧師である司教補佐であった。

彼はびっくりして、しばらくぽかんとしていた。彼は、長いこと司教補佐に会っていなかった。クロード師はいつも、もったいぶっていて、情熱的なところのある人だったので、彼に会うと、いつでもグランゴワールは、懐疑派の哲学者としての心の平衡《へいこう》を乱されるのであった。

司教補佐がしばらく黙っていたので、そのあいだにグランゴワールは、彼のようすをとっくりとながめることができた。見ると、クロード師はずいぶん変わっていた。冬の朝のように顔色は青白く、目はくぼみ、髪の毛はほとんど白くなっていた。とうとうクロード師のほうが沈黙を破って、もの静かな、だが冷ややかな口調でこう言った。

「元気かね？　ピエール君」

「健康のことですか？　そうですな、どうとも言えますな。どっちにしても、まあよいほうでしょう。わたしは、過度のことはしないのです。ご存じのように、健康の秘訣《ひけつ》は、ヒッポクラテス（古代ギリシアの医者）のことばに従えば、『すなわち、食うこと、飲むこと、眠り、愛、すべてほどほどであれ』ですからな」

「それじゃ、きみには心配ごとはないのだね？　ピエール君」と、司教補佐は、グランゴワールをじっと見つめながらきいた。

「そうですとも。ありませんよ」

「それで、今、何をしているのだ？」

「ごらんのとおりですよ、先生。この石の切り口や、この浅浮き彫りの切り方などをしらべているんです」

司教補佐は笑いだしたが、それは、口の片方の端をゆがめて笑う、あの苦笑《にがわら》いであった。「そして、それは面白いかね？」

「天国ですな！」と、グランゴワールは叫んだ。そして、生きた現象を証明する者のような夢中になってしまった顔つきをして、彫刻のほうに身をかたむけながら、「たとえばこの、実にたくみに、根気よく、うまく飾りつけてつくられた、浅浮き彫りの変形がお見えになりませんか？　この小柱に目をとめてごらんなさい。どの柱の頭を見たって、これほどやさしく、これほど鑿《のみ》に可愛がられた葉模様を、ごらんになったことがないでしょう。ほら、ここに、ジャン・マイユヴァンの三つの丸彫《まるぼ》りがあるでしょう。これは、あの大天才の最高傑作とは申せませんが、しかし、その素直さといい、顔のやさしさといい、構えや衣服の垂れの明るさといい、またあらゆる欠点の中にまじっている、この説明しえない魅力といい、すべては、小さな像を軽快にし、繊細にしているのです。おそらく、あまりにも、そうでありすぎるとさえ言えるかもしれません。これを面白いとはお思いになりませんか？」

「もちろん、思うとも！」

「それに、礼拝堂の中をごらんになれば、それこそ！」と、詩人は夢中になって言った。「それこそ、いたるところ彫刻ですよ。まるで、キャベツの芯《しん》のように、うじゃうじゃしていますよ！　後陣は、非常にうやうやしい気持で、また特別なやり方で彫ってあるので、あんなようなものは、ほかにどこに行っても見たことはありませんでしたな！」

クロード師は、彼の言うことをさえぎって、「すると、きみは幸福なんだね？」ときいた。

グランゴワールは熱して答えた。

「誓って幸福ですよ！　まず、女を愛しました。つぎに動物を愛しました。今では石を愛しています。それは、女や動物とまったく同じように面白いものですよ。それに、石のほうは不実じゃありませんからね」

司教補佐は額《ひたい》に手をあてた。それは、彼のいつもの癖であった。「本当だな！」

「まあ、お聞きください！　人は誰でも、さまざまな娯楽をもっているものです！」彼は司教補佐の腕をとり、司教補佐のほうは、なすがままになっていた。そして彼は司教補佐をフォール＝レヴェークの階段の小塔の下につれこんだ。「ほら、ここに階段があるでしょう！　この階段を見るたびに、わたしはうれしくなるのです。これは、パリのうちで、最も単純で、めったにないようなつくり方ですね。階段はすべて、下のほうの角がななめに切り落とされています。その美しさと単純さとは、およそその幅が三十センチぐらいある踏板にあるのでして、その踏板は、また一つひとつ組み合わされてさしこまれ、はめこまれ、つなぎ合わされ、象眼《ぞうがん》がほどこされ、浅彫りがしてあって、実にしっかりと、ものやわらかな仕方で食い合わさっているのですよ！」

「そして、きみには、なんの望みもないのかね？」

「ええ」

「なにも後悔していないのか？」

「後悔も欲望もありませんな。わたしは、ちゃんとした生活をしましたからね」

「人間はちゃんとした生活をしていても、さまざまなことで乱されるものだ」

「わたしは、懐疑派の哲学者でして、あらゆるものを均衡の状態にしておくのです」

「ところできみは、どうやって食っているのだね？　きみの生活だよ」

「わたしは、また、あちこちで叙事詩や悲劇を書いています。だけど、最も収入の多いのは、先生、ご承知のように、あの仕事ですよ、あの、椅子《いす》を重ねて、歯でそれを持ちあげるというやつですよ」

「その職業は、哲学者としては卑しいな」

「これも均衡の一種ですよ」と、グラングワールは言った。「一つの思想を抱いているときには、なんにでもそれが現われてくるものですよ」

「なるほどな」と、司教補佐は答えた。

しばらく黙っていたが、やがて司教補佐は言った。

「でもやはり、きみも相当みじめなものだな」

「そうです、みじめなものですよ。ですが、不幸じゃありませんよ」

このとき、馬の足音が聞こえてきた。今まで話をしていた二人は、ふと見ると、通りのはずれに、王室親衛隊の一隊が槍《やり》を高くあげ、隊長を先頭にして、隊を組んで進んでくるのだった。この騎馬隊は、きらびやかな姿で、舗道《ほどう》を踏み鳴らしながら通りすぎていった。

「あなたは、あの士官をじっとごらんになっているようですね！」と、グランゴワールは司教補佐に言った。

「どうも見覚えがあるように思われるのでな」

「名前は何というのですか？」

「おそらく、フェビュス・ド・シャトーペールというのだと思うが」

「フェビュスですって！　妙な名前ですな！　フォワ伯爵にもフェビュスという人がいましたね。わたしの知っている娘で、神に誓うときにはいつでも、フェビュスという名を口ばしっている女がいたのを覚えていますよ」

「ちょっと来たまえ。きみに話したいことがあるのだ」

あの一隊が行ってしまってからというものは、司教補佐の氷のような冷たい外観の下に、心の動揺がありありと感じられた。彼は歩きだした。グランゴワールは、彼の言うことなら何でも聞くという習慣があったので、人を威圧する力のあるこの男にひとたび近づいたことのある者ならば誰でもそうであるように、彼もそのあとについていった。

二人はものも言わずに、ベルナルダン通りまでやってきた。そこはほとんど人通りがなかった。クロード師はそこで立ちどまった。

「話したいことって、なんですか、先生？」と、グランゴワールはきいた。

「きみはな、いま会った、あの騎馬隊の男たちの服がきみの服やわたしの服よりもきれいだと思っているんじゃないかね？」と、司教補佐は、深く考えあぐんだようすで言った。

グランゴワールは頭を振った。「とんでもない！　あんな鉄や鋼鉄のうろこなんかよりも、わたしの黄色や赤の長衣のほうがいいですな。フェライユの波止場が地震でたてるような音を、歩きながらたてるなんぞは、およそお笑いですな」

「じゃ、グランゴワール君、きみはあの射手の袖《そで》付き胴着を着た美男子のやつらを羨《うらや》ましいと思ったことはないかね？」

「羨むって、何をですか、司教補佐さん？　力をですか？　甲冑《かっちゅう》をですか？　それとも訓練をですか？　たとえ身にぼろをまとっていても、哲学と独立とのほうがよっぽどいいですね。鶏口《けいこう》となるも牛後《ぎゅうご》となるなかれ、ですからな」

「きみは変わってるね。でも、美しい制服は、やはり美しいものだよ」と、司教補佐は、何か夢見るように言った。

グランゴワールは、司教補佐がもの思いにふけっていたので、彼から離れて、隣の家の素晴らしい車寄せを見にいった。やがて、手を打ちながら帰ってきた。「先生がもうあまり軍人のきれいな服なんかに見とれなくなりましたら、司教補佐さん、どうかあのドアを見にいらっしゃいませんか。いつでも申しあげておりましたように、オーブリ殿の家の入口は、ちょっとよそでは見られない素晴らしいものですよ」

「ピエール・グランゴワール君、あの可愛いジプシーの踊り子はどうしたかね？」

「エスメラルダですか？　どうも急に話が飛びますね」

「あれはきみの女房じゃなかったのかね？」

「そうですよ、壺を割る式のね。四年間そうなのです」

グランゴワールは、半ばからかうようなようすで司教補佐を見ながら、言いそえた。

「ときに、先生はあいかわらず、あの女のことを思っていらっしゃるのですか？」

「きみのほうは、もう考えてはいないのかね？」

「ほとんどね。――なにしろ忙しいですからね！……だけど、あの小ヤギはまったく可愛らしかったですな！」

「あのジプシー女は、きみの命を助けてくれたのじゃなかったかね？」

「いやまったく、そのとおりです」

「ところで、あの女はどうなったのだね？　きみはあの女をどうしたのだ？」

「申しあげないことにしましょう。おそらく絞首台にかけられたと思いますよ」

「そう思っているのか？」

「はっきりとはわからないのですよ。やつらが人びとを絞首台にかけようとしているなと見れば、わたしなどはその場から逃げてしまいますよ」

「きみの知っているのはそれだけか？」

「ちょっとお待ちください。人のうわさによると、あの女はノートル＝ダムに逃げこんで、それで安全になっているということですよ。わたしもそれを聞いて、喜んでいるのです。あのヤギも女といっしょに助かったかどうかは、まだわからないのです。わたしの知っているのは、それだけです」

「では、わたしがそれ以上のことを教えてやろう」と、クロード師は叫んだ。彼の声はそのときまで低く、ゆっくりとして、ほとんど聞きとれないくらいだったが、急に大きくなった。「あの女は、実際、ノートル＝ダムに逃げこんだのだ。だが三日たつと、またお上《かみ》の手に捕えられて、グレーヴ広場で絞首刑になるだろう。高等法院の逮捕状が出ているのだ」

「それは困ったことですな」と、グランゴワールは言った。

司教補佐はたちまちのうちに、また冷静になった。

「いったいどんなやつが、もの好きに余計なおせっかいをして、再逮捕の請願なんかをしたんでしょう?」と、詩人が言った。「高等法院をそっととさせておくことはできなかったのでしょうかね? 可哀《かわい》そうな娘が一人ぐらいノートル＝ダムのひかえ壁の下のツバメの巣のそばに避難していたって、それがいったい何だっていうんでしょう?」

「世の中にはいろいろな悪魔がいるからな」と、司教補佐は答えた。

「そいつは、まったく遺憾《いかん》なことですね」と、グランゴワールは言った。

司教補佐はしばらく黙っていたが、やがて、「それで、きみは、あの女に命を助けられたのだろう?」ときいた。

「あの愉快な宿なしどもの中でね。もうちょっとで、わたしは吊《つ》るされるところでしたよ。でもそんなことをしたら、彼らは今じゃ後悔してるでしょうがね」

「きみは、あの女のために、何かしてやろうとは思っていないのかね」

「できることならしたいのですが、無理でしょうな、クロード先生。まごまごして、いやな事件にまきこまれでもしたら困りますからね」

「かまうものか!」

「えっ! かまうもんかですって! あなたはひどい方ですね、先生! わたしは、大きな作品を二つ書きはじめたところなんですよ」

司教補佐は額《ひたい》を叩いた。しきりに平静さをよそおってはいたが、ときどき、体を激しく動かすところを見ると、内心はおだやかでないことがわかるのだった。「どのようにして救うかだ？」

グランゴワールは言った。「先生、お答えしましょう。『イル・パデルト』ですな。これはトルコ語で『神こそわれらが望み』という意味なのです」

「どのようにして救うかだ？」と、クロード師は夢見るように繰り返した。

こんどは、グランゴワールのほうが額を叩いた。

「お聞きください、先生。いい思いつきがありますよ。いい工夫を教えてあげましょう。――国王に特赦をお願いしてみたらどうでしょうか？」

「ルイ十一世にか？　特赦を？」

「なぜいけないんですか？」

「生きた虎《とら》から骨を抜くようなものだ！」

グランゴワールは、何か新しい解決策はないかと考えていたが、

「ああ！　これじゃどうでしょう！――助産婦に頼みこんで、あの娘が妊娠したと言ってもらうのは、どうでしょうか？」

これを聞くと、司教補佐のくぼんだ瞳《ひとみ》がきらりと光った。

「妊娠だって！　まさか！　きみに、そんな覚えがあるのか？」

グランゴワールは、相手のようすにすっかりおびえてしまい、急いでこう言った。

「いや！　わたしじゃありませんよ！　わたしたちの結婚は、まったくの『別室結婚』だったのです。つまり、わたしは部屋の外にいたというわけで。だけど、結局、執行猶予を得ればいいんでしょう」

「この野郎！　破廉恥《はれんち》なやつだ！　黙れ！」

「お怒りになるなんて間違っていますよ」と、グランゴワールはブツブツ言いながら、「執行猶予が得られるのですよ。誰に迷惑をかけるというのでもないし、それにまた、助産婦たちにパリ金の四十ドニエばかり儲《もう》けさせてやることにもなるんですよ。なにしろ、やつらは貧乏ですからな」

司教補佐は、彼の言うことなどは聞いていなかった。

「ともかく、あの女をあそこから出さなければならぬ！」と、彼はつぶやいた。「逮捕状の執行期限は三日だからな！　それに、あいつには逮捕状は出ないだろう、あのカジモドにはな！　女というものはずいぶん下等な趣味をもっているものだ！」それから声を高くして、「ピエール君、わたしもいろいろ考えてみたが、あの女を救い出す手段は、たった一つしかないのだ」

「どういうのですか？　わたしには、わかりかねますが」

「まあ、聞け、ピエール君。きみはあの女に命を助けられたことを、よもや忘れはしないだろう。わたしの考えを率直に言おう。ノートル＝ダムには、昼も夜も見張りがついている。この大聖堂にはいるのを見られた者だけが、また出られるというわけだ。きみは、大聖堂にはいれるのだ。どうかやってきてくれ。わたしがきみを、あの女のところにつれていってやろう。きみは、あの女と服をとりかえるのだ。つまり、あの女がきみの胴着を着る。きみはあの女のスカートをはくというわけだ」

「そこまでは、結構でしょうな」こう言って、哲学者は考えながら、「それから？」

「それから？　あの女がきみの服を着て外に出る。きみはあの女の服を着て残るのだ。それでたぶん、きみは縛り首になるだろうが、あの女は助かるのだ」

グランゴワールはとても真剣な顔をして、耳を搔《か》きながら言った。

「ううん！　こいつだけはまったく、わたしには浮かんできそうもない考えですな」

クロード師から思いがけない、こういった相談をもちかけられて、詩人のあけっぴろげで、おだやかな顔は急にくもってしまった。いつも晴れて美しいイタリアの風景に、あいにくと一陣の風が吹いてきて、太陽の上に重い雲をかけてしまったときのように。

「ところでグランゴワール君！　この方法はどうかね？」

「そうですね、先生、わたしはたぶん縛り首にならないどころじゃなくて、きっと、縛り首になっちまいますよ」

「そんなことは、わたしらの知ったことではないよ」

「ちえっ！　おやおや！」と、グランゴワールは言った。

「あの女はきみの命を助けた。きみはその借りを返すわけだ」

「まだほかにいくらでも、返していない借りがたくさんありますよ！」

「ピエール君、絶対にそうしなければならないのだ」

司教補佐は命令するように言った。

「まあ聞いてください、クロード先生」と、詩人はすっかり驚いて言った。「先生はその考えに固執なさっておられますけど、それは、あなたのお間違いですよ。なぜわたしが人の身代わりになって縛り首になるのか、わかりませんね」

「なぜ、きみはそんなに命に執着するのかね？」

「そりゃ！　理由はたくさんありますよ！」

「どんな理由かね？　教えてくれ給え」

「どんな理由かですって？　大気もあり、空もあり、朝、夕暮れ、月光もありますね。

友達の宿なしどももあり、おてんば娘とのふざけっこもありますし、それにパリの美しい建築も研究したいと思ってますし、大著述を三つ書きたいのですよ。その一つは、司教とその水車小屋をやっつける書物なのです。そのほかにだって、いくらでもありますよ。アナクサゴラス（前五世紀ごろのギリシアのイオニア派の哲学者）も、自分は太陽をたたえんがためにこの世に生きている、と言っています。それに、わたしには、朝から晩まで、このわたしという天才といっしょにいるという幸福があるのですからね。それはまことに楽しいものですよ」

「きさまの頭はガチャガチャとやかましい鈴を作るくらいが関の山だ！」と、司教補佐はつぶやいた。「おい！　ちょっときくが、おまえがそんなに楽しんでいるその命は、いったい誰がおまえに残しておいてくれたのだ？　この大気を呼吸したり、この空をながめたり、ヒバリのように愚かでおかしなおまえの心を楽しませることができるのは、誰のおかげなのだ？　もしもあの女がいなければ、おまえはどこにいると思うのだ？あの女のおかげで、こうして命があるのに、あの女が死ねばよいと思っているのか？あの美しくて、やさしくて、可愛い、世の中の光にはなくてはならぬ、神よりももっと神々《こうごう》しいあの女が死ねばよいと思っているのか！　それにひきかえ、おまえは、生半可《なまはんか》な知識をふりまわし、半分狂っていて、なんの役にもたたない下絵と言おうか、いわば草や木も同然と言えるくせに、自分では、歩いたり考えたりしているつもりになっている。そのおまえが、昼行灯《ひるあんどん》のように無用な、人から奪った命をもって、ずっと生きのびていきたいなどとは、いったい何たることだ？　どうだ、少しは同情をもて、グランゴワール！　こんどはおまえが男を立てる番だ。はじめに健気《けなげ》な振舞いをしたのは、あの女のほうなのだぞ」

司教補佐の口調は激しかった。グランゴワールは、はじめのうちはどうでもいいようなようすで聞いていたが、やがて感きわまって、とうとう泣きっつらになったが、そのため、彼の青白い顔はまるで腹痛《はらいた》を起こした赤ん坊のように見えた。

「おことば、本当に身にしみました」と、涙をふきながら言った。「そうです！　わたしもよく考えてみましょう。——だけどあなたのお考えもちょっと変ですな。——要するに」と言って、しばらく黙っていたが、やがて、「まあどうなりますか？　おそらく縛り首にもなりますまい。婚約したからといって、そのまま結婚するとは決まっていませんからな。このわたしが、スカートをはいたり、女の帽子をかぶったり、そんなグロテスクな格好をしてあの部屋にいるのを見つけられたら、やつらは、おそらく、吹きだすことでしょうな。——それに、もしやつらがわたしを縛り首にしたら、やれやれ！　絞首刑なんて、それこそ犬死《いぬじ》にですな。いや、よく言えば、犬死にじゃない。一生を迷いのうちにすごした賢者にふさわしい死だ。真の懐疑派の哲学者の精神らしく、決定ということのない死だ。天と地の中間に身を置いて、われわれを宙ぶらりんの状態に置く、あのピュロン（前三世紀ごろのギリシアの哲学者）の懐疑主義とためらいとの色合いがはっきりと出ている死だ。それこそまさに哲学者の死だ。おそらくわたしは、そうなる宿命だったのだろうな。生きてきたとおりの死に方をするのは素晴らしいことだ」

　クロード師はことばをさえぎって、「どうだい、いいかね？」

「要するに、死とはいったい何だろうか？」と、グランゴワールは興奮してつづけた。「不快な瞬間でもあり、通行税でもあり、わずかばかりのものから皆無にいくことですな。ある男がメガロポリスのケルキダス（前三世紀の犬儒派の哲学者）に向かって、あなたは喜んで死ねるかとたずねたときに、彼はこう言いましたよ。『どうしていやと言えるかね？　だって、ぼくが死ねば、哲学者の中ではピュタゴラスに、歴史家の中ではヘカタエウス（前四世紀のギリシアの歴史家）に、詩人の中ではホメロスに、音楽家の中ではオリュンポスに、そのような偉い人たちに会えるからね』とね」

　司教補佐は、彼のほうに手を差しのべた。「じゃ、いいか？　あした来るのだぞ」

　こう言って手を差し出されて、グランゴワールは、ふと現実にかえった。

「いや、冗談じゃない、いやですよ！」と、彼は目をさました男のような調子で言った。「縛り首になるなんて！　あんまりふざけていますよ。わたしはいやですよ」「きっと来るんだぞ！」

「じゃ、さらばだ！」司教補佐はこう言って、さらに口の中で言いそえた。

《あんないやな男にまた会うなんて、ごめんだね》と、グランゴワールは考えた。だがクロード師のあとを追って走っていって、「ちょっと待ってください。司教補佐さん。昔なじみ同士で喧嘩《けんか》をするのはよしましょう！　あの娘、つまりわたしの家内のことをご心配くださるのはありがたいですよ。あれをノートル＝ダムから無事につれ出そうとして計略をお考えになりましたが、あなたの手段は、このわたしグランゴワールにとっては、ひどく不愉快なものですよ。――もしわたしなりの方法が考えつけたらなあ！――今、ふと、無類でとびきりな妙案が浮かんできたんですよ。――わたしの首を輪差《わさ》なんかで危ない目にあわせないで、あの女を危ないところから逃がしてやるいい考えがあったらどうです？　どうお考えになりますか？　それではご満足になりませんか？　あなたが満足なさるには、わたしが縛り首になることが絶対に必要なのでしょうか？」

司教補佐はじれったそうに、着ていた法衣のボタンを引きちぎった。「ぺらぺらとよくしゃべるやつだ！――で、きみの方法とは、どんなものかな？」

「はい」と、グランゴワールはひとりごとを言うように、何か深く考えているしるしに、人さし指を鼻にあてながら、こう言った。「――つまり、こうなのですな！――あの宿なしどもは立派なやつらでして。――ジプシー族というやつは、あの女を愛しているんです。――それで、ひと声かければ、やつらは立ちあがりますよ。――こんなに易しいことは、まずありませんな。――ちょっと手をあげさえすればね。――その混乱を利用して、楽々とあの女を奪い取ってしまうのです。――あすの晩、さっそくやりましょう。……――それこそやつらの望むところなんですよ」

「で、その方法とは！　はやく言い給え」と、司教補佐は、彼を揺すぶりながら言った。

グラングワールは堂々とそり身になって、彼のほうに向きなおり、「細工は流々《りゅうりゅう》！仕上げをご覧《ろう》じろ」こう言ってまた、しばらくのあいだ考えていたが、やがて何か考えができたものか、手を打って叫んだ。「こいつは素晴らしい！　うまくいくぞ！」

「で、その方法は！」と、クロードは腹を立ててきいた。

グラングワールの目は輝いてきた。

「まあ、こっちへ来てください。謀《はか》りごとは密なるをもってよしとす、ですからな。こいつは実に大胆な、敵の裏をかく計略で、こいつさえあれば、われわれはみんな危機を逃れられるんですよ。どうです！　わたしだって、まんざらうすのろではありますすまい」

彼は話をとぎらせて、「おっと、ところで！　あのヤギも、あの女といっしょにいるのですね？」

「うん、そうだ。そんなことがどうだって言うのだ！」

「ヤギも縛り首になるわけですね。そうでしょう？」

「それが、わたしに何の関係があるのだ？」

「そうです、あれも縛り首になるかもしれません。先月などは、雌豚《めすぶた》を一匹、縛り首にしちゃったのですからね。死刑執行人というやつは、そういうことが好きなんですな。そして後で、その肉を食っちゃうんですよ。あの可愛いジャリを縛り首にするなんて！　可哀そうなヤギをね！」

「ちくしょう！」と、クロード師は叫んだ。「おまえこそ死刑執行人だぞ。いったいおまえは、どんな救助の方法を考えたというのだ？　おまえの考えは、鉗子《かんし》で産み出さなければならないのか？」

「まあ、落ちついてください、先生！　こうなのですよ」

グランゴワールは司教補佐の耳もとに口を寄せて、通りには人影がなかったが、不安そうに、まちの隅《すみ》ずみまで目をくばりながら、小声で彼に話すのだった。話が終わると、クロード師はグランゴワールの手を取って冷やかに言った。

「よろしい。じゃ、あすだな」

「では、あす」と、グランゴワールは繰り返した。そして、司教補佐が立ち去ってしまうと、反対の道に向かいながら、小声でこう言った。「こいつは素晴らしい大事業だぜ、ピエール・グランゴワール君。かまうもんか。人は小さいものだからと言って、大きな企てに驚くことはないさ。ビトン（ギリシア神話中の人物。母親の乗った車をひいてユノの神殿に行った）だって、大きな雄牛を肩にかついだじゃないか。セキレイだって、ホオジロだって、ノビタキだって、みな大海原《おおうなばら》を渡るじゃないか」

2　宿なしになってしまえ

司教補佐が修道院に帰ってみると、部屋の入口に、弟の「風車場の」ジャンが来ていた。彼は兄を待っているあいだに、待ちくたびれて退屈しのぎに、炭で壁に鼻ばかり途方もなく大きくした兄の横顔を描いていた。

クロード師は弟の顔もろくろく見なかった。彼は別なことをいろいろ考えていたのだった。このならず者の楽しそうな顔にはいつも元気があふれていて、いつでも司教補佐の暗い顔も明るくなるのであったが、今は、くさって、悪臭を放つ、よどんだこの魂の上に日一日と濃くなっていく霧をはらうことができなかった。

「兄さん」と、ジャンはおずおずと口を切った。「兄さんにお会いしたくて来たのですが」

司教補佐は、弟のほうに目を向けようともしないで、

「それで？」

「兄さん」と、この偽善者は言った。「兄さんは、ぼくのためにいろいろとご親切にしてくださって、そのうえまた、いろいろと意見をしてくださいますので、ぼくは、いつでも兄さんのところに戻ってくるのですよ」

「それから？」

「ああ！　兄さん。兄さんが『ジャンよ！　ジャンよ！　今どきの学者たちの学説、門弟たちの規律はたるんでいる。ジャンよ、おとなしくしていろよ。ジャン、一所懸命に勉強しろよ。ジャンや、正式にちゃんと届けを出したときと、先生から許可を得たときのほかは、学校の外で外泊なんかしてはいけないぞ。ピカルディー出の人をなぐってはならぬ。学校の麦藁《むぎわら》の上で、無学なロバのように老い朽ちてはならぬぞ。ジャンや、

先生の言うがままに、おとなしく叱《しか》られていろよ。ジャンや、毎晩、礼拝堂に行って、そこで、いと尊き聖母マリアさまに、聖歌をうたい、お祈りをして、誉《ほ》めたたえるのだよ』と、こうおっしゃるときには、まったく兄さんのおっしゃるとおりです。ああ！それは、まったく素晴らしいご忠告です！」

「それから？」

「兄さん、兄さんはぼくのことを罪深い、悪いことばかりする人間で、卑しむべき人間で、道楽者で、とんでもないやつだと思っておられるでしょうね！　兄さん、たしかにジャンは、兄さんのご親切なご忠告を藁やごみのように、足で踏みにじってきました。そのために、ぼくにはこっぴどい罰《ばち》があたりました。神様は実にまったく正しいですね。ぼくは、金さえあれば飲んだり食ったり、贅沢三昧《ぜいたくざんまい》でした。ばかなまねをしたり、したい放題の生活をしてきました。ああ！　放蕩《ほうとう》などというものは、表面はいかに小綺麗《こぎれい》に見えても、裏へまわってみれば、小ぎたない、無愛想なものですよ！　今となっては、ぼくには、白いものは一つもないのです。テーブル・クロスも、シャツも、手ふきタオルも、売り払ってしまいました。もう断じて道楽はいたしません！　美しいろうそくも消えてしまったのです。もう今では、けちな脂《あぶら》の灯心だけが、ぼくの鼻の中で煙っているだけです。女たちも、ぼくをばかにするのです。ぼくは水ばかり飲んでいます。後悔の念と、借金取りとにさいなまれているのです」

「あとは?」と、司教補佐がきいた。

「ああ! ぼくの大好きな兄さん、ぼくは、できることなら、よりよい生活に進んでいけるようにしたいと思っているのです。悔い改める気持でいっぱいで、兄さんのところに来たのです。ぼくは悔い改めているのです。懺悔《ざんげ》もいたしましょう。げんこつでゴツンと、われとわが胸をなぐりつけましょう。ぼくが将来トルシ大学を卒業して、大学の助手にでもなることを兄さんはお望みになっていらっしゃるのでしょうが、それもまったく、ごもっともなことです。今日《こんにち》になって、ぼくには、自分がその地位につくだけの立派な天分があるような気がするのです。しかし、ぼくには、もうインクもないので、それを買わなければならないのです。またペンももうないので、それも買わなければならないのです。紙もなければ本もないので、また、買わなければなりません。そのためには少しでもいいですから、とてもお金が欲しいのです。それで、兄さん、ぼくは、悔い改めの気持をあふれるほど心にいだいて、兄さんのところにやってきたわけなのです」

「それだけかね?」

「ええ、お金が少し欲しいのです」と、学生は言った。

「わたしは持っておらんね」

するとこの学生は、すぐさま、まじめな、何か心に決心したようなようすで、「よろしゅうございます、兄さん。兄さんに申しあげるのも残念なことなのですが、実は、ほかのところで、とてもよい口があるのですがね。どうしてもぼくにお金をくださりたくないのですか？――だめなのですね？――それならば、ぼくは宿なしの仲間入りをしようと思うのです」

彼はこういう途方もないことばを口にしながら、アイアス（ギリシア神話中の勇士。神に挑戦したが波にのまれる。ここでは恨みの象徴としている）のような顔をして、頭の上に雷が落ちてくるのを覚悟していた。

司教補佐は、彼に向かって冷やかに言った。「宿なしになってしまえ」

ジャンは、兄に丁寧《ていねい》にお辞儀をして、口笛を吹きながら修道院の階段をおりていった。

修道院の中庭の、兄の部屋の窓下を通りかかったとき、その窓が開く音が聞こえたので、顔をあげると、司教補佐が窓からきびしい顔を出しているのが見えた。

「犬にでも食われてしまえ！」と、クロード師は言った。

「さあ、おまえにやる金はこれっきりだぞ」

こう言いながら、彼はジャンに財布を投げてよこしたが、財布はこの学生の額《ひたい》にあたって、大きなこぶをこしらえてしまった。が、ジャンはそれをもらって、怒りながらも喜んで行ってしまった。まるで、うまい骨を投げつけられて追い払われる犬みたいだった。

3 ばんざい、ばんざい！

みなさんはおそらくお忘れになってはいないであろうが、奇跡御殿のある場所は、市街区《ヴィル》の城廓《じょうかく》の古い壁で囲まれていた。その城廓にある数多くの塔は、この時代から、すでに荒れはじめていた。これらの塔の一つは、宿なしどもによって、歓楽の場所に変えられていたのである。下の広間には居酒屋があり、上の部屋は、それぞれほかのいろいろな目的につくられていた。この塔は、宿なしどもの集まる場所のうちで一番にぎやかなところで、だからまた最も恐ろしいところでもあった。そこは、一種の恐ろしい蜂《はち》の巣のようなもので、夜も昼もブンブンうなっていた。夜になって、宿なしどもの残りの者も眠ってしまい、広場の泥だらけになった玄関には、明かりのついた窓は一つもなくなり、泥棒ども、娼婦《しょうふ》、さらわれた子供たち、私生児など、そこに住む無数の家族というか、雑沓《ざっとう》というか、そういうものの騒ぎがあがってくるのが聞こえなくなったころになっても、風抜きや、窓や、亀裂の生じた壁の割れ目から射してくる光、いわば、そのあらゆる穴からもれるあかあかとした光の下でたてている物音を聞けば、これがあの歓楽の塔だということがわかるのであった。

穴ぐらは、つまり居酒屋というわけであった。低い戸口を通って、古風なアレクサンドラン（十二音節詩句）の詩のように急な階段をおりると、この居酒屋に出るのだ。戸口の上には、看板のかわりに、新しい銅貨と殺された雛鳥《ひなどり》とが描いてある、素晴らしい落書きがあって、その下には、『故人を弔《とむら》いて鐘つき男たちに』というしゃれが書いてあった。

あの晩のこと、パリのすべての鐘楼《しょうろう》から消灯の鐘が鳴りわたるころ、夜警隊の人びとがあの恐ろしい奇跡御殿の中にはいることができたら、酒場で宿なしどもがいつもより大騒ぎをして飲んだり、口ぎたなくののしったりしているのを見ることができたであろう。外では広場に大勢あつまって、まるで何か大きな計画をたくらんでいるときのように、小声で話しあっていた。また、あちらこちらに怪しげな男がかがみこんで、舗道《ほどう》の上で、なまくらの刃物をといでいた。

一方、酒場の中では、宿なしどもがその晩に考えていたことが酒や博打《ばくち》の力で彼らの頭から追っぱらわれてしまっていたので、酒飲み連中の話を聞いただけでは、いったいどういうことが起こるのか知るのは困難だった。ただ彼らは、いつもより陽気なようすをしていた、みな膝《ひざ》のあいだに、鉈《なた》や、まさかりや、大きなもろ刃の剣や、古い火縄銃の鉤《かぎ》など、いろいろな武器をぎらぎらさせているのが見られた。

その部屋はまるい形をしていて、とても広かった。だが、テーブルはぎっしりとつまっていたし、酒を飲んでいる男の数も多かったので、酒場の中にあるものは、男も、女も、椅子《いす》も、ビールびんも、酒を飲んでいる者も、眠っている者も、博打を打っている者も、体のじょうぶそうな者も、足の悪い者も、まるでカキの貝殻みたいに順序も調和もなく、ごたごたと重なり合っているように見えた。テーブルの上には、脂《あぶら》の明かりがいくつか灯《とも》されていたが、酒場の本当の明かり、つまり、居酒屋で、オペラの劇場でのシャンデリアの役目を果たしていたものは、実は火であった。この穴ぐらは非常にじめじめしていたので、真夏でさえも、暖炉の火をけっしてたやさなかった。大きな暖炉が一つつくってあり――その棚には彫刻がしてあって、重い鉄の薪掛《まきか》けや料理の道具がいっぱい並んでいたが――、その中では木や泥炭が、ごちゃごちゃに混じって、大きな炎をあげていた。こうした大きな火は、夜、よく村の道などで、鍛冶屋《かじや》の窓に映った幽霊のような影を真向かいの壁の上にあかあかと浮きださせるものだ。大きな犬が一匹、灰の中にどっしりすわりこんで、おこり火の前で肉のついた焼《や》き串《ぐし》を回していた。

雑然としていたとはいうものの、ひと目見れば、この群衆の中には、三つの主《おも》だったグループがあるのが見分けられた。その三つの群れは、みなさんもご承知の三人の人物のまわりにひしめき合っていたのである。この人物のうちの一人は、東洋風な、まがいものの金ぴかの衣服をごてごてと異様な格好に着こんでいたが、これこそエジプト公でありボヘミア公であるマチヤス・アンガディ・スピカリだった。このならず者は、足を組み、指をあげて、机の上にすわっていた。そしてぽかんと口を開けて自分のまわりを取り囲んでいる大勢の者どもに、声をはりあげて奇術や妖術を授けていた。もう一つの群れは、われわれのおなじみの、全身に武装した、あの勇敢なチュニス王のまわりに群がっていた。このクロパン・トルイユフーは、部下たちが目の前で、大樽《おおだる》の底を大きく抜いて武器がいっぱいはいった樽の中身を奪い合いしているのを、いたってまじめな顔をしながら小声で監督していた。その樽からは、斧《おの》や、剣や、鉄頭巾兜《てつずきんかぶと》や、鎖帷子《くさりかたびら》や、猟刀や、槍先《やりさき》や、矢じりや、矢や、ねじ矢などが、まるで宝角《コルヌ・ダボンダンス》（豊饒のシンボル）のリンゴやブドウのようにぞくぞくと出てきた。みんなはよってたかって、兜や、細身のもろ刃の剣や、柄《つか》が十字形をしている短剣などを手にとった。子供たちでさえも武装していたし、躄者《へきしゃ》にいたるまで鎧《よろい》を身にまとい、大きなコガネムシのように、酔っぱらいの足のあいだを這《は》いまわっていた。

最後に第三番目の聴衆は、いちばん騒々しく、楽しそうで、また数も多かった。彼らは腰かけやテーブルの上にごたごたと集まってきて、その中に一人、大声でわめき散らしたり、キーキー声で口ぎたなくののしっている者がいたが、その声は、兜から拍車までどっしりと完全武装した、体の下から出てくるのだった。この男は鎧兜をこんなふうにしっかりと身につけて、武装の下にすっかり体が隠れてしまっていたので、もう、体のうちで見えるものといったら、あつかましそうな、赤いそりかえった鼻と、金髪の巻き毛と、赤い口と大胆な目つきだけだった。また短剣や匕首《あいくち》をいっぱい腰帯につけており、横腹には大きな剣をさげ、左手には、錆《さ》びついた弩《おおゆみ》を持ち、大きな酒壺《さかつぼ》を前にしていた。その右手には、だらしのない服装をした太っちょの女が一人いたことは言うまでもない。この男のまわりにいた連中はみんな、笑ったり、ののしったり、酒を飲んだりしていた。

このほかにもまだ、二十組ばかりのたいして重要でない群れがあった。使い走りをする娘や男の子たちは、頭に酒壺をのせて走りまわっており、またばくち打ちどもは、玉突きをしたり、石蹴《いしけ》りをしたり、さいを振ったり、サイコロをころがしたり、カルタに夢中になったりしていた。そうかと思うと、隅《すみ》のほうでは、喧嘩《けんか》をしている者もあり、キスしている者もある。こう言えば、この部屋全体の雰囲気がわかるであろうが、暖炉の火はあかあかと燃え、その明かりはちらちらして、居酒屋の壁に、途方もなく大きな幾千とも知れぬ奇怪な影を映し、その影はゆらゆらと踊っていた。

このどんちゃん騒ぎの音といったら、まるでジャンジャン打ち鳴らす鐘の内側のようであった。

あぶり肉の脂を受ける鍋《なべ》には、脂がパチパチと雨のようにはねて、部屋の隅から隅へとかわされる無数の会話のあいまに、鋭い音をたてていた。

この騒ぎの真ん中で、哲学者が一人、酒場の奥にあった暖炉の内側にある腰かけに腰をおろしていた。この男は灰の中に足をつっこんで、燃え木のほうをじっと見つめながら、何か瞑想《めいそう》にふけっていた。ピエール・グランゴワールだった。

「さあ早く！　急いで武器を取れ！　あと一時間したら出発だ！」と、クロパン・トルイユフーはその物乞《ものご》い仲間に言った。

娘が一人鼻歌をうたっていた。


おとうさん、おかあさん、さようなら！

残った者が火をいける。


トランプで遊んでいた者が二人、喧嘩をしていた。

「ジャックだ！」二人のうち顔を赤くしたほうの男が、相手の男のほうに拳固《げんこ》をつきつけながら、「クラブにつけてやるぞ。キングが出たら、おまえはクラブのジャックの代わりができるんだ」

「うわあ！」鼻にかかるそのことばの調子をみてもわかるように、ノルマンディーの男はどなった。「カイユーヴィルの聖人どものように、ここには人がごちゃごちゃいるなあ！」

「おい、野郎ども」と、エジプト公は、裏声を使って、聴衆に向かって話していた。「フランスの魔女たちは、ほうきも油も持たず、馬にも乗らず、ただ少しばかり魔法のことばをとなえながら、集会に行くのだ。イタリアの魔女たちというのは、いつでもヤギをつれていって、玄関に待たしておくのだ、そしてみんな、煙突から出ていかなければならないことになっている、と、こういうわけだ」

頭の先から爪先《つまさき》まで武装した若い男の声が、ガヤガヤ言う声の中にもひときわ目だっていた。「ばんざい！ ばんざい！」と、彼は叫んだ。「きょうはおれの初陣《ういじん》だ！ 宿なしだぞ！ おれはな、べらぼうめ、宿なしなんだ！ おれに一杯ついでくれ！――諸君、おれは風車場のジャン・フロロっていうんだ。貴族なんだぞ。おれの考えじゃ、もし神さまが親衛隊になったら略奪するに決まっているよ。なあ兄弟、素晴らしい遠征に出かけようじゃねえか。おれたちは勇者なんだ。大聖堂を取り巻いて、扉を叩き壊し、そこから美しい娘をひったくって裁判官や聖職者どもの手から救い出し、修道院の防備をぶち壊し、司教館にいる司教を焼き殺すんだぞ。しかもそれを、ベルギーの市長がスープを一さじ食べるより早くやってのけるんだ。おれたちの立場は、正しいんだぞ。だから、ノートル＝ダムを略奪する。それで万事終わりというわけだ。カジモドを吊《つ》るすんだ。奥さま方よ、カジモドって知っているかい？　あの男が聖霊降臨節の日に大鐘の上で息を切らしていたのを見たことがあるかい？　とんちき野郎め！　まったくいい格好だよ！　まるで悪魔がけだものの口の上に馬乗りになったような格好だ。――諸君、おれの言うことを聞いてくれ。おれは、心の底から宿なしなんだ。魂の底から物乞い仲間なんだぜ。生まれながらの渡り鳥なんだ。もとは大金持だったんだが、財産を食いつぶしてしまったんだ。おふくろはおれを士官にしたかったのだし、おやじのほうは副助祭にしたかったんだ。叔母は尋問官になれと言い、祖母《ばあ》さんは国王づきの大法官になれと言ったし、また大伯母は胴着を着たイエズス会の出納官《すいとうかん》にしたかったんだ。だがおれは宿なしになってしまったというわけだ。おれがおやじにそう言ったら、おやじはおれに呪《のろ》いのことばを浴びせかけやがったし、おふくろにそう言ったら、なにぶん年をとっていたもので、泣きだして、まるでこの薪掛けの上の薪《たきぎ》みたいによだれを垂らしたものだ。

しめしめだ！　おれは本当の壊し屋よ！　おい、ねえさん、おかみさん、もっと酒をくれよ！　まだ金はあるぜ。シュレーヌの酒はまっぴらだぜ。あいつは喉《のど》が痛くなりやがるんでね。ざるでうがいをしたほうが、まだ気がきいているくらいよ、この野郎め！」

大勢の者どもは、どっと笑いながら、拍手喝采《はくしゅかっさい》していた。そして自分のまわりで騒ぎがいっそう激しくなるのを見て、この学生は叫んだ。「おお！　実に美しい騒ぎだ！　大勢のやつらが有頂天に騒いでおることよ！」こう言って、恍惚《こうこつ》の中におぼれているような目をして、晩課をとなえている修道者のような口調でうたいだした。

「なんたる聖歌！　なんたる楽器！　なんたる歌！　なんたる旋律の果てしなくうたわれていることよ！　蜂蜜《はちみつ》のごとく甘く、讃歌の楽器、天使のいと優雅なる旋律、いと素晴らしき聖歌、鳴りわたるかな！」彼はふとことばを切って言った。「おい、おかみ、飯をくれ」

しばらくのあいだ、ほとんど話がとだえて静かになったが、そのあいだに、こんどは、手下のジプシーたちに教えているエジプト公の鋭い声があがった。「……イタチのことはアデュイーヌというのだ。狐《きつね》は『青足《ピエ＝ブルー》』とか『森駆け《クールールデ＝ボワ》』とかいい、オオカミは『灰色足《ピエ＝グリ》』とか『金色足《ピエ＝ドレ》』、熊は『おやじ《ル・ヴィユ》』とか『じじい《グラン＝ペール》』とかいうのだ。——地霊の帽子をかぶると、自分の姿が見えなくなって、見えないものが見えてくるようになる。

――ガマガエルというやつは、洗礼を受けるときには、みんな赤か黒のビロードの服を着て、首と足に一つずつ鈴をつけなければならないのだ。代父は頭をつかみ、代母は尻《しり》を持つのだ――娘どもを真《ま》っ裸《ぱだか》にして踊らせる力をもっているのは、シドラガゾムという悪魔なのだ」

「この野郎め！　なんとかおれもシドラガゾムとかいう悪魔になりてえもんだな」と、ジャンが口をはさんだ。

そうしているうちに、宿なしどもは居酒屋の隅のほうで、ひそひそと話をしながら武装をしていた。

「あのエスメラルダのやつも、可哀《かわい》そうなもんだ！」と、ジプシーの一人が言った。

「あいつあ、おれたちの妹だ。――どうしてもあそこから引っぱり出さなくちゃならねえな」

「それじゃ、あれは、ずっとノートル＝ダムにいるんだね？」と、ユダヤ人らしい顔つきをした物乞いが言った。

「そうだとも、この野郎め！」

「そんならな！　おいみんな」と、物乞いが叫んだ。「ノートル＝ダムに行こうぜ！　それに都合のいいことがあるんだが、フェレオル聖人とフェリュシヨン聖人との礼拝堂には、彫像が二つあるだろう。一つはバプテスマの聖ヨハネのやつで、もう一つは、聖アントワーヌのやつだ。みんな金無垢《きんむく》だぜ。二つ合わせりゃ十七金マルクと十五エステランはあるし、金めっきの銀の台座だって、十七マルク五オンスはあるぜ。おれはちゃんと知っているんだ。なんといったって、おれは金銀細工商だからな」

このとき、ジャンのところに夕食が運ばれた。彼は、隣にいた女の胸にもたれかかって叫んだ。

「聖ヴー＝ド＝リュックにかけて、ほら、みんなが聖ゴグリュと言っているやつだ、そいつにかけて、おれは実に愉快だよ。そら、おれの前に、とんでもない野郎が一人いるな、オーストリア大公のような、ひげのねえ面《つら》をしやがって、おれのほうをじろじろ見ていやがる。左手のほうにも一人、そいつはあんまり歯が長《なげ》えもんだから、そのために顎《あご》が隠れちゃっているじゃねえか。そして、おれときたら、ポントワーズの包囲のときの、ジエ元帥《げんすい》(十六世紀のフランスの武将)のようだぜ。右の手を円丘《えんきゅう》によりかけてな。――やい唐変木《とうへんぼく》め！　兄弟《きょうでい》！　きさまのふうていから察すると、きさまはボール屋だな。おれのそばに来て、ぬけぬけとすわっていやがって！　なあおい、おれは貴族だ。商人なんてものはな、貴族とは肌が合わねえもんだ。あっちへ行ってくれ。――こら！　なんだおめえたちは！　喧嘩はよせってことよ！　おい、鵟鳥喰《クロ＝コワゾン》いのバチスト、おめえはきれいな鼻をしていやがるが、用心しねえと、このまぬけ野郎の拳固にあたるぞ！　この野郎！『人ことごとく鼻を有するにあらず』って言うじゃねえか。――赤耳のジャクリーヌ、おまえは本当に偉《えれ》えよ！　だけど髪の毛のないのが玉にきずだ。――おいこら！　おれはジャン・フロロって言うんだ。兄貴は司教補佐なんだぞ。くそ、べらぼうめ、勝手にしやがれ！　おれの言うことはみんな本当なんだぞ。おれはな、宿なしの中に飛びこんで、兄貴がくれると約束した『天国にある家の半分』を喜んでふってしまったんだ。おれは原典にあたっているんだぞ。それにまたチルシャップ通りに領地を持っているんだぞ。女という女はみんな、おれに惚《ほ》れていやがる。それはな、聖エロワが素晴らしい金銀細工商であるのと同じように本当なんだぞ。また、花の都パリの五つの職業が、皮革販売人、皮革なめし職人、肩帯屋《けんたいや》、相場師、革みがき屋だというのと同じように、本当のことなんだ。まだある。聖ローランが卵の殻《から》で焼かれたというのと同じように本当なんだぞ。おれは誓うぜ、なあ、みんな、

嘘《うそ》をついたら、一年間
トウガラシ酒なんぞは飲まないぞ！

おいべっぴんさん、いい月じゃあねえか。風抜きから見てみろよ。風で雲がしわくちゃになってるぜ！　まるでおめえの襟《えり》飾りをおれがしわくちゃにしているみたいだ。――女ども！　子供たちの鼻をかんでやって、ろうそくの芯《しん》を切ってくれ。――畜生め！　おい、おたんちん、おれにいってえ何を食わせやがるんでえ！　おい！　ばばあ！　おめえの髪の毛はおめえの飼っている娼婦どもの頭にくっついていねえで、オムレツの中に浮いてるぞ。ばばあ！　オムレツははげ頭のほうがいいや。おめえの鼻なんぞは、悪魔に食われて、ぺちゃんこになるがいいや！　ベルゼブルの宿屋じゃ、娼婦どもは、フォークで髪をすくんだな！」

こう言って、彼は敷石の上に皿を叩きつけて割り、大声をあげてうたいだした。

神かけて
もっちゃおらんぞ、このおれは！
信仰も掟《おきて》も
火も家も。
　王もなければ
神もない！

そうしているうちに、クロパン・トルイユフーのほうは、武器の分配を終わった。グランゴワールのそばに寄ってきたが、グランゴワールは、薪掛けの上に足をかけて、深い夢想にふけっているようだった。「おい、ピエール君、何をぼんやり考えてるんだ？」と、チュニス王は言った。

グランゴワールは憂鬱《ゆううつ》そうな笑いを浮かべながら、彼のほうを振り向いて、「ああ、閣下《かっか》、ぼくは火というやつが好きでしてね。それも足を暖めてくれたり、スープを煮たりするというようなありきたりの理由ではなしに、火花を散らすからですよ。ぼくは、ときによると、火花を見て、何時間もすごすことがあるんです。炉の暗い奥のほうにちらちらしている星の中に、何千といういろいろなものが見えるのですよ。こういう星もまた、一つの世界なんですよ」

「この野郎、何を言ってやがるんだ、おまえの言うことなぞ、わかってたまるか！」と、この宿なしは言った。

「いま何時だか知っているか？」

「知らないですな」と、グランゴワールは答えた。

クロパンはエジプト公のほうに近よって、

「おい、マチヤス、こいつは時期がよくねえぞ。王のルイ十一世がパリにいるそうだぜ」

「やつの爪《つめ》から、あの妹を引っぱり出すには、ますますいいじゃねえか」と、年とったジプシーが答えた。

「いいことを言うぜ、マチヤス」と、チュニス王は言った。「それにすばやくやるんだな。教会のやつらは向かってなんかきやしねえよ。やつらはウサギみてえなもんさ。おれたちは腕でいくんだ。裁判官のやつらが、あした、娘を探しにきたって、ざまあ見ろだ！　糞《くそ》くらえってんだ！　あの可愛《かわい》い娘を縛り首になんかさせるもんか！」

クロパンは居酒屋から出ていった。

そうしている間に、ジャンはしゃがれ声でどなっていた。「飲んで、食って、酔っぱらったな。おれはユピテルだぞ！――おい！　畜殺人のピエール、まだそんな面《つら》をしておれをじろじろ見ていやがるんなら、その鼻柱に爪で一発お見舞いするぜ」

グランゴワールは、すっかり瞑想の邪魔をされたので、はじめてあたりの荒々しい騒々しい光景をながめまわし、小声でつぶやいた。「『酒と騒がしい酩酊《めいてい》はみだらなもの』（聖書の「箴言」中のことばの自由な引用）ああ！　だからおれは酒はまっぴらだというのだ。『酒は賢者たちをも無信心にする』と、聖ベネディクトゥスの言っていることは立派だ」

このとき、クロパンが帰ってきて、雷のような声でどなった。「もう真夜中だぞ！」このことばを聞くと、宿なしどもは、まるで休止している連隊に装鞍《そうあん》ラッパの命令がくだったように、男も女も子供も、ひと塊《かたま》りになって、武器の音を高らかに鳴らしながら、どっと酒場の外に出た。

月は雲間に隠れていた。

奇跡御殿は真っ暗だった。明かり一つ見えない。しかしそこには、人影がないどころか、一群の男女がぼそぼそ話をしているのがわかった。彼らがブツブツつぶやいている声も聞こえたし、闇《やみ》の中に、あらゆる種類の武器が夜目にも白く光っているのも見えた。クロパンは大きな石の上にのぼって叫んだ。「列を組め、物乞い仲間！　列を組め、エジプト組！　列を組め、ガリラヤ組！」暗闇の中で行動が開始された。おびただしい数の群衆が縦隊をなしているようだった。しばらくして、チュニス王がまた声をはりあげた。「さあ、黙ってパリを抜けていくんだぞ！　合言葉は『ポケットの短剣』だ！　ノートル＝ダムに行くまでは、明かりはつけることはならんぞ！　出発！」

十分ばかりすると、夜警の騎馬隊は、真っ黒な人間どもの長い行列が静々と進んでいくのを見て、すっかり驚いて逃げてしまった。その行列は人家の密集した市場まちをあらゆる方向にぬってている曲がりくねった通りを抜けて、シャンジュ橋のほうへ下りていった。

4　まぬけな味方

ちょうどその夜は、カジモドは眠っていなかった。彼は大聖堂の中を最後のひとめぐりをして帰ってきたところだった。扉を閉めたとき、司教補佐がそばを通りすぎた。カジモドが念を入れて鉄の大きなしんばり棒のかんぬきをして錠をかけ、その大きな扉が障壁のように固く閉じられているのを見て、司教補佐はちょっと機嫌を悪くしたのだが、カジモドはそれに気がつかなかった。クロード師はいつもより何か深く考えこんでいるようすだった。そのうえ、あの部屋で、あの夜の事件があってからというものは、彼はたえずカジモドを虐待していたのだった。だが、彼がいくらカジモドにつらくあたっても、ときにはなぐりつけさえしても、カジモドにとっては、べつに何ということもなく、この忠実な鐘番の服従と、忍耐と、献身的なあきらめの心は、少しもぐらつくことがなかったのである。司教補佐のすることなら悪口でも、おどかしでも、げんこつでも、彼は非難するでもなく、不平をもらすでもなく、何でもじっと我慢してしまうのだった。

せいぜい、クロード師が塔の階段をのぼっていくときに、不安そうな目をしてその後を見送っているくらいなものだった。だが司教補佐は、自分のほうでも、あのジプシー娘の前に姿を現わすことはさしひかえていた。

それで、その夜のこと、カジモドは今まですっかりほったらかしにしてしまっていたあの哀れな鐘、ジャクリーヌや、マリーをちらりとながめてから、北側の塔の頂上までのぼっていった。そこで、頑丈な角灯を樋《とい》の上に置いて、パリの光景をながめた。その夜は、さきほども言ったように真っ暗だった。当時のパリは、いわば灯火のないありさまだったので、ただぼんやりと重なった黒い塊《かたま》りが、セーヌの白みがかった曲線で、そこここを切られているのが目に映るだけだった。カジモドの目には、光としては、ただはるか遠方の一軒の建物の窓に灯《とも》っている明かりが見えるだけだった。その建物の暗いぼんやりとした横顔は、サン＝タントワーヌ門の近くの家々の屋根の上にひときわ高く浮かび出ていた。そこにもまた、誰か（ルイ十一世。次章参照）が眠らずにいたのだ。

鐘番がその独眼で霧と夜との地平線の上を見まわしていると、なんともいえない不安にとらわれてくるのだった。もう何日も前からこうして見張っていたのだが、いつ見ても、いやな顔をした男どもが大聖堂のまわりをうろつきまわって、娘の隠《かく》れ家《が》をじっとうかがっているのだった。彼は、ここに隠れている不幸な女に対しておそらく何か陰謀が企てられているのではないかと思った。自分にもそうであるように、この娘にも民衆の憎しみがかかっていて、やがて何事かが起こりそうだと、彼には思われるのだった。そのために、カジモドはラブレーの言ったように、「夢見心地のうちに夢見つつ」鐘楼《しょうろう》の上で、あの部屋のほうに目をやったり、パリの光景をながめたり、忠実な犬のように心のうちにさまざまな疑念をいだきながら、じっと見張りをしていたのだった。

自然は一種の償《つぐな》いとして、カジモドの視力を非常に強くしたので、彼の独眼は、不自由な他の器官の代わりができるようになっていた。彼はそうした独眼で、大都会をさぐっていたが、とつぜん、目をみはった。あれは何だろう。ヴィエイユ＝ベルトリ河岸のほうで何かうごめいているではないか。河の白い水面に、黒く浮き上がった欄干の線が他の河岸のようにまっすぐで静まりかえっていないのだ。そのさまはまるで、河の波のようでもあり、行進する群衆の頭のようでもあった。

それは、彼にとって不思議な光景だった。さらによく目をこらして見ると、その動きは、中の島《シテ》のほうへ向かってくるように見えた。そのほかには、光はどこにも見えなかった。その動きはしばらくの間、河岸にそって長ながとつづいていたが、やがて、だんだんと、まるで、何かが島の中にはいったかのように消えてしまい、とうとうまったく見えなくなり、河岸の線は、またもとのようにまっすぐになって動かなくなった。

カジモドがあれやこれやと考えてみて、ぐったりとなったとき、彼の目には、その動きが、ノートル＝ダムの正面玄関と垂直に中の島の中にまでずっとはいりこんでいるパルヴィ通りに現われたように見えた。そしてとうとう、闇《やみ》は非常に深かったが、その行列の先頭がこの通りから出てきたかと思うと、たちまち、群衆が広場に押しよせてくるのが見えた。この暗闇では、ただそれが群衆だというだけで、ほかのことはわからなかった。

それは実に恐ろしい光景だった。この不思議な行列は注意に注意をかさねて深い闇の中に身をひそめようとしているらしかったが、それにも劣らず、音ひとつたてないように気を配っているらしかった。それにしても地面を踏む足音ぐらいはたてているはずであった。だが、このぐらいの音では、カジモドの耳にははいってこなかったのだ。つまり、この大群衆は、その姿がぼんやりと見えただけで、音は何にも聞こえなかったのだ。だが、彼のそばでうごめき進んでいたので、カジモドには、おし黙っていて、手にさわることもできず、煙に包まれている死人の群れのように思われるのだった。人間でいっぱいの霧が自分をめがけて近づいてくるようにも、影の中で影が動いているようにも見えるのだった。

そのとき、さきほどからの恐れがまた頭をもたげた。あのジプシー娘を取り返そうとたくらんでいるのではないかということが、心に浮かんだのだ。ぼんやりとではあったが、何か激しい状態が近づいてきているのを感じた。この危機に、あんなにできの悪い彼の頭ではとても考えつかないような理性がすばやく働いて、カジモドは頭の中でいろいろと考えをめぐらした。あのジプシー娘を起こすべきだろうか？　彼女を逃がすべきだろうか？　どこから？　通りは取りまかれてしまったし、聖堂のうしろはすぐに河になっている。船もない！　出口もない！——とるべき手段はただ一つ、ノートル＝ダム大聖堂の入口で戦って死ぬか、それとも、もしも助けがかならず来るものならば、せめて助けが来るまで抵抗して、エスメラルダの眠りを乱さないようにするか。どうせ死ぬものなら、あの不幸な娘をいつ起こしても遅すぎるということはないだろう。ひとたび決心が固まったので、彼は前よりいっそう落ちついて「敵」をよく観察しはじめた。

群衆は刻々とこの大聖堂の広場に集まってきているように見えた。ただ、まちや広場の家々の窓があいかわらず閉まったままであるところを見ると、その群衆はほとんど音をたてていないのに違いないということだけが、どうやら想像されるのだった。とつぜん光が一つ輝いた。と、見るまに七、八本の松明《たいまつ》が灯って、頭の上でそれを動かしているのか、影の中に炎の束《たば》がゆらめいた。すると、カジモドの目にはぼろぼろの服を着た男や女の恐ろしい一群が、鎌や、槍《やり》や、鉈《なた》や、鉾《ほこ》などを持って、広場に波打っているのがはっきりと見えた。武器の幾千という鉾先はきらきらときらめいていた。あちらこちらに、黒い熊手が、こうした不気味な顔から角《つの》を出していた。彼はあの民衆のことをぼんやりと思い出した。数か月前に彼のことを「らんちき法王」として喝采《かっさい》した連中が、そこにいるように思われた。片手に松明を持ち、もう一方の手に革紐《かわひも》のついた鞭《むち》を持った男が一人、車よけの石の上にのぼって何か演説をしているらしかった。と同時に、この不思議な軍隊は、教会のまわりに陣どろうとでもするように、戦線を展開した。カジモドは角灯を手にとって、もっと近くでよく見て、防ぐ手段を考えだそうと、塔と塔とのあいだの平屋根におりていった。

クロパン・トルイユフーはノートル＝ダムの高い正面玄関の前までやってきて、計画どおり部下の群衆を戦闘隊形に並べていた。抵抗など全然ないとは思っていたものの、慎重な総司令官として、まさかのときに夜警隊や二百二十人組の夜警隊からふいに襲撃されても、すぐに立ち向かうことができるような隊形にしておきたいと思っていたのだ。そこで、その部隊を高くて遠いところから見ると、ちょうどエクノマ（シチーリア島の海岸。前二五六年にローマ軍がカルタゴ軍を破ったところ）の戦闘でのローマ軍の三角陣か、アレクサンドロスの猪首陣《いくびじん》か、グスタヴ・アドルフ（十七世紀のスウェーデン国王）の有名な楔形陣《くさびがたじん》とでもいったような梯形《ていけい》に配置したのだった。

この三角陣の基底は、パルヴィ通りを遮断するようなぐあいに、広場の奥を背にしていた。そして、一つの側面は市立病院に向いており、他の側面はサン＝ピエール＝オ＝ブー通りに向いていた。クロパン・トルイユフーは、エジプト公や、われらの友のジャンや、そのほか、いちばん大胆な「にせ病人」といっしょに先頭に立っていた。

宿なしどもが、今やノートル＝ダムに対してしようとしていたこのような企ては、中世の都市にあってはけっしてそんなに珍しいことではなかった。今日《こんにち》われわれが「警察」と名づけているようなものは、当時は存在しなかった。人口の多い都市、ことに首都にあっても、調整の役をする中心勢力というものが、ただの一つもなかったのだ。封建制度が勝手きままなやり方で、大自治体をつくりあげていたわけである。一つの都市は、幾千という領主の集合地であって、彼らは、それらをあらゆる形態、あらゆる大きさの区画に分割していた。そのために、多数の警察はおたがいに反目しあって、つまり警察がないという状態になっていたのだ。たとえば、パリでは、領主権を要求している百四十一人の領主とは独立に、上は百五個のまちを所有しているパリの司教から、下は四個のまちを支配するノートル＝ダム・デ・シャンの修院長にいたるまで、裁判権と領主権とをもっている二十五人の領主があった。これらの封建制度下の司法官どもは、ただたんに、名目の上においてだけ、国王の君主権を認めていたのである。彼らはみな、道路行政権をもっていて、勝手きままに振る舞っていた。ルイ十一世は、大規模な封建制度の組織破壊を開始して、ねばりづよい努力をし、これにつづいてリシュリュとルイ十四世とは、主権の強大をはかり、最後にミラボーは、この事業を完成して、民衆のためをはかったのである。ルイ十一世は、パリに網のようにはびこっている領主権を打倒しようとしていろいろと試みて、全市にわたって二、三回、強引に警察令を発布したことがあった。こうして、一四六五年に、住民に対して、夜になれば、窓にはかならずろうそくを灯すこと、そして、犬を家の中につないでおくこと、もし従わないときには、絞首刑にする、という命令が出され、さらに同じ年に、夕方には鉄の鎖《くさり》で通りを遮断すること、および、夜、短剣や凶器の類を持って通りを歩くことを禁ずる、という命令が出された。だが、じきに、この自治体の試みは廃止されてしまった。市民たちは、風が吹いてろうそくが消えてしまえば、そのままにしておき、犬も通りを歩き放題というようになってしまったのだ。鉄の鎖は戒厳令がしかれたときにのみ張られるようになり、凶器携帯禁止令も、『口斬り通り《クープ＝グール》』という名前を『首斬り通り《クープ＝ゴルジュ》』と変えた以外には、前と少しも変わることもなくなってしまったが、これでも、明らかに一つの進歩である。封建制度下の裁判の古い木組は、依然として立ったままであったし、無数の大法官や諸侯の権力は、区内で入りまじり、邪魔し合い、もつれ合い、縦横無尽にからみ合い、たがいに入りまじっていた。夜警隊や、夜回りや、夜警隊監視などは、いくらあっても無用の長物で、強盗、おいはぎ、暴徒などが凶器を手にして市中を横行していた。こんな無秩序な状態だったので、一部の民衆が暴力をふるって、最も人口の多い地域にある宮殿や、官庁や、邸宅を襲うというようなことは、けっして珍しい事件ではなかった。そういうような場合には、たいてい、付近の人たちは、略奪が自分たちの家にまでおよばないかぎりは、その事件に巻き込まれるというようなことはなかった。彼らは、火縄銃で射撃する音がすれば、耳を覆い、よろい戸を閉め、戸口にバリケードをつくり、夜警隊が来ても来なくても、喧嘩《けんか》が解決するのを手をこまねいて待っているばかりだった。そして翌日になれば、パリには、「昨晩はエチエンヌ・バルベットの家に強盗がはいった」とか、「クレルモン元帥《げんすい》がさらわれた」などというわさがとぶのであった。だから、ルーヴル、パレ、バスチーユ、トゥールネルなどの王の住居ばかりではなく、プチ＝ブールボン、サーンス邸、アングーレーム邸などのたんなる諸侯の邸宅にいたるまで、塀には銃眼が、戸口の上には石を落とすための狭間《はざま》がつくられてあった。教会は、神聖なものであるということで維持されていたが、中にはいくつか、防備がほどこされていたものもあった。ノートル＝ダム大聖堂は、その数のうちにははいっていない。サン＝ジェルマン＝デ＝プレの修院長の邸宅は、まるで諸侯の城のように、銃眼がもうけられており、彼の家では、銅が、鐘よりも大砲をつくるほうに余計使われていたのだ。

一六一六年には、まだ彼の城砦《じょうさい》が見られたが、今日《こんにち》では、わずかに聖堂が残っているだけである。

余談はともかく、ノートル＝ダム大聖堂にかえろう。

このように部隊の最初の配置が終わると――宿なしどもの訓練がいき届いていることを褒《ほ》めて、クロパンの命令が静かに、驚くほど正確に実行されたということをここで述べておかなければならない――、この立派な隊長は大聖堂の広場の胸壁にのぼって、ノートル＝ダムのほうに向きなおり、松明をうち振りながら、しゃがれた荒々しい声を張りあげた。松明の光は風に揺れ、たえず自分の煙に覆われたので、大聖堂の赤みがかった正面玄関は、見えたり隠れたりしていた。

「おまえ、パリ司教、高等法院判事、ルイ・ド・ボーモンに対し、このおれ、チュニス王、物乞《ものご》い大王、泥棒王国国王、らんちき司教、クロパン・トルイユフーがここに申したてる。――われわれの妹は魔術師のぬれぎぬをきせられて、おまえの教会の中に身を隠した。おまえはその女に対し、隠れ家と保護とを与えなければならないのだ。ところが高等法院は、女を取り戻そうとし、しかもおまえはそれに同意した。もし神と宿なしとがいなかったら、彼女はあすグレーヴ広場で縛り首になってしまうだろう。だからわれわれは、司教であるおまえのもとへやってきたのだ。おまえの大聖堂は神聖であろうが、われわれの妹も神聖なのだ。われわれの妹が神聖でないならば、おまえの大聖堂もまた神聖ではないのだ。だから、おまえが自分の大聖堂を救おうとするならば、娘をわれわれの手に返すように要求する。これを拒絶すれば、娘を奪いかえして、大聖堂を略奪するであろう。それがよろしかろう。そのしるしとして、おれはここにおれの旗を立てる。神よ照覧あれ、パリ司教よ！」

カジモドは、不気味で野性的な一種の威厳をこめて述べられた、こうしたことばが不幸にも、耳にはいらなかった。宿なしが一人、クロパンにその軍旗を捧げた。クロパンはもったいぶったようすで、二つの敷石のあいだにその旗を立てた。それは熊手で、その刃《やいば》からは腐肉が一切れ、血まみれになってぶらさがっていた。

それがすむと、チュニス王は振り返って、軍隊をじろりとひとわたりながめわたした。彼らは獰猛《どうもう》な連中で、その目つきはまるで槍先みたいに輝いていた。ちょっと間《ま》をおいてから彼は叫んだ。「進め、野郎ども！　仕事にかかれ、喧嘩好きな野郎ども！」

腕っぷしの強そうな、錠前屋のような顔をした角《かく》ばった体つきの男が三十人ばかり、金槌《かなづち》や鉄梃《かなてこ》や鉄棒を肩にかついで、列から進み出た。そして大聖堂の表玄関のほうに進んでいき、階段をのぼっていったが、やがて交差リブの下にみんなうずくまって、金槌や槌で扉を叩き壊そうとしているのが見えた。一群の宿なしどもがそのあとについていって、手伝ったり、またその仕事をながめたりしていた。正面玄関の階段は、十一段ともぎっしり人でうずまってしまった。

だが、扉はあくまで頑丈だった。「この野郎！　こいつはやけに硬くて強情だぞ！」と、一人が言う。「年をとってるんで、軟骨まで硬くなっていやがるんだな」と、もう一人が言う。「ものどもがんばれ！」と、クロパンは何度も言った。「おれは上靴におれの首をかけるから、この扉を開けて娘をつれだし、聖堂の小役人が目をさまさねえうちに、あの大祭壇の布をひんめくってしまえ。いいか、どうだ！　錠前ははずれたろう」

このとき彼のうしろで恐ろしい響きが起こったので、クロパンの言ったことばはさまたげられてしまった。彼はうしろを振り向いた。と、巨大な丸太が天から降ってきて、大聖堂の階段の上にいた宿なしが、十二人ばかり押しつぶされてしまった。丸太は大砲のような音をたてて敷石の上にはねかえり、そこここで宿なしたちの脚を折ったので、彼らは、悲鳴をあげてちりぢりになった。見る見るうちに、前庭の狭い境内《けいだい》には、人っ子ひとりいなくなってしまった。ならず者たちは、正面玄関の深いアーチの下にいて危なくなかった者までも、扉をほったらかして行ってしまった。クロパン自身も大聖堂からかなり遠くまで退却した。

「危ねえところだった！」と、ジャンは叫んだ。「風をきって落ちてきやがったよ、畜生！　だが、畜殺人のピエールのやつ、とうとうやられてしまったな！」

この無頼漢どもの上に丸太といっしょに落ちてきた驚きと恐怖の気持がどれほどであったかは、とても説明することはできない。彼らはしばらくの間、じっと目を空に向けたまま、二万人の王室親衛隊の襲撃よりも、この一本の丸太のほうにびっくり仰天していた。

「この野郎！　こいつはどうも魔法くさいぞ！」と、エジプト公がつぶやいた。「おれたちにこんな薪《まき》を投げてよこしやがったのはお月さまだな」と、アンドリ・ル・ルージュが言った。「それでだな、お月さまは聖母の友達だという話があるのは！」と、フランソワ・シャント＝プリューヌが言った。「この野郎！　おまえたちは、そろいもそろってうすのろ野郎だな！」と、クロパンは叫んだ。だが、どうしてこの丸太が落ちてきたのか、彼自身も説明がつかなかったのである。

一方、正面玄関の上には何も見えなかったし、その頂上には松明の明かりも届かなかった。重そうな丸太は広場の真ん中にころがっていた。まっさきに丸太がぶつかって、石段の角《かど》で腹をたち割られた哀れな男どものうめき声が聞こえた。

チュニス王は最初はすっかりびっくりしたものの、やがて驚きが去ってしまってから、なんとか説明をしてやると、仲間の連中もどうやらのみこんだようであった。「やりゃあがったな！　司祭どもが抵抗していやがるんだな？　よし、それじゃ略奪だ！　略奪だ！」

「略奪だ！」と、群衆はたけり狂ったような喊声《かんせい》をあげて繰り返した。そして大聖堂の正面玄関めがけて弩《おおゆみ》と火縄銃を発射するのだった。

この轟《とどろ》きを耳にして、近所の家々の、安らかに眠っていた人びとは目をさました。多くの家々の窓が開いて、人びとはナイトキャップをかぶったり、手にろうそくを持ったりして、窓辺に現われた。「窓に向かって射《う》て！」と、クロパンは叫んだ。と、たちまち窓は閉ざされた。そして哀れな旦那たちは、気もそぞろに、光と大騒ぎの入りまじったこの光景を見きわめる時間もろくにないうちに、冷や汗をかきながら女房のそばに戻って、魔法使いの夜宴が今夜ノートル＝ダムの広場で開かれているのか、それとも六四年のときのようにブールゴーニュ人が押しよせてきたのかなどと、いぶかったのだった。そして、亭主たちは強盗を、女房たちは強姦《ごうかん》を、それぞれ心配して、みんなぶるぶる震えていた。

「略奪だ！」と、泥棒王国部隊は繰り返してどなっていた。だが彼らはどうしても近よっていけなかった。ただ大聖堂をながめたり、丸太をながめたりしているだけだった。だが丸太はそのまま動かなかったし、建物はひっそりと静けさをたもって、人影もなかった。だが、何かが宿なしどもの肝《きも》を冷やしているのだった。

「さあ、野郎ども、仕事にかかるんだ！　扉を叩き壊すんだ」と、トルイユフーは叫んだ。

だが、誰ひとりとして進み出ようとする者はなかった。

「べらぼうめ！　じゃ、梁《はり》がこわいんだな、能なしどもめ」と、クロパンが言った。年とったならず者が一人、彼にことばをかけた。

「大将、おれたちが困っているのは、梁じゃねえんだ。扉なんだよ、なにしろこいつは鉄のかんぬきでぎっしりと縫いつけてありやがるんでね。鉄梃《かなてこ》がちっともきかねえときてやがるんだ」

「じゃ、門をぶち破るにはどうしたらいいというのだ？」と、クロパンがきいた。

「ああ！　破城槌《はじょうつい》さえありゃあなあ」

チュニス王は、勇敢にもあの恐ろしい丸太のほうに走っていって、その上に足をかけた、「ほら、ここにあるぞ。こいつは神父どもがおまえたちに投げてよこしたものだ」と、彼は叫んだ。こう言って、彼は、大聖堂のほうに向かってばかにしたような挨拶《あいさつ》をして、「いやどうもありがとう、神父ども！」

こんなふうに挑戦的な態度に出たということは、非常に効果があった。丸太の魔力は破られた。宿なしどもは勇気を取り戻し、やがて、重い丸太は二百本ばかりのたくましい男の腕で羽根のように持ちあげられて、今しがた揺り動かそうとした大きな扉に激しく打ちつけられた。宿なしどもの数少ない松明の光で広場に照らし出されたかすかな明かりで、大勢の男たちがこの長い丸太をかついで大聖堂めがけて走りよりながらぶっつけているのを見ていると、まるで幾千という足をもった怪獣が、頭を低く垂れて、石造の巨人を攻撃してでもいるような気がしてくるのだった。

丸太に突かれて、半ば金属製の扉はまるで巨大な太鼓のような響きをたてた。扉は壊されはしなかったが、大聖堂全体が震動した。そして建物の深い奥のほうから、うなるような音が聞こえてきた。と、同時に、正面玄関の上から、大きな石が雨あられと、攻撃軍の上に降りかかってきた。「ちくしょう！　塔のやつめが、おれたちの頭の上に欄干をふり落としやがるのかな？」と、ジャンは叫んだ。だが、もうはずみがついていたのだ。チュニス王は陣頭にたって模範を示した。ふせいでいるのは、たしかに司教なのだ。こう考えて、人びとは石が雨あられと降ってきて右でも左でも頭蓋骨《ずがいこつ》がうち砕かれたが、それをものともせず、いよいよいきりたって、扉にぶつかっていくのだった。

こうした石は、一つひとつ落ちてはきたが、後から後からどんどん落ちてくるのだった。泥棒王国部隊の面々は、その石が同時に二つ、一つは足に、一つは頭にと落ちてくるような気がした。ポカンと一打ちくわなかった者はないほどで、すでに死傷者は、血まみれになって大きな層をなして倒れており、今やたけり狂ってたえず入れかわり立ちかわり新手《あらて》となって攻めたてる軍勢の足もとに、ぴくぴくとあえいでいた。大丸太はたえず正確に一定の間隔をおいて、ちょうど鏡をつるす梁《うつばり》のように扉に向かって打ちこまれていたし、石はあいかわらず雨あられと降りつづけ、扉もあいかわらずものすごいうなり声をたてていた。

浮浪人どもを激怒させたこの思いがけない抵抗が、カジモドのしわざであったということは、みなさんには、まだおわかりになっていなかっただろう。

不幸にも偶然のいたずらで、この勇敢なカジモドは、ひと働きしなければならないことになってしまったのである。

彼が塔と塔とのあいだにある平屋根の上におりてきたとき、頭の中はすっかり混乱していた。彼はしばらくのあいだ回廊を狂ったように行ったり来たりして走りまわり、大聖堂に向かってとびかかろうとしているびっしりと集まった宿なしどもを高みから見おろしたり、また悪魔にか神にかわからぬが、ジプシー娘を救ってくれるように願ったりしていた。南側の鐘楼にのぼって警鐘を鳴らしてみようかとも考えてみた。だが鐘を揺り動かさぬうちに、マリの大声がただの一音もあげないうちに、大聖堂の扉はたっぷり十回も打ち壊されてしまうのではあるまいか？　ちょうどこのとき、ならず者どもはいろいろな道具を持って、扉のほうに進んできていたのだ。どうしたらいいだろうか？　とつぜん、彼は石細工職人たちがその日一日、南側の塔の壁と骨組と屋根とを修繕していたことを思い出した。それはまさに、頭に浮かんだ一筋の光だった。壁は石でつくられ、屋根は鉛で、骨組は木でつくられていた。この巨大な木組はやたらにこみいっていたので、「森」と呼ばれていた。

カジモドはその塔のほうに走っていった。下のほうの部屋には、思ったとおり、いろいろな材料がぎっしりと積まれていた。そこには切り出した石が山のように積んであり、鉛板が巻いたままになっていたり、小割板の束や、もうのこぎりで切りこまれたじょうぶな梁などがころがっていたり、また石膏《せっこう》の篩屑《ふるいくず》が積みかさなったりしていた。申しぶんのない兵器庫だった。

事態はさし迫っていた。下のほうでは鉄梃《かなてこ》や金槌がしきりに働いていた。こいつは危ないと感じたために、いつもの十倍になった力をふるって、カジモドは、いちばん重くて、いちばん長い丸太を持ちあげ、明かりとりからそれを突き出し、塔の外側でもう一度それを持ちなおして、平屋根のまわりの欄干の角《かど》をすべらせ、深淵《しんえん》めがけて突き落とした。巨大な丸太は五十メートルあまりの高さを落ちていくうちに、壁を削りとり、彫像を打ち砕き、まるで空間をただ一人で飛びさってゆく風車の翼のように、幾度もぐるぐると回った。そしてとうとう地面に触れると、ものすごい響きがたちのぼった。黒い丸太は敷石の上ではねかえって、飛びかかるへビそっくりな姿をしてみせた。

カジモドの目には、宿なしどもがまるで子供の吹く息にあたって灰が飛び散るよう、落ちてくる丸太にあたって、ちりぢりばらばらになっていくのが見えた。カジモドは、群衆が驚いているのをこれ幸いと、彼らが天から降ってきた丸太を迷信的な目でじっと見つめたり、また、矢や猟弾をはなって、正面玄関にあった聖者の石像の目をえぐったりしているあいだに、ひそかに、石膏の篩屑や、石や、切石や、また石工の道具袋までを、前に丸太が飛びだした欄干のへりの上に積みあげた。

こんなわけで、彼らが大門を打ち壊しはじめたかと思うと、すぐさま切石が雨あられと落ちはじめ、大聖堂がまるで、彼らの頭上にくずれかかってくるように思われたのだった。

このとき、カジモドの顔つきを見た者があったら、誰しもきっと恐れをなしただろう。彼は、弾丸として欄干の上に積みかさねたもののほかに、まだ、平屋根にも石を山のように積みかさねた。そして外側のへりに積みあげられた切石がなくなると、すぐにまた平屋根のほうの山から取るのだった。何度もかがんだり、立ちあがったりして、信じられないほどの活躍ぶりだった。カジモドが大きな頭を差しのべて、欄干ごしに下をのぞきこんだかと思うと、大きな石が一つ、また一つと落ちていくのだった。ときどき、大石を独眼で見送っていたが、その石がみごとに命中して相手を殺すと、彼は「ざまあみろ！」と言った。

だが、宿なしどももさるもの、なかなかひるまなかった。彼らが一心に押していた厚い扉は百人の力が加勢されたカシワの木の破城槌の重さに、もう二十度以上もぐらぐらと揺さぶられた。羽目板はきしり、彫刻は砕けとび、肘金《ひじがね》はガンと打たれるたびごとに鐶《かん》のついたらせん釘《くぎ》にはねかえり、板は調子が狂い、木材は鉄の格縁《ごうぶち》のあいだで砕けて、こなごなになって落ちた。カジモドにとって幸いなことに、この扉は木材よりも鉄の部分のほうが多かった。

けれども、もう大門がぐらぐら揺れだしたのを、彼は感じた。なんにも聞こえはしなかったが、破城槌が打ちつけられるごとに、教会のほら穴も彼のはらわたも、同時に反響するのだった。彼は、宿なしどもが勝ち誇り、怒りに狂って、真っ黒な正面に向かって拳《こぶし》を振っているのを、塔の高みから見おろしていた。そして、あのジプシー娘のためにもまた自分のためにも、頭の上を羽ばたいて逃げていくフクロウの羽がないのが恨《うら》めしかった。

だが、彼が雨あられと投げつける石材も、攻撃軍を撃退することはできなかった。

このように悶《もだ》えていたとき、いま自分が物乞い部隊の連中めがけて石を投げつけていた欄干から少し下がったところに、長い石造の樋が二本、大門のすぐ上のところを通っていることに目をつけた。この樋の内側の穴は、平屋根の敷石にまで届いていた。ふと、ある考えがひらめいた。自分の鐘番小屋に薪の束を探しに走っていき、その束の上に、貫板《ぬきいた》の束や、鉛の巻いたものをたくさん積み上げた。これは、今まで使ったことのない新しい弾薬であった。そしてこの薪を二本の樋の穴の前に手ごろに置いて、角灯でそれに火をつけた。

こうしているあいだに、もう石が落ちてこなくなったので、物乞いどもは、もはや空を見あげるのをやめていた。泥棒どもの一隊は、まるで、イノシシをその巣に追いこむ猟犬の群れのようにあえぎながら、大門のまわりに、わいわい言いながら押し寄せてきた。大門は、破城槌のためにすっかり形が変わってしまったが、まだ倒れずに立っていた。彼らは、武者震いをしながら、大打撃を、大門の横腹に風穴《かざあな》を開けるほどの大打撃を与えることを期待し、大門が開けば、この豪華な大聖堂、過去三世紀の宝物が山と積まれている巨大な宝庫の中に、先陣の功名を勝ちとろうと、ひしひしと寄ってくるのであった。彼らは、歓喜と欲望の叫び声をあげながら、美しい銀の十字架や、錦《にしき》の素晴らしい法衣や、真紅《しんく》の美しい墓碑や、内陣にある豪華な品々、目もさめるばかりの祭典、灯火のあかあかと輝くクリスマス、日の光にはえる復活祭や、聖遺物容器、燭台《しょくだい》、聖体器、聖櫃《せいひつ》、聖遺物箱などが、祭壇を金やダイヤモンドの層皮《そうひ》で浮き彫りにした、すべてのこういう物の素晴らしい荘厳さを、おたがいに思い出したのだった。たしかに、このような美しい瞬間には、にせ病人も、できもの物乞いも、泥棒王国立法者も、にせ焼け出されも、ジプシーの娘を救い出すということよりも、むしろ、ノートル＝ダム寺院を略奪することのほうを考えていたのだ。もし盗人《ぬすびと》にも、何か口実の必要があるとすれば、彼らのうちの大多数の者にとっては、エスメラルダのことは、たんなる口実にすぎなかったのだということは、われわれも喜んで信じよう。

彼らが全力をあげて決定的な打撃を与えようと、息をこらし、筋肉をこわばらせて最後のひと押しをやってみるために破城槌のまわりに集まってきたちょうどそのとき、とつぜん、前に大梁《おおばり》につぶされて死んでいった人びとの叫び声より、はるかに恐ろしい叫び声が彼らの中からあがった。叫び声をあげない者、まだ命のある者は目をみはった。――とけた鉛が二筋、建物の頂上から群衆のいちばん密集したところに流れ落ちてきたのだ。海のような人びとの群れは沸騰《ふっとう》した金属の下敷きになって沈んでしまった。たぎり立った金属は、ちょうど雪の中に熱湯をそそいだときのように、落ちていった二つの地点で、群衆の中に黒い、湯気のたった二つの穴をこしらえてしまった。そこには半分黒こげになって苦しげにうめき声をあげている瀕死《ひんし》の人たちがのたうちまわっているのが見えた。この二筋の主流のまわりには、この恐ろしい雨のしたたりが寄せ手の軍勢の上に散らばり、まるで炎の錐《きり》のように彼らの頭蓋骨の中にはいっていった。それはまさに幾千という霰《あられ》の粒で、こうしたならず者たちの群れの中に多くの穴をうがっている、目方の重い火だった。

胸をつんざくような叫び声があがった。彼らは、丸太を死骸《しがい》の上に放り出したまま、大胆な者も臆病《おくびょう》な者もてんでんばらばらに逃げ出し、広場にはまた人っ子ひとりいなくなってしまった。

人びとはみな目をあげて、教会の頂上を見あげた。目にはいったのは不思議な光景だった。中央の円花窓《えんかそう》よりも高く、いちばん高いところにある回廊の頂上には、大きな炎があかあかとして、二つの鐘楼のあいだを、渦巻く火花をとび散らせながら立ちのぼっていた。その炎はめちゃくちゃにたけり狂っていたが、そのために風が起こって、ときどき木片が煙に包まれて飛び散った。この炎の下のほうに、つまりおこり火のようになったクローバー形の彫刻のある暗い欄干の下には、怪物の口の形をした二本の樋がひっきりなしに焼けつくような雨を吐き出していた。その銀色に輝く流れは、樋の口からはなれて、暗闇に包まれた正面の下の部分に落ちていった。液状になった鉛の二筋の流れは、地面に近づくにつれて、如雨露《じょうろ》のたくさんの穴から吹きだす水のように、垂穂《たれほ》の形をなして広がっていくのだった。その炎の上には巨大な塔が二つそびえたち、その塔の二つの面が、一つは真っ黒に、一つは真っ赤に、無遠慮なまでにくっきりと染めわけられていた。大きな影のような姿を空高くそそりたたせた塔は、いっそう大きく見えた。塔に彫られた悪魔や竜の無数の彫刻は、不吉な姿を見せていた。炎の揺らめく明かりのために、見る人の目には、まるで彫刻が動きだしたのではないかと思われるのだった。へビは笑っているように見え、怪獣の水落としは吠《ほ》えているように見え、また、イモリは火の中であえいでおり、竜の像は煙にむせてくしゃみをしていた。そして、この炎や騒ぎのために、こんなぐあいに眠りからさめた怪物のうちで、一匹だけが歩いていたが、その一匹がろうそくの前を歩くコウモリのように、真っ赤になった薪の前をときどき通る姿が見えるのだった。

おそらくこの異様な灯台は、はるか彼方《かなた》、ビセートルの丘のきこりの目をもさまさせたことであろう。きこりは、ノートル＝ダムの塔の巨大な影がヒースの生い茂る丘の上に揺らめくのを見て、驚いたに違いないのだ。

宿なしどもも恐怖のあまり、静まりかえってしまった。その間に聞こえてくるものといっては、ただ修道院に閉じこもっていた聖職者たちが燃えあがる馬小屋の中の馬よりももっと不安げに急を告げる叫び声と、窓が急に開けられたかと思うと、またもっと早く閉じられるこっそりとした音、市立病院の病棟の中での上を下への大騒ぎ、炎の中を通りすぎる風の音、瀕死の重傷者の最期《さいご》のあえぎ、それに、敷石の上に絶え間なくはねる鉛の雨の響きだけであった。

そうこうするうちに、宿なしのうちの主《おも》だった者どもはゴンドローリエ家の玄関の軒下に避難して、会議を開いた。エジプト公は、車よけの石に腰をおろして、宗教的なおそれをいだきながら、空中六十五メートルの高みに輝く、不思議な火刑台を見つめていた。クロパン・トルイユフーはかんかんに怒って、その太い拳をかみながら、「どうにもはいることはできねえんだな！」とつぶやいた。

「古い化け物の聖堂よ！」と、年とったジプシーのマチヤス・アンガディ・スピカリもブツブツ言った。

「いまいましい野郎だ！　この聖堂の樋は、レクトゥール（城砦のあるフランスのまち）の突廊よりもうまく、溶けた鉛をひっかけやがるな」と、軍隊生活を送ったことのある半白《はんぱく》の髪のにせ傷兵が言った。

「火の前を行ったり来たりしている悪魔が見えるだろう、な？」と、エジプト公が叫んだ。

「あの野郎め、あいつは鐘番の野郎だ。カジモドだよ」と、クロパンが言った。ジプシーのスピカリは首を横に振った。「そうじゃねえよ。いいかい、あいつはだな、サブナックという悪霊だよ。大侯爵でな、築城の悪魔なんだ。あいつは武装した兵隊の形をしていて、頭はライオンなんだぜ。ときには、気味の悪い馬に乗っていることもあるんだ。人間を石に化けさせて、それで塔を建てるんだ。また五十個の軍団の指揮をとってもいるんだぜ。たしかにあいつだ。見覚えがある。ときには、あいつはトルコふうの模様のついた金の素晴らしい服を着ていることもあるんだ」

「ベルヴィーニュ・ド・レトワルはどこにいるんだ？」と、クロパンがきいた。

「死んじまいましたよ」と、宿なしの女が答えた。

アンドリ・ル・ルージュは、うすのろみたいな笑いをもらしながら、「ノートル＝ダムが、市立病院に仕事をつくってやっているのさ」と言った。

「じゃ、どうしても、この扉をぶち破る方法はねえってのかな？」と、チュニス王は、じだんだを踏みながら叫んだ。

エジプト公は、燐《りん》でできた二本の長い紡錘竿《つむざお》のようにたえず黒い正面玄関に線を引いている、煮えたった鉛の二筋の流れを、悲しそうに彼に差し示して、「昔からよく見うけることなんだが、教会ってものは、あんなふうに自力で防御したもんなのさ」と、溜息《ためいき》をつきながら言った。「もう四十年も前の話だが、コンスタンチノープルの聖ソフィア教会は、三回もつづけざまに自分の頭、つまり丸屋根をゆすっては、マオンの神（回教徒の神）の三日月を地面に投げつけたもんだった。ギヨーム・ド・パリスという男が、この大聖堂を建てたんだが、あいつは魔法使いだったのよ」

「するてえと、大道《だいどう》の物乞いみてえに、指をくわえて引っこまなけりゃならねえのかい？」と、クロパンが言う。

「妹が、あす、フードをかぶったオオカミどもから縛り首にされるのに、みすみすそこに置いてきぼりにするというわけか？」

「それに、あの聖具室には宝が山ほどあるのによう！」と、宿なしの一人が言いそえたが、その男の名前がわからないのは残念なことだ。

「くそ、いまいましい！」と、トルイユフーが叫んだ。

「もう一度やってみようじゃねえか」と、さっきの宿なしが言った。

マチヤス・アンガディは首を横に振った。「この門からは入《へえ》れねえよ。仙女のばばあの鎧《よろい》の傷を見つけなけりゃならねえんだ。穴か、抜け道か、何か継ぎ目のようなところだな」

「誰がそいつをやるんだ？」と、クロパンが言った。「おれはもう一度行くぞ。——それはそうと、あの小わっぱ書生のジャンはどこにいるのかな？　鎧兜《よろいかぶと》でやけに身をかためていやがったようだが」

「きっと死んじまったんだろうな」と、誰かが答えた。

「あいつの笑い声がもう聞こえねえからね」

チュニス王は、眉《まゆ》をひそめた。

「そいつは惜しいことをした。あんな鎧を着こんでいたが、いい男だったのにな。——それから、ピエール・グランゴワール先生は？」

「クロパン親方、あいつは、おれたちがまだシャンジュ橋にかかったかかからないうちに、ずらかっちゃいやしたぜ」と、アンドリ・ル・ルージュが言った。

クロパンはじだんだを踏んで、「あの野郎！　おれたちをこんなところまで駆りたてやがったのは、あの野郎じゃねえか。それに、おれたちが大骨を折っている真っ最中だってのに、置いてきぼりにしやがって！——いつもペチャクチャしゃべってばかりいやがって、人間のくさったみたいな卑怯者《ひきょうもの》だ！」

「クロパン親方、ほら、小わっぱ書生が来やしたぜ」

アンドリ・ル・ルージュは、パルヴィ通りをながめていたが、こう言った。

「ありがてえ！　だが、あいつ、いってえ何を引っぱってきたんだろうな？」と、クロパンが言った。

それは、案の定、ジャンであった。彼は、遍歴の騎士が着るような重い鎧を着こんで、しかも長い梯子《はしご》を器用に敷石の上を引きずって、力のかぎり一所懸命に走ってきた。自分の体の二十倍もある草の葉を引いている蟻《あり》よりもふうふう言っていた。

「勝ちいくさだ！　ばんざいだ！　こいつは、サン＝ランドリ波止場の荷揚げ人の梯子ですぜ」

クロパンは彼のそばにやってきた。

「おい！　その梯子で、どうしようってんだ？」

「ぶんどってきたんですよ」と、ジャンは息をきらせながら答えた。「ぼくは、これがどこにあるか、ちゃんと知ってたんですぜ。――ある中尉の家の納屋のかげにあったんです。あそこの家には、ぼくの懇意《こんい》にしている娘が一人いましてね、ぼくをキューピッドのように美男子だと思っていやがるんですよ。――ぼくは、この梯子を手に入れるために、あの娘を利用しちゃったんですぜ。うめえもんでしょう！――可哀《かわい》そうに、あの娘のやつ、肌着のままでぼくのために戸を開けに出てきましたよ」

「そうか。だが、その梯子でどうしようっていうんだ？」と、クロパンがきいた。

ジャンは、何か底意ありげな、そしてまた自信たっぷりなようすで彼のほうを見て、指をカスタネットのように鳴らした。このときの彼は、なかなか素晴らしかった。頂に噴火獣《キマイラ》の飾りがついていて、敵の軍勢をおびえさせた、あの十五世紀特有の重そうな兜をかぶっていた。その兜には鉄のくちばしみたいなものが十本も逆だっていて、そのために、ネストル（ギリシア神話中の人物。トロイア戦争でギリシア軍を勝利にみちびいた）のホメロスふうの船と、「十の衝角《しょうかく》をそなえた」という恐るべき形容句を争いえたほどであった。

「ぼくがこれで何をしようとしているかと、おっしゃるんですね、チュニスの王さま？　あの三つある正面玄関の上に、まがぬけた顔をした像が並んでいるのが見えるでしょう？」

「うん、それで？」

「あれが、フランスの王さまたちの回廊ですぜ」

「それがどうしたというんだ？」と、クロパンがきいた。

「まあ、お待ちなさいよ！　あの回廊の端に、扉が一つありましてね、掛金《かけがね》じゃなければ閉まらないんです。だけど、この梯子でそこにのぼっていけば、大聖堂の中にはいれるってわけですよ」

「若《わけ》えの、おれにまず真っ先にのぼらせろ」

「いや、いけませんや、親方。この梯子は、ぼくのものですぜ。ぼくの後からつづいておいでなさいよ」

「この野郎、張りたおすぞ！」と、クロパンはむくれて言った。「おれは、どんなやつにだって遅れをとるのはいやなんだ」

「それじゃ、クロパンさん、もう一つ梯子をさがしてくるんですな！」

ジャンは、その梯子を引きずって広場の中を走りながら、大声で言った。「さあ、みんな、おれの後からついてこい！」

またたく間に、梯子は、側面の玄関の上の下側の回廊の欄干に立てかけられた。宿なしどもの一群は、ワイワイ歓声をあげて、梯子にのぼろうとして、その下におしかけてきた。だが、ジャンは自分の権利を主張して、まず真っ先に梯子の横木に足をかけた。上までのぼる道のりはかなり長かった。フランス諸王の回廊は、今日《こんにち》では敷石からおよそ二十メートルほどの高さにあるのだが、当時はまだ正面入口には十一段の踏段があって、そのためにいっそう高いところにあったのだ。ジャンは、その重い鎧のために身動きも思うにまかせず、片手で横木をつかみ、片手で、弩《おおゆみ》を握って、ゆっくりとのぼっていった。梯子の中ほどまでのぼったとき、彼は階段を埋めている哀れな泥棒王国部隊の死骸を悲しげに見おろしながら、「ああ！『イリアス』の第五編そのままの死骸の山だな！」と言いながらも、またのぼりつづけた。宿なしどもも、彼の後につづいてのぼっていった。梯子の一段一段に一人ずつつかまっていた。鎧を着こんだ者どもが列をなして暗闇の中をうねうねとのぼっていくのを見ると、まるで、鋼鉄のうろこをもったヘビが大聖堂の壁を這《は》っているように見えた。ジャンは先頭にたって口笛を吹いていたので、ますますそんなふうに見えてくるのだった。

ジャンは、とうとう回廊のバルコニーのところにたどりついて、宿なしどもがみんな拍手喝采しているうちに、すばやくバルコニーに飛びこんだ。こうして砦《とりで》を征服して、思わず喜びの声をあげた。が、とつぜん、ぎょっとして立ちどまった。王の石像のうしろに、目をぎらぎらさせて暗闇の中に隠れているカジモドの姿に気がついたのだ。

二番目の寄せ手の者が回廊に足をかけるまもないうちに、この恐ろしい男は、梯子の頭のところに飛んでいって、ものも言わずに、たくましい手で梯子の両方の親木をつかんだかと思うと、ぐいと持ちあげ、壁からはなし、上から下までぎっしりと宿なしどもが鈴なりになってたわんでいた長い梯子を、みんなが悲痛な叫び声をあげている中で、ちょっとのあいだ揺すった。そして超人的な力をふるって、鈴なりになった人間どもを広場に突き落とした。世にも不敵な人たちも、胸をドキドキさせてしまった一瞬だった。梯子はうしろへはねられて、しばらく空間に直立してためらっているように見えたが、すぐにゆらゆらと揺らめいて、たちまち半径二十五メートルあまりの恐ろしい円弧をえがき、はね橋の鎖が切れて落ちるよりもはやく、無頼漢どもをぎっしり乗せたまま、敷石の上にどうと倒れた。あたり一面に呪《のろ》いの声があがったが、やがてそれもすべて消えてしまい、重傷を負った何人かの者が、哀れにも死骸の山の下から這い出してきて、逃げていった。

はじめのうちの勝利の勝ちどきもどこへやら、攻撃軍のあいだには、苦痛と怒りとのざわめきが起こった。カジモドは平然として欄干に両肘をつき、その光景をながめていた。そのようすは、まるで年老いた王が長髪を風になびかせながら、窓にもたれているようだった。

ジャン・フロロのほうは、まさに進退きわまってしまった。彼は二十五メートル以上もある切りたった壁で仲間の者たちから切りはなされてしまい、ただ一人、恐ろしい鐘番といっしょに回廊に残された。カジモドが梯子に手をかけているうちに、彼は抜け穴が開いていると思って、そのほうへ走っていった。だが、だめだった。カジモドは回廊にはいってくるときに、扉を閉じてきたのだった。そこでジャンは、王の石像のかげに身をひそめ、息を殺して、おどおどした顔つきをしながら、カジモドをじっと見ていた。家畜飼育場の番人の女房に言いよったある男が、ある晩、ランデブーに行ったときに、乗り越える塀を間違えて、とつぜん白熊と顔をつき合わせたことがあったが、まるでそのときの男そっくりな格好だった。

はじめのうちこそカジモドも彼に気がつかなかったが、とうとう振り向いて、急に身がまえた。ジャンがいるのに気がついたのだ。

ジャンは今にも猛烈にぶんなぐられることを覚悟していたが、カジモドはじっと身動きもしないで、ただ学生のほうを振り返って、じっと見ているだけだった。

「おい！　おい！　なんだってそんな情けなさそうな目で、おれのほうをじろじろ見るんだい！」

こう言って、この若い道楽者は、持っていた弩《おおゆみ》をこっそりとつがえながら、「カジモド！　きさまのあだ名を変えてやるぞ。きさまのことを無分別ってあだ名にしてやるんだ」と叫んだ。

矢は放たれた。羽根のついたぐるぐる回る矢は、風をきって飛んでいき、カジモドの左腕につき刺さった。カジモドは、ファラモン王（伝説的なフランク族の首長）がかすり傷を受けたほどにも感じなかった。矢に手をかけて、腕からひき抜くと、太い膝《ひざ》にかけて、ゆうゆうとそれをへし折ってしまった。そして二つに折れたやつを、床《ゆか》に投げつけるというよりはむしろぽとりと落とした。だが、ジャンには二の矢をつがえるひまもなかった。矢を折ってしまうと、カジモドは急にうなり声をあげて、バッタのように飛びかかり、のしかかってきた。ジャンの鎧はドシンと壁にぶつかって、ぺしゃんこになってしまった。

そのとき、松明の光の揺らめく薄明かりの中に、恐ろしい光景がうかがわれた。

カジモドは左手でジャンの両腕をつかんだが、ジャンはもがきもしなかった。もう生きた心地もなかったのだ。カジモドは、右手で、ものも言わずに、気味の悪いほどゆっくりと、ジャンの武装を一つひとつ、剣、匕首《あいくち》、兜、鎧、籠手《こて》といったぐあいに脱がしていった。まるで猿がクルミの皮をはぐようだった。カジモドは、この学生の鉄の殻《から》を一つまた一つと、足もとに投げ捨てていった。

ジャンは、自分がこの恐ろしい手にかかって武器を奪われ、着ていた物を脱がせられ、弱々しく裸にさせられたのを見ると、この男に声をかけようとはせず、相手の顔に向かってずうずうしく笑いかけ、十六歳の子供らしい不敵な無邪気さで、そのころはやっていた歌をうたいだした。

きれいな服を着ていたよ、
カンブレのまちは。
マラファンそのまちを荒らしたよ……

だが彼の歌も終わりまではつづかなかった。カジモドは回廊の欄干の上につっ立って、片手でジャンの足をつかみ、投石器のように深淵《しんえん》の上で相手をぐるぐる振りまわした。と見るまに、骨でつくった箱が壁にぶつかるような音が聞こえた。すると何かが落ちてきたが、途中の三分の一ぐらいのところで、建物の突出部にぶつかって止まるのが見えた。それは、二つに折れ、腰骨はくだけ、頭蓋はからになり、死骸となって、しばらくそこにひっかかっていた。

恐怖の叫びが宿なしどもの間からわき起こった。「あだ討ちだ！」とクロパンが叫ぶ。――「やっつけろ！」と群衆が受ける。「突撃だ！　突撃だ！」すると、恐ろしい怒号の声が起こったが、その声にはあらゆることば、あらゆる方言、あらゆる語調がまじりあっていた。可哀そうに学生が殺されたので、群衆はたけり狂ってしまった。大聖堂の前まで来ていながら、たった一人の男にこんなに長い間くい止められたので、群衆は恥ずかしさと怒りでいっぱいだった。たけり狂った群衆は、梯子を何本か見つけてきたし、松明も増やした。しばらくすると、この恐ろしい蟻の大軍が、あらゆる方向からノートル＝ダムによじ登ってくるのを見て、カジモドはうろたえた。梯子を持っていない連中は結び目のある綱を持ってきたし、綱を持ってこない連中は彫刻の出っぱったところに足をかけて這いのぼっていった。彼らはおたがいに、ぼろの服にぶらさがりあっていた。恐ろしい顔をしながら満ち潮のように押し寄せてくる大軍に抵抗することはとてもできそうにもない。彼らの荒々しい顔は怒りのために赤く輝き、土色の額《ひたい》には汗が流れ、目はぎらぎらと光っていた。こうしたしかめっつらや、醜《みにく》さが、カジモドをとりまいて攻撃していたのだ。どこかほかの教会がノートル＝ダム攻撃のために、恐ろしい女の妖怪や、番犬や、怪物や、悪魔など、世にも不思議な彫刻を派遣したみたいだった。正面玄関の石の怪物の上に、生きた怪物どもが層をなしてへばりついているようだった。

そうしている間に、広場には無数の松明が星のように灯された。そのときまで暗闇の中に隠れていた混乱した光景が、急に照らし出された。広場はあかあかと輝き、空にまで光を投げかけていた。高い平屋根の上に灯された薪の山はたえず燃えつづけ、まちのはるか遠方までも照らしていた。二つの塔の巨大な影法師は、はるか彼方《かなた》のパリの屋根の上までもひろがって、あたりを照らしている光の中に、大きな影のきりこみをつけていた。パリのまちの胸が激情に揺れ動いているようだった。はるか遠くの警鐘が訴えるように鳴り響き、宿なしどもは怒号し、息をはずませ、ののしりながらのぼっていった。カジモドはこんなに大勢の敵に対してはどうすることもできず、ジプシー娘のことを思って身震いしていたが、たけり狂った顔がしだいに自分のいる回廊に近づいてくるのを見て、天に向かって奇跡をもとめ、絶望のあまり腕をよじって身悶《みもだ》えするのだった。

5 ルイ・ド・フランス殿下がお祈りをされた奥の間《ま》

みなさんもきっとお忘れではないと思うが、宿なしどもが群れをなして、夜の暗闇《くらやみ》をぬって来るのを見つけるほんの少し前に、カジモドが鐘楼《しょうろう》の上からパリを見わたしていると、もう明かりはたった一つしか輝いてはいなかった。それは、サン＝タントワーヌ門の横の高くて陰気な建物のいちばん上の階の窓ガラスに、星のようにまたたく明かりだった。その建物こそバスチーユ城砦《じょうさい》だった。そして、その星こそ、ルイ十一世の部屋のろうそくだった。

国王ルイ十一世は、実際、二日前からパリに来ていた。翌々日はモンチル＝レ＝トゥールの城砦に向かうはずだった。王は、彼のよき都パリにはめったに来なかったし、来ても長くは滞在しなかった。よき都パリには、敵をつかまえる落とし穴も、絞首台も、スコットランドの歩兵も、自分のまわりに充分にはないことを感じていたからだ。

王は、その日、バスチーユ城砦に泊まりに来ていた。ルーヴル宮にある、十二個の巨獣の像と十三人の預言者の像とが彫刻してある大きな暖炉のついた、五トワーズもある四角な大広間も、また縦三メートル六十、横三メートル三十もある大きなベッドも、あまり王の御意《ぎょい》に召さなかった。王は、このような豪華な調度の中で、とまどいするような気がしていたのである。この市民的な王は、小部屋や小さなベッドのあるバスチーユ城砦のほうを好んでいた。それに、バスチーユ城砦は、ルーブル宮よりも堅固《けんご》だったのである。

この「小部屋」、王が有名な国事犯の牢獄《ろうごく》の中に取っておいたこの小部屋は、まだ相当大きく、天守閣の中につくられた小塔の、最も高い階をしめていた。それは、円形の小さな部屋で、光沢のある藁《わら》の畳がしかれ、天井の丸太は、金色の錫《すず》でつくられたユリの花を浮き彫りにしてあり、その梁間《はりま》は、彩色がほどこしてあった。羽目板には、白色の錫でできた小さなバラの花がちりばめられた豪華な板がはってあり、雄黄《ゆうおう》と薄い洋藍《ようらん》とでつくられた美しい鮮緑色に塗られてあった。

窓は一つしかなく、真鍮《しんちゅう》の針金と鉄の格子《こうし》のはまった交差リブの長い窓であった。そのうえ、その窓も、王と王妃との紋章が彩色された美しい色ガラスのために、薄暗くなっていたが、その羽目板は、二十二スーの費用でできたという代物《しろもの》なのであった。

また入口も一つしかなく、近代的なドアになっていて、アーチは低い半円をなしている。内側には壁紙がはってあり、外側は、アイルランド材でできた玄関になっていた。精巧につくられた指物細工の華奢《きゃしゃ》な建築で、これは、百五十年前の古い邸宅に多く見られるものであった。ソーヴァルは絶望したように次のように言っている。「たとえこれらのものが、付近一帯の風致を害し、場所ふさぎになるといっても、老人どもはとり壊すことを承知しない。みなは、このために迷惑しているが、これを保存している」と。

この部屋には、ふつうの家の部屋にあるような家具は何ひとつとしてなかった。腰掛けも、架台も、簡単な椅子《いす》も、箱形のありふれた腰掛けも、一脚が四スーもするものや台座で支えられている美しい腰掛けもなかった。それはそれは素晴らしい、折りたたみ式の肘掛《ひじか》け椅子がたった一つあるだけであった。その材は、赤地にバラが描かれてあって、すわるところは朱色のコルドバ革で、絹の長い房が垂れ、金の釘《くぎ》がいくつも打ちつけてあった。この椅子がたった一つしか置いていないところを見ると、この部屋では、ただ一人の人物だけが腰をかける権利があるように見えた。この椅子と並んで、窓ぎわには、机が一つ置いてあって、鳥の画《え》が描いてあるテーブル・クロスがかかっていた。この机の上には、インクのしみのついた紙挟《かみばさ》みと、数枚の羊皮紙、何本かのペン、それと銀の彫りのある脚つきの大きな杯《さかずき》が置いてあった。そこからちょっとはなれたところには、食卓用コンロが一台と、深紅色《しんくいろ》のビロードがはってあって、金の釘かくしが浮上《うきあげ》彫《ほ》りになっている祈《き》禱用《とうよう》の机が一台あった。最後に、部屋の奥には、黄色と淡紅色の紋織でできた簡素なベッドが一つあったが、それには金ぴかの箔《はく》も飾《かざ》り紐《ひも》もついていない、縁飾《ふちかざ》りにも何の体裁もついていないものであった。このベッドこそ、ルイ十一世がぐっすり眠った夜もあり、転々として寝つかれなかった夜もあったというので有名なものであるが、二百年ほど前に、ある枢密《すうみつ》顧問官《こもんかん》の邸《やしき》に移されて、そこで観覧を許されていた。この部屋で『シリュス』（スキュデリー嬢の小説）の中で「アリシディ」および「道徳の権化《ごんげ》」という名前で有名な老ピルー夫人（十七世紀の上流夫人。スキュデリー嬢の友人）は、このベッドを見たわけである。

　このようなのが、「ルイ・ド・フランス殿下（シャルル五世の息子。ルイ・ドルレアン）がお祈りをされた奥の間《ま》」と呼ぶ部屋だった。

　今、われわれがみなさんをここにご案内した時刻には、この奥の間はひどく暗かった。消灯の合図はもう一時間も前に鳴らされていた。あたりは真っ暗だった。机の上にはろうそくが一本だけ灯《とも》り、その揺らめく明かりが、部屋に思い思いにたむろしていた五人の人物を照らしていた。

　まず第一に光に照らし出された人物は、美しく着飾った貴族で、半ズボンに銀の縞《しま》入りの赤い上着を着、黒い模様のはいった金襴《きんらん》の長袖《ながそで》のついた外套《がいとう》をまとっていた。この豪華な衣装はろうそくの光を受けて、そのひだというひだに炎が凍りついてしまったように見えた。この衣装を着た男は、あざやかな色の刺繡《ししゅう》の紋章を胸につけていた。その紋章の山形のところの先には、一頭の走る鹿の図柄がついていて、盾形《たてがた》をしたこの紋章には、右側にオリーブの枝、左側に鹿の角《つの》がついていた。腰には立派な短剣がさがっていた。その柄《つか》は朱色で、兜《かぶと》飾りの形に彫ってあり、柄頭《つかがしら》には伯爵の冠がついていた。彼は意地が悪そうで、傲慢《ごうまん》な顔つきをして、頭を傲然とあげていた。ちょっと見たところ尊大な顔だったが、よく見ればずるそうな顔だった。

彼は帽子もかぶらず、長い書類挟みを手にして、肘掛け椅子のうしろに立っていた。ところで、この椅子には、一人の人物がまったく異様な服装をして、腰をかけていたのだ。体を不格好に二つに折るようにし、膝《ひざ》を重ねて、机に肘をついていた。実際、想像してもみ給え、このコルドバ革の豪華な椅子に、X形にまがった二本の脚の膝小僧、見すぼらしい黒い毛糸の股引《ももひ》きをはいた二本の痩《や》せた股、毛よりも地のほうがよけいに見える毛皮のついた綿入り麻織物の外套を着た胴体、それからその上に、ひどく安物の黒ラシャの脂《あぶら》じみた古帽子がのっているのだ。帽子は鉛の人形のついた環状の飾り紐で縁どられている。これが、髪の毛がやっと一本通るくらいのきたない球帽をかぶって、椅子にすわっている人物の姿だった。彼は頭を胸にうずめているので、その顔はかげに隠れていて何も見えなかったが、ただ鼻の先だけは光線があたっていて、どうやら見られた。その鼻は高かったに違いない。そのしわのよった手が痩せこけていたことを見れば、老人だということがわかったが、この人物こそルイ十一世であったのだ。

こうした人物のうしろに少し離れて、フランドル仕立ての服を着た男が二人、小声で話をしていた。二人は、暗闇の中に隠れてまったく見えないというほどでもなかったから、グランゴワールの聖史劇をごらんになった方ならば、この人物たちがフランドルの首席使節のうちの二人であることに気づかれたであろう。一人はガンの腕ききの終身市会議員のギヨーム・リムであり、もう一人は、あのとき民衆の人気をさらった洋品屋ジャック・コプノールであった。この二人がルイ十一世の政治にひそかに加わっていたことも、思い出されるであろう。

最後に、ずっと奥の、戸口に近い暗い中に、立像のようにじっと動かずに立っている一人のがっしりした男があった。手足はずんぐりして、軍服を着て、紋章のついた外套をまとっていたが、その四角ばった顔には目が額《ひたい》と同じ高さまで飛び出していて、大きな口は顔をたち割らんばかり、耳は、まっすぐな髪の毛が垂れさがって二つの大きなひさし形になった下に隠れていた。額はないといってよいくらい狭く、要するにこの男は、犬と虎《とら》をいっしょにしたような顔つきをしていたのだ。

国王以外の者は、みんな帽子をかぶっていなかった。王のうしろに立っていた領主は、長たらしい計算書のようなものを王に読んで聞かせていて、陛下は熱心にそれに耳をかたむけているらしかった。二人のフランドル人は低い声で何かささやいていた。

「やれやれ！　おれは立ってばかりいて疲れたよ。ここには椅子がないのかな？」と、コプノールはブツブツ言った。

リムは、ないのだというような身ぶりをして答え、こっそり笑った。

「やれやれ！」と、コプノールは、こうして声をひそめなければならないのが、まったくしゃくにさわったようすで、つづけて言った。「おれはいつも店でやっているように、洋品屋らしく足を組み合わせて、床《ゆか》にすわりたくってむずむずしているんだぜ」

「まあ、我慢しろよ、ジャック君！」

「へええ！　ギヨーム君！　ここじゃいつも立ちんぼうばかりしていなきゃならんのかね？」

「それとも膝でもつくかだ」と、リムが答えた。

このとき王が声を高めたので、二人は黙った。

「なに、使用人の服が五十スー、王室づきの聖職者の外套が十二リーヴルだと！　これじゃまるで、黄金を大樽《おおだる》に入れて投げるようなものだ！　オリヴィエ、おまえは気でも狂ったのか？」

こう言いながら老人は頭をあげた。彼の首に、サン＝ミシェル勲章の首飾りの黄金の玉がきらりと輝いた。肉がげっそり落ちて気むずかしそうな横顔が、ろうそくの光にまともに照らされていた。彼は相手の手から書類をとりあげた。

「おまえたちは、このわたしを破産させようというのか！」と、王はくぼんだ目で書類に目を通しながら叫んだ。「これはいったい何事じゃ？　こんなに多くの使用人どもを置く、なんの必要があるんじゃ？　一人あたり月に十リーヴルの割合として、礼拝堂づきの司祭を二人と、百スーで礼拝堂づきの聖職者を一人置くのじゃと！　小姓が一人で年に九十リーヴルか！　大膳職が四人で、一人あたり年に百二十リーヴル！　槍持《やりもち》、菜園係、調味係、コック長、武器庫番が一人ずつと、出納係《すいとうがかり》が二人で、一人あたり月に十リーヴルの割合じゃと！　台所の手伝いが二人で八リーヴル！　馬手が一人にその手下が二人で月に二十四リーヴル！、荷揚人、菓子作り、パン焼きがそれぞれ一人に、荷車引きが二人で一人あたり年に六十リーヴル！　蹄鉄工《ていてつこう》が百二十リーヴル！　国庫収入課長が千二百リーヴル、それに会計審査官が五百リーヴルだと！――いやはや、まったくとんでもないことじゃ！　使用人どもの給料で、フランスは略奪されてしまうではないか！　ルーヴル宮の隠し金も、こんな火のような浪費にあっては、すっかりとけてなくなってしまうわ！　皿のはてまで売り払ってしまうことになるぞ！　この調子では、たとえ神と聖母マリアさまとが（このとき彼は帽子を脱いだ）わたしに生命《いのち》を貸したもうたとしても、錫《すず》の壺《つぼ》で煎《せん》じ薬《ぐすり》を飲まなければならないことになるわ！」

こう言って、彼は机の上に光っていた銀の脚つき杯のほうにじろりと目をやった。咳《せき》をしてまたつづけた。

「オリヴィエ君、国王とか皇帝とかいうように、広大な領地を差配している帝王というものはな、その家にぜいたくをはびこらせてはならぬものじゃ。というのは、そこからぜいたくの火が国じゅうに燃えひろがっていくからな。――だからオリヴィエ君、このことはよく承知していてもらいたいのだ。わが王室の経費は年々かさむばかりだ。これは面白くないことじゃ。よいかな、しっかりしてもらいたい！　七九年までは、三万六千リーヴルを超えていなかった。ところが八〇年になると、それが四万三千六百十九リーヴルにまでなっているのだ。――わたしはちゃんと数まで覚えているぞ。――八一年には、六万六千六百八十リーヴルだ。そして今年は、驚くではないか！　八万リーヴルに達しようとしているのじゃ！　四年間で二倍になるわけだ！　ひどいものだな！」

彼は息をきらして話をやめたが、また興奮して言いつづけた。「わたしのまわりには、どれもこれも、この痩せたすねをかじって太っていくやつらばかりじゃ！　おまえたちは、わたしの毛穴という毛穴から金を吸いとっているわけだぞ！」

みんなはじっと黙っていた。こんな怒りは聞きながしておけばいいのだった。彼はつづけた。

「これはまるで、領主どもが国家の大きな負担などと呼んでいるものを、わたしのほうの費用で建てなおしてもらおうとして、やつらがラテン語で書いた請願書のようだぞ！　まったく負担だ。押しつぶされるような負担だぞ！　ああ！　諸君！　きみたちはわたしが『肉の給仕も酒の給仕もつけずに』国を治めているのを見て、わたしが国王らしくないと言っておる！　わたしが国王であるかないか、やれやれ！　きみたちによくわかるようにしてやるぞ！」

ここまで言うと、自分の権力のことを考えてほほえみを浮かべた。そのために不機嫌も少しおだやかになって、フランドルの人びとのほうに向きなおった。

「ギヨーム君、どうじゃな？　パン係長も、酒庫係長も、侍従長も、家老も、みな下働きの男ほどにも役にたたないものだ。――コプノール君、このことをよく心得ておいてもらいたい。――彼らは何の役にもたたない無用の長物だぞ。こんなふうに国王のまわりに寄ってたかって、何の役にもたたないでいるのを見ると、まるで、王宮の大時計の文字板を取りまいている四人の福音史家の像みたいな感じがする。ほれ、フィリップ・ブリーユが修理したばかりのあの時計の像じゃよ。あんな像は金ぴかではあっても、時を告げるわけではない。針はやつらがいなくたって、結構やっていけるのじゃ」

　王はしばらく何か考えていたが、やがてじじむさい頭をふって、「ああ！　わたしは断じてフィリップ・ブリーユではないぞ。大領主どもを飾りたててやるようなことはごめんじゃ。まったくエドワード王の言うとおりじゃ。人民を救い諸侯を殺せとな。――オリヴィエ、さあ、さきを読め」

　王からこう指名された人物は、手に持っていた書類を持ち直して、大声でまた読みはじめた。

「……パリ奉行所《ぶぎょうしょ》の印鑑係、アダン・トノンに対し、今までの印鑑が古くなり、すり減ってきて、使用に耐えなくなったために、新しくつくらせた際の材料費、加工賃、彫り代として、パリ金十二リーヴル。

　ギヨーム・フレールに対し、パリ金の四リーヴル四スー。本年の一月、二月、三月にわたり、トゥールネル裁判所の鳩小屋《はとごや》二棟の鳩を飼育し、七セクスチエの大麦を与えたことに対する報酬である。

　一人の聖フランチェスコ会修道士に対し、ある犯人を自白させた功により、パリ金で四スー」

　王は黙って聞いていた。ときどき咳をしたが、そのときには、杯を唇にもっていって、一口飲んでは渋い顔をしていた。

「本年にはいってから、裁判所の命令により、パリの辻々でラッパの音で五十六の号音を鳴らしたこと。——費用支払いの予定。

パリ、その他の土地で、財産が隠されているといううわさをされていた場所をいくつか捜査したが、何も発見されず——その費用、パリ金で四十五リーヴル」

「一スーの金を掘り出すのに、一エキュの金を地に埋めるようなものじゃな！」と、王は言った。

「……トゥールネル裁判所で、鉄牢のある場所に白ガラス六枚はめこみのため、十三スー。——閲兵《えっぺい》の日に、王の命令により、周囲にバラの帽子模様をめぐらした、前述の領主の鎧《よろい》の紋章四個を新調し、支給したことに対し、六リーヴル。——王の古い上着の両袖の付替え料、二十スー。——王の長靴に脂をひくための一箱の脂代、十五ドニエ。——王の黒小豚を飼育するために新しくつくった豚小屋代、パリ金で三十リーヴル。——サン＝ポール宮のライオンを囲うためにつくったたくさんの仕切、板、揚げ戸の費用、二十二リーヴル」

「金のかかる動物じゃな」と、ルイ十一世は言った。「まあ、よいわ！　王の威厳というやつじゃ。あの中に一頭、褐色の大きなやつがいるが、あれはおとなしくてなかなかよいな。──ギヨーム君、あれを見たかね？──帝王というものはあのような不思議な動物を飼っておかなければならぬのじゃ。われわれ国王たる者は、犬のかわりにライオンを飼い、猫のかわりに虎を飼わなければならぬのだ。偉大な人間だけが王位にのぼれるのだからな。ユピテルの偶像を信じていた時代には、人民が教会に百頭の牛と百頭の羊をささげれば、帝王は百頭のライオンと百羽のワシとを寄贈したものじゃ。実に野性的で、立派なことだ。フランスの王は王座のまわりに、いつも猛獣のうなり声を絶やさなかったものだ。だがわたしが、祖先よりはずっとかかりをへらして、ライオンも、熊も、象も、ヒョウも、ずっと少なくしたことを認めてもらいたいものじゃ。──さきを読んでくれ、オリヴィエ君。フランドルの方がたにも、このことを聞いていただきたかったたな」

ギヨーム・リムは丁寧《ていねい》に頭をさげたが、一方コプノールは不機嫌な顔をして、いま陛下がふれた熊のようなようすをしていた。王はべつにそれを気にもとめず、杯で唇をうるおしたが、飲んだものを吐き戻しながらこう言った。「ワッ！　まずい煎じ薬だな！」

読みあげていた者はまたつづけて、

「適当な処置をほどこすまで、食肉処理場の小屋に六か月前から監禁している無頼漢の食費として、──六リーヴル四スー」

「なんじゃな、それは？」と、王はことばをさえぎった。「首吊《くびつ》りにする者まで養っておくのか！　くだらん！　そんなやつを養う金など、これ以上一スーも出すわけにはいかん。──オリヴィエ、そのことについては、デストゥートヴィル氏にきいてみるのだな。今晩にもさっそく、その男を絞首台にかけるように取りはからってもらいたい。──つぎを読め」

オリヴィエは、その「無頼漢」とあった項に親指でしるしをつけて、つぎに進んだ。

「パリ裁判所づき死刑執行委員長アンリエ・クーザンに、パリ奉行殿の命により価格を指定されて購入した広刃の長剣の代金、パリ金の六十スー。ただし、悪行に対し裁判によって判決を受けた者の刑をとり行ない、首をきるためのもので、鞘《さや》、その他いっさいの付属品を含める。また、じゅうぶん明らかなことだが、ルイ・ド・リュクサンブール殿の刑をとり行なったさい、折れて刃こぼれを生じた今までの剣の修理代も含める……」

王はことばをさえぎった。「もうよい。喜んでその金額の支払いを許可しよう。わたしには関係のない費用じゃ。そういう金を惜しんだことはないからな。──つぎを読め」

「大監房を新築させたため……」

「ああ！」と、王は椅子の腕を両手でおさえて言った。「わたしがこのバスチーユに参ったのは、目的があってのことなのだぞ。――ちょっと待ってくれ給え、オリヴィエ君。その監房をこの目で見たいものだ。わたしが検分している間に、その費用を読みあげてくれ給え。――フランドルの諸君、わたしといっしょに来て、まあ檻《おり》をごらんになってはどうじゃ。珍しいものじゃよ」

こう言って、王は立ちあがり、相手の腕によりかかり、戸口の前に立って黙っていた男に、案内せよと合図し、二人のフランドルの人びとについてくるようにと合図をして、部屋を出た。

王の一行が奥の間《ま》のドアにさしかかると、鉄の重そうな鎧兜《よろいかぶと》に身をかためた何人かの武士と、燭台《しょくだい》を持った痩せこけた小姓とが一行に加わった。一行は、しばらくの間、厚い城壁の奥まで階段や廊下がついている、薄暗い天守閣の内部を進んでいった。バスチーユ守備隊長は先頭に進み、病身で腰の曲がった老国王の前に立って、くぐり戸を開けてやった。王は、歩きながらゴホゴホと咳をしていた。

くぐり戸をくぐるたびに、みな身をかがめなければならなかった。ただ老王だけは、年のせいか、腰が曲がっていたので、その必要もなかった。「さあ！　墓場の入口にもうはいったわけだな。ドアが低いから、腰を曲げて通らねばならぬな」と、国王は、歯ぐきのあいだから声を出して言った。というのも、彼にはもう歯がなかったからだ。

とうとう、最後のくぐり戸を通り抜けたが、鍵《かぎ》があまりゴタゴタとかかっていたので、開けるのに十五分もかかってしまったほどであった。彼らは、交差リブをなしている、天井の高い、広々とした部屋にはいった。この部屋の真ん中には、松明《たいまつ》の明かりで見ると、煉瓦《れんが》と鉄と木でできた、大きな立方体のものが一つあった。その内側はがらんどうになっていた。これが、「王の小娘」と呼ばれている、国事犯人を収容する有名な檻であった。仕切り壁には、二つ三つの小さな窓があったが、その窓には、ガラスも見えないほど厚い鉄の格子がぎっしりとはまっていた。戸口は、墓のような平たい大きな石畳であって、そこにはいるため以外には、およそ使われないという代物であった。ここでは、ただ死人だけが生きた人間であったのだ。

王は、この小さな建物のまわりを、ゆっくり歩きだして、注意深くそれをしらべていたが、一方、オリヴィエ氏は王のあとについていって、大声で、計算書類を読みあげていた。

「太梁材《ふとはりざい》、それに桁棒《けたぼう》を使って大牢獄を新築したが、檻は、長さ二メートル七十、幅二メートル四十、床から天井までの高さ二メートル十、牢には磨《みが》きがかかり、鉄の大きな鋲《びょう》が打たれ、サン＝タントワーヌ城砦の塔の一つの部屋に置かれてあり、国王陛下の命によって、その檻には、朽ち果てた古い牢に以前から住んでいた囚人一名が、監禁されている。――その檻には、横に九十六本の梁をわたし、縦に五十二本の梁を立て、長さ三トワーズの桁棒十本を用い、かつ、二十日間、城砦の中庭で、上にのべた木材を角《かく》にし、鉋《かんな》をかけ、切断するため大工十九名を雇う……」

「檻のカシワの芯《しん》は、なかなか、しっかりしたものだな」と、王は、拳《こぶし》で木組を叩きながら言った。

相手はさらにつづけて、「……この檻には、長さ三メートルの大きな鉄の鋲二百二十個がほどこされ、残りは中程の長さをもってしつらえ、その他、前に述べた鋲に用いる箍《たが》、蝶番《ちょうつがい》、鉄の箍止めなど、鉄材総量三千七百三十五ポンド。なお他に、この檻を釘づけにするための鴨居《かもい》を通す大きな鉄輪が八個、それに鎹《かすがい》と釘、あわせて鉄材総量二百十八ポンド。ただしこれには、檻が設けられている部屋の窓の格子の鉄材、部屋の戸口の鉄格子、およびその他の物は計量にはいっていない……」

「たった一人の軽薄な男を入れるのに、ずいぶん鉄がいるものだな!」

「……総計、三百十七リーヴル五スー七ドニエ」

「やれやれ!」と、王は叫んだ。

このののしりのことばは、ルイ十一世のよくやる口癖であったが、このことばを聞きつけて、檻の中で誰かが目をさましたようであった。鎖《くさり》が床にすれて、ガチャガチャ音をたてたのが聞こえてきた。その男は、墓から出てきたような弱々しい声をあげて、「陛下！　陛下！　なにとぞお慈悲でございます！」と言うのだったが、その声の主は見えなかった。

「三百十七リーヴル五スー七ドニエか！」と、ルイ十一世は繰り返した。

檻から聞こえてくる悲しげな声を耳にすると、オリヴィエ氏をはじめ、居合わせた者みんなの心は、氷のようにひやりとした。ただ、王だけは、その声が耳にはいらぬようであった。彼の命令によって、オリヴィエ氏はまた読みつづけ、陛下は冷やかに檻の検分をつづけていった。

「……その他、窓の格子、および檻が設置されている部屋の床を取りつけるための、穴をつくった石細工職人に賃金を支払う。床は、檻の重量により、その檻を支えることが不可能となったためである。この賃金、パリ金にて二十七リーヴル十四スー……」

今の声は、またもや訴えるように聞こえてきた。

「お願いでございます！　謀反《むほん》を起こしたのは、たしかにアンジェの枢機卿《すうききょう》（ジャン・バリュのこと。次頁参照）でございます。わたくしではございません」

「石細工職人の仕事は骨の折れるものだな！　さきを読め、オリヴィエ」

オリヴィエはつづけた。

「……建具屋に、窓、床材、穴の開いた腰掛け、その他の費用として、パリ金で二十リーヴル二スー……」

声の主のほうもなお話しつづけていた。

「ああ！　陛下！　わたくしの言うことをお聞きとりくださいませんのでしょうか？　ギュイエンヌ公にあのものを書き送ったのは、けっして、わたくしではございません。ラ・バリュ枢機卿（ルイ十一世の寵臣。後に陰謀を企て、牢に入れられた）なのでございます。これだけは、なんとしても申しあげます」

「建具屋というものは、高いものじゃな」と、王は言った。「——それだけかな？」

「まだでございます、陛下。……ガラス職人に対し、前に述べました部屋のガラスをはった費用として、パリ金で四十六スー八ドニエ」

「なにとぞお願いでございます、陛下！　わたくしは、自分の全財産を裁判官に、家宝の皿をトルシ氏に、蔵書をピエール・ドリヨル先生（十五世紀のフランスの政治家）に、タペストリーをルーシヨンの知事に差しあげてしまいました。それでじゅうぶんではございませんか？　わたくしは、無実の罪をきせられているのでございます。もうこれで十四年の歳月を、この鉄の牢の中で寒さに震えております。なにとぞお慈悲を垂れてくださいませ、陛下！ かならず陛下も、天国でその報いを得られることでございましょう」

「オリヴィエ君、総計は？」

「パリ金で、三百六十七リーヴル八スー三ドニエでございます」

「ほほう！ 恐ろしく金のかかった檻じゃな！」と、王は叫んだ。

王はオリヴィエ氏の手から帳簿を奪って、紙面と檻とをかわるがわる調べながら、自分で指を折って計算しはじめた。その間、一方、囚人のむせび泣く声が聞こえていたが、その声は、暗闇の中で、もの悲しげに響いた。人びとはおたがいに青ざめた顔を見あわせた。

「十四年でございます、陛下！ 一四六九年の四月から数えて、もうこれで十四年でございます！ 聖母の御名にかけて、陛下、わたくしの申しあげますことを、なにとぞお聞きくださいませ！ 陛下におかせられては、この年月の間ずっと、太陽の暖かいめぐみに浴されておいでになりました。だがわたくしは、みじめにも、ふたたび日の目を見ることがないのでございましょうか？ なにとぞ、お慈悲を垂れてくださいませ、陛下！ なにとぞ哀れみを垂れさせ給え。寛容は国王のこよなき美徳でございます。それは怒りの波をもしずめるものでありましょう。陛下よ、身に受けたあらゆる侮辱《ぶじょく》をすべて罰しておいたということは、国王にとって、その臨終にあたっての大きな満足であると、こう陛下はお信じになっておられるのでございましょうか？　それにまた、陛下、わたくしは、けっして陛下に反逆を企てたことはございません。それは、アンジェ氏でございます。それなのに、わたくしの足には重い鎖がついておりますし、その先には、とほうもなく重い、大きな鉄の球がついております。ああ、陛下！　なにとぞお慈悲を垂れさせ給え！」

「オリヴィエ」と、王は頭を振りながら言った。「石灰一樽《ひとたる》、二十スーに計算してあるようだが、これは十二スーしかかからないはずだが、この計算書を訂正するように」

こう言って、檻のほうに背を向けて、今にも部屋から出ようとした。哀れな囚人は、燭台と足音が遠ざかっていくのを見て、王が行ってしまうのだと思って、「陛下、陛下！」と、絶望の叫びをあげていた。扉は、もとどおり閉ざされた。もはや誰も見えなかった。ただ、囚人の耳もとで歌をうたって聞かせている牢番のしゃがれ声だけが耳にはいるばかりであった。

ジャン・バリュの親方は、
彼の大事な司教の職が
すっかり消えてなくなった。

ヴェルダンさんにも
職がない。みんなそろって
やられてしまった。

王は、ものも言わずに、奥の間《ま》に戻っていった。お供の者も、囚人の最後のうめき声に恐れをなして、王のあとについていった。突然、国王陛下は、バスチーユ守備隊長のほうを振り向いて言った。「ときにな、あの檻の中に、誰かおったのではなかったかな?」

「えっ! はあ、陛下!」と、隊長は答えたものの、この質問にはあっけにとられていた。

「で、誰かね?」

「ヴェルダンの司教殿でございます」

王は、誰よりもよくそのことを知っていたのだったが、これが彼の奇妙な癖の一つだった。

「ああ!」と、王は、はじめて気がついたようなむぞうさなようすで、「ギヨーム・ド・アランクールか、あのラ・バリュ枢機卿の友人の。いい司教だったがな」

しばらくすると、奥の間の戸口がまた開き、この章のはじめに出てきた五人の人物が現われて、また閉ざされた。彼らは、そこでそれぞれの席について、小声で、また前と同じような態度で、話をしはじめた。

王の留守のあいだに、何通かの公用速達が机の上に置かれてあった。王はみずからその通信の封を切って、一枚一枚すばやく読みはじめ、「オリヴィエ氏」にペンを取るように合図した。オリヴィエ氏は、王のそばにいて大臣の職務もしているらしかった。王は、その公用速達の内容を知らせずに、小声で、その返事を書きとらせはじめた。オリヴィエ氏はかなり窮屈そうに机の前にひざまずいて書いていた。

ギヨーム・リムはそれをじっと見ていた。

王の声は非常に低かったので、フランドルの人びとには口述の内容が何も聞こえなかった。ただときどき、とぎれとぎれに、意味のわからないことばが耳にはいるくらいなものだった。たとえば「……――みのりの豊かな土地は商業で維持し、不毛の土地は産業で、……――イギリスの諸侯に、わが国の四隻《よんせき》の臼砲艦《きゅうほうかん》ロンドル、ブラバン、ブール＝カン＝ブレス、サン＝トメールを見せること。……――今日《こんにち》では、砲兵術によっていっそう賢明な戦争ができること。……――われわれの友、ブレシュイール殿に……――税金なしには軍隊を維持できない。……――」などであった。

一度、彼は声を高めて「おや、やれやれ！　シチーリア王がフランス国王と同じように、手紙を黄蠟《おうろう》で封印しているではないか。彼にそういうことを許すのはけしからんのではないかな。わたしの義理のいとこブールゴーニュ公でも、戦場で旗印を用いなかったではないか。一族の栄光は、特権を正しく用いて、はじめて打ちたてられるのだ。このことは、よく注意しておいてもらいたいね、オリヴィエ君」

またこうも言った。「おお！　おお！　たいした手紙だ！　わが友ドイツ皇帝から何を要求してまいったのかな？」王はその手紙に目をとおしながら、ときどき、間投詞をさしはさんだ。「まったくだ！　ドイツ諸邦というやつは、信じられないほど偉大で強力なものだわい。——だが、あの古い諺《ことわざ》を忘れてはならぬな。いちばん美しい伯爵領はフランドルで、いちばん美しい公爵領はミラーノで、いちばん美しい王国はフランスだ、とな。——そうではないかね。フランドルの諸君？」

このときは、コプノールもギヨーム・リムも頭をさげた。洋品屋の愛国心がくすぐられたのだ。

最後の公用速達を見ると、ルイ十一世は眉《まゆ》をひそめた。「なんじゃ、これは？」と、彼は叫んだ。「ピカルディーの守備隊に対しての苦情と訴えか！　オリヴィエ、急いでルーオー元帥《げんすい》（ルイ十一世に仕えたが、謀反の疑いで罰せられ、領地にひきこもった）に手紙を書くように。——軍規がゆるんでいる。——憲兵、召集貴族、正規射撃兵、スイス傭兵《ようへい》、どれも、村民に対してありとあらゆる悪いことをしている。——兵士は農家を襲って財産を略奪したうえ、棍棒《こんぼう》や槍をふりまわして町内の住民をおどし、酒、魚、食料、雑貨、不用の品まで供出させている。——これが王の耳にはいった。——わたしは、わが国の民衆が生活の不便を免れ、窃盗《せっとう》、略奪から守られるように望む。——聖母マリアにかけて、これがわたしの希望である！——なおまた、旅芸人、理髪師、兵士などは、誰であっても、君主のように、ビロード、絹、黄金の指輪を身につけないように。——このような虚栄は神の憎むところである。——われわれ貴族でさえ、一オーヌにつき十六スーのラシャの胴着で満足している。——軍隊づき使用人諸君もそのくらいまでの生活程度をさげられるはずだ。——以上よろしく通達、命令されたし。……われらが友ルーオー殿。——よろしい」

王は力をこめて、断続的に大声で、以上の手紙を口述した。ちょうど書き終わったときに扉が開いて、新しい人物が一人はいってきた。この男はまったく驚いたようなようすで、部屋に飛びこんできて、叫んだ。「陛下！　陛下！　パリでは人民の暴動が起きておりますぞ！」

ルイ十一世のいかめしい顔は一瞬ひきつったが、その心の動きは稲妻のように顔の上から消えた。心を抑えると、落ちついたおごそかな態度で言った。「ジャック君、きみはずいぶん乱暴にはいってきたものだな！」

「陛下！　陛下！　暴動でございますぞ！」と、ジャックは息をはずませながら言った。

王はもう立ちあがっていたが、ジャックの腕を荒々しくつかむと、怒りを抑え、フランドル人たちのほうを盗み見ながら、彼だけに聞こえるように耳もとに口をつけて言った。「黙れ、しゃべるのなら小声でやれ！」

今はいってきた男は、王の気持がわかって、声をひそめて恐ろしい話をしはじめた。王はそれを静かに聞いていたが、ギヨーム・リムはコプノールに合図をして、今はいってきた男の顔と着ているものに注意を向けさせた。「毛皮つきのフード」や、「短い外套」や、「黒ビロードの法服」を見れば、彼が会計検査院長であることが見てとれた。

この人物が王に二言三言《ふたことみこと》説明するかしないかのうちに、ルイ十一世はどっと笑いだして叫んだ。「まったくだよ！　コワチエ君、もっと大きな声で話し給え！　何をそんなに小声で話すことがあるのじゃ？　ここにおられるフランドルの諸君に対して、いささかも隠すことなどはないということは、聖母マリアさまもよくご承知のことじゃよ」

「けれども、陛下……」

「もっと大声で話し給え！」

コワチエ君は、びっくりして、じっと黙っていた。「さあ」と王は言った。「話し給え。――このうるわしいパリの都で、民衆が何か騒ぎでも起こしたというのかね？」

「はい、陛下」

「裁判所の大法官に対して、反乱が起こったというのじゃな？」

「そうらしゅうございます」と、彼は言ったものの、王の頭に生じた急激な、なんとも説明のつかない変化にすっかりとまどって、まだ口の中でブツブツ言っていた。

ルイ十一世はことばをつづけた。「どこで夜警隊が暴民どもと出会ったのか？」

「グランド＝トリュアンドリからシャンジュ橋へ行く途中でです。わたくし自身も、陛下のご命令をお受けするためにここに参ります途中、やつらに出会いました。やつらの中で何人かの者が『裁判所の大法官をやっつけろ！』と叫んでいるのが聞こえました」

「そして彼らは、大法官に対してどんな不満をもっているのかな？」

「ああ！　それは大法官がやつらの領主だからでございます」と、ジャックは言った。

「本当か！」

「さようでございます、陛下。やつらは奇跡御殿のならず者どもで、もうだいぶ前から大法官に恨《うら》みをもっておりました。やつらは、その大法官の手下になるわけですが、大法官を裁判官とも、また監督官とも認めようとはしないのです」

「そうか!」と、王は満足そうな微笑をもらして言った。自分が満足していることを隠そうとしたが、隠せないのだった。

「やつらが高等法院に提出しております請願書には、みんな、自分たちの主はただ陛下と神だけでありたいと望んでいるのでございます。神といっても、それは、悪魔のことだと思いますが」と、ジャック氏が言った。

「そうか! そうか!」と、王は言った。

王はしきりに両手をこすりながら、内心ほくそえんでいた。その顔はこみあげてくる笑いで輝いていた。ときどき表面をとりつくろおうとしたが、その喜びを押し隠すことができなかったのだ。「オリヴィエ氏」をはじめとして、誰ひとり、それが、何を意味するかを理解することができなかった。彼は何かもの思わしげな、しかし満足そうなようすで、しばらくのあいだ沈黙していた。

「彼らは手ごわいかな?」と、急に王はたずねた。

「はい、たしかにそうでございます、陛下」と、ジャック氏は答えた。

「で、どのくらいの人数かな?」

「少なくとも六千はありましょう」

王は思わず「しめた!」と、口ばしってしまった。またつづけて、「連中は武装しておるかな？」ときいた。

「鎌、槍、火縄銃、つるはしなど、あらゆる凶器を持っております」

王はこういう凶器を並べたてられても、少しも不安そうには見えなかった。ジャックは何かつけ加えなければならないように思って、「もし陛下が、今すぐに救援隊をおさしむけにならないと、大法官は負けてしまうと思われますが」

「よし、派遣しよう」と、王は真剣なふりをして言った。「よろしい、たしかに援軍を送ろう。大法官殿はわれらが友じゃからな。六千人か！　無鉄砲な者どもめ！　その大胆さは見あげたものだが、憤慨にたえぬ。だが、今晩は手もとには軍勢が手うすだ。

――明朝でもよいじゃろう」

ジャック氏はまた叫んだ。「すぐに送らなければなりません、陛下！　あしたの朝までには、裁判所は何回でも荒らされ、その権利はおかされ、大法官は縛り首になってしまいますぞ。なにとぞ陛下！　あしたの朝とはおっしゃらず、今すぐ援軍をお送りください」

王は彼の顔を真正面から見つめて、「明朝と申したではないか」

誰も口ごたえできないようなまなざしだった。

しばらく黙っていたが、ルイ十一世はまた声を高めた。「ジャック君、きみは知っているだろうな？　あの、あれはどうじゃったかな……」と言ったが、また言いなおして「いや、大法官の土地の管轄《かんかつ》区域はどうじゃったかな？」

「陛下、大法官の管轄区域はカランドル通りからエルブリ通りまでと、サン＝ミシェル広場に、ノートル＝ダム・デ・シャン教会の近くの、ふつうにミュローと呼ばれているあたりでございます（ルイ十一世はノートル＝ダムと聞いたときに帽子のへりをあげた）。そこには公共建築は十三、それに奇跡御殿や、『禁制区《バンリュ》』と呼ばれているハンセン病病院がございます。それに、この病院からはじまってサン＝ジャック門までの道全部など、みんな、この管轄区域に属しております。大法官はこの地域全体の監督官であり、高等、中等、初等全部の裁判官であり、また全権の領主でもあります」

「なるほどな！」と、王は右手で左の耳をかきながら言った。「それでは、わたしの都のかなりの部分を占めておるではないか！　ああ！　大法官殿はこうした部分すべての王『であった』わけだな！」

こんどはそう言っただけで、言いなおしはしなかった。夢を見ているように、自分自身に言いきかせてでもいるようにつづけて、「あっぱれじゃ、大法官殿！　あなたは今まで、このパリの好いところを握っていたわけじゃな」

急に王は声を高くして、ほとばしるように言いだした。「やれやれ！　この国で監督官とか、司法官とか、領主とか、主人とか思いこんでいるあいつらは、いったい何というやつらじゃ？　あっちでもこっちでも通行税をとりたてておる。どこの四つ辻でも、わたしの人民どもの裁判権や処刑権を握っている。なんということじゃ。まるで、ギリシア人がそこいらじゅうにある泉の数と同じだけの多くの神を信じていたように、また、ペルシア人が空に見える星と同じだけの神を信じていたように、フランス人は絞首台と同じ数の国王をいだいていることになる！　いやはや！　実に悪いことだ。わたしは混乱したことは好まぬ。パリに国王以外の監督官があり、わが高等法院以外の裁判所があり、わが帝国にわたし以外の皇帝が存在するということは、はたして神のおぼしめしにかなうことかどうか、知りたいものじゃ！　天国に神がただ一人いらっしゃるように、フランスに国王がただ一人、領主が一人、裁判官が一人、首斬《くびき》り役人が一人、というような日が必ずやこなければならないのだ！　これがわたしの信念じゃ！」

王はまた帽子をあげて、あいかわらず夢見るように、猟犬にけしかけて放してやる猟師のような態度と口調でつづけた。「でかしたぞ！　人民ども！　がんばれよ！　にせの領主どもを打ち倒すのだ！　おまえたちの仕事をやりぬけ。やれ！　そら！　やつらを略奪しろ！　やつらを吊るせ！　暴れまわれ！……ああ！　領主諸君よ、きみたちは国王になりたいのじゃな？　やれ！　人民よ！　やれ！」

ここまで言って、王は急に口をつぐんだ。唇をかんで、思い出せない何かを思い出そうとでもするように、まわりにいた五人の人物の顔を一人ずつ順々に、刺すような目つきでじっと見すえた。と、とつぜん、両手で帽子をつかんで、その帽子を正面から見すえながら、帽子に向かって言った。「おお！　もしもおまえがこの頭の中にあることを知ったら、おまえを焼き捨ててしまうぞ！」

それから、こそこそと穴に戻っていく狐《きつね》みたいに、注意深く、不安そうな目つきをしてあたりを見まわしていたが、「まあ、いいわ！　大法官殿に援軍を出そう。だが折あしく、今はそのような大勢の民衆どもに対して、ごく無勢《ぶぜい》の軍隊しか手もとにないのだ。あすまで待たなければならぬ。あすになれば、中の島《シテ》の秩序を回復し、捕えられた者をすべてきびしく絞首刑に処すであろう」

「それはそうと、陛下！」と、コワチエが言った。「さきほどはあわてていて申し忘れましたが、夜警隊が群衆の中の落伍者《らくごしゃ》を二人捕えたのでございます。ここにおりますので、お目通しを願いたく存じます」

「お目通し願うなどとは！　何を言っておるのじゃ！　まぬけ者め！　そんなことを忘れておったとは！　早く行け、オリヴィエ！　行ってつれてまいれ」と、王はどなった。

オリヴィエ氏は出ていったが、まもなく、親衛隊にとりまかれた二人の捕虜をつれて戻ってきた。最初の男は、太った顔をして、まるで気がふれたようで、酔っており、びっくりしたようすであった。着ているものはぼろぼろで、膝をまげ、足を引きずって歩いていた。二番目の男は、青ざめた顔をして微笑をもらしていたが、みなさんもすでにご存じの人物である。

王はひとことも言わず、しばらく二人の男を見ていたが、やがて急に最初の男にことばをかけて、

「おまえの名は何というか？」

「ジエフロワ・パンスブールド」

「職業は？」

「宿なし」

「あのようなけしからん暴動に加わって、何をするつもりであったのかな？」

その宿なしは、うすのろのようなようすをして、腕をぶらぶら振りながら王のほうを見ていた。この男の頭のしくみはできが悪くて、その知性はといえば、明かり消しの下の光みたいにほとんど眠っているようにぼんやりとしていた。

「知りましねえだ。みんなが行ったで、おらもはあ、行っただよ」と、彼は答えた。

「おまえはふとどきにも大法官殿を襲って、略奪しようとしたではないか?」

「誰かの家で何かをとろうとしていたってこたあ、はあ、知ってますだ。だけんど、それだけでがすだよ」

一人の兵士が宿なしから没収した鉈《なた》を、王の前に差し出した。

「おまえはこの武器に見覚えがあるか?」と、王がきいた。

「へえ。そりゃ、おれの鉈でがすよ。なんしろ、おらあブドウ作りだもんでな」

「この男は、おまえの仲間だと思うが?」と、ルイ十一世はもう一人の捕虜を指さして言った。

「いいや、まるで知りましねえだ」

「もうよい」と、王は言って、戸口のそばに黙ったまま動かずにいた人物に指で合図をした。この男のことは、もうみなさんにもお知らせしておいたはずだ。

「トリスタン君、あの男はきみに任すよ」

トリスタン・レルミットは頭をさげて、二人の兵士に小声で何か命令した。彼らはこの哀れな宿なしをつれて出ていった。

一方、王は第二の捕虜に近よっていったが、この男は玉のような汗を流していた。

「おまえの名は?」

「殿下、ピエール・グランゴワールと申します」

「職業は？」

「哲学者でございます、陛下」

「浅はか者め、おまえはどうして、わたしの友である大法官殿の屋敷を攻囲しようなどとしたのか？　このように民衆を騒がせおって、なんと言いわけをするつもりだ？」

「陛下、そのようなことは、わたくしには関係のないことでございます」

「何を申すか！　ふとどき者め、おまえは暴徒の中にいて夜警隊に捕われたではないか？」

「いや、陛下、それは誤解であります。災難であります。わたくしは悲劇を作っている者であります。陛下、どうかわたくしの申すことをお聞きくださいませ。わたくしは詩人でありまして、わたくしのような職業の者はとかく憂鬱《ゆううつ》になりますと、夜などまちをぶらつきに出かけるのです。わたくしは夜、そこを通りかかったのです。実に偶然なのであります。すると誤って捕えられてしまいました。わたくしは、あのような暴動などには少しも関係がないのです。陛下もごらんになりましたように、さきほどの宿なしもわたくしのことを知りませんでした。どうか陛下におかせられましても……」

「黙れ！」と、王は煎じ薬を飲む間に言った。「おまえの話を聞いていると、頭が痛くなってくるわ」

トリスタン・レルミットは進み出て、グランゴワールを指さした。「陛下、この男も絞首刑にいたしましょうか?」

これが、彼が発言したはじめてのことばであった。

「ふふん!」と、王はなげやりな調子で答えた。「べつにさしつかえもないだろうと思うが」

「わたくしのほうでは大いにさしつかえますが!」と、グランゴワールは言った。

わが哲学者の顔は、そのときさっと血の気が引いて、オリーブの実よりも緑色になった。王の冷淡で無関心な顔つきを見ると、非常に悲痛な調子でやるよりほかには助かる道はないと思った。そこで絶望的な身ぶりよろしく、ルイ十一世の足もとに身を投げ出して叫んだ。

「陛下! 陛下におかせられましては、なにとぞわたくしの申しあげますことにお耳をお貸しくださりませ。陛下! わたくしのような取るにたらぬ者に向かって雷《いかずち》のようにお怒りにならないでください。神の大いなる雷は、けっしてレタスのような小さな物の上には落ちないものであります。陛下、陛下はとても権力のある尊い君主でいらっしゃいます。どうか、哀れな正直な人間に哀れみをおかけください。この正直一途《いちず》な男は、氷のかけらが火花を発することができない以上に、暴動をあおりたてることなどとてもできない人間であります！　いとご仁徳高き陛下、仁慈のお心は、ライオンと国王との徳であります。ああ！　きびしくされることは人の心を震えあがらせるばかりでありましょう。北風が乱暴に吹きつけても、旅人の外套を脱がせることはできないでありましょう。太陽はゆるやかにその光をそそいで、旅人をあたため、ついにシャツ一枚にさせるのであります。陛下よ、陛下は太陽であります。わたくしはここにあえて申しあげますが、至高至上なる君主よ、わたくしは、宿なし、無頼のやからではございません。謀反人と強盗とは、アポロの従者の中にはおりません。あの暴動の騒ぎの雲の中に、わたくしがはいることなど、断じてございません。わたくしは、陛下の忠実な臣下であります。妻の名誉に対して夫がいだくのと同じねたみ、また父の愛に対する子供のもつ感謝の念、忠良な臣下は、これらのものを、その王の栄光に対していだかなければなりません。王家に対する熱情のため、その奉仕をますます大きくするために、精魂をつき果たさなければならないものでございます。そのほかのあらゆる情熱は、たとえ臣下を夢中にさせるものでありましても、しょせん狂気にすぎないものでございましょう。陛下よ、これがわたくしの金科玉条《きんかぎょくじょう》とする国家観であります。でありますから、わたくしの衣服の肘がすり切れておりましょうとも、それで暴徒であるとか略奪者であるとかとご判断くださらぬようにお願いいたします。もしわたくしにお慈悲をお垂れくださいますならば、陛下よ、わたくしは、衣服の膝のすり切れるまで、陛下のおんために、朝な夕な神に祈りを捧げるでありましょう。ああ！　正直なところ、わたくしは財産をもちません。いや、貧乏人とさえいうべきでございます。しかしながら、貧乏のために悪をなすものではありません。わたくしが悪いのではございません。誰もがよく知っておりますように、巨万の富は文芸の道から得られるものではありませんし、万巻の書を読破した者でも、冬にかならずしもその暖炉に火があるとはかぎりません。ただにせ弁護士のみが穀物の実をみんな取りあげ、学問をもって世に立っているその他の者には藁だけを残しておくのであります。哲学者の穴のあいたマントについて、まことに素晴らしい諺が四十もあるほどでございます。ああ！　陛下よ！　寛容こそは偉大な魂の内部までを照らすことのできるただ一つの光であります。寛容は他のあらゆる徳の前で、灯火をいだくものであります。寛容がなければ、手さぐりで神を求める盲人と同様であり、哀れみの心は、寛容の徳と同じように、王侯の身にとって、最も力強い衛兵である臣下の愛をかちうるものであります。ご尊体を拝するだけでも、われわれの目がくらむ思いのいたします陛下におかせられましては、空《す》きっ腹《ばら》のうえに無一文《むいちもん》のふところをガラガラ鳴らして、災禍の地獄の中でうごめいている貧しい男が一人余計にいても、哀れな無実の哲学者が一人あってもなくても、陛下にとりましては、いったい何ほどのことがありましょうか？　かつまた、陛下よ、わたくしは一個の文学者であります。偉大な王は、文芸の道を保護して、王冠の真珠となすものでございます。ヘラクレス（ギリシア神話中の英雄）も、ミュザジェット（ここでは芸術の神ミューズの案内者）という称号を軽蔑《けいべつ》いたしませんでしたし、マチヤス・コルヴァン（十五世紀のハンガリーの王）は数学界のほまれたるジャン・ド・モンロワイヤルを優遇いたしました。さて、文学者を絞首刑に処するということは、文芸の道を保護いたしますうえにおいて悪いやり方であります。もしアレクサンドロスがアリストテレスを絞首刑に処したといたしましたならば、どれほど、アレクサンドロスにとって汚点になったことでございましょうか！　この汚点が、彼の名声という顔の上にとまった一羽の小さな羽虫にもあたらぬもので、彼の功績を飾るには、なんらのさしさわりにもならぬというかもしれません。だがそれは、彼の顔を醜《みにく》くする悪性の潰瘍《かいよう》なのでございます。陛下よ！　わたくしはフランドルの公女と高貴な王太子殿下とのために、非常に当を得た祝婚歌を作ったことがございます。これが暴動の発火器になろうはずがございません。陛下もごらんになりますように、わたくしは断じて三文《さんもん》芸術家ではございません。研究もよくいたしましたし、雄弁術においては、生まれながらにしてもっている才能があります。命ばかりはお助けください。陛下。そうすれば陛下は、聖母マリアに対して立派なことをなさったことになります。また、正直なところ、わたくしは、縛り首になりますことなど、考えただけでも恐ろしくてたまりません！」

こう言って、グランゴワールは悲嘆にくれて、王の上靴にキスした。ギヨーム・リムはコプノールに向かって小声でささやいた。「あの男は地面に這《は》いつくばって、なかなかうまくやるじゃないか。王というものは、クレタ島のユピテルのようなものさ。足にしか耳がついていないものなんだよ」すると、洋品屋もクレタ島のユピテルのことなどはかまわずに、グランゴワールのほうをじっと見やりながら、不器用な微笑をもらして答えた。

「ああ！　なんて面白いんだ！　まるで大法官のユゴネが、わたしに許しを請うときの声を聞いているようだよ」

グランゴワールはとうとう息がきれて黙ってしまい、震えながら王のほうに顔をあげた。王は股引きの膝についたしみを爪《つめ》でかいていた。やがて、杯で煎じ薬を飲みはじめた。そのうえ、陛下はひとこともものを言わなかったが、こうもものを言ってくれないことが、グランゴワールにとっては、身をきられるようにつらかったのだ。ついに王は彼を見て言った。「恐ろしくどなる男じゃな！」そして、トリスタン・レルミットのほうを向いて、「えい！　放してやれ！」

グランゴワールは、喜びのあまりひどくびっくりして、うしろにひっくり返ってしまった。

「お許しくださるのですか！」と、トリスタンは不平そうにつぶやいた。「陛下には、この男をしばらく檻に入れておくつもりはございませんか？」

「ねえきみ、きみはこんな鳥のために、三百六十七リーヴル八スー三ドニエもする檻をわたしがつくったと思うのかな？——ならず者などただちに追い出してくれ（ルイ十一世は、この『ならず者』ということばを好んでつかったが、このことばは『やれやれ』ということばとともに、彼の機嫌のいいときの証拠だった）。ぶんなぐって追い出してしまえ！」

「ウヘー！」と、グランゴワールは叫んだ。「これこそ本当の名君ですな！」

そして、取消し命令が出てはたまらぬと、急いで戸口のほうへ走っていった。トリスタンはいやな顔をしながら、彼のために扉を開けてやった。兵士どもは、拳《こぶし》をふりあげて彼を追いながら、いっしょに外に出た。グランゴワールは、真のストア派の哲学者としてそれを我慢した。

大法官に対する反逆を耳にしてからというものは、王はひどく上機嫌で、その気持がいろんなことに表われていた。このような寛容さは、めったにあるものではなく、とるにたらないしるしではなかったのだ。トリスタン・レルミットは部屋の隅《すみ》で、獲物を見るばかりで口にははいらない犬のように、顔をしかめていた。

一方、王は楽しそうに指で椅子の肘を叩いて、ポン＝トードメール行進曲の調子をとっていた。彼は感情をあまり表わさない君主であって、苦痛のほうはみごとに隠すことができた。だが、喜びのほうはそれほどうまく隠しきれなかったのである。王はよい知らせがあると、いつでもこうして喜びを外に表わした。それがひどくなると、シャルル・ル・テメレール（ブールゴーニュ公。ルイ十一世の姉婿）の亡くなったときなどには、サン＝マルタン・ド・トゥール教会に銀の欄干を献納したこともあったし、自分の即位のときなど、父の葬儀を命令するのも忘れたほどであった。

「あの！　陛下！　陛下がわたくしをお呼び出しになりました、あの激しいお苦しみは、いかがなされましたのでしょうか？」と、とつぜんジャック・コワチエが叫んだ。

「ああ！　わたしは非常に苦しいのじゃ、きみ。耳鳴りはするし、胸のあたりは火の熊手でかきむしられるようじゃ」

コワチエは王の手をとり、自信たっぷりな顔つきをして脈をみた。

「おい見てみろよ、コプノール」と、リムは小声で言った。「王は、そら、コワチエとトリスタンにはさまれているだろう。あいつらだけが宮廷にいるようなものだよ。医者は王のために、死刑執行人は王以外の者のためにさ」

王の脈をとりながら、コワチエはしだいに気づかわしげな顔をしていった。ルイ十一世は心配そうに彼を見ていた。コワチエの顔は目に見えてくもってきた。この男にとっては、王の不健康だけが飯の種《たね》の小作地だったのである。できるだけ王の不健康をくいものにしていたのだった。

「おお！　おお！　まことにもってご重態でございますぞ」と、ようやく彼はつぶやいた。

「そうだろう？」と、不安そうに王は言った。

「脈搏《みゃくはく》高進、呼吸困難、喘音《ぜんおん》あり、動脈結滞」と、医者はつづけて言った。

「やれやれ！」

「三日とたたぬうちに、これはお命を奪うかもしれませんぞ」

「ああ、たいへんだ！　して、その療法は？　きみ」と、王は叫んだ。

「考えているところでございます、陛下」

彼はルイ十一世に舌を出させて、頭をふり、しかめっつらをしていたが、もったいぶって、「あの、陛下」と、とつぜん言った。「ぜひお話し申しあげたいことがございますが、実は司教不在時国王代理収税官の席があいているのでございます。つきましては、わたくしに甥《おい》が一人いるのでございます」

「その収税官の職をその甥に与えよう。ジャック君」と、王は答えた。「だが、この胸の焼けつくような火をとってくれ」

「陛下はとても寛容でいらっしゃいますから、サン＝タンドレ＝デ＝ザルク通りにわたくしの家を建てるにつきまして、少しばかりその費用の補助をお拒みになることはございますまい、と思いますが」

「ふん！」と、王は言った。

「わたくしは、経費のほうでもどうにもならなくなっておりまして、それに、家ができましても屋根がつかなければ、いかにも残念でございます。家はごく粗末な、まったく町人ふうのものでございますので、そのほうはともかくといたしましても、壁を飾っておりますジャン・フールボーの絵のためによろしくございません。この絵は、月の女神ディアナが空中を舞っているのでございますが、実に素晴らしく、また優にやさしく、優美なもので、その動きはういういしく、その頭は、髪も実によく結ばれ、三日月の冠をいただき、肌は白く、見る人もまことに珍しがって、ぜひ手にいれたいという誘惑にかられるという代物であります。またそこには、セレスも描かれてありまして、これもまた、美しい神でございます。それは、麦の穂の上にすわっていて、バラモンジンやそのほかの花で組み合わされて穂のような形をした優雅な花輪を、頭にいただいております。その目の美しさといい、その足のふっくらとした丸みといい、その様子の高貴なことといい、そのスカートの飾りといい、このうえないものと思われます。これはまさしく、筆になったもののうちで最も無邪気で完全なものの一つでございましょう」

「ひどいやつめ！　いったい何をもくろんでおるのじゃ？」と、ルイ十一世はつぶやいた。

「この絵の上にはどうしても屋根をつけなければなりませんので、陛下、そのお金はごくわずかなものでございますが、もうわたくしにはお金がないのでございます」

「いくらなのじゃな、その屋根と申すのは？」

「はあ、いえ……絵模様のある金箔《きんぱく》をはった銅ぶきでございまして、せいぜい二千リーヴルもあれば」

「ああ！　まさに人殺しだな！　こいつは、ダイヤモンドにならぬようなおれの歯は一枚も抜かぬつもりだな」と、王は叫んだ。

「で、屋根のほうはいかがでございましょうか？」と、コワチエは言った。

「よし！　どうともしてくれ。だが、わたしの病《やまい》はなおすのだぞ」

ジャック・コワチエはうやうやしく頭をさげて言った。「陛下、散らし薬をお使いになれば、おなおりになると存じます。胃に、蠟膏《ろうこう》とアルメニアの丸薬と卵の白身と油とそれに酢を混合いたしました、とくに効く薬を用いてみましょう。それに煎じ薬をあいかわらずお用いになれば、陛下のご病気の回復いたしますことは、たしかに保証いたします」

よく燃えているろうそくは、ただ一匹の蚊《か》を寄せつけるだけではすまないものだ。オリヴィエ氏は、王が少しも物惜しみをしないのを見て、ちょうどよい機会と考え、こんどは自分の番だとばかり進み出た。「陛下……」

「なんじゃね？　また」と、ルイ十一世は言った。

「陛下、陛下もご承知のことと思いますが、シモン・ラダン氏が亡くなったのでございます」

「それで？」

「あの人は、会計検査の王室顧問官でありました」

「それで？」

「陛下、その席はあいているわけでございます」

こう言ううちにも、オリヴィエ氏の高慢な顔つきからはその横柄《おうへい》な表情が消え、卑しい表情になっていった。それは宮廷に仕える人たちだけがもっている、とっておきの表情というやつである。王は彼に面と向かってそっけない調子で言った。「わかった」

そして、つづけて、

「オリヴィエ君、あのブーシコー元帥（十四世紀の軍人）がこう言っていたよ。『王からの贈り物以外には贈り物はない。ちょうど海の上でだけ漁ができるようなものだ』とね。きみもブーシコー君と同じ意見をもっているらしいね。ところでまあ、聞き給え、わたしは、よく覚えているよ。六八年に、わたしはきみを部屋づきの小姓にしてやったし、六九年には、トゥール銀貨百リーヴルの給料で、サン＝クルー橋の離宮の護衛にしてやった（きみはその給料をパリ金貨で欲しいと言ったね）。また、七三年の十一月には、ジェルジョールに与えた手紙によって、平貴族ジルベール・アクルのかわりに、ヴァンセンヌの森の門衛に任命したはずじゃ。七五年には、ジャック・ル・メールのかわりとして、ルーヴレ＝レ＝サン＝クルーの森の裁判官にしたし、七八年には、二重リボンを緑蠟《りょくろう》で封印した公書によって、サン＝ジェルマン学校の敷地にある商店街から、きみときみの細君のために、パリ金で十リーヴルの年金のはいる地位にしてやったはずだ。七九年には、あの哀れなジャン・デーのかわりとしてスナールの森の裁判官にしてやったし、つぎにはロッシュの城の隊長に、つぎにはサン＝カンタンの総督に、つぎにはムーラン橋の隊長にしてやった。それできみはムーラン伯と呼ばれているのではないか。祭日に人のひげをそったすべての理髪屋が支払う罰金五スーのうち、三スーはきみにやって、その残りをわたしが取っているのじゃ。わたしはきみの『悪党《ル・モーヴェ》』という名前をなんとかして替えてやりたいと思っていたのじゃ。なにしろその名前は、きみの顔つきにふさわしすぎるからな。また七四年には、貴族たちはだいぶ不満であったが、きみに満艦飾の紋章を許して、クジャクのように胸を飾らせたはずだ。やれやれ！　それでもきみは満足しないのかな？　きみの漁場はかなり美しく、素晴らしいものではないか？　もう一匹と思って積んだサケが、きみの船をくつがえすというたとえもあることを、きみは恐れないのか？　な、きみ、慢心はきみの身を滅ぼすことになるぞ。慢心のうしろには、いつでも破滅と恥辱がつきまとうものじゃ。このことをよく考えて、もう何も言わずにおけ」

王からこういうことばをきびしく言われたので、オリヴィエ氏のくやしそうな顔つきは、もとの横柄な顔にかえった。「よろしゅうございます」と、彼は聞こえよがしにつぶやいた。「ごらんのとおり、陛下は本日はご不快の気味でおられますな。なにもかも医者にお与えになっているようですな」

ルイ十一世はこの無礼なことばを耳にしても、少しも怒らずにやさしく言った。「そうじゃ、まだ忘れておったが、わたしはきみをマリ女王の治められるガンの大使にしたことがあった。そうだ諸君」と言いながら、王はフランドルの人たちのほうに向きなおって、言いそえた。「この男は大使だったこともあるのじゃ」またオリヴィエ氏のほうを向いて、「ま、きみ、仲たがいはやめにしよう。われわれは古くからの友達だ。もうだいぶ遅くなってしまった。きょうの仕事は終わりにしよう。わたしのひげをそってくれ」

　みなさんもおそらくおわかりのことと思うが、「オリヴィエ氏」の中には、あの恐ろしいフィガロ（ボーマルシエの戯曲『フィガロの結婚』、『セビーリャの理髪師』の主人公）が住んでいたのである。大劇作家たる神は、『ルイ十一世』という長い血なまぐさい劇の中に、巧みにこのフィガロをまじえておいたのだ。ここで、この奇妙な人物のことをこれ以上説明するつもりはない。この王づきの理髪師は三つの名前をもっていた。宮廷では、みんなはご丁寧に「とんま《ル・ダン》」のオリヴィエと呼んでおり、民衆の中では「悪魔《ル・ディヤヴル》」のオリヴィエと呼ばれていたが、本当の名は「悪党《ル・モーヴェ》」のオリヴィエというのだった。「悪党」のオリヴィエは、王に対して不満そうな顔をしたままじっと立っていたが、ジャック・コワチエのほうを横目で見ながら、「そうだ、そうだとも！　医者だよ！」と、口の中でつぶやいた。「まったくじゃ！　そのとおり。医者じゃよ」と、ルイ十一世は不思議なくらいやさしく言った。「医者のほうがきみより信用できるからな。まったくわかりきったことだ。医者はわたしの体を全部ひきうけてくれるが、きみは、わたしの顎《あご》だけにしか手をかけぬからな。もうよい、理髪師、どこかにまたあるだろう。もしもわたしがシルペリック王（古代フランク王）のような王だったら、きみらはいったい何と言うつもりかな？　またきみの職はどうなるだろうかな？　なにしろあの王は、ひげをのばしっぱなしにして、片手で押さえているような格好だったからな。——さあ、きみ、仕事にかかることだ。わたしのひげをそってくれ。行って入り用なものをさがしてまいれ」

　オリヴィエは、王が笑ってばかりいて、どうしても王を怒らせることができないのを見てとって、ブツブツ言いながら、王の命令を実行するために外に出ていった。

　王は立ちあがって窓のほうに近よったかと思うと、とつぜん、非常に興奮したようすで窓を開け、「おお！　そうだ！」と、手を叩いて叫んだ。「中の島《シテ》の上の空は真っ赤になっている。あれは大法官を焼く炎だ。きっとそうだ。ああ！　人民どもよ！　とうとうおまえたちも、諸侯の力をくずすのに手助けをしてくれているのじゃな！」

　こう言って、フランドルの人びとのほうを振り向いて、「きみたちも、まあここに来て見てみ給え。あの真っ赤に燃えているのは火事ではないかな？」

　二人のガンの市民は近よっていった。

「大火でございますな」と、ギヨーム・リムは言った。

「おお！　見ていると、アンベルクール公の屋敷が燃えたときのことを思い出しますな」と、コプノールは急に目を輝かせて言った。「きっと、あそこでは大反乱があるに違いありませんな」

「きみもそう思うかね、コプノール君？」こう言っている王の目は、洋品屋の目と同じくらい楽しそうであった。「防ぐことは難しいのではないだろうか？」

「まったくでございますな！　陛下！　このことでは、部下の兵士どもをずいぶんといためることになりますのでしょうな！」

「ああ！　わたしの場合はな！　事情は違うのだ。もしわたしがしようと思えば！……」と、王はすぐに言った。

洋品屋は大胆にも答えて、

「もしあの暴動が、わたしの想像しておりますようなものだとしましたら、陛下がどのようにお考えになりましても、とうていだめだと思いますが！」

「きみ、わたしの部下の兵士が二個中隊と大砲一門もあれば、連中どもの集まりなどかんたんに蹴《け》ちらしてみせるわ」

洋品屋は、ギヨーム・リムがしきりに自分のほうに合図しているのにかまわず、なんといっても王のことばに反対するつもりでいるらしかった。

「陛下、スイス人の傭兵もやはり烏合《うごう》の衆でございました。ブールゴーニュ公(シャルル・テメレールのこと)は大貴族で、この無頼漢どもを軽蔑しきっておられました。グランソンの戦いでは、陛下、公は大声で『砲兵！　あの連中どもに発砲せよ！』と言われまして、聖ジョルジュにかけてお誓いなさったのです。しかしながらスイスの主席司法官のシャルナクタルは棍棒をふりまわし、部下をひきつれて、公のほうにとびかかってきたので、ブールゴーニュの輝かしい軍隊も、水牛の皮を着た農民と出会っては何ともたまりません。一個の小石があたった板ガラスのように破れてしまったのです。そこでは、たくさんの騎士がならず者のために殺されてしまい、ブールゴーニュ最大の領主だったシャトー＝ギュイヨン殿も、その灰色の大きなご乗馬もろとも、沼地の小さな草原にその屍《しかばね》をさらしたのでございます」

「きみ、きみの話しているのは戦争のことであろうが、わたしの言っているのは暴動のことなのじゃ。わたしが一度眉をひそめさえすれば、暴動などこっぱみじんにしてくれるぞ」

相手はかまわずに反論した。

「そうなるかもしれません、陛下。でもそれは、民衆の『時』がまだ来ていないからなのです」

ギヨーム・リムはどうしても口をはさまなければならないと思って、「コプノール君、きみはおそれ多くも強大な国王陛下に対して、お話し申しあげているのですぞ」

「わたくしも存じておる」と、洋品屋は重々しく答えた。

「まあ、この男に言わせておき給え、リム君」と、王は言った。「わたしはこのようにざっくばらんな話が好きなのだ。父のシャルル七世は、真理は病《やまい》にかかっていると言われたものだが、このわたしは、真理は死んでしまった、それは、聴罪司祭さえ見つけられなかった、と信じていた。コプノール君は、わたしが間違っていたことを知らせてくれたのだ」

こう言って、王は親しみをこめてコプノールの肩に手をかけ、

「きみは、今なんと言ったかな、ジャック君？……」

「はあ、陛下、おそらく陛下のおおせられるとおりでありましょうが、わたくしは民衆の『時』が、陛下のお国ではまだ来ていないのだ、と申しあげていたのでございます」

ルイ十一世は人の心を刺すような目で、彼のほうをじっと見つめていた。

「で、その『時』とやらはいつ来るのかな？」

「やがて、その『時』が鳴るのをお聞きになるでございましょう」

「で、教えてもらいたいのじゃが、どの時計でかね？」

コプノールはフランドル人の静かな落ちつきをみせて、王を窓のそばに招いた。「お聞きください、陛下！　ここには天守閣も、鐘楼も、大砲も、市民も、兵士もございますな。鐘楼の鐘が鳴りわたり、大砲が轟《とどろ》き、天守閣がすさまじい音をたててくずれ落ち、市民や兵士が大声でわめき、殺しあうそのとき、『時』の鐘が鳴るのでございます」

ルイ王の顔は、陰気で夢見るようなようすになった。しばらくものも言わずにいたが、やがて、軍馬の背中をなでるように、天守閣の厚い壁を手でやさしく叩いた。「おお！いや、そうではない！　わが愛するバスチーユよ、おまえはそう簡単にくずれはしまいな？」

そして急に、この大胆なフランドル人のほうを向いて、「きみは今までに暴動を見たことがあるかな、ジャック君？」

「わたくしは自分で暴動を起こしたことがございます」と、洋品屋は言った。

「どのようにするのかね、暴動を起こすには？」と、王がきいた。

「はあ！　それは、そんなに難しいことではございません」と、コプノールが答えた。

「いろいろ方法もございますが、まず第一に、市民たちに不安をもたせなければなりません。これはべつに珍しいことでもございません。それから住民の性格ですが、ガンの市民は、暴動を起こすには都合よくできております。つまり彼らは、いつでも君主の息子を愛しておりますが、君主を愛していることはけっしてないのであります。さてそこで！　ある朝のこと、と申しましても、仮にでございますよ、誰かがわたくしの店にはいってきまして、わたくしに『コプノールさん、これこれしかじかのことがあってね、フランドルのお姫さまが大臣を救おうとしているよ』とか、『大法官が粉挽税《こなびきぜい》を二倍にするぜ』とか、まあそうしたことを言ったとします。するとわたくしは仕事をほうりだして、洋品店からとびだし、通りに出て『略奪しろ！』と叫ぶのです。たいていそのあたりには、底の抜けた樽がごろごろしているものでして、わたくしはその上にのって、口からでまかせにふっと思いついたことを大声でしゃべるのですな。民衆の立場にいますと、陛下、何かたえず言いたいことが心にあるものでございます。で、みんなは集まってきてどなったり、警鐘を打ち鳴らしたり、兵士から武器をとって武装したりします。すると、市場の人びともそれに加わって暴動をはじめるわけであります！　領地に領主が、市に市民が、田舎《いなか》に農民がおりますかぎり、暴動というものは、いつでもこのようにして起こるものでございます」

「それで、いったい誰に対して、きみたちはそのような暴動を起こすわけなのかね？」と、王がきいた。「きみたちの大法官に対してかね？　それとも領主に対してかね？」

「時により、場合場合によるわけです。ときによりましては、公爵に対して起こす場合もあります」

ルイ十一世はもとの席に戻って、微笑を含んで言った。

「ああ！　ここではまだ大法官に対してばかりのようだな！」

このときちょうどオリヴィエ・ル・ダンが戻ってきた。彼のうしろからは、王の化粧道具を持った小姓が二人ついてきた。だがルイ十一世が驚いたことには、ほかにまだパリ奉行と夜警隊の騎士がはいってきて、しかも彼らの顔には驚きの色が漂っていたのだった。王の仕打ちを恨んでいた理髪師も、ひどくびっくりしているようすだった。でも心の中では満足していたのだ。彼のほうからまず口をきった。「陛下、陛下に対して申しあげますのも、はなはだ恐れ多いことでございますが、恐ろしい知らせをもってまいりました」

王は急に振り向いたので、その拍子に、すわっていた椅子の足で床の敷物をはがしてしまった。「何事じゃ？」

「陛下」と、オリヴィエ・ル・ダンは人をびっくりさせて喜ぶ男の、意地の悪い顔をして答えた。「この人民どもの暴動は、大法官に対してではないのでございますぞ」

「それでは誰に対してなのか？」

「陛下に対してでございます、陛下」

老いた王は青年のようにぴんと立ちあがった。「そのわけを聞こう、オリヴィエ！　事の次第を聞かせてくれ！　きみ、頭をあげ給え。サン＝ローの十字架にかけて誓うのだが、よいか、もしきみがこんなときに偽りを申すならば、リュクサンブール殿の首を斬った剣は、まだきみの首が斬れないほど刃がこぼれているわけではないぞ！」

この誓いのことばには恐ろしい響きがこもっていた。ルイ十一世はその生涯のうちたった二度だけしか、サン＝ローの十字架にかけて誓いをたてたことはなかったのだ。

オリヴィエは口を開いて答えようとした。

「陛下……」

「ひざまずけ！」と、王は激しくさえぎった。「トリスタン、この男を見張っておれよ！」

オリヴィエは、ひざまずいて冷やかに言った。「陛下、魔女が一人、裁判所で死刑の判決を受けたことがございましたが、その女は、ノートル＝ダムに避難いたしましたので、民衆は、暴力をつかってその女を奪い返そうとしているのでございます。奉行さまと夜警の騎士とが、騒乱の場所から戻られましたので、おつれいたしました。もしもわたくしの申しあげたことが本当でないといたしましたら、この方がたが、それは嘘《うそ》だと申されるでしょう。人民どもが取り囲んでいますのは、ノートル＝ダムなのでございますぞ」

「そうであったか！」と、王は怒りのために顔も青ざめ、体じゅうをぶるぶると震わせて、低い声で言った。「聖母マリアよ！　やつらは、わが尊きマリアの大聖堂のノートル＝ダムを囲みおるのか！　立て、オリヴィエ。きみの申すとおりだ。きみに、シモン・ラダンの職を与えるぞ。本当に、きみの申すとおりだ。——このわたしを、やつらは攻撃しおるのじゃな。その魔女は、あの聖堂の保護のもとに置かれているのだし、その聖堂はわたしの保護のもとにあるのじゃ。わたしは大法官のことだと思っておったのに！　ああ、わたしに対してであったのか！」

こう言って、怒りのために若返って、彼は大股《おおまた》に歩きだした。もう笑いも消えさり、顔つきも恐ろしく、行ったり来たりして歩きまわった。狐がハイエナに変わってしまったのだ。息もつまって、口もきけないようすであった。唇はわななないて、肉のげっそり落ちた拳《こぶし》はぶるぶると震えていた。とつぜん顔をあげたが、その落ちくぼんだ目はきらりと光るように見えた。その声はラッパのように響きわたった。「皆殺しだ、トリスタン！　その悪人どもを皆殺しにせい！　さあ行け、トリスタン君！　殺せ！　ぶち殺してしまえ！」

爆発がおさまると、またもとの席に戻って、冷やかに抑えられた怒りをこめて、こう言った。「ここへ参れ、トリスタン！――このバスチーユには、ジフ子爵の槍騎兵《そうきへい》が五十人、わたしのそばに置いてある。騎兵三百にもあたる者どもだ。きみはそれをつれていくがよい。シャトーペール君の指揮する、わたしの部下の王室親衛隊もあるぞ。それもつれていくがよい。きみは憲兵隊司令官だから、部下の兵士がいるはずだ。それもつれていけ。サン＝ポール邸には、新しく王太子づきの護衛になった親衛隊が四十名いるだろう。それもつれていくのだ。こうした兵力をみんな引きつれて、ノートル＝ダムへ駆けつけるのだ。――ああ！　パリの民衆ども！　おまえたちはフランスの王位をも、ノートル＝ダムの神聖をも、この国の平和をも、このようにして邪魔しているのだな！――皆殺しにしろ、トリスタン！　一人残らず殺してしまえ！　逃げるものは一人残らず引っ捕らえて、モンフォーコンの刑場に送ってしまえ」

トリスタンは頭をさげて「かしこまりました、陛下！」

しばらくしてからことばをついで、「魔女のほうは、どういたしましょうか？」

こうたずねられて、王は考えていたが、こう言った。

「ああ！　魔女か！――デストゥートヴィル君、人民どもはその女をどうしたいと言っておるのかな？」

「陛下」と、パリ奉行は答えて、「想像いたしまするに、人民どもがその女をノートル＝ダム大聖堂の隠《かく》れ家《が》から奪いとりにきましたところから考えますと、女が罰をうけていないというので民衆は憤慨し、その女を縛り首にしようと思っているのでございましょうな」

王は深く考えこんでいるようすだったが、やがてトリスタン・レルミットのほうに向かって、「よろしい！　きみ、人民どもを皆殺しにし、その魔女を絞首刑にしてしまえ」

「まったくだね」と、リムはコプノールに向かって小声で言った。「要求した人民は罰せられ、しかも人民の要求は達せられるというものだね」

「それでよろしゅうございます、陛下」と、トリスタンは答えた。「もしもその魔女がまだノートル＝ダムにおりましたならば、避難所をおかしても女をつれ出すべきでしょうか？」

「やれやれ、避難所か！」と、耳をかきながら王は言った。「かまわん、是が非でもその女を絞首刑にしなければならんのじゃ」

こうやって、急に何か思いついたかのように、王は椅子の前にひざまずいて帽子を脱ぎ、それを席に置いて、今までかけていた鉛のお守りの一つをうやうやしく見つめながら、両手をあわせて言うのだった。「ああ！　パリのノートル＝ダム大聖堂よ、わがやさしき守護神よ、お許しください。こんどだけで、もう二度とこういうことはいたしません。あの罪人は罰しなければならないのです。わたくしは断言いたしますが、聖母マリアさま、わたくしのありがたいご主人さま、あの女は、あなたさまの慈悲深い保護をうける資格のない魔女でございます。マリアさま、あなたさまもご承知のとおり、きわめて信仰のあつい君主の中にも、神の栄光のためと国家の事情から、教会の特権をないがしろにした方がたくさんいます。イギリスの司教聖ヒューグは、エドワード王に、教会に隠れた魔法使いを捕えることを許しました。わたくしの師匠ともいうべきフランスの聖王ルイは、同じ目的のために、聖ポール殿の教会をおかしました。また、エルサレム王の王子のアルフォンス殿は、サン＝セピュルクル教会さえおかしたのです。そのようなわけでございますので、こんどわたくしがパリのノートル＝ダム大聖堂をおかすことも、どうぞお許しくださいませ。もう二度といたしません。そして昨年、エクーイのノートル＝ダム教会に献納いたしましたのと同じ銀の美しい像をさしあげます。アーメン」

王は十字をきって立ちあがり、また帽子をかぶって、トリスタンに言った。「きみ、急いでやりたまえ。シャトーペール君もいっしょにつれていくのだ。警鐘を鳴らさせろ。人民どもを叩きつぶしてしまえ。魔女を縛り首にするのだ。決まったぞ。その処刑は必ずきみの手でしてもらいたい。後でその報告をするのじゃぞ。——さあ、オリヴィエ、わたしは今夜はやすまぬぞ。ひげをそってくれ」

トリスタン・レルミットは頭をさげて出ていった。すると王は、リムとコプノールにさがっているように合図をして、言った。「神のご加護あらんことを、フランドルの諸君。少し休息したまえ。夜も更けたようじゃ。夜というよりは、明け方に近い時刻じゃ」

二人は退出し、バスチーユ守護隊長に案内されて自分たちの部屋にはいると、コプノールはギヨーム・リムに向かって言った。「ふん！　咳ばかりしている王さまにはまいったね！　わたしはシャルル・ド・ブールゴーニュが酔っぱらっているのを見たことがあるが、あの病気のルイ十一世ほど変じゃなかったよ」

「ジャック君」と、リムは答えた。「そりゃあね、王さまってものは酒を飲むのだが、煎じ薬ほど悪いものじゃないからね」

6　ポケットの短剣

バスチーユを出ると、グランゴワールは、逃げ出した馬のような速さで、サン＝タントワーヌ通りを駆けおりていった。ボードワイエ門に着くと、広場の真ん中に立っている石の十字架のほうへまっすぐに進んでいった。彼はまるで、その十字架の石段にすわっている黒衣を着て黒の聖職帽をかぶった男の顔が、闇《やみ》の中でもはっきり見えているように、つかつかとそのほうに進んでいったのだ。「先生ですか？」と、グランゴワールはきいた。

黒衣の人物は立ちあがり、「ウウ、死ぬほどいらいらしていたぞ！　わたしの心はきみのおかげで煮えくりかえるようだぞ、グランゴワール。サン＝ジェルヴェの塔の上にいる男が、今しがた午前一時半を告げたのだぞ」

「ああ！　いや、わたしが悪いのじゃありませんよ。夜警隊と国王が悪いんですよ。なにしろ、危ないところをうまく逃げてきたのですからね！　いつでも、もう少しで首《くび》吊《つ》りになるところを助かっているというわけですな。それがわたしの宿命なのでしょうね」

「きみはやりそこないばかりしているやつだ。だがまあ、はやく行こう。合言葉を知っているかね？」

「でも考えてくださいよ、先生。わたしは王の顔をおがんできたのですよ。王さまはビロードのズボンをはいていました。いや、まったくひやひやしましたよ」

「ええ！　つまらぬことをぺらぺらとよくしゃべるやつだ！　ひやひやしたって、それがわたしに何の関係があるのだ？　宿なしどもの合言葉を知っているのだな？」

「知っています。まあご安心ください。『ポケットの短剣』と言うんですよ」

「よし。それを心得ておかないと、大聖堂までたどりつくことができないからな。ごろつきどもは、ほうぼうの通りをふさいでおる。幸いなことに、やつらは抵抗を受けているらしいから、おそらく今からでも間に合うだろう」

「そうですね、先生。ですが、どうやってノートル＝ダムの中にはいるのですか？」

「わたしは、塔の鍵《かぎ》を持っている」

「で、どうやって出るのですか？」

「修道院のうしろには小門がある。それは、テランに面している。そこからは河だ。そこの鍵も持っている。それに、早朝、小舟を一艘《いっそう》つないでおいた」

「わたしは、首吊りになるところを、うまうまと命拾いしたわけですな」と、グランゴワールはまた言った。

「さあ、はやく、はやく！」

二人は、急ぎ足で、中の島《シテ》のほうに下りていった。

7　シャトーペール、救援に現われる！

みなさんはおそらく、カジモドが危機一髪の状態に置かれたままになっていたことを覚えておられるであろう。この勇敢な男は、四方八方から敵に囲まれて、勇気がすっかりくじけたとは言わないまでも、自分が救われようとは思わなかった。けれども、今や、少なくともジプシーの女だけは救い出そうという望みすら失ってしまったのだ（自分のことなど、けっして考えてはいなかったのだ）。彼は、夢中になって回廊を走りまわっていた。ノートル＝ダムは、今にも宿なしどもによって攻め落とされそうだった。と、とつぜん、馬蹄《ばてい》の響きが高らかに付近の通りに鳴りわたり、松明《たいまつ》の光が長い列をつくったかと思うと、騎馬の軍勢の一隊がぎっしりと密集して、槍先《やりさき》を下げ、手綱《たづな》をゆるめ、その激しい響きはまるでつむじ風のように、広場に突入してきた。

「フランス！　フランス！　連中どもを粉砕せよ！　シャトーペールが救援にまいったぞ！　御用だ！　御用だ！」

宿なしどもは、すっかり泡をくって方向を転換した。

カジモドは耳こそ聞こえなかったが、抜身も見えたし、松明も、槍も、騎兵の一隊も見えた。そしてその先頭には、あのフェビュス隊長がいるのにも気がついた。また、宿なしどもが混乱しているのも見えたが、中には驚きさわいでいる者もあれば、偉そうな者でさえうろたえていた。彼はこの思いもかけない救援を得て、ふたたび力をもり返し、もう回廊に足を踏みいれかけた寄せ手の先頭の者たちを大聖堂の外に投げ落とした。

この降ってわいたように現われたものこそ、王の軍勢だったのだ。

宿なしどももさるもの、必死になって防戦した。サン＝ピエール＝オ＝ブー通りからは側面攻撃をうけ、パルヴィ通りからは背面をつかれ、彼らが攻めているノートル＝ダム大聖堂に追いつめられていた。ノートル＝ダムではカジモドが防戦しているのだった。彼らは包囲しながら包囲されているという、奇妙な立場にいたのだ。ちょうどそれは、のちの一六四〇年に、有名なトリノの攻城戦において、アンリ・ダルクール伯（十七世紀の海軍軍人）が、一方ではトマ・ド・サヴォワ公（サヴォワ公国の武将）を攻囲し、また一方では、レガネ侯から包囲されて、墓碑銘《ぼひめい》に言うように、「トリノを包囲し同じくまた包囲された」と書かれたことがあったが、まさにそのような状態だったのだ。

混戦となり、激烈をきわめていた。まさにピエール・マチユも言うように、オオカミの肉には犬の牙《きば》が必要だ、という状態であった。王の騎兵隊はその中央にフェビュス・

ド・シャトーペールが勇敢に戦って、当たるを幸い斬《き》りまくっていた。突かれそこなってうまく逃れた者でも、つぎはばっさりと刃《やいば》の錆《さび》になるのであった。じゅうぶんに武装していなかった宿なしどもは、口から泡をふいてかみついた。男も、女も、子供までも馬の尻《しり》や胸さきにとびついて、猫のように歯でかみついたり、手足の爪《つめ》を立ててしがみついたりするのだった。また射手の顔を松明でボカボカなぐりつける者もあれば、騎士の首に鉄の鉤《かぎ》をつけて引っぱりよせる者もあった。馬から落ちた者は、彼らの手にかかってずたずたに斬りさいなまれた。

その中の一人、ぎらぎら輝く大鎌を持って、いつまでも馬の足をなぎたおしている者があった。ものすごい顔をして鼻歌をうたいながら、少しも力をぬかずに鎌を投げては引いていた。ひと振りふりまわすごとに、その周囲には、ちぎれた手足の山が円を描いてゆくのだった。こうして彼はゆうゆうと落ちつきはらい、頭を振りふり、まるで麦畑を刈っていく男のように、息も乱さず、騎兵の密集した中につき進んでいった。この男こそクロパン・トルイユフーだった。小銃がいっせいに火を吹いてこの男を倒した。

そうしているうちに、家々の窓がまた開かれていった。付近の人びとは、王の軍隊の叫び声を聞きつけて騒ぎに加わり、各階から宿なしどもに向かって弾丸を雨あられと浴びせかけた。大聖堂の広場はもうもうたる煙でいっぱいになり、その中を一斉射撃の銃火が尾をひいて走った。その煙の中に、ノートル＝ダムの正面玄関がかすかに浮かんでいた。やはりかすんで見える古びたパリ市立病院では、うろこのように天窓のついた屋根のてっぺんから、やつれた病人たちが何人か、この光景をながめていた。

ついに宿なしどもは屈服した。疲労と、強力な武器の不足に、不意うちをくった驚きと、家々の窓からの射撃、それに国王の軍隊の激しい突撃が加わって、彼らはついに敗れさった。彼らは攻囲軍の戦列をおしやぶり、大聖堂の広場におびただしい死骸《しがい》の山を残して、四方八方に逃れ散っていくのだった。

カジモドのほうは、その間にも一刻も戦いをやめなかったが、敵軍が敗走したのを見ると、ひざまずき、両手を差し上げて天をおがんだ。それから喜びのあまり駆けだし、今まで勇敢に戦って敵をそこへ近づかせなかったあの部屋まで、鳥のようにすばやくのぼっていった。今はもうたった一つのことしか考えていなかった。さっきまたもや命を助けてやったあの女の前にひざまずきたいということだった。

だがその部屋へはいってみると、部屋はすでにもぬけのからだった。

第十一編

1　小さな靴

宿なしどもが大聖堂を攻撃したときには、エスメラルダは眠っていた。

やがて、建物のまわりで刻々と激しくなっていく騒がしさと、さきに目をさまして不安そうに鳴いているヤギの声で、彼女はふと目をさました。ベッドの上に起きあがって、耳をすまし、あたりを見まわした。それから、おびただしい明かりと物音とに驚き、部屋を飛びだして、何事が起きたのかと見に出かけた。広場に起こっている光景、動きまわっている幻のようなもの、夜襲の騒動、暗闇《くらやみ》の中でかすかにカエルの群れのように飛びまわっているのが見える不気味な群衆、――群衆は、カエルのようにしゃがれた声で鳴きわめいている。何本かの赤い松明《たいまつ》が、この暗闇の中で、ちょうど霧のたちこめた沼の水面に走る鬼火のように、揺らめき、まじり合っている。こういう光景はすべて、彼女の目には、魔女の夜宴の幻と大聖堂の石造の怪物とのあいだに起こった不思議な戦いのように見えたのであった。幼いころからジプシー族のさまざまな迷信が心に浸《し》みこんでいたので、まず最初に彼女の心に浮かんだのは、自分は妖術にかかって、夜の世界に住む不思議な者どものところへ来合わせたのではないかということだった。こう考えると、彼女は、こんなに恐ろしい光景を見るよりも、自分の粗末なベッドでそれほど恐ろしくない悪夢を見たほうがよいと思って、自分の部屋に駆けこんで小さくなっていた。

けれどもはじめの恐怖の気持は、しだいに薄らいでいった。あたりの物音が刻一刻と大きくなり、そのほか多くの現実のけはいを見ると、自分を取りまいているのは幽霊ではなくて、人間であるということが感じられた。こう考えてくると、彼女の恐怖の気持は、べつに増してきたというわけではないが、形を変えてきたのだった。彼女は、民衆が暴動を起こして、自分をこの避難所から奪い返しにきたのではあるまいかとも考えていた。自分の生命《いのち》であり、望みであるフェビュス、いつでもその未来の中に描いていたフェビュスを、ふたたび失うのではないかという心配、あらゆるのがれ道をまったく閉ざされて、たよるもの一つない自分の弱さの深い空虚、見捨てられ、たった一人ぼっちになってしまった自分、こうした考えがあれやこれや心に浮かんできて、彼女はうちひしがれていたのだ。不安と身震いとで、胸がいっぱいになって、頭をベッドの上にのせ、両手を頭の上で合わせてひざまずいてしまった。たとえ偶像崇拝の異教徒であるジプシーの女だとしても、彼女は泣きじゃくりながら、あのキリスト教の神にお許しを請い、いま自分のいる聖堂の主である聖母マリアにお祈りを捧げはじめた。というのは、たとえ信仰をもたなくとも、人はいつでもすぐ手近にある教会の宗教にすがるというときが、生涯のうちに何回かあるものだからである。

こうして、長いことひれ伏したまま、祈るというよりもむしろ、正直なところ震えながら、刻々とたけり狂った群衆が迫ってくるけはいに、心を冷やしていた。どうしてこのように人びとがたけり狂っているのか、少しもわからず、何が企てられているのか、人びとはいったい何をしているのか、何を望んでいるのか、少しも知らなかったが、ただ、何か恐ろしい結果が起こりそうだということは感じていた。

と、そのとき、苦しみ悶《もだ》えていると、自分のほうに歩いている足音が耳にはいった。振り返ってみると、二人の男が、一人は角灯を手にしていたが、部屋にはいってきたところだった。彼女は弱々しい叫び声をあげた。

「こわがることはない、ぼくだよ」と、聞き覚えがなくはない声がした。

「どなた、あなたは？」と、彼女はきいた。

「ピエール・グランゴワールだよ」

その名前を聞いて、ほっと安心して目をあげると、そのとおり、あの詩人だった。けれども、そのそばに、頭の先から爪先《つまさき》まで黒い身なりをしたもう一人の男を見ると、彼女ははっと黙ってしまった。

「おい！　ジャリのほうが、きみより先にぼくに気がついたぜ！」と、グランゴワールは咎《とが》めるような口調で言った。

そのとおり、あのヤギは、グランゴワールが名を名のるのを待ってはいなかったのだ。グランゴワールがはいってきたかと思うと、懐かしげに膝《ひざ》にすりよって、詩人を愛撫《あいぶ》し、白い毛をいっぱいくっつけてしまった。ヤギは毛の抜けかわるときだったのだ。グランゴワールも、やさしくなでてやった。

「ごいっしょにいるのは、どなたなの？」と、ジプシーの女は小声できいた。

「安心したまえ、ぼくの友達さ」と、グランゴワールは答えた。

こう言って、哲学者は角灯を床《ゆか》に置いて、床にあぐらをかき、ジャリを腕に抱きしめながら、夢中になって叫んだ。「ああ！　おまえはほんとに可愛《かわい》らしいやつだな。大きくはないが、きれいで、たしかにそのために目立つんだけど、利口で、敏捷《びんしょう》で、まるで文法学者のように文字を知っているんだからな！　どうだい、ジャリや、おまえは、あの素晴らしい芸当を忘れてはいないだろうね？　ジャック・シャルモリュさんはどうしたっけね？……」

　黒衣の男は、グランゴワールが言い終わるのを待たずに、彼のほうに寄ってきて、荒々しくその肩をついた。グランゴワールは立ちあがって、「そうそう、そうですな。急いでいたのをすっかり忘れていましたよ。――でも、先生、人にそんなに乱暴するなんていけませんよ。――ねえ、お嬢さん、きみの命は危ないんだぜ。それからジャリの命も。きみのことを、また捕まえようとしているのだよ。ぼくたちはきみの味方だ、きみを助けにきたんだよ。ついておいで」

「それ、ほんとなの？」と、びっくり仰天して彼女は叫んだ。

「そうだよ、本当だともさ。早く、早く！」

「行きますわよ」彼女は口ごもった。「でも、あのお友達の方。なぜ口をおききにならないの？」

「ああ！　それはね、この人のおとうさんもおかあさんも気まぐれな人なんでね、この人をあまり口をきかないようにしつけちまったんだよ」

　彼女は、この説明に満足しなければならなかった。グランゴワールは彼女の手をとった。連れの男は角灯をとって先を歩いていった。娘は恐ろしさのあまり頭がくらくらして、つれていかれるままになっていた。ヤギは跳びはねながらあとについてきたが、グランゴワールにまた会えたうれしさのあまり、角《つの》を彼の足のあいだにつっこんだので、彼はつまずいてばかりいた。「これが人生というものさ」と、哲学者は、ころびそうになるたびに言った。「ぼくたちは、とかく親友に足をとられるものなんだ！」

彼らは急いで塔の階段を降りて、大聖堂を通りぬけた。聖堂は真っ暗で人影がなく、外の騒ぎが響きわたって、そのために外部とは恐ろしい対照をなしていた。彼らは赤門をくぐって、修道院の中庭に出た。修道院にも人影がなかった。参事会員たちは、司教館の中に逃げこんで、みんなそこで祈禱《きとう》を捧げていた。中庭にも人影が見えず、下男どもも恐れをなして、暗い物かげに身をひそめていた。三人は、この中庭からテランのほうに向いている小門のほうに進んでいった。黒衣の男は、持っていた鍵《かぎ》で扉を開いた。みなさんもご承知のことと思うが、テランは、中《シテ》の島の端の城壁に囲まれた細長い土地で、ノートル＝ダムの聖堂参事会に属していた。なお、この土地は、中の島の東側、つまり大聖堂のうしろで終わっていた。彼らがこの囲い地に来たときには、ここにもまったく人っ子ひとり見あたらなかった。ここまで来れば、もうあたりの騒がしさもそれほどは聞こえなかった。宿なしどもの攻撃の騒ぎも、ここではかすかに聞こえてくるばかりだった。川面《かわも》をわたって吹いてくるさわやかな風は、テランの突端に植えられた一本の木の葉を揺るがせて、もうかなり大きな音をたてていた。けれども、まだ危険から遠ざかったとは言えなかった。彼らのいちばん近くの建物は、司教館と聖堂だった。そして司教館の中で、大騒動が起こっているのは明らかだった。暗闇の中にそびえたったその建物には、窓から窓へと射しこんでいる光線が縦横に走っていた。紙を燃やすと、灰が建物のように黒く残って、まだ消えていない火がさまざまに不気味にいり乱れて走る。ちょうどそんなぐあいだった。そのそばにはノートル＝ダムの巨大な塔が、塔の下の長い身廊とともに、このように背面から見ると、前庭にいっぱいになっている赤い大きな光の上に黒々と浮きあがって、妖怪が燃やしている火のそばに置かれた巨大な二つの薪《まき》掛《か》けのようだった。

パリの光景は、どの方向から見ても、光と影とが漂っていた。レンブラントの絵には、このような背景を描いているものがある。

角灯を持った男は、テランの突端に向かってまっすぐに歩いていった。流れの水ぎわには細長い薄板で編んだ一列の杭《くい》がすっかり虫に食われて残っていたが、そこには低いブドウの木が、ちょうど人間が手の指を開いたように、その細い枝を何本かからみつかせていた。そのうしろの、ブドウの木越しのかげになったところに、一艘《いっそう》の小舟が隠してあった。男はグランゴワールと娘に、舟に乗るように合図した。ヤギもあとについて乗りこんだ。男はいちばん最後に舟に乗りこんだ。それから、舟のともづなを切って、長い鉤《かぎ》で舟を岸から離した。二本の櫂《かい》を持って前のほうにすわり、沖へ向かって全力でこぎだした。セーヌ河はこのあたりでは流れがたいへん急で、島の突端を離れるのに、男はずいぶん苦労した。

舟に乗りこんでから、グランゴワールは、何はさておきまず第一に、ヤギを膝に抱きあげた。彼はうしろのほうに席を占めていたが、娘のほうは、あの見知らぬ男がそばにいると、なんとも言えぬほど不安になってくるので、グランゴワールのほうに行ってすわりこんで、そのそばにぴったりと身を寄せた。

われらの哲学者は、舟が揺れると手を叩いて、ジャリの角《つの》のあいだにキスした。「ああ！　これで四人とも助かったわけだ」こう言ってまた、深刻なもの思いにふけっているような顔つきをしながら、「大事業を起こして成功するには、運によるか、ときにはまた策略を用いなければならないものだな」とも言っていた。

舟はゆるゆると右岸のほうに進んでいった。娘はひそかに恐れをいだきながら、この見知らぬ男のほうを見守っていたが、その男は、持っていた角灯の光を、注意深くふさいでいた。舟の舳先《へさき》にいた彼の姿は、暗闇の中にかいま見ると、まるで幽霊のようであった。また、フードをいつでも目深《まぶか》にかぶっていたので、そのため一種のマスクをかぶっているようなぐあいになっていた。彼は、舟をこぎながら、ときどき腕まくりをするのだったが、腕からは黒い幅広の袖《そで》が垂れていたので、そのたびごとに、それがちょうどコウモリの二枚の大きな翼のように見えるのだった。そのうえ、まだひとことも口をきかず、かすかな吐息ひとつしなかった。舟の中では、舟ばたにそって幾千となく小波が舟にあたる音にまじって、櫂の行ったり来たりする音が聞こえてくるばかりであった。

「まったくですな！」と、とつぜん、グランゴワールは大声で言った。「われわれは、かげろうのように軽やかで陽気ですな！　ピュタゴラス派の人びとか魚のように沈黙を守っていますな！　やれやれ！　みなさん、誰か、ぼくに口をきいていただきたいもんですね。――人間の声ってやつは、人間の耳にとっては一つの音楽です。これはぼくのことばではなくて、アレクサンドレイアのディデュモス（アウグストゥス時代のギリシアの哲学者）のことばなんですよ。それに、これは有名なことばなんです。――たしかに、アレクサンドレイアのディデュモスは、つまらぬ哲学者ではないですね。――ねえ、お嬢さん！　何かひとこと言ってくださいよ、頼みます、ね、何かひとこと。――それはそうと、きみには、ちょっと変わったふくれっつらをする癖があったっけね。あいかわらずそうなのかい？　ねえ、きみ、知っているかい？　あの、高等法院ってやつは、避難所に対してあらゆる権限をもっているってことや、きみがノートル＝ダムのあの部屋の中に隠れていては、非常な危険にさらされているのだってことを、知っているかい？　ああ！　ワニチドリという小鳥は、ワニの口の中に巣を作るものだからな。――先生、月が出ましたよ。――見つけられなければ、しめたもんだがな！――娘さんを一人たすけて、褒《ほ》められることをしたことになるわけだ。しかし捕えられれば、王の命令によりってんで、縛り首になってしまうな。ああ！　人間の行為などというものは、いつも二つの柄《え》でささえられているようなものなんだ。一方で褒められたことが、もう一方じゃ罰せられることもある。カエサルを褒める者はカティリナ（ローマの貴族。元老院に対して謀反を企てた）を非難することになる、ですな。そうではないでしょうか、先生？　この哲学について、先生はどう思われますか？　わたしはね、生まれながらにして、本能的に哲学をもっているのですよ。つまり、『ミツバチの幾何学に対するごとくに』ですね。――おや！　誰も返事をしてくれないのですね。お二人とも、だいぶご機嫌ななめですね！　ぼく一人で、しゃべらなければならないんですな。悲劇でいう独白というやつですな。――やれやれ！――前にも申しあげましたように、ぼくはルイ十一世にお目にかかってきましてね、王様から、あの、口癖の愚痴《ぐち》を覚えちゃったのですよ。――『やれやれ！　やつらは、あいかわらず中の島でわいわい騒いでいるのだな』とね。――あの王は、まったく意地の悪い、いやなやつで、老いぼれじじいだな。毛皮にくるまって、いつもぬくぬくとしているのだ。ぼくの作った祝婚歌のお金だって、あいかわらず払ってくれないんですよ。今晩だって、もうちょっとのところで、ぼくを縛り首にもしかねなかったんですからね。そうなったら、こっちはたまりませんや。――あの人は、功績のある人びとに対しても、なかなかけちくさいですよ。あの人こそ、コロニアのサルウィアヌス（五世紀のコロニア〔現在のケルン〕の司祭で著述家）の四巻の書物『吝嗇駁論《りんしょくばくろん》』をぜひ読むべきですな。まったく！　文学者に対する態度ときたら、じつに気持の狭い王さまですな。じつに野蛮で無慈悲なことをしますよ。まるで人民に課せられた金をしぼり取る海綿ですな。あの蓄財は、手足が痩《や》せ細っていくことで、ふくれあがっていく脾臓《ひぞう》のようなものだな。だから時の過酷なとりたてに対する不平不満は、王に対するぶつくさ言う声になっていくのだ。このおやさしい信心家の陛下のもとでは、絞首台は、縛り首にされた者でギシギシ鳴っており、首斬《くびき》り台は血で錆《さ》びつき、牢獄《ろうごく》は、腹いっぱいのときの腹のように張りさけているのだ。あの王ときたら、片方の手で人を捕えて、もう一方の手で人の首をしめているのさ。まったく税金《ガベル》夫人と首吊り台《ジベ》殿との代理人ですな。大諸侯たちは、その格式を奪われ、小さな諸侯どもは、いろいろな新しい圧迫のためにたえず押しつぶされているのだ。ほんとに、とんでもない王さまだよ。ああいう君主は、嫌いですな。先生はどうですか、先生？」

　黒衣の男は、このおしゃべり詩人に勝手にしゃべらせておいて自分はしきりに中の島《シテ》の舳先《へさき》とノートル＝ダム島の艫《とも》とのあいだの狭い激流を押しきろうとこぎつづけた。このノートル＝ダム島というのは、現在ではサン＝ルイ島と呼ばれているところである。

「ときに、先生！」と、グランゴワールがふいに呼びかけた。「われわれがたけり狂った宿なしどもの中をくぐり抜けて大聖堂の広場に来たときに、先生は、あの鐘番が代々の王の像のある回廊の欄干にぶつけて一人の男の脳天を打ち割ろうとしていたのですが、その可哀《かわい》そうなやつに気がつきましたか？　わたしは近眼なものですから、誰だかよくわかりませんでしたが、いったい誰だかご存じでしょうか？」

見知らぬ男は、ひとことも答えなかった。急にこぐ手をやめて、折れたのかと思われるほど両腕をがっくりと落として、頭を胸にうずめてしまった。エスメラルダの耳にも、彼がけいれんしたように溜息《ためいき》をもらすのが聞こえた。彼女のほうも身震いした。男の溜息は、前にも聞いたことがあったのだ。

小舟は打ち捨てられて、しばらく流れのままに流されていた。しかしようやく、黒衣の男は、体をしゃんとのばして、櫂をまたとりあげ、流れをさかのぼりはじめた。ノートル＝ダム島の突端をまわって、ポ＝ロ＝フォワンの船着場のほうへと向かった。

「ああ！　あそこがバルボー邸だ」と、グランゴワールが言った。「そら、先生、ごらんなさい。奇妙な角度をした黒い屋根が集まっているところが見えるでしょう。ほら、あの垂れこめた、きれぎれの、うすよごれた雲の群れの下に。あの雲のおかげで、雲の中に出ている月も、まるで殻《から》の割れた卵の黄身みたいに、ひしゃげて、流れて見えますねえ。――みごとな屋敷ですな。あそこには実にみごとに彫刻された装飾のある、小さな丸天井のついた礼拝堂があるんですよ。そしてその上には、とても精巧につくられた鐘楼《しょうろう》があるんです。そこにはまた、美しい庭園があって、池もあれば、大きな鳥類飼育場もあれば、こだまする場所もあり、散歩道、迷路、猛獣の家、愛の女神ウェヌス（ヴィーナス）にとても喜ばれそうな、こんもりした小道などがたくさんありますよ。そこにはまた、ある有名なお姫さまと、色事師で才人だったあるフランスの元帥《げんすい》とがここでランデブーしたために、『淫蕩《いんとう》の木』と呼ばれているろくでもない木が一本あるんですよ。――ああ！　われわれ哀れな哲学者は、元帥などとくらべれば、キャベツや赤かぶの植えてある花壇と、ルーヴル宮の庭園との違いのようなものですな。でも要するに、どうでもいいことですよ。どうせ人間の生活なんてものは、偉いやつにでもわれわれにでも、禍福《かふく》はあざなえる縄のごとしですよ。苦しみはいつでも喜びのそばにありますし、詩でいえば、長長格《スポンデ》が長短短格《ダクチル》の隣にあるというようなものですよ。――先生、わたしはどうしても、このバルボー邸の由来をお話ししなければなりますまい。それは一場の悲劇で終わっているのです。一三一九年、フランスの代々の王のうちで、最も治世の長かったフィリップ五世の御世《みよ》のことでした。この話の教訓というのは、肉の誘惑がいかに有毒かつ有害であるかということなのです。たとえどんなにわれわれの感覚がその美貌《びぼう》に惚《ほ》れこんでも、隣人の妻をあまり見つめてはならないということなのですよ。姦淫《かんいん》は非常に淫《みだ》らな考えでありまして、姦通《かんつう》ということは、他人の肉欲に対する好奇心ですよ……。――おや！　あそこでは騒ぎがだんだん激しくなるようですな！」

そのとおり、ノートル＝ダムのまわりでは、騒ぎがだんだんひどくなっていった。彼らは耳をすました。勝利のときの声がかなりはっきりと聞こえてきた。とつぜん、武装した者どもの兜《かぶと》にあたってきらきら輝いていた幾百とも知れぬ松明の光が、大聖堂の高いところ一面に、塔の上、回廊の上、控え壁の下にそそがれた。松明の光は、何かを探しているらしかった。すると間もなく、遠くの叫び声が、この逃れゆく人びとの耳もとまで、はっきりと聞こえてきた。「ジプシー娘め！　魔女め！　ジプシー娘を殺してしまえ！」

不幸な娘は、思わず両手に頭をうずめてしまった。例の見知らぬ男は、岸に向かって狂ったように舟をこぎはじめた。一方、われらの哲学者は何かしきりに考えこんでいた。ヤギを両腕にひしと抱きしめて、娘からそっと離れようとしたが、娘は、彼だけが自分に残されたたった一つの頼みの綱であると思っているのか、ますます彼のほうに寄りすがってくるのだった。

たしかにグランゴワールは、可哀そうにも板ばさみになっていたのである。もし彼女が捕えられれば、ヤギもまた「現行法規によれば」きっと縛り首になるだろう、そうしたら、ああ、哀れなジャリよ！　まったく可哀そうなことだ、自分は、こうしてそばにくっついている二人の囚人をもてあましている、最後に、連れの男がジプシー娘をとても引きうけたがっている、などということを考えていた。彼は、あれこれ考えて激しく心の中で闘いをしていた。『イリアス』の中のユピテルのように、ジプシー娘とヤギとの重さをかわるがわるはかっていたのだ。涙でぬれた目で、二つのものをかわるがわるながめては、口の中でつぶやいていた。「だけど、おまえたち両方を助けることは、ぼくにはできない相談なのだ」

そうしているうちに、ついに舟が一回ガクンと揺れたので、岸に着いたことがわかった。ガヤガヤ言う不穏な騒ぎが、ずっと中の島をいっぱいにしていた。見知らぬ男は立ちあがり、ジプシー娘のほうにやってきて、娘の腕をとり舟から降りるのを助けてやろうとしたが、彼女は彼をつきのけて、グランゴワールの袖にとりすがった。グランゴワールは、ヤギのことに気をとられていたので、あやうく彼女をつきとばしそうになった。彼女は一人で小舟から飛びおりた。非常にどぎまぎしていたので、自分が何をしているのか、またどこへ行くのか、まるでわからなかった。こうしてしばらくの間、水の流れを見つめながらぼんやりしていたが、やっと少しばかりわれに返ると、自分はただ一人で、黒衣の男といっしょに河岸にとり残されていたのだった。グランゴワールは、岸に着いたときにうまくやって、ヤギといっしょにグルニエ＝シュル＝ロー通りのごちゃごちゃした家の一画に、こっそりと逃げこんでしまったのである。

哀れなジプシー娘は、この男とたった二人きりになってしまったのを知って、震えあがった。口をききたい、叫んでみたい、グランゴワールの名を呼んでみたいと思ったが、舌は口の中で動かなくて、唇からは音がぜんぜん出てこなかった。と、とつぜん、この見知らぬ男の手が自分の手に触れるのを感じた。冷たい、力強い手だった。彼女の歯はガクガク鳴って、顔色は、自分を照らしている月の光よりも青ざめてしまった。男はひとことも口をきかず、彼女の手を握り、グレーヴ広場のほうへ向かって大股《おおまた》にのぼりはじめた。このとき彼女は、運命とは逆らうことのできない力である、とぼんやり感じた。もう反抗する力もなく、彼が歩いている間、走りながら引きずられていくままになっていた。河岸は、その場所ではのぼり坂になっていたが、彼女には、坂道を下りていくように思われた。

あたりを見まわしたが、人っ子ひとり通っていなかった。河岸はまったく人通りもなく、物音も聞こえなかった。騒がしく、赤く燃えあがった中の島の中だけに人影がうごめいているのが、彼女に感ぜられた。その中の島からは、ただセーヌ河の支流でわずかにへだてられていて、そこから彼女の名前が、死の叫びにまじって彼女のところまで聞こえてきた。パリの残りの部分は、大きな影の塊《かたま》りとなって、彼女のまわりに広がっていた。

一方、この見知らぬ男は、ずっと同じようにおし黙ったまま、あいもかわらぬ速度で、彼女を引っぱっていった。記憶の底をさぐってみても、自分がどこを歩いているのか少しも思い出せなかった。とある明かりのついた窓の前を通りすぎたとき、力をふりしぼり、急に体をこわばらせて、「助けて！」と叫んでみた。

明かりのついた家の主人は、窓を開けて、肌着のまま、ランプを持って姿を現わした。そしてぼんやりしたようすで河岸のほうを見ていたが、彼女には聞こえなかったけれど何かブツブツ言いながら、またよろい戸を閉じてしまった。これで、最後の希望の光も消えてしまった。

黒衣の男は、あいかわらずひとことも口をきかなかった。彼女の手をしっかり握って、いっそう足ばやに歩きだした。彼女も、もう逆らわずに、へとへとになってついていった。

ときどき、なけなしの力をふりしぼって、でこぼこした舗道《ほどう》につまずいたり、あまり走ったので息を切らせたりしながら、とぎれとぎれの声で、「あなたはどなた？　いったいどなたなんです？」ときいてみたが、男は何にも答えてはくれなかった。

彼らはこうして、ずっと河岸沿いに歩いて、かなり大きな広場に着いた。月はかすかに照らしていた。グレーヴ広場だった。真ん中に黒い十字架のようなものが立っているのが見えた。それは絞首台だった。彼女はそれがすっかりわかって、自分が今どこにいるか、はっきり見きわめた。

男は立ちどまって、彼女のほうを振り返り、フードを脱いだ。「あ！　やっぱりまたあの人だった！」と、彼女は化石のようになって、どもりながら言った。

それは、まさしくあの司教補佐だった。まるで彼自身の亡霊みたいだった。月の光を浴びていたためだった。月光の射す下では、あらゆるものは亡霊のようにしか見えないものだ。

「まあ、聞け」と、彼は言った。もう長いこと耳にしなかったこの不吉な声を聞いて、彼女は身震いした。彼はつづけて言った。短く、そしてあえぐように身を震わせて、ひとことひとこと、ぽつりぽつりと語りだした。その震え声は、内心の深い動揺を表わしていた。「まあ、聞いてくれ。ここにいるのは二人きりだ。おまえに話して聞かせることがある。いいか、ここはグレーヴ広場だ。ここでいきどまりだ。二人が面と向かってここに放り出されたのも運命なのだ。おまえの命はわたしの手中にある。わたしの魂はおまえの意のままだ。ここは広場だし、今は夜だ。この機会をはずしては、もう何もない。だから聞いてくれ。おまえに話したいことがある。……まず第一に、おまえのフェビュスのことをわたしに話してはならぬぞ。（こう言いながら、ひとところにじっとしてはいられないように、行ったり来たりしていたが、娘の体を自分の脇に引きずりながら）あの男のことはわたしに言ってはならんぞ。いいかな。もしあの名を口にしたら、わたしは何をするかわからぬし、しかも恐ろしいことになるのだぞ」

こう言って、重心をとり戻した物体のように、しばらくじっとしていたが、それでもやはり、そのことばは内心の動揺を表わしていた。彼の声はだんだん低くなっていった。

「そんなに顔をそむけないで、わたしの話を聞いてくれ。まじめな話なのだ。まず、こういうことが起こったのだ。——この話を聞けば、誰もけっして笑う者はないはずだ。——はて、わたしは今なんと言ったかな？　ええと！　ああ、そうだった！——おまえを断頭台にかけろという高等法院からの逮捕状が出ているのだ。それで、わたしがおまえを彼らの手から救い出したというわけだ。だが、彼らはあそこまでおまえを追いかけてきているのだ。よく見るがいい」

男は中の島のほうへ手を差しのべた。実際、そこは、捜索がつづけられているらしかった。ざわめきが近づいていた。グレーヴ広場の正面にある副官の屋敷の塔は、物音と明かりでいっぱいであったし、対岸では、松明を持って、「ジプシー娘だ！　ジプシー娘はどこにいる？　殺してしまえ！　殺してしまえ！」と叫んで、兵士どもが走りまわっているのが見えた。

「これでよくわかったろう、やつらがおまえを追いかけていることも、わたしが嘘《うそ》をついているのではないことも。わたしは、このわたしは、おまえが好きでならんのだ。――ま、口をきいてくれるな。そんなことはもう聞くまいと、わたしが嫌いだと言うためならむしろ、何も言ってくれるな。わたしは心に決めているのだ。――わたしはおまえを助けたのだ。――まず終わりまで言わせてくれ。――わたしはおまえを完全に救い出すことができる。その準備はすっかりととのっているのだ。おまえがその気になりさえすれば、それでよいのだ。おまえが好きなようにしてやるつもりだ」

男は激しくことばをきって、「いや、言わなければならないのは、こんなことではない」

それから彼は走りだして、女にもいっしょに走らせて、というのは、彼女をつかんではなそうとしなかったからであるが、まっすぐに絞首台のほうまで進んでいって、それを指でさし示して、冷やかに言った。「わたしとこれと、二つのうち、好きなほうを選ぶのだ」

　彼女は男の手を振りほどいて、絞首台の足もとに身を投げ出し、このいまわしい土台にひしととりすがった。それから、美しい顔を半ばふりむけ、肩ごしに司教補佐を見つめた。まるで十字架の足もとにいる聖母のようだった。司教補佐は指をあいかわらず絞首台のほうにあげ、まるで石像のように、そのままの姿勢をして、身動きもせずじっとしていた。

　とうとう、ジプシー娘は言った。「こちらのほうが、あなたよりまだこわくありません」

　これを聞くと、彼の腕はだんだん垂れていき、すっかり落胆して、敷石に目を落とした。「もしこの敷石がものを言うことができたら、そうだ、ここに一人、とても不幸な男が立っている、とでも言うだろうな」とつぶやいた。

　彼はまた口説《くど》きにかかった。娘は絞首台の前にひざまずいて、長い髪の毛を顔一面に垂らしたまま、男の言うことを黙って聞いていた。今や彼の沈痛でやさしさをおびた声は、その傲然《ごうぜん》たる無慈悲な顔つきと、痛々しいほどにいちじるしい対照をなしていた。

「わたしは、このわたしはおまえを愛している。ああ！　それは誰が何と言おうが、真実のことなのだ！　わたしの心を焼くこの火は少しも消えることはないのだ！　ああ！　娘よ、夜も昼も、そうなのだ。夜となく昼となく、燃えつづけるのだ。それでも哀れと思ってはくれないのか？　夜も昼も思いつづけている恋なのだ。身をかきむしられるようだ。——おお！　わたしは苦しすぎるのだ、いとしいやつめ！——哀れと思ってくれてもよいではないか。このとおり、わたしはやさしく話しているのだ。お願いだから、わたしをもう恐ろしいなどとは思わないでくれないか。——つまり、男が女を好きになる、これは男が悪いのではない！——ああ！　残念だ！——なんだって！　わたしを許してはくれないのだな？　いつまでもわたしを憎むつもりなのだな！　それではもう終わりだ！　そのために、このわたしが悪者になってしまうのだ、いいかね。自分の目にも恐ろしい人間に見えてくるのだ！——おまえはただひと目なりとも見ようとしてはくれない！　わたしが、こうして立ったまま、われわれ二人の永遠の境におののき震えながら、おまえに話しているあいだに、おまえはおそらく別のことを考えているのだろうな！——だが、あの士官のことだけは、何をおいても、わたしに話してくれるな！——ああ！　おまえの前にひざまずきもしよう、ああ！　もしおまえがいやと言うなら、足とは言わぬ、足もとの地面にでも口づけをしよう、ああ！　子供みたいに泣きもしよう、愛するとひとこと言うためなら、ことばではなく、心臓やはらわたまでも、この胸からえぐりとりもしよう。だが、何をやってもむだだろう、何をやっても！——

だがしかし、おまえの魂の中には、やさしい、そしてすべてを許す心だけしかないはずだ。おまえは、このうえなく美しいやさしさに輝いている。まったく気持のよい、善良な、慈悲深い、魅力のある女だ。だが、ああ！　このわたしに対してだけは意地が悪いのだな！　ああ！　なんという因果なことだ！」

彼は両手で顔を覆った。娘には彼の泣く声が聞こえた。彼が涙を見せたのは、これがはじめてであった。このように立ったまま、身を震わせて泣いている姿は、ひざまずいて泣いているよりもみじめで、哀れをもよおさせるものがあった。こうして、彼はしばらく泣いていた。

「さあ！」と、はじめの涙が乾いてしまうと、彼はさらにつづけて言った。「わたしはもう言うべきことばはない。それでも、おまえに何と言おうかと、あれこれ考えてはいたのだ。だがもう、体は震えおののき、この決定的なときに、気も遠くなりそうだ。わたしは、何か崇高なものが、われわれを覆っているような気がして、うまくものも言えん。ああ！　おまえがこのわたしをまたおまえ自身をも哀れと思わなければ、わたしはこの敷石の上に倒れてしまうだろう。われわれ二人に死の宣言を与えないでくれ。どんなにおまえを愛しているかを、わたしの心の中がどんなものかを、わかってくれさえしたらなあ！　おお！　あらゆる徳はわたしの身から抜けていってしまったし、わたしはまったくやけくそな気持なのだ！　学者のくせにわたしは学問をあざける。貴族のくせに自分の名を汚《けが》す。聖職者のくせにミサの祈禱文典《きとうぶんてん》を淫乱の枕にし、神の顔につばを吐きかけるのだ！　これもすべて、おまえのためなのだぞ、妖婦め！　おまえの地獄にふさわしくなりたいためなのだ！　しかもおまえは、この呪《のろ》われ者を嫌っている！　ああ！　わたしは、おまえに何もかも言って聞かせなければならぬことになるぞ！　まだ、もっともっと恐ろしいことを、ああ！　ずっと恐ろしいことをだ！……」

この最後のことばを言いながら、彼はまったくとり乱してしまったようすだった。ちょっとの間、黙ったが、また、自分ひとりにでも言うように、強い声で言った。「カイン（聖書の中のアダムとエバの長男。神が弟を褒めたのを妬んで弟を殺した）よ、おまえは弟をどうしてしまったのだ？」

またしばらく黙っていたが、つづけて言った。「わたしのしたことを、と言われるのですか、神よ？　わたしはあいつを引きとり、育て、養い、可愛がりもしました。溺愛《できあい》しました。それなのに、わたしはあいつを殺してしまったのです！　そうです、主よ、弟はわたしの目の前で、あなたの家の石の上で頭を打ち割られたのです。そしてそれは、このわたしのせいなのです。この女のせいなのです。彼女のせいなのです……」

男の目つきはものすごかった。声もだんだんかすかになっていった。機械的に、かなりの間《ま》をおいて、ちょうど鐘が、その最後の振動を長く響かせているように、なおまたいくども繰り返した。「この女のせいなのです……この女のせいなのです……」それからは、彼のことばはもう聞きとりにくくなったが、それでも、唇はあいかわらず動いていた。と、とつぜん、何かがくずれ落ちるように、がくりと倒れ、頭を膝にうずめたまま身動きもせず、地面に伏してしまった。

娘が男の下になった足をそっと引こうとして、彼の体にちょっと触れると、彼はふと気をとり戻した。そっと、落ちくぼんだ頬《ほお》に手をやって、しばらくの間、涙にぬれた指をぼんやりと見ていたが、「おや！　わたしは泣いていたのか！」とつぶやいた。

そして、なんとも表現できない苦悩に沈んだ顔をして、急に娘のほうを振り向いて、「ああ！　わたしが泣いているのを冷やかにながめていたのだな！　なあ、おまえ！この涙が溶岩のように熱いことを知っているのか？　憎い男のすることには何ひとつ心を動かされないというのは、それでは、本当のことなんだな？　おまえはわたしが死ぬのもさぞかし笑って見ているだろうな。だが、ああ！　わたしのほうは、おまえが死ぬところなど見たくはないのだ！　ひとこと！　たったひとことでも許すと言ってくれ！わたしを愛しているなどとは言わなくともよい。せめて、ただ愛したいと思うとだけでも言ってくれ。それでもうじゅうぶんだ。おまえの命を助けてやろう。さもないと……ああ！　どんどん時間はたっていく。すべての聖なるものにかけて、お願いだ。おまえの命を求めているこの絞首台のように、わたしが石になってしまわないうちに、返事をしてくれ！　まあ、考えてもくれ、二人の命は、わたしの手のうちに握られているのだぞ。それに、わたしは気も狂いそうになっている。これは恐ろしいことだ。あらゆるものが奈落の底に堕《お》ちていくのを冷然と見ていられるのだぞ。われわれの下には底知れぬ深淵《しんえん》がある。娘よ、おまえがそこに堕ちれば、わたしも永遠にそこに堕ちていくつもりだ！　やさしいことばをひとことと！　たったひとことでも言ってくれ！　ほんのひとことでもよいのだ！」

彼女は口を開いて答えようとした。彼は女の口から出てくるおそらく情け深いことばを、三拝九拝して聞きとろうとして、女の前に身を投げかけて、ひざまずいた。だが彼女は言った。「あなたは人殺しだ！」

司教補佐はかっとなって娘を抱きかかえ、恐ろしい笑い声をたてた。「そうか、よろしい！　人殺しか！　おまえの命はもらったぞ。おまえはこのわたしを奴隷にもしたくはないと言う。それなら、わたしがおまえの主人になってやろう。おまえの命はもらったぞ。わたしは隠《かく》れ家《が》を持っている。そこにおまえを引っぱっていく。よいか、ついてくるのだ。どうあっても、わたしのあとについてくるのだぞ。さもなくば、おまえをその筋に引きわたすまでだ！　これ、娘、死ぬか、わたしのものになるかだ！　聖職者のものになるか、どうだ！　この背教者のものになるか！　人殺しのものになるか、どうだ！　今夜からだ、わかったか？　さあ！　喜んでついてこい！　さあ！　わたしにキスするのだ、愚かな女め！　墓か、わたしの寝床か、だ！」

男の目は、淫らな気持と怒りとでぎらぎら燃えていた。その好色な唇を見ると、娘は思わず首筋を赤くした。彼女は男の腕の中で身をもがいていた。が、男は口に泡をたて、娘の唇に自分の唇を押しつけた。

「かみつくんじゃない、化け物め！」と、彼女は叫んだ。「まあ、いやだ！　汚《けが》らわしいやつね！　はなしてちょうだい！　おまえの見るのもいやな白髪頭の毛を引きぬいて、顔へいっぱい投げつけてやるから！」

男の顔は赤くなったり、青くなったりした。やがて女をはなし、暗い顔つきで相手の顔を見つめた。彼女は自分が勝った気になって、ことばをつづけた。「あたしはフェビュスさまのものなんだって言ってるのに。あたしの愛しているのはフェビュスさまなんですよ。フェビュスさまって、本当にお美しいわ！　おまえなんか、神父で、年寄りよ！　醜《みにく》いこと！　あっちへ行ってちょうだい！」

彼は、まるで、真っ赤に焼けた鉄を押しつけられた哀れな男のように、激しい叫びをあげた。

「死んでしまえ！」と歯ぎしりしながら、男は言った。相手のぞっとするような目つきを見て、娘は逃げようと思った。彼はまた娘を押さえて激しく揺すり、女を地面に投げ倒した。そして、女の美しい手を取って、敷石の上を引きずりながら、ロラン塔の角《かど》へ向かってどんどん歩いていった。

そこに着くと、女のほうを振り向いて、「もうこれきりだが、どうだ、わたしのものになりたいか？」

娘は力をこめて答えた。「いやです！」

すると、彼は大声で叫んだ。「ギュデュール！　ギュデュール！　ジプシー娘をつれてきたぞ！　仕返しするがいい！」

娘はふいに肘《ひじ》をつかまえられたのを感じた。見ると、一本の痩せこけた腕が、壁の明かりとりから伸びてきて、鉄の手のように彼女をしっかりと押さえている。

「しっかりと押さえていろよ！」と、司教補佐は言った。「逃げてきたジプシー娘だ。はなしてはならんぞ。わたしは行って、役人を探してくる。この女が縛り首になるのを見物させてやるぞ」

すると、喉《のど》の奥から出るような笑い声が壁の内側から、この無慈悲なことばに答えた。

「ワハハ！　ワハハ！　ワハハ！」娘の目には、司教補佐がノートル＝ダム橋のほうへどんどん走り去っていく姿が見えた。その方角からは騎馬隊の足音が聞こえた。

娘は、この女があの意地の悪いおこもりさんだと気がついていた。恐ろしさにあえぎながら、身をふりほどこうとした。身をもがき、いくどもいくども苦悶《くもん》と絶望とに襲われて跳びあがったが、老女のほうでは、無類の力を出して娘をしっかりと押さえつけていた。痩せこけて骨ばかりになった指は、娘を傷だらけにし、その肉にくいこんで、ぐいぐい締めつけた。その手はまるで、娘の腕に鋲《びょう》で止められてでもいるようだった。それは、鎖《くさり》よりも、首枷《くびかせ》よりも、鉄輪よりもずっと固く締めつけた。壁から飛び出してきてひとりでにはたらく、生きた釘《くぎ》ぬきのようだった。

娘は疲れはてて、壁にがっくりともたれてしまった。すると、死の恐怖に襲われてくるのだった。人生の美しさ、青春、空のながめ、自然のさまざまなようす、恋、フェビユス、逃げ去っていくすべてのもの、近よってくるすべてのもの、自分を訴えた司教補佐のこと、まもなく来るはずの死刑執行人、そこにある絞首台、こうしたものがつぎつぎに頭に浮かんできた。すると、恐怖の気持が、髪の毛の根もとまでものぼってくるのを感じ、おこもりさんの不気味な笑い声が耳にはいった。おこもりさんは彼女に小声でこう言っていた。「ワハハ！　ワハハ！　ワハハ！　おまえはじきに縛り首さ！」

息も絶えだえになって、明かりとりのほうを振り向いた。すると、格子《こうし》の向こうにお懺悔《ざんげ》ばあさんの黄褐色の顔が目にはいった。「あたし、あなたに何をしたというの？」と、彼女はほとんど生気のない声できいた。

おこもりさんはそれに答えず、うたっているような、怒っているような、また、からかっているような調子で、もぐもぐ言いだした。「ジプシー娘め！　ジプシー娘め！　ジプシー娘め！」

不幸なエスメラルダは、自分が相手にしているのが人間ではないことがわかって、がっくりと頭を垂れて髪の毛の下にうずめた。

とつぜん、おこもりさんは叫んだ。ジプシー娘のきいたことが、老女の考えに届くまで長い時間がかかったようだった。「おまえがわたしにしたことってのはね、ジプシー娘め！　まあ！　聞いておくれ。――わたしにはね、子供が一人あったんだよ、わたしにはね！　いいかい？　子供が一人あったのさ！　子供がね、いいかね！――可愛らしい小さな娘だったのだよ！――わたしのアニェス」こう言って、心をとり乱し、暗闇の中で、何かにキスして、「――いいかい！　ね、ジプシー娘め。ところがね、わたしの子供は取られてしまった。盗まれたんだ。食べられちまったんだよ。これが、おまえがわたしにしたことなのさ」

娘は子羊のように素直に答えた。「まあ！　でも、そのころはたぶん、あたし、まだ生まれていなかったわ！」

「いや！　そんなことはない！」と、老女がやり返した。「きっと生まれていたはずだ。おまえは生まれていたのだよ。あの子が生きていたら、ちょうどおまえと同じ年ごろだろうね！　で！――わたしがここに来てからもう十五年にもなる、十五年も苦しみ、十五年も祈ってきたんだ。十五年もの間、この四方の壁に頭をぶつけてきたんだよ――ね、わたしから子供を盗んでいったのは、ジプシーの女たちなのだ。いいかい、わかったかね？　そしてその子供を食べてしまったんだ。――おまえには人間の心があるのかい？　そんなら考えてもごらん。その子は遊んでいたんだよ。乳房をふくんで、すやすや眠っていたんだよ。とても無邪気だったんだよ！――ところがだよ！　その子を誰かが奪っていった、そして殺してしまったんだ！　神さまはよく知っていらっしゃるよ！――きょうこそはわたしの番だ。ジプシー娘を食べてやるんだ。――ああ！　この格子さえ邪魔しなかったら、おまえにかみついてやるんだけど。わたしの頭が大きすぎるよ！――可哀そうなあの子！　眠っている間にねえ！　あの子が女たちに抱きあげられて目をさましたときには、いくら泣いても、もうだめだったのねえ。わたしがそこにいなかったんだもの！――ああ！　ジプシーの母親たちよ、おまえさんは、わたしの子供を食べちゃったんだ！　来て、おまえさんたちの子供を見るがいいや」

こう言って、彼女は笑いだした。いや、歯ぎしりをしたのかもしれない。どちらにしても、この怒り狂った顔では同じようなものだった。夜は白々と明けそめた。灰色の光がほのかにこの光景を照らし、絞首台は広場の中にだんだんくっきりとその姿を現わした。一方、ノートル＝ダム橋のほうに騎馬隊の響きが近づいてくるのが、この哀れな女囚人の耳にはいるような気がした。

「おばさん！」と、娘は両手を合わせ、ひざまずき、髪をふり乱し、夢中になって、恐ろしさのあまり気が狂ったようになって叫んだ。「おばさん！　助けてください。人がやってきます。あたしはおばさんに何にもしたことはありません。おばさんは目の前で、こんなに恐ろしい死に方をするのが見たいんですか？　おばさんはきっと情け深い人です。きっとそうです。まあこわい。どうか逃がしてください。逃がしてくださいな！　お願い！　こんな目にあって死ぬのはいやだわ！」

「わたしの子供を返しておくれ！」と、老女が言った。

「お願いです！　お願いです！」

「わたしの子供を返しておくれ！」

「はなしてください、お願い！」

「わたしの子供を返しておくれ！」

こんどもまた娘は、ぐったりと疲れはてて、倒れてしまった。目はもう、墓穴に埋められた人のように、まるでガラスみたいになっていた。「ああ！」と、彼女はたどたどしい口調で言った。「おばさんは、子供さんを探しておいでなのね。あたしのほうは、父や母を探しているんです」

「わたしの可愛らしいアニェスを返しておくれ！」と、ギュデュールはさらにつづけて言うのだった。「あの子がどこにいるか、知らないんだね？　じゃ、死んでおしまい！——話してあげるがね、わたしはもと、娼婦《しょうふ》だったんだ。子供が一人いたが、誰かがさらってしまったんだ。——ジプシーの女たちなんだ。だから、おまえには、死ななければならないことがよくわかっただろう。おまえのおかあさんのジプシーが、おまえをくれと言ってきたら、言ってやるよ、おかあさんや、あの絞首台を見るがいい！——でなきゃ、わたしの子供を返せってね。——おまえはあの子が、あの可愛い娘が、どこにいるか知っているかい？　さあ、見せてやろうか。これがあの子の靴なんだよ。これだけが残った形見なんだよ。これと同じものがどこにあるか、おまえ知っているかい？　もし知っているなら、おしえておくれ。たとえ、この世の果てにあると言ったって、こうして膝をついたまま歩いて探しに行くよ」

こう言いながら、もう一方の手を明かりとりの外にさし出して、刺繡《ししゅう》をした小さな靴をジプシー娘に見せた。もうかなり明るくなっていたので、その形や色をはっきり見ることができた。

「その靴を見せてちょうだい」と、ジプシー娘は身を震わせながら言った。「ああ、神さま！　神さま！」こう言いながらも、同時に、自由になっているほうの手で、首につけていた緑色のガラス玉が飾りについている可愛らしい小袋をぱっと開いた。「さあ！　さあ！」と、ギュデュールはブツブツつぶやいた。「悪魔のお守りでも掘り出すがいい！」すると、とつぜんことばをきって、体じゅうをぶるぶる震わせ、はらわたの底から出てくるような声で叫んだ。「あっ、娘だ！」

ジプシー娘は、前のものとまったく同じ小さな靴を、小袋から取り出したのだった。この小さな靴には一枚の羊皮紙がついていて、それにつぎのような「銘」が書きつけてあった。

「これと同じものが見つかるとき、
おまえの母は手を差しのべるだろう」

稲妻よりもすばやく、おこもりさんはその二つの靴を見くらべていたが、羊皮紙に書かれた「銘」を読み、天から降ったような喜びに輝いているその顔を、明かりとりの格子にぴったりつけて叫んだ。「わたしの娘だった！　ああ、わたしの娘だった！」

「おかあさん！」と、ジプシー娘は答えた。

ここで私は筆を投げざるをえない。

壁と鉄格子が、二人のあいだをさいていた。「ああ！　壁が！」と、おこもりさんは叫んだ。「ああ！　おまえに会えたのに、抱くことができない！　手を！　手を！」

娘は明かりとり越しに腕を差しのべた。おこもりさんはその手にとびつき、唇を押しあて、そのまま、このキスにわけもわからなくなって、じっとしていた。ただもう、ときどき腰をあげてすすり泣くことだけが、わずかに生きているしるしだった。その間、ひとことも言わずに、夜の雨みたいに、闇の中で、涙を滝のように流していた。この哀れな母親は、この可愛い手の上に、彼女の心の中にある黒くて深い涙の井戸を、どんどん空《から》にしていたのだ。この井戸の中には、この十五年というもの、彼女の苦しみが一滴一滴しみとおってきたものであった。

とつぜん立ちあがると、額《ひたい》に振りかかる長い白髪を払いのけ、ひとことも言わずに、両腕でライオンよりずっと荒々しく、部屋の格子を揺すぶりにかかった。だが、格子はびくともしなかった。そこで彼女は、枕の代わりに使っていた大きな敷石を探しに部屋の隅《すみ》に行った。そして、それを力まかせに激しく格子に投げつけたので、さすがの格子もその一本がたくさんの火花を散らして、砕けてしまった。もう一度投げつけると、明かりとりをさえぎっていた古い鉄の十字格子も粉々にくずれてしまった。すると彼女は、両手で格子の錆びついた断片をすっかり砕いて、はずしてしまった。一人の女の痩せ腕にも、人間をこえた力の出るときがあるものだ。

通り道ができると、そしてそれには一分もかからなかったのだが、母親は娘を体ごとかかえて、部屋の中にひき入れた。「さあ、おいで！　おまえを地獄から引きずりだしてやるよ！」と、彼女はつぶやいた。

娘が部屋の中にはいってしまうと、母親は娘をそっと床に置いた。と、またすぐに抱きかかえるのだった。それから、ちょうど、あの小さなアニエスであったころのように、両腕で娘を抱きかかえて、酔ったように、夢中になって、楽しそうに、叫んだり、うたったり、娘にキスしたり、話しかけたり、と思うとまた、どっと笑いだしたり、涙にかきくれたり、何もかもいっしょに、激情にかられて、その狭い部屋を行ったり来たりしているのだった。

「わたしの娘！　わたしの娘！　わたしには娘がいるんだ！　ほら、ここに。神さまが返してくださったんだ。さあ、あなた方！　みんな来てくださいな！　わたしの娘が帰ったのを見に、誰かいらっしゃいませんか？　主イエスさま、うちの子はなんてまあきれいなんでしょう！　十五年もわたしをお待たせになって、神さま、だけど、それは、娘をこんなにきれいにしてお返しくださるためでしたのね。――ジプシーの女たちはうちの娘を食べはしなかったのね！　誰がそんなことを言ったのでしょうね？　可愛い子！　可愛い娘！　キスしておくれ。ジプシーの女の人って、いい人だね！　わたしはジプシーの女の人が好きになったよ。――たしかにおまえだね。おまえが通るたびにわたしの心が躍ったのは、そのせいなんだね。わたしはそれを憎しみのせいだと思っていたの！　ごめんね、アニェス、許しておくれ。さぞ、わたしを意地の悪い女だと思ったろうね、そうじゃないかい？　おまえが好きだよ。――首の小さなあのあざは、ずっとおまえについていたの？　どれ、見せてごらん。ああ、やっぱりついている。ああ！　おまえは美しい！　このわたしが、おまえをそんなに大きな目の娘に産んだんだよ、ね、お嬢さん。キスしておくれ。おまえを愛しているんだよ。よそのおかあさんにいくら子供があったって、そんなことはもうどうでもいいんだよ。もう今じゃ、みんな笑ってやれるんだもの。誰だって来るがいい。これがわたしの娘だ。ほら、この首、この目、この髪、この手。こんなに美しいものがあったら見せておくれ！　ああ！　わたしは請《う》け合うよ、こういう娘にゃ、きっと恋人が大勢できるよって！　わたしは十五年も泣いて暮らしてきた。わたしの美しさはみんななくなってしまったけれど、それがこの娘についてしまったのだね。さあ、キスしておくれ！」

　彼女は娘に向かって、わけのわからないことをいろいろと話しかけたが、その調子は、いかにも美しいものであった。哀れな娘が顔を赤くするほど、娘の服をいじくりまわしたりした。絹糸のような髪の毛を手でなでてみたり、足や膝や額や目にキスしたり、すべてに夢中になっていた。娘は母親にされるままになっていたが、ときどき低い声で、このうえなくやさしく、「おかあさん！」と繰り返していた。

「ね、娘や」と、キスのためにとぎれとぎれに、おこもりさんは言うのだった。「ね、おまえを可愛がってあげるよ。ここから出ようね。そして幸福に暮らそうよ。生まれ故郷のランスに、ちょっとした遺産をもらってあるんだよ。ランスって、おまえ知っているかい？　ああ！　知らないんだね。おまえはとても小さかったからね！　生まれて四月《よつき》ばかりたったとき、どんなにおまえが可愛らしかったか、知っていたらねえ！　その可愛らしい足を見に、二十八キロもあるエペルネから、めずらしがって人が来たものだよ！　畑も家も持とうね。おまえをわたしのベッドに寝かせてあげようね。神さま！　神さま！　ああ、神さま！　誰がこんなことを本気にするでしょうか？　娘が帰ってきたなんていうことを！」

「ああ、おかあさん！」と、娘は感動にむせびながらも、どうやら話す力をとり戻して言った。「ジプシーの女の人がよくあたしに言っていましたわ。あたしたちの仲間に親切なジプシーの女の人がいました。その人は、去年死んでしまったんですが、いつでもまるで、乳母みたいにわたしの面倒をよくみてくれたんです。首にこの小さな袋をつけてくれたのは、その人なんです。いつもあたしにこう言っていました。『ね、おまえ、これを大切にしておくんだよ。これは宝物なんだからね。これがあれば、おかあさんに会えるんだよ。首におかあさんをつけているようなものなんだからね』って。ほんとにあの人の言ったとおりだったわね！」

ギュデュールは、また、娘を腕に抱きしめるのだった。「さあ、おいで、キスしてあげるよ！　なんて可愛らしいことを言うの。故郷に行ったら、この小さな靴を、教会にある赤ちゃんのときのイエスさまの像にはかせましょうね。聖母さまに対してだって、どうしてもそうしなければならないからね。まあ！　おまえは、まあなんてきれいな声をしているんだろうね！　おまえがついさっき、わたしに話してくれたとき、まるで音楽のようだった！　ああ！　神さま！　わたしは、また子供にめぐりあうことができました！　けれど、この話、信じていただけるでしょうか？　でも、人ってめったに死なないものですね。だって、わたし、あんなにうれしくっても、死ななかったんですもの」

それから、手を叩いて笑いだし、叫んだ。「わたしたちは、これから幸せに暮らせるんだ！」

このとき、武器の鳴る音と、馬の駆ける音が部屋に響いた。それはノートル＝ダム橋のほうから進んできて、だんだん、この河岸のほうへやってくるらしかった。エスメラルダはひどく不安になって、母親の腕に身を投げた。

「助けて！　助けて！　おかあさん！　ほら、やってきますわ！」

母親は真っ青になった。

「えっ！　まあ、なんだって？　すっかり忘れていたよ！　追われているんだって！　いったいおまえ、何をしたの？」

「わからないんです。だけど、あたし、死刑の宣告を受けているんです」と、不幸な娘は答えた。

「まあ、死刑だって！」ギュデュールは、雷に打たれたように、よろよろしながら言った。「まあ、死刑だって！」と、ゆっくり繰り返しながら、じっと娘の顔を見つめた。

「そうなんです、おかあさん」と、娘はとり乱して言った。「あたしを殺そうとしているんです。ほら、あそこに、あたしを捕まえようとして来るでしょう。あの絞首台はあたしのために立ってるんです！　助けてちょうだい！　助けて！　もう来るわ！　助けてちょうだい！」

母親はしばらくの間、化石のようにじっと身動きもしなかったが、やがて、疑わしそうに頭を振って、とつぜん、どっと高笑いをした。それは、いつものような恐ろしい笑いだった。「ホホホ！　ホホホ！　いや、そんなことはない！　おまえの話は夢だ。ああ！　そうだ！　娘をなくして、それが十五年もつづいたんだ。そしてやっとめぐりあえたと思ったら、それもつかの間だなんて！　また娘がさらわれるなんて！　今じゃ、こんなにきれいで、大きくなって、わたしに話をしたり、こんなに愛してくれるのに。それなのに、またやってきて、やつらは娘を食べてしまうの、このおかあさんの目の前で！　まあ、いや！　そんなことがあってたまるもんか。神さまがそんなことをお許しなさるはずはないよ」

このとき騎馬隊は、ここで止まったようだった。遠くのほうでこう言っている声が聞こえた。「こっちですよ。トリスタンさん！　あの司教補佐の話ですと、『ネズミの穴』に行けば、あの娘がいるってことでしたが」――馬の蹄《ひづめ》の音がまた聞こえた。

おこもりさんはすっくと立ちあがり、絶望して叫んだ。「お逃げ！　お逃げ！　娘よ！　またやってきたんだ。おまえの言うとおりだ。殺されるよ！　ああ、なんてことだ！　この野郎め！　お逃げ！」

彼女は明かりとりに頭を差し出したが、すぐひっこめて、

「じっとしておいで」と、生きているというよりも死んだようになっているジプシー娘の手を、ぶるぶる震えながら握りしめ、低い、短い、悲しそうな声で言った。「じっとしておいで！　息をしちゃいけないよ！　どこもかしこも兵隊だらけだ。とても出られやしないよ。もう明るくなりすぎちゃった」

彼女の目は乾ききって、燃えるようであった。ひとことも言わず、ちょっとの間じっとしていた。ただ、大股に部屋の中を歩くだけだった。ときどき立ちどまり、灰色の髪の毛をかきむしっては、それを歯で引きちぎっていた。

とつぜん、彼女は言った。「こっちにやってくるよ。あいつらに話してやろう。あっちの隅に隠れておいで。見つかりやしないよ。もう逃げちゃったって、あいつらに言ってやるよ。はなしてしまったってさ。だいじょうぶだよ！」

彼女は娘を部屋の片隅におろした。というのも、ずっと娘を抱いていたのだった。その片隅は、外からは見えなかった。娘をしゃがませ、足も手も暗いところから出ないよ

うに注意深く体を落ちつかせて、黒髪をほどいてやり、娘の体が隠れるように、白い服の上にそれを広げた。それから、彼女の持っていたただ一つの家具である水差しと敷石とを、前に並べた。こんな水差しや敷石でも、娘の体を隠せるだろうと思ったのだ。それがすむと、どうやら前よりも落ちつき、ひざまずいて、お祈りを捧げた。あたりはようよう白んできたばかりで、この「ネズミの穴」の中は、まだ暗闇であった。

ちょうどそのとき、司教補佐の声が、あの地獄から出てくるような声が、部屋のすぐそばを叫びながらすぎていった。「こっちだよ、フェビュス・ド・シャトーペール隊長！」

この名前、この声を聞きつけて、隅のほうにうずくまっていたエスメラルダは身を動かした。「動いちゃいけない！」と、ギュデュールが言った。

こう言い終わらぬうちに、もう人や剣や馬のざわめきがこの部屋のまわりにとまった。母親はすばやく立ちあがり、明かりとりをふさごうとして、その前に身がまえた。見ると、武装した男どもの一隊が、徒歩の者やら、馬に乗った者やら、大勢でグレーヴ広場に並んでいた。彼らを指揮していた男が馬を降りて、彼女のほうへやってきた。「おい、ばあさん」と、恐ろしい顔をしたこの男は言った。「われわれは、魔女を召しとって縛り首にしようと探しているのだ。おまえがその女をつかまえているそうだな」

哀れな母親は、できるだけ何げないようすをして答えた。「あなたのおっしゃること、よくわかりませんが」

すると、相手は言った。「ちくしょう！　あの司教補佐のやつ、血迷いやがって、何かいいかげんなことを言いやがったのかな？　どこへ行った、あいつは？」

「殿、どこかに消え失せてしまいました」と、兵士の一人が言った。

「それなら、おい、ばばあ、嘘を言ってはならんぞ。魔女を一人、よく見ていろとあずけられたはずだ。それをどうした？」と、指揮官が言った。

おこもりさんは、何もかも知らぬ存ぜぬと言ってしまっては、かえって怪しく思われると考え、真剣な、気むずかしい調子で答えた。「ついさっき、わたしの手に渡されたあの背の高い娘のことをおっしゃっているのでしたら、あれは、わたしの手にかみついたので、逃がしてしまいましたよ。それっきりです。わたしを静かにしておいてくださいな」

指揮官はがっかりして顔をしかめた。

「嘘を言うでないぞ。おいぼれ亡者《もうじゃ》。わしは、トリスタン・レルミットだ。国王にはねんごろにしていただいているのだ。トリスタン・レルミットだぞ、よいな？」と言って、また、まわりのグレーヴ広場のほうに目をやって、「わしの名はこの広場のまわりに鳴り響いているのだぞ」

「あなたが悪魔《サタン》のレルミットさまであろうと」と、ギュデュールはどうやら望みを見いだして、こう口答えした。「あなたに申しあげることはべつにございませんし、また、あなたをこわいとも思ってはおりませんよ」

「この野郎！」と、トリスタンは言った。「おしゃべりばばあめ！　ああ！　魔女は逃げ失せたな！　どの道を通って逃げたのかな？」

ギュデュールは、気にもとめないような調子で答えた。

「ムートン通りからだと思いますよ」

トリスタンは頭をめぐらし、部下の一隊に向かって出発用意の合図をした。おこもりさんはほっと息をついた。

「閣下《かっか》」と、急に親衛隊の一人が言いだした。「では、なぜこの明かりとりの格子がこんなぐあいに壊されているのか、ばあさんにおたずねになったらいかがでしょう」

この質問を聞いて、哀れな母親の心は、また、苦しみはじめた。けれども、あくまで気を落ちつけて、「いつでも、こうなったままなんですよ」と、口ごもるように答えた。

「うすのろめ！」と、その親衛隊の男が言った。「きのうまでは、まだちゃんと、おそれおおい黒の十字架が立派についていたんだぞ」

トリスタンは、おこもりさんを横目でにらんで、

「このおしゃべりばばあめ、あわててるらしいぞ！」

不幸な母親は、あらゆることは自分がまず落ちつくことにかかっていると感じて、気も心もぐったりしていたが、それでもにやにや冷笑しはじめた。母親には、こういう力があるものだ。「おかしなことをお言いでないよ！　この人は酔っぱらっているんだね。もう一年以上も前に、砂利車《じゃりぐるま》の尻《しり》がこの明かりとりにぶつかって、格子に穴を開けてしまったんだよ。わたしゃ、その車引きをさんざん怒ってやったものさね！」

「そうだ、本当だよ、そのときおれもそこにいたよ」と、もう一人の兵士が言った。

いつでもこういうときには、なんでも見ていたという男どもが、どこにもいるものだ。この男が思いがけなく証言してくれたので、おこもりさんは元気をとり戻した。彼女にとっては、この尋問は、刀の刃《やいば》を踏んで深淵を渡る思いであったのである。

それでも彼女は、たえず希望と不安とにかわるがわる苦しめられなければならなかった。

「でも、もし荷車がぶつかったとすれば」と、はじめの兵士が言った。「格子の破片は内側にとんでいなければならぬはずだ。それなのに、この格子は外のほうに向いているじゃないか」

「うん！　そうだな！」と、トリスタンはその兵士に向かって言った。「おまえはシャトレ裁判所の取調役のような鼻をもっているな。おい、ばあさん、こいつが言ったことに答えるのだ！」

「あれ、まあ！」と、彼女は追いつめられて、おもわず涙声になって叫んだ。「ほんとに、お役人さま、荷車がこの格子を壊したのですよ。ごらんのとおり、この人も見たと言っているじゃありませんか。それに、それがあのジプシー娘に何の関わりがあるのでございましょうか」

「ふん！」と、トリスタンはいまいましそうに言った。

「おやっ！」と、兵士は近衛《このえ》憲兵司令官からお褒めのことばをいただいてうれしくなって、また言った。「鉄棒の折れ目がまだ新しいぞ！」

トリスタンはうなずいた。女は青ざめた。「その荷車の件とやらは何日ぐらい前のことだな？」

「ひと月ほど、いや、おそらく二週間ばかり前のことなんですよ、お役人さま。もう忘れてしまいました」

「この女は、はじめに一年以上も前だと言いましたが」と、さっきの兵士が口をいれた。

「ううむ、怪しいぞ！」と、司令官は言った。

「お役人さま」と、彼女はあいかわらず明かりとりの前にぴったりとしがみつき、彼らが疑いをいだいて頭を差し入れ、部屋の中をのぞきはしないかと、恐れおののきながら叫んだ。「お役人さま、この格子を壊したのはたしかに荷車なんです。天国の天使にかけて、わたしは誓います。もしも荷車でなかったら、永遠に地獄に堕ちてもかまいません、神さまから見はなされたってしかたがありません！」

「おまえは、なかなかむきになって誓いをたてているな！」と、トリスタンはまるで審問官のような目つきで言った。

哀れな女は、だんだん自分が落ちつきをなくしていくような気がした。いろいろへまなことを言ってしまったし、言わなければならないことを言わずにいるということが、とても恐ろしくなってきた。

このとき兵士が一人やってきて、大声で、「閣下、このばばあの言うことは嘘です。魔女はムートン通りから逃げたのではありません。まちの鎖は一晩じゅう張られたままになっていますし、鎖の番人は、誰も通ったのを見かけなかったそうです」

トリスタンの顔つきは、だんだんけわしくなっていったが、おこもりさんにたずねた。

「これに対して、おまえは何と答える？」

彼女は、なおもこの新しい事態に抵抗しようとして、

「さあ、なんともわかりませんが、お役人さま、間違えたかもしれません。たしか、あの女は、実際、河を渡っていったように思いますが」

「対岸にだな」と司令官は言った。「だが中の島に戻ろうとしたとは、ちょっと考えられんぞ。中の島で追われていたのだからな。嘘を言っているな、これ、ばばあ！」

「それに」と、はじめの兵士が言いそえて、「こちらの河岸にも、あちらにも、舟は一艘もありません」

「泳いで渡ったのでしょう」女は必死になって言いつくろおうとして答えた。

「女が泳ぐかな？」と、兵士が言った。

「この野郎め！　おい、ばばあ！　おまえは嘘を言っている！　嘘を言っているぞ！」と、トリスタンは怒って言った。「あんな魔女なんかほっておいてかまわん。おまえのほうを縛り首にしてやるぞ。十五分も問いつめれば、おそらく本当のことをおまえは吐きだすだろう。さあ！　おれたちについてこい」

彼女はむさぼるように、そのことばにとりすがった。

「どうぞお好きなようになさってください、お役人さま。どうぞ、どうぞ。おたずねください。望むところです。つれていってください。早く、早く！　さあ、すぐにも参

りましょう」そのあいだに娘は逃げられるだろうと、彼女は考えたのだ。

「こいつめ！」と、司令官は言った。「こいつは拷問台《ごうもんだい》にのりたくってたまらないんだな！　このうすのろばばあの言うことはさっぱりわからん」

白髪頭をした夜警隊の老人が一人、列から進み出て、司令官のほうに向かって、「まったくこいつはおかしなやつですよ、閣下！　こいつがジプシー女を逃がしたとしても、この女の落度ではありませんよ。こいつはジプシーの女どもが嫌いなんですから。わたしが夜警をつとめてから十五年になりますが、この女がひっきりなしにジプシーの女を呪って悪口を言っているのを、わたしは毎晩のように聞いております。われわれが追いかけている女は、ヤギをつれた若い踊り子のことだと思いますが、このばあさんは、とりわけあの女を憎んでおりました」

ギュデュールは、ひとふんばりして言った。「中でも、あの娘っこのやつですよ」

夜警隊の者たちがそろって証拠をあげてくれたので、司令官はこの老隊員のことばを信用した。トリスタン・レルミットは、この老女の口から何ひとつ聞きだせないのにがっかりして、女に背を向けた。女は、彼が馬のほうに向かってゆっくり歩いていくのを、なんとも言いようのない不安な思いで見ていた。「さあ、行こう」と彼はつぶやいた。「前進だ！　ほかの方面を調べよう。あのジプシー女が縛り首にならんかぎりは、眠られんぞ」

それでも、馬に乗る前に、まだしばらくためらっていた。ギュデュールは、彼がまるでけだものの巣を自分のまわりにかぎつけて立ち去るのをためらっている猟犬のように、不安そうな目つきで広場のまわりをきょろきょろ見まわしているようすを見て、生と死との境に立ったようにびくびくしていた。が、とうとう、彼は頭をふって、鞍《くら》に飛び乗った。今まで恐ろしいほどしめつけられていたギュデュールの心は、ほっとゆるんで、娘のほうにちらと目を向けながら、小声で、「やれやれ、助かった！」と言った。追手《おって》がそこに来てからというものは、まだ一度も娘のほうを振り向こうともしなかったのだ。

娘は、可哀そうにも、その間じゅうずっと息もせず身動きもせず、眼前に死が立ちはだかっているように思いながら、部屋の隅にじっとしていた。彼女は、ギュデュールとトリスタンとの間の会話を、何ひとつ聞きのがさなかった。母の苦悩の一つひとつが自分の身にまで響いてくるのだった。自分を渦巻く淵《ふち》に吊《つ》りさげている綱がたえずギシギシきしっている音が、一つ残らず耳にはいったし、その綱が切れたように思ったことも何度かあった。それでようやくほっと一息して、大地にしっかり足をおろしたような気がした。そのとき、彼女は、司令官に話しかけている声を耳にした。

「おおい！　司令官殿、魔女どもを縛り首にするのは、わたくしの仕事、武人の仕事ではござらん。民衆どもは鎮圧いたしましたから、ここはあなた一人にお任せすることにしましょう。隊に戻ってやりませんと、隊長がなくて困りますから、どうかあしからず」この声、これこそは、まさにフェビュス・ド・シャトーペールの声だった。娘の心に何が起こったかは言いようがない。男はそこにいたのだ。愛人が、守ってくれる男が、ささえてくれる人が、自分の保護者が、あのフェビュスが！　彼女は立ちあがった。母親が彼女をやるまいとするいとまもなく、彼女は明かりとりに身を投げかけて叫んだ。

「フェビュスさま！　あたしのところに来て、フェビュスさま！」

フェビュスは、もうそこにはいなかった。彼は、全速力で馬を駆って、クーテルリ通りの角を曲がったところだった。だが、トリスタンは、まだ出かけてはいなかったのだ。

おこもりさんは、野獣のような叫び声をあげて、娘のほうに飛んでいった。娘の首に爪をたてて、激しく娘をうしろへ引っぱった。もう虎《とら》のようになった母親は、そんなことにかまってはいられなかったのだ。だが、もう手おくれだった。トリスタンが見てしまったのである。

「さあ！　どうだ！　ネズミが二匹、ネズミ取りにかかったぞ！」と、トリスタンは歯がみんな見えるほど大口をあいて笑いながら叫んだ。その顔つきはオオカミの顔に似ていた。

「おれもそうじゃないかと思ってたんだ」と、兵士が言った。

トリスタンは、その兵士の肩を叩いて、「おまえはいい猫だよ！」こう言ってまた、「ところでアンリエ・クーザンはどこにいる？」

兵士らしい軍服も着ず、またそれらしい顔つきもしていない男が一人、隊列から出てきた。この男は、灰色と褐色との縞模様《しまもよう》の服を着て、髪はちぢれておらずまっすぐで、着ている服の袖は革でできていた。大きな手には一包みの縄を持っていた。トリスタンがいつでもルイ十一世についているように、この男は、いつでもトリスタンのあとについていたのである。

「おい、おれたちが捜していた魔女はここにいるらしい。こいつを縛り首にしてしまえ。梯子《はしご》を持っているか？」と、トリスタン・レルミットはきいた。

「あの柱の家の納屋の下に、一つございます」と、その男は答えた。そしてつづけて、「これを片づけるのは、あの裁判所でやるんですか？」と、石の絞首台を指さしてきいた。

「そうだ」

「エヘヘ！　そんなことは、なんでもないことでさあ」と、この男は、司令官よりももっと獣《けもの》のような野卑な笑いをもらしながら言った。

「急いでやれ！　笑うのは後にしろ」と、トリスタンが言った。

一方、おこもりさんのほうは、トリスタンに娘を見つけられ、望みの糸もすっかり切れてからというものは、ひとことも口をきかなかった。彼女は半死半生になっている哀れな娘を穴ぐらの隅に突きとばして、明かりとりのところにまたすわりこみ、両手を、まるで、獣の爪のように、長押《なげし》の角に立てていた。こうして、彼女が、大胆にも兵士たちをじろじろとながめている姿が見られたが、その目の色は、またもや黄褐色をおび、狂気じみてきた。アンリエ・クーザンが部屋に近よってきたとき、女は凶暴な顔つきをして彼を見すえたので、彼は逃げ腰になったほどであった。

「閣下、どちらを捕えるのですか？」と、クーザンは司令官のほうに戻ってきて言った。

「若いほうだ」

「しめた。ばあさんじゃ、やっかいだからな」

「可哀そうに、あのヤギをつれた可愛らしい踊り子だ！」と、老夜警は言った。

アンリエ・クーザンは、明かりとりに近よっていった。母親の目に出合うと、目を伏せてしまったが、おずおずと言った。「奥さん……」

、彼女は、非常に低く、また怒り狂ったような声で、そのことばをさえぎって、「なんのご用？」

「おまえさんにじゃない、もう一人のほうなんだよ」

「もう一人のほうって？」

「若いほうさ」

彼女は頭を横にふって叫んだ。「誰もいませんよ！　誰もいないってば！　いないってばさ！」

「いや！　よく知っているはずだ。若いほうを渡せ。おまえさんには、べつに何も悪いことをしようと言うんじゃない」

彼女は、異様なあざ笑いを浮かべて言った。「ああ！　わたしにはべつに悪いことをしないんだってさ！　わたしには！」

「もう一人のやつを渡してくれよ、奥さん。司令官さまがそうしろって言うんだよ」

彼女はとり乱して繰り返した。「誰もいませんよ」

「そんなことはないよ！　おまえさんたちが二人いるところを見ちゃったんだぜ」と、刑吏《けいり》はやりかえした。

「それじゃ、まあ見るがいいや！」と、女はあざ笑いながら言った。「明かりとりの中に首をつっこんでさ」

刑吏は、母親の爪を見て、どうしても中をのぞくことができなかった。

「さあ、急げ！」と、トリスタンは叫んだ。彼は、手下の者を「ネズミの穴」のまわりに円形に並ばせて、馬に乗ったまま、絞首台のそばに立っていた。

アンリエはすっかり途方にくれて、もう一度、司令官のところに戻ってきた。縄を地面に置き、手に握った帽子をぎこちなくぐるぐる回しながら、「閣下、どこからはいったらいいんでしょうか？」ときいた。

「戸口からだ」

「ところが、ないんです」

「じゃあ、窓からだ」

「とても狭いんです」

「大きくしろ。つるはしを持っていないのか？」と、トリスタンは怒って言った。

洞窟《どうくつ》のような部屋の奥から、母親はあいかわらず身動きもせずに、ようすを見守っていた。彼女は、もう何も望まなかった。また自分が何を望んでいるのかもわからなかった。ただ、どうしても娘を奪われまいとしていたのだ。

アンリエ・クーザンは、柱の家の納屋の下に、死刑を行なう道具箱を探しに行った。そこから二つ折りの梯子までも持ちだしてきて、さっそくそれを絞首台に立てかけた。

裁判所の役人が五、六名、つるはしと梃《てこ》とをかつぎ、トリスタンはその男たちをつれて明かりとりのほうにやってきた。

「おい、ばばあ、おとなしく娘を渡せ」と、司令官はきびしい調子で言った。

彼女は言われていることが少しもわからないといった顔つきをして、男をながめた。

「この愚か者め！　この魔女を国王の命令により絞首刑にしようとするのを、おまえはどんな理由でさまたげるのか？」と、トリスタンはつづけて言った。

このみじめな女は、悪魔のような笑いをもらして、

「どんな理由でだって？　あれはわたしの娘なんですもの」

このときの彼女の声の調子を耳にしたときは、さすがのアンリエ・クーザンさえもぶるぶると身震いした。

「気の毒ではあるが、これは国王の命令なのだ」と、司令官は言った。

彼女は、その恐ろしい笑いをいよいよ高くして、叫んだ。「わたしに、なんだって言うんです。王さまなんて？　これはわたしの娘だって言っているじゃないの！」

「壁を叩き破れ」と、トリスタンが言った。

手ごろな広さの穴を作るのには、明かりとりの下の石の土台を取りはずせばじゅうぶんだった。つるはしや梃でこの要塞《ようさい》を掘る音を聞くと、母親は恐ろしい叫び声をあげた。

そして、まるで檻《おり》に入れられた野獣のように、その部屋の中をぐるぐると、恐ろしい速さで回りはじめた。もう何も言わなかったが、その目はぎらぎら輝いていた。兵士たちは、心の底まで凍りつくような気がした。

とつぜん、彼女は敷石を取って、働いている男どもめがけて、笑いながら両手で投げつけた。敷石は、投げ方がまずかったために——というのは、手が震えていたからだが——、誰にも当たらずに、トリスタンの馬の足もとまでころがっていって止まった。彼女は歯ぎしりをした。

そのうちに、日はまだ昇らなかったが、だいぶ明るくなってきた。柱の家の朽ち果てた煙突のまわりは、美しいバラ色に染まった。それはまさに、この大都会のいちばん早起きの人びとの屋根裏の明かりとりが、楽しげに開かれる時刻だった。何人かの村人や青果商が、ロバに乗って市場に行くのに、グレーヴ広場を横切りはじめた。彼らは「ネズミの穴」のまわりに集まっている兵士たちの前で、ちょっと足を止めたが、びっくりしたようすで、ながめたまま通りすぎていった。

おこもりさんは娘のそばに行って、娘を自分の体で隠すように前にすわりこんでしまった。じっと目をすえたまま、身動きもしない哀れな娘の声を聞いていた。娘は小声で、ただ「フェビュスさま！　フェビュスさま！」とつぶやいているばかりだった。窓をうち壊す仕事が進んでいくように思われるにつれて、母親は、機械的にうしろにさがって、娘をだんだん壁に押しつけていった。とつぜん、石がみるみる揺れて（というのは、彼女はずっと見張っていて、目をそらさなかったからだが）、働いている者どもを励ますトリスタンの声が聞こえた。すると彼女は、しばらく前からぐったりとなっていたのだが、我にかえって、大声をあげた。彼女がものを言っている、その声は、あるときはのこぎりのように人の耳をつんざき、またあるときはちょうどあらゆる呪いの声がいっせいに爆発しようとして唇に押しよせたみたいに、もぐもぐと口ごもるのだった。

「ホホホ！　ホホホ！　ホホホ！　ま、なんて恐ろしいことをするの！　おまえさんたちは泥棒だね！　ほんとにわたしの娘の首を縛るつもりなのかい？　これはわたしの娘だって言ってるじゃないか！　ああ！　卑怯者《ひきょうもの》め！　ああ！　人殺し役人のおまえらめ！　人殺しの手先め！　助けて！　助けておくれ！　火事だ！　やつらはわたしの娘をこんなふうにさらっていくのかい？　ああ、神さまなんて、いったいどんな方なのかしら？」

そして、口から泡をふき、目を爛々《らんらん》と光らせ、ヒョウのように腹ばいになり、髪の毛を逆だてて、トリスタンのほうに向かい、

「さあ、娘をさらいにちょっとでも近よってごらん！　このわたしが、これはわたし

の娘だって言ったのがわからないのかい？　子供をもつということがどういうことだか、知ってるのかい？　どう？　山猫め、おまえはオオカミの雌《めす》といっしょに住んだことがないのかい？　オオカミの子をもったことがないのかい？　もしも子供があるんなら、その子が泣き叫んでいるときに、何かたまらない気持を感じないのかい？」

「石をどけろ。ばばあはもう押さえていないぞ」と、トリスタンは言った。

さすがの重い土台も梃で持ちあがってしまった。これこそ、さきほども述べたように、母親の最後の砦《とりで》であったのだ。彼女はそれに飛びかかり、それを取り返そうとした。石を爪でかきむしったが、大の男が六人で動かしていたこの重い塊りは、彼女の手から落ちて、鉄の梃にそって、地面まですするりとすべり落ちた。

母親は、入口ができてしまったのを見ると、床に寝ころんで、体で割れ目をふさぎ、腕をねじまげ、頭を敷石にぶつけて、やっと聞きとれるくらいの疲れはてたしゃがれ声でどなった。「助けて！　火事だ！　火事だよう！」

「さあ、娘を引きずり出せ」と、トリスタンはあいかわらず冷然として言った。

母親はものすごい顔つきで兵士どもをにらみすえたので、彼らは踏みだすことができず、後ずさりしたいと思うほどだった。

「さあ、どうだ、アンリエ・クーザン、おまえがやるんだ！」と、司令官はつづけた。

誰も一歩も踏みだそうとしなかった。

司令官はののしった。「弱虫野郎め！　わしの部下の軍人ともあろうものが！　たかが一人の女を恐れるとは何事だ！」

「閣下、閣下は、あれを女とお言いになるのですか？」と、アンリエは言った。

「やつは、ライオンのようなたてがみをしていますぜ！」と、ほかの男が言った。

「さあ！　穴は相当に広いぞ」と、司令官はつづけて、「ポントワーズの突破口でしたように、三人ずつ並んではいれ。よし、これが最後だ。いいか、野郎ども！　後退するやつは、まっぷたつにしてくれるぞ！」

司令官と母親が、二人してにらみ合っているあいだに板ばさみになって、兵士どもはちょっと尻ごみをしたが、やがて決心して、「ネズミの穴」に向かってつき進んだ。

おこもりさんはそれを見ると、急に膝立ちになって、顔にふりかかる髪をはらい、痩せ細って骨と皮ばかりになった両手を腰にだらりと垂らした。すると、大粒の涙が目からぽろぽろあふれ、まるで急流がみずから掘った川床《かわどこ》を流れていくように、頬のしわにそって流れ落ちた。そのとき彼女は何か言おうとしたが、その声は、とても哀れっぽく、やさしく、素直で、人の心を刺すようだったので、トリスタンのまわりにいた者は、人間の肉も食べかねない老監守でさえも涙をぬぐったほどだった。

「みなさま方！　お役人さま、ひとことでございます！　どうしても申しあげたいことが一つございます。これは、わたしの娘なのです。ほら、あそこにいるでしょう？　わたしがなくしていました可愛い娘なのでございます！　聞いてくださいまし。まるで一つのお話なのです。わたしはお役人さまというものをよく存じあげております。わたしが愛欲にただれた生活をしておりましたので、小さな子供からまで石を投げつけられるようなことがあったあの時代にも、お役人さま方は、このわたしに対して、いつも親切にしてくださいました。ねえ、そうでございましょう？　だから、あなたさま方がわけがおわかりになりましたら、きっと娘を置いていってくださいますわ！　わたしは、哀れな色を売る女でした。わたしは十五年もの間、あの子の靴をだいじにしまっておきましたのです。わたしからこの娘を盗んでいったのは、ジプシーの女たちなのでございます。娘はこんな足をしていたのですよ。ランスで！　シャントフルーリとこれでございます。ほら、こ言っていたのです！　フォル＝ペーヌ通りでね！　あなた方も、きっとこの名前をご存じでしょう。それがわたしの名前なのですよ。あなた方のお若かったころ、あのころは、よかったですねえ、楽しくお暮らしでございました。あなた方は、わたしのことを哀れとお思いになってくださいますわね、旦那さま方！　ジプシーの女どもが、わたしからこの娘を盗んでいったのでございます。そして十五年も隠していたのですよ。わたしは、娘はもう死んだものとばかり思っておりました。ご想像くださいませ、みなさま、もうこの子が死んだと思っていたのでございます。ここで、この穴ぐらの中で、冬にも火の気なしに、十五年もすごしてきたのです。それはつらいものですよ。可哀そうな、可愛らしい、小さな靴！　わたしがあれほど叫んだので、神さまもその声をお聞きになったのでしょう。昨夜《ゆうべ》、神さまは娘をお返しくださいました。神さまの奇跡でございます。娘は死んではいませんでした。あなた方は、あの子をわたしから、まさか奪っていきはしないでしょうね、本当に。もしもこれがわたしのことでございましたら、なんとも申しません。だけど、この子なんですもの、まだ十六の子供なんですもの！　この子に日の目をおがむ時間をやってくださいませ！――この子があなた方に、何をいたしたのでございましょう？　何もいたしはしません。わたしだってそうです。もしもあなたさま方が、わたしにはこの娘しかない、わたしはもう年とってしまった、これこそ聖母さまがわたしにお贈りくださった、たった一つの祝福なのだ、ということをお認めくだされば ねえ。それに、あなた方は、みなとてもご親切な方ばかりですわ！　ただこれがわたしの娘だということをご存じなかったのでしょうね。だけど今は、よくおわかりになりましたでしょう。ああ！　わたしはあの子をとても愛しております！　司令官さま、あの子の指にかすり傷ひとつでもつけられるくらいなら、むしろ自分のおなかに穴を開けられるほうが、まだましでございます！　あなたさまは、とてもご親切なお方らしくお見受けいたします！　こうしてお話しすれば、あなたさまもよくおわかりでしょう、ねえ、そうでしょう？　ああ！　もしあなたさまにおかあさまがおありになれば！　あなたさまは隊長さんでございましょう。どうか子供をここに置いていってください！　イエス・キリストにお祈りするときのように、わたしはひざまずいて、あなたさまにお願いいたします！　誰にもお願いいたすわけではございません。わたしはランス生まれなのです。お役人さま方、わたしは、おじのマイエ・プラドンから譲ってもらった畑を少しもっております。わたしは物乞《ものご》いではございません。なんにも欲しいとは思いません。ただ自分の子供が欲しいのです！　ああ！　わたしは子供を手ばなしたくはございません！　わたしどもをおさめていらっしゃる神さまは、なんのわけもなしに娘を返してくださったのではないのです！　王さま！　あなたは、王さまとおっしゃいましたね！　わたしの可愛い娘が殺されるのを、王さまはお喜びにならないでしょう！　それに王さまは、とてもいいお方ですわ！　これはわたしの娘なのです！　わたしの娘なのでございますよ！　王さまのお子さまではありません。あなたさまのお子さまでもございません！　わたしは、ここを出ていきたいのです！　二人して出ていきたいのです！　どうか、二人の女が通るのでございます。一人は母親で一人は娘、二人を通してやってくださいませ！　わたしどもを通してくださいませ！　わたしたちは、ランスの者でございます。ああ！　あなたさま方は、ご親切な方でございます。お役人さま方、わたしは、あなたさま方がみんな好きでございます。わたしの可愛い娘をおつれにならないでしょうね。そんなこと、よもやおできになるはずはございませんもの！　どうしたってできないことですね、そうじゃございませんか？　わたしの子供！　可愛い子供！」

彼女の身ぶり、口調、話しながら飲みこむ涙、はじめは合わせていたが、それからねじるようにした両手、見る人の胸をえぐるような微笑、涙をいっぱいためた目、うめき声、溜息、乱れに乱れてわけのわからない筋の通らないことばに混じる、人の心に迫ってくる哀れな叫び声、私はこうしたものをここに描き出すつもりはない。彼女がことばをきると、トリスタン・レルミットは眉《まゆ》をしかめたが、彼の虎のような目にたまった涙を隠すためであった。けれども彼はその弱気を抑えて、すげなく言った。「国王の命令なのだ」

それから彼は、アンリエ・クーザンの耳もとに口を寄せて、小声で言った。「さっさとやってしまえ！」この恐ろしい司令官もまた、おそらく気がくじけたのであろう。

死刑執行人と役人たちは、その部屋の中にはいった。母親は、もう抵抗もせず、ただ娘のほうににじり寄って、娘の体に必死になって身を投げた。娘は兵士たちが近よってくるのを見ると、死の恐怖で逆に力づいた。

「おかあさん!」と、なんとも言えぬ悲しげな調子で叫んだ。「おかあさん! やってくるわ! 助けてちょうだい!」「よしよし、おまえ、助けてあげるよ!」と母親は、消え入りそうな声で答えた。そして、両腕で娘をしっかりと抱きしめ、娘にキスの雨を浴びせるのだった。娘の上に母親が折りかさなり、二人がこうして床に倒れている姿は、まことに人の哀れをさそう光景であった。

アンリエ・クーザンは、娘の美しい腋《わき》の下に手をかけて、胴のあたりを抱きかかえた。彼女はその手を感じると、「ああ!」と叫んで気を失ってしまった。死刑執行人は、大粒の涙をぽろぽろと娘の上にこぼしてはいたが、腕に抱いて、娘をつれていこうとした。母親を引きはなそうとしたのだが、彼女は両手を娘の帯のまわりに、いわば結びつけてしまっていたのだった。彼女は、まるで鎹《かすがい》で留めるように、力いっぱい子供にしがみついていたので、娘からどうしても引きはなすことができなかった。そこでアンリエ・クーザンは、娘を部屋の外まで引きずっていくと、母親も娘についてずるずるとついてくるのだった。母親もまた、じっと目をつぶったままだった。

そのとき朝日が昇った。広場にはもうかなり多くの群衆が集まり、絞首台に向かって敷石の上を引きずられていく者を遠くから見ていた。これが司令官トリスタンの刑を執行するやり方だった。彼は、野次馬《やじうま》を近よらせまいと夢中になっていた。

窓辺には誰も出ていなかった。ただ遠くのほうの、グレーヴ広場を見おろすノートル＝ダムの塔の窓の上に、二人の男が、朝の澄みきった空に黒く浮かびあがって見えるばかりだった。二人は、こちらを見ているようだった。

アンリエ・クーザンは、娘をずるずる引きずってきて、宿命の梯子の下に来てとまった。そしてあまりの哀れさに、息も苦しげに、娘の愛らしい首のまわりに縄をかけた。この不幸な娘は、麻縄がさわるのを感じてぞっとした。目を開けると、石の絞首台の細い腕木が自分の頭の上にひろがっているのが見えた。そのとき、彼女は体を揺すぶって、絹を裂くような高い声で叫んだ。「いやです！　いやです！　どうしてもいやです！」母親は、頭を娘の服の下に埋めて、ひとことも口をきかなかった。見ると、ただ体を震わせているばかりで、何度も何度も娘にキスを浴びせている音が聞こえた。死刑執行人は、このときとばかり、母が娘を抱きしめている腕を激しく引きはなした。力が尽き果ててしまったのか、あきらめてしまったのか、彼女は、されるがままになっていた。そこで彼は娘を肩にかついだ。娘の美しい体は、男の肩から、彼の大きな頭の上で二つに折れて、やさしく垂れていた。それから、彼は梯子に足をかけてのぼっていこうとした。

このとき、敷石の上にうずくまっていた母親が、目を大きく開いた。一声もあげずに、恐ろしい顔つきで立ちあがり、まるで獲物に飛びかかる獣のように、死刑執行人の手に飛びかかってかみついた。稲妻のようなすばやさだった。死刑執行人は痛さにうめき声をあげた。人びとが駆けよってきて、やっとのことで、母親の歯から血まみれになった彼の手を引き出した。母親はあくまで黙りつづけていた。人びとは彼女を乱暴につきとばしたが、見ると、彼女は敷石の上にドシンと頭をぶつけていた。抱き起こしたが、また、ぐったりと倒れてしまった。死んでしまったのである。

それまで娘をしっかりと押さえてはなさなかった死刑執行人は、また、梯子をのぼりはじめた。

2 「白い服をまとった美しい者」(ダンテ)

カジモドは、部屋がからになって、あのジプシー娘ももう見あたらず、自分があの娘を守っているあいだに誰かが娘を奪っていったことを知ると、両手で髪をつかみ、驚きと悲しみとで足を踏み鳴らした。それから、大聖堂じゅうを駆けまわりはじめた。ジプシー娘を探しまわり、壁の隅《すみ》という隅に異様な叫び声を浴びせたり、敷石の上に自分の赤い髪の毛をむしり落としたりした。そのときちょうど、王室親衛隊の一行も、やはりジプシー娘を探しもとめて、意気揚々とノートル＝ダムの中になだれこんできた。カジモドは、なんとしても耳が悪い悲しさ、彼らのいまわしい企てに少しも気がつかず、手助けをした。彼は、ジプシー娘の敵は宿なしどもだとばかり思っていた。彼はみずから、トリスタン・レルミットを女の隠れていそうな部屋の隅ずみまで案内して、秘密の戸口や、祭壇の二重扉や、後陣の聖具室を、彼のために開いてやった。もし、あの不幸な娘がまだそこに隠れていたならば、彼が娘を敵に引きわたすことになってしまっただろう。何も見つけることができなかったので、たやすくはへこたれることのないさすがのトリスタンも、疲れ果ててがっかりしてしまったが、それでもカジモドはただ一人で、あいかわらず探しまわっていた。いくどもいくども、大聖堂の塔をあちこちと、上から下まで、のぼったり、おりたり、走りまわったり、名を呼んでみたり、大声でどなってみたり、匂いをかいでみたり、探しまわったり、穴という穴に首をつっこんだり、ありとあらゆる丸天井に松明《たいまつ》を差し出したりした。絶望に気も狂いそうになっていた。雌《めす》を見失った雄《おす》でも、これほど吠《ほ》えることはないだろうし、またこれほど凶暴になることもないだろう。とうとう、彼女はもうここにはいない、もうだめだ、誰かに奪われてしまったのだということが、確実に、まったく確実になったとき、彼は、以前に自分が娘を助けた日に、あんなに興奮して、意気揚々とのぼっていった階段、あの塔の階段を、のろのろとのぼっていった。首を垂れ、声もなく、涙も浮かべず、ほとんど息さえもせずに、その同じ場所をまた通っていった。大聖堂の中には、また人っ子ひとりいなくなり、もとのように静かになった。親衛隊はもうノートル＝ダムを去って、中の島《シテ》にあの魔女を追いかけて行ってしまった。つい今まで人びとに取り囲まれ、騒がしかったこの広いノートル＝ダムの中に、ただひとり残されたカジモドは、あのジプシー娘が彼の手に守られて何週間も安らかに眠った部屋へ行く道を戻っていった。その部屋に近づきながら、もしかすると、そこでまた娘を見つけるかもしれないと思ったりした。低いほうの屋根に面している回廊の曲がり角で、枝の下にある鳥の巣のように、大きな控え壁の下に小さくなっている小窓と、小さな戸口のついた狭い部屋を見つけた。そのとき、この哀れな男は、すっかり気がくじけ、よろめく体をやっと柱にささえた。娘がおそらくここに帰っているのではないか、守り神がおそらく娘をここにつれ戻してくれているだろう、この部屋はとても静かで、安全で、可愛《かわい》らしかったから、娘があそこにいないはずはない、と思った。そして自分の夢を破るのが恐ろしくて、もう一歩も足を踏みだしてみる気にはなれなかった。「そうだ、あの子は、きっと眠っているか、でなければ、お祈りでもしてるんだろう。邪魔をしちゃいけねえ」と、ひとりごとを言った。

だが、とうとう勇気を奮い起こして、爪先立《つまさき》って進んでいき、中をのぞいてはいった。からっぽだ！　部屋はやっぱりからっぽだった。カジモドは、すっかりがっかりして、のろのろと部屋をひとまわりし、もしかしたら敷石とふとんとの間に隠れてはいないかとでもいうように、ベッドを持ちあげ、下をのぞいた。だが、頭を横にふって、気の抜けたようにぼんやりとしていた。と、とつぜん、怒り狂ったように松明を足で踏みにじり、ひとことも言わず、溜息《ためいき》ひとつもらさず、全速力で壁に走りよって、頭をうちつけたかと思うと、気を失って敷石の上に倒れてしまった。

われにかえると、ベッドに身を投げ、その上をころげまわって、眠っていた娘の体の暖かみがまだ残っているあたりに、狂ったようにキスした。息も絶えだえなありさまで、しばらくそこにじっとしていたが、やがてまた汗みどろになって立ちあがり、ハーハー息をきらし、狂ったようになって、あの鐘の舌《ぜつ》の動きのように、恐ろしいほど規則正しく頭を壁にうちつけはじめた。まるで、頭をぶつけて砕いてしまおうという決心をしたようだった。とうとう、力が尽きて、また倒れてしまった。やがて、膝《ひざ》を引きずりながら外に這《は》い出して、きょとんとした顔つきで扉の前にうずくまった。こうして、ちっとも身動きをせず、人けのない部屋をながめたまま、一時間以上もじっとしていた。からの揺りかごと死体のはいった棺《ひつぎ》との間にすわっている母親よりももっと暗い顔つきをし、もっともの思わしげに。ひとことももの言わずに、ただ、ほんのときたま、激しく体じゅうを震わせてすすり泣くばかりだった。だがそれは、涙の出ないすすり泣きで、雷鳴のしない夏の稲妻のようであった。

ちょうどそのときのことだったろう、絶望した自分の夢想の奥底をさぐって、ジプシー娘をふいに奪いさったのはいったい誰だろうかと考えているうちに、ふと司教補佐のことを思い浮かべた。クロード師だけが、この部屋に通じる階段の鍵《かぎ》を持っていたのだということを思い出した。また彼が夜に娘を襲おうとしたこと、はじめのときは自分も彼の手助けをしたが、二度目は彼の邪魔をしたことなどを、カジモドは思い出したのだった。そのほかさまざまなことを思い合わせているうちに、司教補佐こそ自分からあの娘を奪っていったのだと、確信するようになった。だが、この聖職者に対する彼の尊敬の念、感謝の念、献身の気持、この男に対する愛情は、カジモドの心に深く根を張っていたので、こんなときになっても、その根に、嫉妬《しっと》と絶望の爪《つめ》をたてることはできなかった。

これは司教補佐がやったのだと考えた。もしもこれがほかの人間ならば、誰にだって、血相変えて、決死の顔つきで怒りを感じたかもしれない。だが、クロード・フロロのしわざと思った瞬間から、その怒りの念は、方向を変えて、この哀れな聾者《ろうしゃ》の心に苦しみを増しただけであった。

　このようにして、じっと司教補佐のことを考えていたとき、朝の光に控え壁が白んできたので、ふと見あげると、ノートル゠ダムのいちばん上の階のあたり、ちょうど後陣をめぐる外側の欄干の曲がり角のところに、人影が歩いているのが目にはいった。この人影は彼のほうへやってくるのだった。誰だかすぐ気がついた。司教補佐だった。クロードは重々しい足どりでゆっくりと歩いていた。彼は歩きながらも、前のほうを見てはいなかった。北側の塔に向かっていたが、顔のほうはそむけて、セーヌ河の右岸のほうへ向けていた。そして、家々の屋根の上に何かを見つけたいとでも思っているように、頭を高くあげていた。フクロウという鳥は、よくこういうそっぽを向くような格好をする。ある一点に向かって飛びながら、目はほかに向けているものだ。――司教補佐もやはり、カジモドには目もくれずに、その頭上を通りすぎていった。

　カジモドは、ふいにクロードが現われたので、化石にでもなったようにじっとして、彼が北側の塔の階段の戸口の下にはいっていくのを見ていた。みなさんもご存じのように、この塔は市役所を見おろす位置に建っていたのである。カジモドは立ちあがって、司教補佐のあとを追っていった。カジモドは、なぜクロードが塔にのぼっていくのか知りたいと思って、塔の階段をのぼっていった。そのうえ、この哀れな鐘番は、自分が何をしようとしているのかわからなかった。カジモドは、自分が何を言おうとするのか、何を望んでいるのか、われながらわからなかったのだ。彼の胸は怒りと恐れでいっぱいだった。司教補佐とジプシー娘の姿が、彼の心の中で、ぶつかりあっていた。

カジモドは、塔の頂上につくと、階段の物かげから出て、平屋根の上に現われる前に、司教補佐がどこにいるのか、注意して調べた。司教補佐は彼に背を向けていた。鐘楼《しょうろう》の平屋根を取り囲んで、透かし彫りになった欄干がめぐらされていた。司教補佐は、ノートル＝ダム橋に面している欄干に胸を押しつけて、まちのほうに目をそそいでいた。

カジモドは足音をしのばせて彼のうしろへ近よっていき、彼がこうして何を見ているのか知ろうとした。司教補佐はほかのところにすっかり気を奪われていたので、カジモドが自分のそばに近よってきたことには少しも気がつかなかった。

夏の夜明けのさわやかな光に包まれたノートル＝ダムの塔の頂上からながめるパリの姿、とくに当時のパリの姿は、素晴らしく、また美しい光景だった。それはおそらく七月のある日だったろう。空はあくまで澄みわたっていた。残りの星がいくつか、あちらこちらでだんだん消えていき、東の空のいちばん明るいところに、ひときわ輝きわたる星が一つあった。太陽は姿を現わそうとしていた。パリのまちは活動しはじめた。とても白い、とても澄みきった光をうけて、多くの家々の東に向いた面はみな生き生きと、目にあざやかに浮かびあがっていた。鐘楼の巨大な影は屋根から屋根へと落ちていき、この大都会の隅から隅へとのびていった。もう、話し声がしたり音をたてたりしている地区もあった。こちらには鐘の音、あちらには槌《つち》の音、また向こうには、まちを行く荷車のごたごたしたきしみが聞こえる。もういく筋かの煙が、まるで巨大な地獄谷の割れ目からあがるように、屋根の上からあちらこちらで吐きだされていた。セーヌ河は、多くの橋のアーチや多くの島の突端のところでさざ波をたてて、銀色のひだの波紋でいっぱいだった。まちの周囲、つまり城壁の外には、綿のようなもやが一面にたちこめ、よく見わたすことができなかった。ただ、そのもや越しに、平野のはっきりしない線や、丘のなだらかなふくらみが、ぼんやりとわかるだけだった。いろいろな種類のざわめきが漂い、この半ば目ざめたまちの上に広がっていた。東の空には、丘を包んでいる羊毛のような濃い霧の塊《かたま》りからちぎれた白い綿毛のいくつかが、朝風に吹かれて、空を流れていった。

大聖堂前の広場には、いく人かの年配の女たちが手に牛乳壺《ぎゅうにゅうつぼ》をさげたまま、ノートル＝ダムの大門が妙なぐあいに壊れていたり、鉛が二筋とけて流れて敷石の砂岩の割れ目のあいだに固まっていたりするのを見て、びっくりして指さしあっていた。これだけが、昨夜の騒動のなごりだったのだ。塔と塔とのあいだでカジモドが燃やした材木の火は、もう消えていた。トリスタンはもう広場を片づけて、死体はセーヌ河に捨てさせてしまった。ルイ十一世のような国王は、虐殺の後ですばやく敷石を洗いすすぐという心づかいをするものなのだ。

塔の欄干の外側の、司教補佐が立っていた地点のちょうど真下には、ゴチック式の建物にたくさんついている奇怪な彫刻をほどこした石の樋《とい》が一つのびていた。そして、この樋の割れ目の中に、二本の可愛らしいニオイアラセイトウが花を開いて、吹いてくる風にゆらゆらと揺れ、命を吹きこまれたようなようすで、ふざけながらお辞儀をしあっていた。塔の上には、高く、はるか空の彼方《かなた》から、鳥のさえずる声が小さく聞こえていた。

だが司教補佐には、こうした光景も、何ひとつ耳にもはいらなければ目にもはいらなかった。彼は、朝にも鳥にも花にも無関心な男の一人だった。自分のまわりでさまざまの光景を見せている、この大きな眺望の中のただ一点だけに、彼はじっと思いをひそめていたのだった。

カジモドは彼に、エスメラルダをどうしてしまったのか、問いただしたくてたまらなかった。だが、司教補佐はこのとき、この世の人ではないように見えた。足もとの地面がくずれても気づかないような、生涯の激しい一瞬に彼がいたことは明らかだった。目はじっとあるところを見つめていて、身動きもせず、ものも言わなかった。こうした沈黙や身じろぎもしない態度には、何かしら恐ろしいものがこもっていたので、さすがに荒々しいこの鐘番でさえ、その前では身震いをして、どうしても、ぶつかっていく勇気がでなかった。ただ、そしてそれが、司教補佐にものをたずねるやり方でもあったのであるが、カジモドは彼の視線の方向をたどっていった。そうしていくと、不幸な男の視線は、グレーヴ広場に落ちた。

こうして彼は、司教補佐のながめているものを見たのだ。年中すえつけっぱなしの絞首台のそばに梯子《はしご》が立てかけられて、広場には何人かの人と大勢の兵士がいた。一人の男が敷石の上を何か白いものを引きずっていて、それにはまた黒いものが一つついていた。この男は絞首台の下でとまった。

そのとき、何かが行なわれたのだが、カジモドの目にはよく見えなかった。彼の独眼が遠目がきかなくなったためではなく、大勢の兵士が邪魔になって、よく見えなかったのだ。そのうえ、ちょうどこのとき、太陽が現われ、地平線の彼方から、光をさんさんと浴びせかけたので、パリのあらゆるとがったもの、尖塔《せんとう》も煙突も、切妻《きりづま》屋根も、いっせいに、燃えあがるように輝いたからである。

やがて、男は梯子をのぼりはじめた。するとカジモドには、その男の姿がはっきりと見えた。男は一人の女を肩にかついでいた。白い服を着た娘だった。この娘の首には縄がかかっていた。カジモドはその女が誰であるのかがわかった。まさしく、あの女だった。

男はこうして梯子の頂上までのぼっていき、そこに縄の結び目をかけた。このとき、司教補佐はもっとよく見ようとして欄干の上に膝をついた。

とつぜん、男は、かかとで激しく梯子をけった。カジモドはさきほどからじっと息を殺していたのだが、この不幸な娘が、敷石から四メートルもあるところで、縄の端にぶらぶら揺れるのを見てしまった。彼女の肩に、さっきの男はうずくまって乗っかっていた。縄は何度もぐるぐる回った。そして、このジプシー娘の全身がぶるぶると恐ろしいまでにけいれんしたのが、カジモドの目にはいった。司教補佐は、首を前に突き出し、目をむきだして、男と娘との、いや、クモとハエとの、恐ろしい一組の姿をじっと見つめていた。

この、世にも恐ろしい瞬間に、悪魔の笑い声が、人間でなくなったときにだけあげることができる笑い声が、司教補佐の青ざめた顔にとつぜんわき起こった。カジモドにはその笑い声が聞こえなかったけれども、目で見ることはできた。鐘番は、司教補佐のうしろに二、三歩さがったかと思うと、いきなり、怒り狂って司教補佐にとびかかり、太い両手で背中をドンとひと押しして、クロード師がかがみこんでいた深淵《しんえん》の中に彼をつき落とした。

クロード師は、「なんてことだ！」と叫んで、落ちていった。

彼は下にあった樋にひっかかった。両手で死にもの狂いになって、樋にかじりつき、もう一度叫び声をあげようとして口を開いた瞬間、頭の上に、欄干のへりから、カジモドが恐ろしい、復讐《ふくしゅう》に満ちた顔を突き出しているのが見えた。で、そのまま、口をつぐんでしまった。

下には深淵がひろがっていた。七十メートルほども墜落すれば、そこは石畳なのだ。こうして恐ろしい立場におかれた司教補佐は、ひとことも言わず、うめき声ひとつあげなかった。ただ、よじ登ろうとして、空前の努力をし、樋の上で身をもがいた。だが、花崗岩《かこうがん》の上には手がかりもなく、足は黒ずんだ壁にひっかからずに、その壁をこするばかりだった。ノートル＝ダムの塔にのぼったことのある人は、欄干のすぐ下の石に一つふくれたところがあることを知っているはずだ。この司教補佐があわれにも、へとへとになってがんばっていたのは、ちょうど凹角《おうかく》の上にあたるこのふくれたところだった。彼が相手にしていたのは垂直に切りたった壁ではなくて、足の下がへこんでいた壁だったのだ。

カジモドは、彼を深淵から引っぱりあげようと思えば、手を差しのべさえすれば、よかったのだ。だが彼は、司教補佐には目もくれず、グレーヴ広場を見つめていた。絞首台を、あのジプシー娘を、見つめていた。カジモドは、司教補佐がついさっきまでいた欄干のあの場所に肘《ひじ》をかけていた。そして、そこで、その瞬間に彼にとっては全世界にただ一つあるといってもいいものから目をはなさず、まるで雷に打たれた男のように、身動きもせず、ものも言わなかった、そして、そのときまでは、ただ一度しか涙を流したことがなかったその独眼から、無言のうちに、涙が滝のように流れ落ちた。

そのあいだ、司教補佐はあえいでいた。はげあがった額《ひたい》からは汗がたらたらと流れ、爪からは石に血が滲《にじ》み出て、膝頭《ひざがしら》は壁にあたってすりむけてしまった。服が樋にひっかかって破け、体を動かすたびにビリビリ裂ける音が聞こえた。そのうえ、不幸なことに、その樋は鉛の管でできていて、体の重さでだんだん曲がっていった。この管が少しずつ曲がっていくのを、司教補佐は感じた。自分の手が力つきてしまうか、服が破れてしまうか、そこの樋が折れ曲がってしまうかすれば、落ちていかなければならないと、この哀れな男は思った。すると、腹の底まで恐ろしさに襲われた。ときどき、彫刻のぐあいで三メートルあまり下のところにできていた狭い台のようなものを、とり乱した目でながめたりした。絶望した魂の奥底で、たとえ百年つづいてもいいから、この六十五センチ四方の空間で生を終えることができるようにと、天に祈った。もう一度、自分の下を見おろして広場を見た。まさに深淵だった。また頭をあげたが、目を閉じてしまった。髪は残らず逆だっていた。

二人の男がこうして黙っているのは、ぞっとするような光景だった。司教補佐が一メートルほど離れた下でこうした恐ろしいありさまで苦しんでいる間、カジモドははらはらと涙をこぼし、グレーヴ広場をながめていた。

司教補佐は、いくらもがいても、自分に残された弱い足場を揺するばかりだと知って、もう動くまいと決心した。そのまま、樋を抱きしめ、ほとんど息も止め、もう身動きもせず、夢の中で落ちるなと感じるときよくやるように、腹をぴくぴくと機械的に波うたせているばかりだった。その目はすわって、病的にきょとんと開いていた。そのうち、次第に足場がなくなって、指も樋の上ですべった。だんだん腕の力が弱くなって、体の重さが身にこたえてきた。体をささえていた鉛もそりかえり、刻一刻と深淵のほうにかたむいていった。下を見ると、恐ろしいことには、サン＝ジャン＝ル＝ロン教会の屋根が二つに折った紙のように小さく見えた。彼は何の感情ももっていない塔の彫像を一つひとつながめていった。そうした彫像は同じように絶壁にかかっていたのだが、べつに自分自身恐ろしいと思うのでもなく、司教補佐を哀れに思うのでもなかった。司教補佐のまわりはすべて石だった。目の前には怪物が口を開いているし、下は、はるか奥底に、広場と敷石があった。頭の上のほうでは、カジモドが泣いていた。

大聖堂前の広場には、野次馬《やじうま》どもがいくつか群れをなして集まり、物好きにもあんな変な格好でぶらさがっているなんて、どこのうすのろだろうと見きわめようとして、じっと見あげていた。クロードには、彼らの言っていることばが耳にはいった。というのは、そのことばは、かすかだがはっきりと、耳もとまで聞こえてきたからである。「きっと、あの男、首根っこを折ってしまうぞ！」

カジモドは泣いていた。

とうとう司教補佐は、怒りと恐ろしさで口から泡をふきながら、もうだめだと観念した。それでも、全力をふりしぼって、最後の努力をした。樋の上で体を硬くして、両膝で壁をけり、石の割れ目に手をかけて、おそらく三十センチあまり体をもちあげただろう。だが、その衝動のために、身をささえていた鉛の先が急にたわんでしまった。と、同時に、服が裂けてしまった。そのとき、全身が宙に浮いたのを感じ、もうこわばって力のなくなった手だけで何かにしがみついているだけだったが、この不幸な男は、目を閉じて樋をはなしてしまった。そして広場に落ちていった。

カジモドは、彼の落ちていくのをながめていた。

こんな高みから墜落するときには、垂直に落ちることはめったにない。司教補佐は空間に投げ出されると、最初は頭を下に向け両手を広げたが、やがて、何回もぐるぐる回りながら落ちていった。風に吹かれて、ある家の屋根の上に落ちたが、そこで体が折れた。だが、そこに落ちたときにはまだ死んでいなかった。鐘番が見ていると、まだ爪をたてて切妻につかまろうとしていた。だが、傾斜が急なので、もう力も尽き果て、離れた瓦《かわら》のようにずるずると屋根の上をすべっていき、石畳の上に落ちてはね返った。それっきり動かなかった。

そのとき、カジモドは目をあげて、あのジプシー娘のほうを見た。絞首台に吊《つ》るされた娘の体が断末魔の苦悩のために、白衣の下で波うっているのがはるか遠くからもわかった。それから司教補佐のほうに目を落としたが、彼は塔の下にぺたりとのびて、もう人間の形をしてはいなかった。カジモドは胸を大きく波うたせてすすり泣きながら言った。「ああ！　おれの愛していた者はみんな！」

3　フェビュスの結婚

その日の夕方、司教の裁判官たちがやってきて、広場の石畳にあった司教補佐のばらばらの死骸《しがい》を片づけたときには、カジモドはもう、ノートル＝ダムから姿を消していた。

このできごとについては、さまざまなうわさが広がった。世間の人びとは、カジモドつまり悪魔が、クロード・フロロつまり魔法使いを約束どおりさらっていったに違いない、その日がきたのだ、と信じて疑わなかった。猿がクルミを食べるために殻《から》を砕くように、カジモドは、司教補佐の魂をとりだすためにその肉体を砕いたのだ、と人びとは想像した。

そんなわけで、司教補佐は神聖な場所には埋葬されなかった。

ルイ十一世は、翌一四八三年の八月に死んだ。

ピエール・グランゴワールはどうかといえば、首尾よくヤギを助けだし、また悲劇で大当たりをとった。占星学、哲学、建築学、錬金術《れんきんじゅつ》など、あらゆるくだらない学問をかじった後で、一番くだらない悲劇にたちかえったわけである。これこそ、彼が言ったように、「ついに悲劇的な最期《さいご》をとげた」というものであった。彼の劇作家としての成功について、一四八三年の司教報告を読むと、すでにつぎのような記録がのっている。

「大工ジャン・マルシャンと劇作家ピエール・グランゴワールは、ローマ法王特使の入京の際に、パリのシャトレにおいて聖史劇を作り、配役を決め、この聖史劇に必要な衣装をととのえ、舞台を作った。その報酬として、彼らに百リーヴルを与える」

フェビュス・ド・シャトーペールもまた悲劇的な最期をとげた。結婚したのである。

4　カジモドの結婚

今もお話ししたように、カジモドは、ジプシー娘と司教補佐とが死んだ日に、ノートル＝ダムから姿を消した。実際、それ以来、彼の姿を見た者もなく、またどうなったかを知っている者もなかった。

エスメラルダが処刑された日の真夜中に、刑吏《けいり》たちは彼女の死体を絞首台からおろして、慣例どおりに、それをモンフォーコンの墓穴にはこんだ。

モンフォーコンは、ソーヴァルも言っているように、「王国じゅうで最も古く、最もみごとな絞首台」であった。タンプル町とサン＝マルタン町とのあいだにある、パリの城壁からおよそ三百メートルあまり離れ、クールチーユから弩《おおゆみ》を飛ばして届くぐらいのところに、ちょっと気がつかないほどなだらかな傾斜で、周囲十キロメートルのところから見える丘の上に、異様な形をした建物が一つある。この建物は、ケルト人の巨石碑《クロムレック》によく似ていて、ここでもまた、人間の犠牲《いけにえ》が捧げられたのである。

想像してもみ給え。しっくいの小高い建物の頂上に、石でできた高さ五メートル、幅十メートル、長さ十三メートルほどの大きな平行六面体があって、それに戸口が一つ、外側の手すりが一つ、露台が一つ、ついている。この露台の上には、粗石でできた巨大な柱が十六本立っている。柱は、高さ十メートルほどで、こうした柱をささえる土台石の三方面に柱廊状に並び、柱の頂上には頑丈な梁《はり》がわたされ、梁からは、ところどころ鎖《くさり》が垂れている。この鎖のどれにも、骸骨《がいこつ》が吊《つ》るされているのだ。その付近の平野には、石造の十字架が一つと、小型の絞首台が二つあるが、この絞首台は、中央の十字架のまわりに育ったさし木のようにみえる。その上空には、カラスがたえず飛びまわっている。これがモンフォーコンである。

十五世紀の末には、一三二八年から立っていたこの恐ろしい絞首台も、もうだいぶ古びてしまった。梁は虫が食い、鎖は錆《さ》び、柱は苔《こけ》むして青くなった。切石の土台は、みな、その継ぎ目にひびがはいってしまい、人がおとずれない露台の上には青草がのびていた。この建物のプロフィルは不気味に空に浮かびあがっていた。ことに夜などかすかな月影がこうした白い頭蓋骨《ずがいこつ》を照らしたり、また、夕暮れの北風が鎖と骸骨をなぶり、薄闇《うすやみ》の中でこうしたものすべてが揺れ動くときなどは、いっそう恐ろしさが身にしみるのだった。こんな絞首台が立っているだけでも、あたり一面、不気味な場所になってしまうのだった。

この不気味な建物の土台になっていた石塊《せっかい》の中はがらんどうだった。そこには大きな穴ぐらがつくられていて、がたがたになった古い鉄格子《てつごうし》で閉ざされていた。この穴ぐらの中には、モンフォーコンの鎖からおろした死骸《しがい》ばかりではなく、パリのまちに立てっぱなしになっているほかの絞首台で処刑されたあらゆる不幸な人びとの死骸も投げこまれたのである。数多くの人間の遺骸や罪悪がいっしょに朽ち果てていったこの深い納骨堂の中には、多くのお偉方や多くの罪のない者が、後から後からと、その骨を埋めにきたものだ。モンフォーコンで最初に処刑されたが、正義の人だったアンゲラン・ド・マリニ（十三―十四世紀の財政官、政治家。官費費消の疑いでルイ十一世に罰せられ、モンフォーコンの刑場で絞首刑になった）からはじまって、やはり正義の人だが処刑されたコリニ提督（十六世紀の新教徒の大立者。聖バルテルミーの虐殺で殺され、モンフォーコンにさらされた）で終わりを告げるまで、ことごとく、その骨をここに埋めたのである。

カジモドの謎《なぞ》の失踪《しっそう》については、私には次のことだけしかわからなかった。

この物語の結末となった事件からおよそ二年、または一年半ぐらいたったころだが、ちょうど二日前に縛り首にされたオリヴィエ・ル・ダンの死骸を、シャルル八世の特赦によって、サン＝ローラン教会の墓地に手あつく埋葬する許可を得たので、人びとがこの死骸をこのモンフォーコンの穴ぐらの中に探しにきたときに、醜《みにく》い骸骨の中にまじって二つの骸骨が見つかった。その一つは奇妙な格好で、もう一つのものを抱きしめていた。一つの骸骨は女のもので、それには昔は白かったと思われる生地でできた服のきれはしがまだいくつかついていた。またその首には、緑色のガラス玉の飾りがつき、口が開いて空《から》になった絹の小袋といっしょに、センダンの実の粒の首飾りがかかっていた。こんな品物はたいした価値がなかったので、死刑執行人も、おそらく欲しいとは思わなかったのだろう。その骨をしっかりと抱きしめているもう一つの骸骨は、男のものだった。見ると背骨は曲がり、頭は肩甲骨の中にめりこみ、一方の足は、もう一方よりも短かかった。そのうえ、首の椎骨《ついこつ》が少しも砕けていないのを見ると、この男が絞首刑になったのでないことは明らかだった。この骸骨の主は、ここにやってきて、ここで死んだのだ。この骸骨を、その抱きしめている骸骨から引きはなそうとすると、白骨はこなごなに砕け散ってしまった。

解説

『ノートル＝ダム・ド・パリ』は、ヴィクトル・ユゴー（一八〇二―一八八五）の最初の傑作小説であるが、この執筆の事情にはいろいろユゴーらしいエピソードもあるので、まずそれを述べてみよう。ユゴーがこの小説を書こうと思って、材料を集めだしたのは、一八二八年九月のことだった。十一月にゴスラン書店と出版契約をし、翌年の四月十五日ころには、原稿を手渡すという約束をした。だが、一八二九年には、二つの劇作、『マリヨン・ド・ロルム』と『エルナニ』を書いたので、『ノートル＝ダム・ド・パリ』には手をつける余裕がなかった。その後、ユゴーが文壇に一大センセーションをひき起こした『エルナニ』の版権を一八三〇年に他社に譲りわたしたことに、ゴスランは憤慨し、同年の六月五日には、「十二月一日までに絶対に原稿を手渡すこと、これにそむく場合には、一週間の遅れにつき、千フランを著者が出版社に支払うこと」という過酷な契約をユゴーに押しつけてしまった。

そこでユゴーは、七月二十五日に、重い腰をあげて、この小説を書きはじめたが、その翌々日にはあの七月革命が勃発《ぼっぱつ》して、また、制作が中断されてしまった。ユゴーは、革命の騒ぎのために、資料の一部がなくなった、という言い訳をして、原稿を手渡す期間を二か月延ばしてもらった。ユゴー夫人が後年に書いた『生活をともにした人の語ったヴィクトル・ユゴー』(一八六三年)には、九月一日からはじまった獅子奮迅《ししふんじん》のユゴーの執筆ぶりが、つぎのように述べられている。

「こんどはもう、遅らせてもらえる望みはなかった。期日どおりに仕上げなければならない。彼はインクを一びんと、首から足の指まですっぽりと包まれる灰色の大きな毛織の服を買い、外出したい気持になどなれないように、ほかの服は鍵《かぎ》をかけてしまいこんでしまった。そして牢屋《ろうや》にでもはいるような気持で、小説の中にはいりこんだのである。とても憂鬱《ゆううつ》そうであった。……だが、最初の章をいくつか書いているうちに、彼の憂鬱は消え失せてしまった。作品にしっかりつかまってしまったのである。疲れも、やってきた冬の寒さも感じないで、彼は十二月にも窓を開け放したまま仕事をしていた。……一月十四日(事実は十五日)にこの本は完成した。書きはじめた日に買ったインクびんも、また、からになっていた。最後の一滴で最後の一行を書いたのである」

最後の一滴で最後の一行を書いたというのは、いささかおおげさな表現であるが、情熱的なユゴーの仕事ぶりを如実に見せてくれる記述である。

ともあれ、このような情熱のおかげで、『ノートル＝ダム・ド・パリ』は少し遅れて書かれた「パリ鳥瞰《ちょうかん》」などの章をのぞいて、四か月半で書きあげられたのである。一八三一年三月十六日にゴスラン書店から出版された初版には、三章が抜けているが、この点については、「一八三二年刊行の決定版に付された覚え書」の注をご覧いただきたい。この三章は、一八三二年十二月十七日にランデュエル書店から刊行された決定版に、はじめて収められた。

ユゴーは変貌《へんぼう》、発展する十九世紀とともに歩んだ人間であるが、『ノートル＝ダム・ド・パリ』はこうした彼の動きとどういう関係にあるかを、つぎに考えてみたいと思う。この小説が書かれた一八三〇年は、その二、三年前からすでに、ロマン派の指導者としてのユゴーの地位が確立し、同時にまた、七月革命の影響も受けて、彼がいっそう自由主義や人道主義に歩みよっていった年である。こうしたことからして、この小説には数々のロマン主義的な性格が遺憾なく表現される一方、民主主義や人道主義に向かう彼の気持もある程度までうかがうことができる。

『ノートル＝ダム・ド・パリ』は、まず第一に、宿命的な恋愛や、情熱や、嫉妬《しっと》といった人間のなまなましい感情を、詩情に富んだ自由奔放な手法で描きだしている点で、ロマン主義の典型的な作品ということができる。ジプシー娘エスメラルダに対するクロード・フロロの邪恋や、この恋に秘められたはげしい嫉妬と憎しみ、墓を選ぶか自分に従うかとフロロに迫られても、フェビュスへの愛に燃えて、フロロをののしるエスメラルダ、エスメラルダに対するカジモドの清らかな愛情、このような率直ではげしい人間感情の赤裸《せきら》々《ら》な描写は、ロマン派の作家たちが好んで用いた手法であり、ここでは豪壮なユゴーの技法によってみごとに展開されている。

ロマン主義の小説には詩的なことをその特色としているものが多いが、ユゴーも小説と詩とが融合しているものが理想的な作品と考えていた。登場人物の大部分がしまいには、宿命の餌《え》食《じき》となる悲壮な筋の運び、ノートル＝ダム大聖堂に対する宿なしの群れの凄絶《せいぜつ》な攻撃、こうした叙事詩的な要素によって、『ノートル＝ダム・ド・パリ』はいかにもロマン主義の小説らしい詩的な作品になっている。

なお、この小説に描かれたクロード・フロロの嫉妬は、作者ユゴーのなまなましい体験の結果であると思われる。ユゴーは白熱的な態度でこの小説に取りくんでいたときにも、妻に対するサント＝ブーヴ（一八〇四―一八六九）の恋が深刻になってきたのを知って、苦しんでいたのである。

「彼の心の中に、思ってもみなかった嫉妬がわきあがってくるのがぼんやりと感じられた。……夜になると、恐ろしい思いにとらわれた。ジプシー娘が生きていると知ってからというもの……また肉欲が戻ってきて、体をかきむしるのだった。……彼はベッドの上でのたうちまわるのだった」（第九編5）

エスメラルダの肉体を思ってベッドの上で悩みもだえるクロード・フロロの姿は、妻の不倫に苦しむユゴーの姿ではなかろうか。

『ノートル＝ダム・ド・パリ』はまた、ユゴーが中世への愛を表現し、中世芸術の復活をはかった作品でもある。フランス・ロマン派の作家たちはいったいに、古典派の作家たちがそれまで尊敬していたギリシア・ローマの文学や文化に背を向けて、自国の国民文化の母胎である中世文化を敬愛した。こうした傾向は、フランスだけでなく、イギリス、ドイツなどヨーロッパ諸国の文学にも認められるが、要するに、ロマン派の作家にとって「中世」は霊感の宝庫であり、魂の故郷であったのである。

ユゴーも中世建築の宝であるノートル＝ダム大聖堂をこの小説の「主人公」に選ぶことによって、中世の文化や社会へのはげしい愛情を表わしたのである。カジモド、クロード・フロロ、エスメラルダといった主要な登場人物はみな、この大聖堂を中心にして死んでいく。ユゴーがこの大聖堂や中世のゴチック建築に憧憬《しょうけい》をいだき、内外からおそいかかってくる破壊の手によって滅びさっていくこの芸術を心から惜しんでいることは、冒頭の「序文」からすでにあきらかである。

このような中世のみごとな歴史的な建築を、勝手気ままに改造したり、破壊したりする「壊し屋」どもへの怒りが、「一八三二年刊行の決定版に付された覚え書」には思う存分に述べられている。ユゴーがどんなに熱情をこめてこの大聖堂を愛しているかは、第三編1「ノートル＝ダム」を読めば、すぐおわかりのことと思う。

また、この小説の中には、現実の世界に認められる種々雑多な人物、階級、場所が登場している。ルイ十一世のような国王からクロパン・トルイユフー一味の宿なし、物乞《ものご》いにおよぶまでの、貴族、聖職者、医者、庶民、など千差万別の人間の姿を見せている。愛情の種類も、恋愛、母性愛、学問への愛、芸術への愛、動物への愛情とおそらく十指をくだるまいと思われる。

このように、人生や社会の全体を描こうとする手法は、ロマン主義時代になってからとくに強く意識されたものであり、それまでの古典主義作品の登場人物が王侯貴族などに限られがちであったのに対する一つの革命ということができる。ユゴーはあらゆる階級の人びとや人生のあらゆる面を描いたシェイクスピア（一五六四―一六一六）や、イギリスの歴史小説家ウォルター・スコット（一七七一―一八三二）の影響のもとに、こうした描写を志したといわれる。

ロマン主義的な特徴は、これだけにとどまらない。ロマン派の作家たち、とりわけユゴーは、好んでその作品の登場人物たちに、まったく相反する二つの特徴をもたせて、対照《コントラスト》にみちた姿を描こうとした。『ノートル＝ダム・ド・パリ』の主人公たちもやはりそうした性格を備えている。カジモドは世にも醜《みにく》い体の中に、エスメラルダへの世にも清らかな恋心をつつんでいるし、クロード・フロロは聖職にありながら、ジプシー娘のエスメラルダに燃えるような肉欲を感じている。また、ジプシーの踊り子という堕落しそうな身の上であるエスメラルダは命がけの清らかな恋をするのである。このような対照の手法が十分に駆使されている点からいっても、この作品はきわめてロマン的なものということができる。

『ノートル＝ダム・ド・パリ』には、数々のロマン的な性格とならんで、ところどころではあるが、民主主義的な性格も述べられている。一八二七年からはじまったサント＝ブーヴとの交友や七月革命は、こうした傾向を推進させた。また、死刑反対の意見を述べた『死刑囚最後の日』は、パリ郊外のビセートルの牢獄《ろうごく》を訪れ、その悲惨な状態を見学した体験がとり入れられた作品である。

『ノートル＝ダム・ド・パリ』にもこうした思想が認められる。残虐な死刑がフランスからほとんど姿を消したことを喜ぶ著者の人道的な感情は、第二編2「グレーヴ広場」に率直に表明されている。また、専制的な王家に対して反抗を企てる「奇跡御殿」の連中の暴動は、いま一息で成功をみようとしているし、民衆の代弁者、ガン市の洋品屋コプノールは「暴動などこっぱみじんにしてくれるぞ」と王者の威厳をみせるルイ十一世のことばに堂々と反論して、「そうなるかもしれません、陛下。でもそれは、民衆の『時』がまだ来ていないからなのです」（第十編5）と答えるのである。

このようにみてくると『ノートル＝ダム・ド・パリ』は、一八二〇年から三〇年までのロマン主義の特質を集大成しながら、それに、その後大いに発展するユゴーの民主主義の要素をも加えて書かれた作品ということができる。初期の小説や『東方詩集』や『エルナニ』などの作品に表われたロマン主義の代表者ユゴーの面目をあざやかにくりひろげながら、後年の風刺詩『懲罰詩集』や、あの『レ・ミゼラブル』の姿をもはるか行く手に望ませる作品といえるのである。

この翻訳は最初一九五〇年に河出書房から刊行されたが、その後、岩波文庫、研秀出版社、潮出版社、講談社から数度にわたって改版が出版されてきた。なお、翻訳の分担は第六編までが辻、以後が松下である。翻訳の底本としてはクラシック・ガルニエ版を用い、オランドルフ゠アルバン・ミシェル版、ル・クラブ・フランセ・デュ・リーヴル版、プレイヤッド版、ロベール・ラフォン版等を参照した。

なお、今回できるかぎり誤りを正し、わかりやすいことばに改め、さらに用語等については現代に適用するように注意をはらい検討を加えたが、不十分な点についてはご寛《かん》恕《じょ》いただければと思う。

二〇〇〇年四月二十五日

辻　昶

〔編集付記〕

岩波文庫版『ノートル＝ダム・ド・パリ』(辻昶・松下和則訳)は一九五六―五七年に全三冊で刊行された。このたびの改版にあたっては『ヴィクトル・ユゴー文学館5　ノートル＝ダム・ド・パリ』(潮出版社、二〇〇〇年刊)を底本とし、表記上の整理を行なった。また、冊数も全三冊から全二冊に改めた。

(二〇一六年五月、岩波文庫編集部)

ノートル＝ダム・ド・パリ（下）〔全2冊〕
ユゴー作

2016年6月16日　第1刷発行
2018年1月15日　第3刷発行

訳　者　辻《つじ》　昶《とおる》・松下和則《まつしたかずのり》

発行者　岡本　厚

発行所　株式会社　岩波書店
〒101-8002 東京都千代田区一ツ橋2-5-5

案内 03-5210-4000　営業部 03-5210-4111
文庫編集部 03-5210-4051
http://www.iwanami.co.jp/

印刷 製本・法令印刷　カバー・精興社

ISBN 978-4-00-325328-1　Printed in Japan

読書子に寄す

——岩波文庫発刊に際して——

岩波茂雄

真理は万人によって求められることを自ら欲し、芸術は万人によって愛されることを自ら望む。かつては民を愚昧ならしめるために学芸が最も狭き堂宇に閉鎖されたことがあった。今や知識と美とを特権階級の独占より奪い返すことはつねに進取的なる民衆の切実なる要求である。岩波文庫はこの要求に応じそれに励まされて生まれた。それは生命ある不朽の書を少数者の書斎と研究室とより解放して街頭にくまなく立たしめ民衆に伍せしめるであろう。近時大量生産予約出版の流行を見る。その広告宣伝の狂態はしばらくおくも、後代にのこすと誇称する全集がその編集に万全の用意をなしたるか。千古の典籍の翻訳企図に敬虔の態度を欠かざりしか。さらに分売を許さず読者を繋縛して数十冊を強うるがごとき、はたしてその揚言する学芸解放のゆえんなりや。吾人は天下の名士の声に和してこれを推挙するに躊躇するものである。このときにあたって、岩波書店は自己の責務のいよいよ重大なるを思い、従来の方針の徹底を期するため、すでに十数年以前より志して来た計画を慎重審議この際断然実行することにした。吾人は範をかのレクラム文庫にとり、古今東西にわたって文芸・哲学・社会科学・自然科学等種類のいかんを問わず、いやしくも万人の必読すべき真に古典的価値ある書をきわめて簡易なる形式において逐次刊行し、あらゆる人間に須要なる生活向上の資料、生活批判の原理を提供せんと欲する。この文庫は予約出版の方法を排したるがゆえに、読者は自己の欲する時に自己の欲する書物を各個に自由に選択することができる。携帯に便にして価格の低きを最主とするがゆえに、外観を顧みざるも内容に至っては厳選最も力を尽くし、従来の岩波出版物の特色をますます発揮せしめようとする。この計画たるや世間の一時の投機的なるものと異なり、永遠の事業として吾人は微力を傾倒し、あらゆる犠牲を忍んで今後永久に継続発展せしめ、もって文庫の使命を遺憾なく果たさしめることを期する。芸術を愛し知識を求むる士の自ら進んでこの挙に参加し、希望と忠言とを寄せられることは吾人の熱望するところである。その性質上経済的には最も困難多きこの事業にあえて当たらんとする吾人の志を諒として、その達成のため世の読書子とのうるわしき共同を期待する。

昭和二年七月

《イギリス文学》〔赤〕

- ユートピア　トマス・モア　平井正穂訳
- 完訳カンタベリー物語　全三冊　チョーサー　桝井迪夫訳
- ヴェニスの商人　シェイクスピア　中野好夫訳
- ジュリアス・シーザー　シェイクスピア　中野好夫訳
- 十二夜　シェイクスピア　小津次郎訳
- ハムレット　シェイクスピア　野島秀勝訳
- オセロウ　シェイクスピア　菅泰男訳
- リア王　シェイクスピア　野島秀勝訳
- マクベス　シェイクスピア　木下順二訳
- ソネット集　シェイクスピア　高松雄一訳
- ロミオとジューリエット　シェイクスピア　平井正穂訳
- リチャード三世　シェイクスピア　木下順二訳
- 対訳シェイクスピア詩集 ―イギリス詩人選(1)―　柴田稔彦編
- 失楽園　全二冊　ミルトン　平井正穂訳
- ロビンソン・クルーソー　全二冊　デフォー　平井正穂訳
- ガリヴァー旅行記　スウィフト　平井正穂訳
- ジョウゼフ・アンドルーズ　全二冊　フィールディング　朱牟田夏雄訳
- トリストラム・シャンディ　全三冊　ロレンス・スターン　朱牟田夏雄訳
- ウェイクフィールドの牧師 ―むだばなし―　ゴールドスミス　小野寺健訳
- 幸福の探求 ―アビシニアの王子ラセラスの物語―　サミュエル・ジョンソン　朱牟田夏雄訳
- 対訳バイロン詩集 ―イギリス詩人選(8)―　笠原順路編
- 対訳ブレイク詩集 ―イギリス詩人選(4)―　松島正一編
- ブレイク詩集　寿岳文章訳
- ワーズワース詩集　田部重治選訳
- 対訳ワーズワス詩集 ―イギリス詩人選(3)―　山内久明編
- キプリング短篇集　橋本槙矩編訳
- 高慢と偏見　全二冊　ジェーン・オースティン　富田彬訳
- 説きふせられて　ジェーン・オースティン　富田彬訳
- エマ　全二冊　ジェーン・オースティン　工藤政司訳
- 対訳テニスン詩集 ―イギリス詩人選(5)―　西前美巳編
- 虚栄の市　全四冊　サッカリー　中島賢二訳
- 床屋コックスの日記・馬丁粋語録　サッカレ　平井呈一訳
- デイヴィッド・コパフィールド　全五冊　ディケンズ　石塚裕子訳
- ディケンズ短篇集　小池滋　石塚裕子訳
- オリヴァ・ツウィスト　全二冊　ディケンズ　本多季子訳
- 大いなる遺産　全二冊　ディケンズ　石塚裕子訳
- 鎖を解かれたプロメテウス　シェリー　石川重俊訳
- 対訳シェリー詩集 ―イギリス詩人選(9)―　アルヴィ宮本なほ子編
- ジェイン・エア　全二冊　シャーロット・ブロンテ　河島弘美訳
- 嵐が丘　全二冊　エミリー・ブロンテ　河島弘美訳
- 教養と無秩序　マシュー・アーノルド　多田英次訳
- アルプス登攀記　全二冊　ウィンパー　浦松佐美太郎訳
- ハーディ テス　全二冊　井上宗次　石田英二訳
- ハーディ短篇集　井出弘之編訳
- 緑の木蔭 ―和蘭派田園画―　トマス・ハーディ　阿部知二訳
- 緑の館 ―熱帯林のロマンス―　ハドソン　柏倉俊三訳
- 宝島　スティーヴンスン　阿部知二訳
- ジーキル博士とハイド氏　スティーヴンスン　海保眞夫訳
- プリンス・オットー　スティーヴンスン　小川和夫訳
- 新アラビヤ夜話　スティーヴンスン　佐藤緑葉訳

南海千一夜物語　スティーヴンスン　中村徳三郎訳
若い人々のために 他十一篇　スティーヴンスン　岩田良吉訳
マーカイム・壜の小鬼 他五篇　スティーヴンソン　高松雄一　高松禎子訳
怪談 —不思議なことの物語と研究　ラフカディオ・ハーン　平井呈一訳
サロメ　ワイルド　福田恆存訳
人と超人　バーナド・ショー　市川又彦訳
ヘンリ・ライクロフトの私記　ギッシング　平井正穂訳
闇の奥　コンラッド　中野好夫訳
コンラッド短篇集　中島賢二編訳
対訳イエイツ詩集　高松雄一編
月と六ペンス　モーム　行方昭夫訳
読書案内 —世界文学　W・S・モーム　西川正身訳
世界の十大小説 全二冊　W・S・モーム　西川正身訳
人間の絆 全三冊　モーム　行方昭夫訳
夫が多すぎて　モーム　海保眞夫訳
サミング・アップ　モーム　行方昭夫訳
モーム短篇選 全二冊　行方昭夫編訳

お菓子とビール　モーム　行方昭夫訳
荒地　T・S・エリオット　岩崎宗治訳
悪口学校　シェリダン　菅泰男訳
パリ・ロンドン放浪記　ジョージ・オーウェル　小野寺健訳
動物農場 —おとぎばなし　ジョージ・オーウェル　川端康雄訳
対訳キーツ詩集 —イギリス詩人選(10)　宮崎雄行編
キーツ詩集　中村健二訳
20世紀イギリス短篇選 全二冊　小野寺健編訳
イギリス名詩選　平井正穂編
タイム・マシン 他九篇　H・G・ウエルズ　橋本槇矩訳
透明人間　H・G・ウエルズ　橋本槇矩訳
モロー博士の島 他九篇　H・G・ウエルズ　橋本槇矩　鈴木万里訳
トーノ・バンゲイ 全二冊　ウエルズ　中西信太郎訳
回想のブライズヘッド 全二冊　イーヴリン・ウォー　小野寺健訳
愛されたもの　イーヴリン・ウォー　中村健二　出淵博訳
イギリス民話集　河野一郎編訳
白衣の女 全三冊　ウィルキー・コリンズ　中島賢二訳

夢の女・恐怖のベッド 他六篇　ウィルキー・コリンズ　中島賢二訳
対訳英米童謡集　河野一郎編訳
完訳ナンセンスの絵本　エドワード・リア　柳瀬尚紀訳
灯台へ　ヴァージニア・ウルフ　御輿哲也訳
船出 全二冊　ヴァージニア・ウルフ　川西進訳
夜の来訪者　プリーストリー　安藤貞雄訳
イングランド紀行 全二冊　プリーストリー　橋本槇矩訳
アーネスト・ダウスン作品集　南條竹則編訳
スコットランド紀行　エドウィン・ミュア　橋本槇矩訳
狐になった奥様　ガーネット　安藤貞雄訳
ヘリック詩鈔　森亮訳
たいした問題じゃないが —イギリス・コラム傑作選　行方昭夫編訳
英国ルネサンス恋愛ソネット集　岩崎宗治編訳
文学とは何か —現代批評理論への招待 全二冊　テリー・イーグルトン　大橋洋一訳
D・G・ロセッティ作品集　南條竹則　松村伸一編訳

《アメリカ文学》〔赤〕

- ギリシア・ローマ神話 付インド・北欧神話 — ブルフィンチ 野上弥生子訳
- 中世騎士物語 — ブルフィンチ 野上弥生子訳
- フランクリン自伝 — 松本慎一 西川正身 訳
- フランクリンの手紙 — 蕗沢忠枝編訳
- スケッチ・ブック 全二冊 — アーヴィング 齊藤昇訳
- アルハンブラ物語 全二冊 — アーヴィング 平沼孝之訳
- ウォルター・スコット邸訪問記 — アーヴィング 齊藤昇訳
- ブレイスブリッジ邸 — アーヴィング 齊藤昇訳
- 完訳 緋文字 — ホーソーン 八木敏雄訳
- 哀詩 エヴァンジェリン — ロングフェロー 斎藤悦子訳
- 黒猫・モルグ街の殺人事件 他五篇 — ポオ 中野好夫訳
- 対訳 ポー詩集 —アメリカ詩人選(1) — 加島祥造編
- 黄金虫・アッシャー家の崩壊 他九篇 — ポオ 八木敏雄訳
- ポオ評論集 — 八木敏雄編訳
- 森の生活 (ウォールデン) 全二冊 — ソロー 飯田実訳
- 白鯨 全三冊 — メルヴィル 八木敏雄訳

- 幽霊船 他一篇 — ハーマン・メルヴィル 坂下昇訳
- 対訳 ホイットマン詩集 —アメリカ詩人選(2) — 木島始編
- 対訳 ディキンソン詩集 —アメリカ詩人選(3) — 亀井俊介編
- 不思議な少年 — マーク・トウェイン 中野好夫訳
- 王子と乞食 — マーク・トウェーン 村岡花子訳
- 人間とは何か — マーク・トウェイン 中野好夫訳
- ハックルベリー・フィンの冒険 全二冊 — マーク・トウェイン 西田実訳
- いのちの半ばに — ビアス 西川正身訳
- 新編 悪魔の辞典 — ビアス 西川正身編訳
- ヘンリー・ジェイムズ短篇集 — 大津栄一郎編訳
- 大使たち 全二冊 — ヘンリー・ジェイムズ 青木次生訳
- ワシントン・スクエア — ヘンリー・ジェイムズ 河島弘美訳
- 赤い武功章 他三篇 — クレイン 西田実訳
- シカゴ詩集 — サンドバーグ 安藤一郎訳
- 大地 全四冊 — パール・バック 小野寺健訳
- シスター・キャリー 全二冊 — ドライサー 村山淳彦訳
- 熊 他三篇 — フォークナー 加島祥造訳

- 響きと怒り 全二冊 — フォークナー 平石貴樹 新納卓也 訳
- アブサロム、アブサロム! 全二冊 — フォークナー 藤平育子訳
- 八月の光 全二冊 — フォークナー 諏訪部浩一訳
- 楡の木陰の欲望 — オニール 井上宗次訳
- 日はまた昇る — ヘミングウェイ 谷口陸男訳
- ヘミングウェイ短篇集 — 谷口陸男編訳
- 怒りのぶどう 全三冊 — スタインベック 大橋健三郎訳
- ブラック・ボーイ —ある幼少期の記録 全二冊 — リチャード・ライト 野崎孝訳
- オー・ヘンリー傑作選 — 大津栄一郎訳
- 小公子 — バアネット 若松賤子訳
- アメリカ名詩選 — 亀井俊介 川本皓嗣 編
- 20世紀アメリカ短篇選 全二冊 — 大津栄一郎編訳
- 孤独な娘 — ナサニエル・ウェスト 丸谷才一訳
- 魔法の樽 他十二篇 — マラマッド 阿部公彦訳
- 青白い炎 — ナボコフ 富士川義之訳
- 風と共に去りぬ 全六冊 — マーガレット・ミッチェル 荒このみ訳

《ドイツ文学》〔赤〕

ニーベルンゲンの歌 全二冊　相良守峯訳
若きウェルテルの悩み　ゲーテ／竹山道雄訳
ヴィルヘルム・マイスターの修業時代 全三冊　ゲーテ／山崎章甫訳
イタリア紀行 全三冊　ゲーテ／相良守峯訳
ファウスト 全二冊　ゲーテ／相良守峯訳
ゲーテとの対話 全三冊　エッカーマン／山下肇訳
ヴィルヘルム・テル　シラー／桜井政隆・桜井国隆訳
ヘルダーリン詩集　川村二郎訳
青い花　ノヴァーリス／青山隆夫訳
夜の讃歌・サイスの弟子たち 他一篇　ノヴァーリス／今泉文子訳
完訳 グリム童話集 全五冊　金田鬼一訳
水妖記（ウンディーネ）　フーケー／柴田治三郎訳
O侯爵夫人 他六篇　クライスト／相良守峯訳
影をなくした男　シャミッソー／池内紀訳
ハイネ 歌の本 全二冊　井上正蔵訳
流刑の神々・精霊物語　ハイネ／小沢俊夫訳

冬物語 —ドイツ—　ハイネ／井汲越次訳
ユーディット 他一篇　ヘッベル／吹田順助訳
芸術と革命 他四篇　ワーグナー／北村義男訳
ブリギッタ・森の泉 他一篇　シュティフター／宇多五郎・高安国世訳
みずうみ 他四篇　シュトルム／関泰祐訳
美しき誘い 他一篇　シュトルム／国松孝二訳
聖ユルゲンにて・後見人カルステン 他一篇　シュトルム／国松孝二訳
村のロメオとユリア　ケラー／草間平作訳
夢小説・闇への逃走 他一篇　シュニッツラー／池内紀・武村知子訳
花・死人に口なし 他七篇　シュニッツラー／番匠谷英一・山本有三訳
リルケ詩集　高安国世訳
ドゥイノの悲歌　リルケ／手塚富雄訳
ブッデンブローク家の人びと 全三冊　トーマス・マン／望月市恵訳
トオマス・マン短篇集　実吉捷郎訳
魔の山 全二冊　トーマス・マン／関泰祐・望月市恵訳
トニオ・クレエゲル　トオマス・マン／実吉捷郎訳
ヴェニスに死す　トオマス・マン／実吉捷郎訳

講演集 ドイツとドイツ人 他五篇　トーマス・マン／青木順三訳
車輪の下　ヘルマン・ヘッセ／実吉捷郎訳
デミアン　ヘルマン・ヘッセ／実吉捷郎訳
シッダルタ　ヘッセ／手塚富雄訳
美しき惑いの年　カロッサ／手塚富雄訳
若き日の変転　カロッサ／斎藤栄治訳
幼年時代　カロッサ／斎藤栄治訳
指導と信従　カロッサ／国松孝二訳
マリー・アントワネット 全二冊　シュテファン・ツワイク／高橋禎二・秋山英夫訳
ジョゼフ・フーシェ —ある政治的人間の肖像　シュテファン・ツワイク／高橋禎二・秋山英夫訳
変身・断食芸人　カフカ／山下肇・山下萬里訳
審判　カフカ／辻瑆訳
カフカ短篇集　池内紀編訳
カフカ寓話集　池内紀編訳
肝っ玉おっ母とその子どもたち　ブレヒト／岩淵達治訳
天と地との間　オットー・ルートヴィヒ／黒川武敏訳
ほらふき男爵の冒険　ビュルガー編／新井皓士訳

- 憂愁夫人　ズーデルマン　相良守峯訳
- 短篇集 死神とのインタヴュー　ノサック　神品芳夫訳
- 悪童物語　ルウドヰヒ・トオマ　実吉捷郎訳
- 芸術を愛する一修道僧の真情の披瀝　ヴァッケンローダー　江川英一訳
- 大理石像・デュランデ城悲歌　アイヒェンドルフ　関泰祐訳
- 改訳 愉しき放浪児　アイヒェンドルフ　関泰祐訳
- ホフマンスタール詩集　川村二郎訳
- 陽気なヴッツ先生 他一篇　ジャン・パウル　岩田行一訳
- 蜜蜂マアヤ　ボンゼルス　実吉捷郎訳
- インド紀行 全二冊　ボンゼルス　実吉捷郎訳
- ドイツ名詩選　生野幸吉・檜山哲彦編
- 蝶の生活　シュナック　岡田朝雄訳
- 聖なる酔っぱらいの伝説 他四篇　ヨーゼフ・ロート　池内紀訳
- ラデツキー行進曲 全二冊　ヨーゼフ・ロート　平田達治訳
- 暴力批判論 他十篇 ―ベンヤミンの仕事1　ヴァルター・ベンヤミン　野村修編訳
- ボードレール 他五篇 ―ベンヤミンの仕事2　ヴァルター・ベンヤミン　野村修編訳
- 人生処方詩集　エーリヒ・ケストナー　小松太郎訳

- 三十歳　インゲボルク・バッハマン　松永美穂訳

《フランス文学》〔赤〕

- ラブレー第一之書 ガルガンチュワ物語　渡辺一夫訳
- ラブレー第二之書 パンタグリュエル物語　渡辺一夫訳
- ラブレー第三之書 パンタグリュエル物語　渡辺一夫訳
- ラブレー第四之書 パンタグリュエル物語　渡辺一夫訳
- ラブレー第五之書 パンタグリュエル物語　渡辺一夫訳
- トリスタン・イズー物語　ベディエ編　佐藤輝夫訳
- ピエール・パトラン先生　渡辺一夫訳
- 日月両世界旅行記　シラノ・ド・ベルジュラック　赤木昭三訳
- ロンサール詩集　ロンサール　井上究一郎訳
- エセー 全六冊　モンテーニュ　原二郎訳
- ラ・ロシュフコー箴言集　二宮フサ訳
- ドン・ジュアン ―石像の宴　モリエール　鈴木力衛訳
- 完訳 ペロー童話集　新倉朗子訳
- クレーヴの奥方 他二篇　ラファイエット夫人　生島遼一訳
- カラクテール ―当世風俗誌 全三冊　ラ・ブリュイエール　関根秀雄訳

- 偽りの告白　マリヴォー　鈴木力衛訳
- 贋の侍女・愛の勝利　マリヴォー　佐藤実枝・井村順一訳
- カンディード 他五篇　ヴォルテール　植田祐次訳
- 哲学書簡　ヴォルテール　林達夫訳
- 孤独な散歩者の夢想　ルソー　今野一雄訳
- 危険な関係 全二冊　ラクロ　伊吹武彦訳
- 美味礼讃 全二冊　ブリア－サヴァラン　関根秀雄・戸部松実訳
- 恋愛論 全二冊　スタンダール　杉本圭子訳
- 赤と黒 全二冊　スタンダール　桑原武夫・生島遼一訳
- パルムの僧院 全二冊　スタンダール　生島遼一訳
- ヴァニナ・ヴァニニ 他四篇　スタンダール　生島遼一訳
- 知られざる傑作 他五篇　バルザック　水野亮訳
- サラジーヌ 他三篇　バルザック　芳川泰久訳
- 艶笑滑稽譚 全三冊　バルザック　石井晴一訳
- レ・ミゼラブル 全四冊　ユーゴー　豊島与志雄訳
- 死刑囚最後の日　ユーゴー　豊島与志雄訳
- ライン河幻想紀行　ユーゴー　榊原晃三編訳

ノートル＝ダム・ド・パリ 全二冊 ユゴー 辻昶・松下和則訳
エルナニ ユゴー 稲垣直樹訳
モンテ・クリスト伯 全七冊 アレクサンドル・デュマ 山内義雄訳
三銃士 全二冊 デュマ 生島遼一訳
カルメン メリメ 杉捷夫訳
メリメ怪奇小説選 杉捷夫編訳
愛の妖精（プチット・ファデット） ジョルジュ・サンド 宮崎嶺雄訳
ボオドレール 悪の華 鈴木信太郎訳
ボヴァリー夫人 全二冊 フローベール 伊吹武彦訳
感情教育 全二冊 フローベール 生島遼一訳
紋切型辞典 フローベール 小倉孝誠訳
椿姫 デュマ・フィス 吉村正一郎訳
パリ風俗 サフォ ドーデ 朝倉季雄訳
プチ・ショーズ —ある少年の物語 ドーデ 原千代海訳
神々は渇く アナトール・フランス 大塚幸男訳
ジェルミナール 全三冊 エミール・ゾラ 安士正夫訳
水車小屋攻撃 他七篇 エミール・ゾラ 朝比奈弘治訳

氷島の漁夫 ピエール・ロチ 吉氷清訳
マラルメ詩集 渡辺守章訳
脂肪のかたまり モーパッサン 高山鉄男訳
ベラミ 全二冊 モーパッサン 杉捷夫訳
モーパッサン短篇選 高山鉄男編訳
地獄の季節 ランボオ 小林秀雄訳
にんじん ルナアル 岸田国士訳
ぶどう畑のぶどう作り ルナアル 岸田国士訳
博物誌 ルナール 辻昶訳
ジャン・クリストフ 全四冊 ロマン・ローラン 豊島与志雄訳
ベートーヴェンの生涯 ロマン・ロラン 片山敏彦訳
ミケランジェロの生涯 ロマン・ロラン 高田博厚訳
フランシス・ジャム詩集 手塚伸一訳
三人の乙女たち フランシス・ジャム 手塚伸一訳
背徳者 アンドレ・ジイド 川口篤訳
贋金つくり 全二冊 アンドレ・ジイド 川口篤訳
続コンゴ紀行 —チャド湖より還る アンドレ・ジイド 杉捷夫訳

レオナルド・ダ・ヴィンチの方法 ポール・ヴァレリー 山田九朗訳
ムッシュー・テスト ポール・ヴァレリー 清水徹訳
精神の危機 他十五篇 ポール・ヴァレリー 恒川邦夫訳
若き日の手紙 フィリップ 外山楢夫訳
朝のコント フィリップ 淀野隆三訳
海の沈黙・星への歩み ヴェルコール 河野與一・加藤周一訳
恐るべき子供たち コクトー 鈴木力衛訳
地底旅行 ジュール・ヴェルヌ 朝比奈弘治訳
八十日間世界一周 ジュール・ヴェルヌ 鈴木啓二訳
海底二万里 全二冊 ジュール・ヴェルヌ 朝比奈美知子訳
プロヴァンスの少女（ミレイユ） ミストラル 杉冨士雄訳
結婚十五の歓び 新倉俊一訳
モーパン嬢 全二冊 テオフィル・ゴーチエ 井村実名子訳
死都ブリュージュ ローデンバック 窪田般彌訳
シェリ コレット 工藤庸子訳
生きている過去 レニエ 窪田般彌訳
シュルレアリスム宣言・溶ける魚 アンドレ・ブルトン 巖谷國士訳

ナジャ　アンドレ・ブルトン　巖谷國士訳
不遇なる一天才の手記　ヴォーヴナルグ　関根秀雄訳
ヂェルミニィ・ラセルトゥウ　ゴンクウル兄弟　大西克和訳
ゴンクールの日記　全二冊　斎藤一郎編訳
D・G・ロセッティ作品集　南條竹則　松村伸一編訳
フランス名詩選　安藤元雄　入沢康夫　渋沢孝輔編
繻子の靴　全二冊　ポール・クローデル　渡辺守章訳
A・O・バルナブース全集　全二冊　ヴァレリー・ラルボー　岩崎力訳
自由への道　全六冊　サルトル　海老坂武　澤田直訳
物質的恍惚　ル・クレジオ　豊崎光一訳
悪魔祓い　ル・クレジオ　高山鉄男訳
女中たち　バルコン　ジャン・ジュネ　渡辺守章訳
楽しみと日々　プルースト　岩崎力訳
失われた時を求めて　全十四冊（既刊十冊）　プルースト　吉川一義訳
丘　ジャン・ジオノ　山本省訳
子ども　全二冊　ジュール・ヴァレス　朝比奈弘治訳
シルトの岸辺　ジュリアン・グラック　安藤元雄訳

冗談　ミラン・クンデラ　西永良成訳

《東洋文学》〔赤〕

- 杜甫詩選　黒川洋一編
- 李白詩選　松浦友久編訳
- 蘇東坡詩選　小川環樹・山本和義選訳
- 陶淵明全集 全二冊　松枝茂夫・和田武司訳注
- 唐詩選 全三冊　前野直彬注解
- 玉台新詠集 全三冊　鈴木虎雄訳解
- 完訳 三国志 全八冊　小川環樹・金田純一郎訳
- 金瓶梅 全十冊　小野忍・千田九一訳
- 完訳 水滸伝 全十冊　吉川幸次郎・清水茂訳
- 西遊記 全十冊　中野美代子訳
- 菜根譚　洪自誠　今井宇三郎訳注
- 浮生六記 ―浮生夢のごとし　沈復　松枝茂夫訳
- 野草　魯迅　竹内好訳
- 阿Q正伝・狂人日記 他十二篇（吶喊）　魯迅　竹内好訳
- 寒い夜　巴金　立間祥介訳
- 駱駝祥子 ―らくだのシアンツ　老舎　立間祥介訳
- 新編 中国名詩選 全三冊　川合康三編訳
- 聊斎志異 全二冊　蒲松齢　立間祥介編訳
- 李商隠詩選　川合康三選訳
- 柳宗元詩選　下定雅弘編訳
- 白楽天詩選 全二冊　川合康三訳注
- タゴール詩集（ギーターンジャリ）　タゴール　渡辺照宏訳
- マハーバーラタ ナラ王物語 ―ダマヤンティー姫の数奇な生涯　鎧淳訳
- バガヴァッド・ギーター　上村勝彦訳
- 朝鮮民謡選　金素雲訳編
- 朝鮮短篇小説選 全二冊　大村益夫・長璋吉・三枝壽勝編訳
- 尹東柱詩集 空と風と星と詩　金時鐘編訳
- アイヌ神謡集　知里幸惠編訳
- アイヌ民譚集 付 えぞおばけ列伝　知里真志保編訳
- サキャ格言集　今枝由郎訳

《ギリシア・ラテン文学》〔赤〕

- ホメロス イリアス 全二冊　松平千秋訳
- ホメロス オデュッセイア 全二冊　松平千秋訳
- イソップ寓話集　中務哲郎訳
- アンティゴネー　ソポクレース　中務哲郎訳
- ソポクレス オイディプス王　藤沢令夫訳
- ヒッポリュトス ―パイドラーの恋　エウリーピデース　松平千秋訳
- バッカイ ―バッコスに憑かれた女たち　エウリーピデース　逸身喜一郎訳
- ヘシオドス 神統記　廣川洋一訳
- アリストパネース 蜂　高津春繁訳
- アポロドーロス ギリシア神話　高津春繁訳
- 黄金の驢馬　アープレーイユス　呉茂一・国原吉之助訳
- アベラールとエロイーズ 愛の往復書簡　沓掛良彦・横山安由美訳
- オウィディウス 変身物語 全二冊　中村善也訳
- 恋愛指南 ―アルス・アマトリア　オウィディウス　沓掛良彦訳
- ギリシア奇談集　アイリアノス　松平千秋・中務哲郎訳
- ギリシア・ローマ神話 付 インド・北欧神話　ブルフィンチ　野上弥生子訳
- ギリシア・ローマ名言集　柳沼重剛編
- ローマ諷刺詩集　ペルシウス・ユウェナーリス　国原吉之助訳
- 内乱 ―パルサリア 全二冊　ルーカーヌス　大西英文訳

岩波文庫の最新刊

浜田雄介編
江戸川乱歩作品集Ⅰ
人でなしの恋・孤島の鬼他

日本探偵小説の開拓者・乱歩の代表作を精選。第Ⅰ巻は〈愛のゆくえ〉をテーマに「日記帳」「接吻」「人でなしの恋」「蟲」「孤島の鬼」を収録。(全3巻)

〔緑一八一-四〕 本体一〇〇〇円

大岡信
日本の詩歌
その骨組みと素肌

菅原道真、紀貫之、中世歌謡などを題材に、日本詩歌の流れや特徴のみならず、日本文化のにおいや感触までをも伝える卓抜な日本文化芸術論。(解説＝池澤夏樹)

〔緑二〇二-三〕 本体六四〇円

柳井滋・室伏信助・大朝雄二・鈴木日出男・藤井貞和・今西祐一郎校注
源氏物語(二)
紅葉賀―明石

朧月夜に似るものぞなき――政敵の娘との密会発覚により、須磨・明石へと流れゆく光源氏…。新日本古典文学大系版に基づく原文に、注解・補訳を付す。(全九冊)

〔黄一五-一一〕 本体一三二〇円

廣松渉
世界の共同主観的存在構造

認識するとはどういうことか? 認識論の乗り越えと再生を目指す廣松哲学、その核心を示す主著。鼎談「サルトルの地平と共同主観性」を付載。(解説＝熊野純彦)

〔青N一二二-一〕 本体一三二〇円

……今月の重版再開……

今西祐一郎校注
蜻蛉日記

〔黄一四-一〕 本体九七〇円

時枝誠記
国語学原論(上)(下)

〔青N一一〇-一〕〔青N一一〇-二〕 本体各九〇〇円

久保田淳校注
千載和歌集

〔黄一三二-一〕 本体一〇一〇円

定価は表示価格に消費税が加算されます

2017. 11.

岩波文庫の最新刊

ICP ロバート・キャパ・アーカイブ編
ロバート・キャパ写真集
スペイン内戦、ノルマンディー上陸作戦、インドシナ戦争――。世界最高の戦争写真家ロバート・キャパが撮影した約七万点のネガから、二三六点を精選。
〔青五八〇-一〕 **本体一四〇〇円**

ディケンズ／佐々木徹訳
荒涼館(四)
准男爵夫人の懊悩、深夜の殺人事件捜査、ジャーンダイス裁判の意外な行方――ユーモアと批判たっぷりに英国社会全体を描くディケンズ芸術の頂点。(全四冊完結)
〔赤二二九-一四〕 **本体一一四〇円**

ゲンデュン・リンチェン編／今枝由郎訳
ブータンの瘋狂聖ドゥクパ・クンレー伝
ドゥクパ・クンレー(一四五五－一五二九)は、ブータン仏教を代表する遊行僧。奔放な振る舞いとユーモアで仏教の真理を伝えた。ブータン仏教を知るための古典作品。
〔青三四四-一〕 **本体七二〇円**

野間宏
真空地帯
人を兵隊に変える兵営という軍隊の日常生活の場を舞台とし、軍国主義に一石を投じた野間宏(一九一五－九一)の意欲作。改版。(解説＝杉浦明平・紅野謙介)
〔緑九一-一〕 **本体一一六〇円**

金子文子
何が私をこうさせたか
―獄中手記―
関東大震災後、朝鮮人の恋人と共に検束、大逆罪で死刑宣告された金子文子。無戸籍、虐待、貧困の逆境にも、「私自身」を生き続けた迫力の自伝。(解説＝山田昭次)〔青N一二三-一〕 **本体一二〇〇円**

……今月の重版再開……

立松和平編
林芙美子紀行集 **下駄で歩いた巴里**
本体七四〇円 〔緑一六九-二〕

モーパッサン／杉捷夫訳
女の一生
本体九二〇円 〔赤五五〇-二〕

大津栄一郎編訳
ビアス短篇集
本体七二〇円 〔赤三一二-二〕

ヘディン／福田宏年訳
さまよえる湖(上)(下)
本体上七二〇・下七八〇円 〔青四五二-三〕〔青四五二-四〕

定価は表示価格に消費税が加算されます　2017.12